U0142501

oments

大聖不動產估價師事務所估價師
普提地政士事務所地政士　　**陳銘福**◆編著

常用文書
製作範例

各類常用文書一網打盡，案頭必備的標準工具書！

現代生活與法律關係緊密相連，權利義務有賴各類文書加以規範，
最詳盡的常用文書製作範例，是你保障個人權益不可或缺的絕佳參考！

amples of legal

amples of legal documents

documents

陳銘福　簡介

籍貫：台灣省彰化縣人

生日：民國 36 年 12 月 1 日生

學歷：中興大學地政學士
政治大學地政碩士
高等考試地政及格
乙等考試地政及格
不動產經紀人普考及格
土地登記專業代理人檢覈及格
不動產估價師特考榜首

現職：普提地政士事務所地政士
普提不動產仲介經紀有限公司經紀人
大聖不動產估價師事務所估價師
政治大學地政系兼任講師
世新大學法律系兼任講師
中原大學財經法律系兼任講師
中華民國地政士公會全國聯合會第一屆理事長

得獎：內政部第一屆中華民國地政貢獻獎

著作：1.《房地產登記實務》
2.《房地產繼承實務》
3.《土地法導論》
4.《土地登記法規與實務》
5.《房地產抵押拍賣實務》
6.《不動產契約爭議問題研究》

7.《土地稅理論與實務》

8.《農業用地法規與實務》

9.《房地產爭訟案例解析》

10.《如何買賣房地產》（解惑篇）

11.《如何買賣房地產》（實戰篇）

12.《祭祀公業實務》

13.《土地代書考試祕笈》

14.《常用申請案件指南》

15.《常用文書製作範例》

16.《認識土地稅》

17.《認識共有房地產》

18.《土地法》（白話六法）

19.《土地稅法》（白話六法）

20.《信託法》（白話六法）

21.《遺產繼承》

22.《遺產稅實務》

23.《房地產疑難解答》

24.《房地產春風叢書十冊》

四版序

　　本書三版序言提及「內政部先後訂頒有各種契約書範本，為提高本書之實用性，本版均予納入……」，事實上卻未納入，本版均已就「不動產有關之契約書範本」，予以編置。

　　民法親屬編有關「收養子女」之規定，已有諸多條文增訂及修正，故本版亦隨之增補有關之常用文書。

　　對於不常用之官方文書（契約），本版已予以刪除，不再留存。

　　敬請讀者先進繼續惠賜指教。

陳銘福　敬識

民國九十六年六月

三版序

公文程式條例於九十三年五月十九日修正公布，並於九十四年一月一日起，依該條例第七條規定，採由左而右之橫行格式。私文書雖有異於公文書，但亦宜比照辦理。故本版書改採橫式，期提高實用性。

為因應相關法規之修正，諸如公司法、民法親屬編、房屋稅條例、土地登記規則……等是，本版均配合修正列述之條文及有關文書內容。

有關不動產之各種契約書，內政部先後訂頒有各種範本，為提高本書之實用性，本版均予以納入，期供作參考。

本書原第五編司法文書，其內容類皆為「訴訟書狀」，與本書「常用文書」似為不同領域，故本版予以刪除。讀者若有需要，得參閱五南圖書公司出版之《訴訟書狀範例》一書。

本書涉及之法律層面頗廣，其中或有非作者之專業能力所及者，惟作者仍勉力為之，乃期本書能具完整性。緣此，其間或有漏誤之處，尚請讀者能繼續惠賜指正。

 敬識

民國九十四年二月

再版序

　　本書初版就歷經三刷，可見其實用性之高，應為讀者所深愛。讀者的熱烈反應，是編著者最大的鼓勵。

　　本書自八十三年九月問世以來，雖歷經三刷，但均未訂正。其期間頗多法律及法令修正，故本版特予一一訂正，諸如民法債編、土地登記規則、地籍測量實施規則、訴願法、行政訴訟法、公證法等。至於民法物權編亦正由立法院審議中，本版有關之文書，特依該修正草案予以局部訂正，以為因應。

　　本版第二編第二章各種契約書，刪除各種土地登記專用之公定契紙契約書，並增置內政部近年頒行之有關「預售屋買賣契約書」範本、「預售停車位買賣契約書」範本及「房地產委託銷售契約書」範本，以增加本書的參考性。

　　敬請讀者不吝惠賜指正是盼。

 敬識

民國八十八年七月

自　序

　　人際關係的緊密，交通電訊的發達，減少了問候性質的文書，惟法律理念的普及，功利主義的抬頭，增多了利害性質的文書。基於人與人間的利害關係，為確保權利，為避免損害，文書的澈底了解與正確使用，成為每一個人生活中的一大課題，尤其是常用文書。

　　工商社會，文書的使用場合，幾乎處處皆是，當撰寫文書時，雖然「臨陣磨槍，不亮也光」，但是「平時不燒香，臨時抱佛腳」，難免思慮不周，掛一漏萬，甚至不知如何下筆，終使「權利睡著了，義務醒來了」，實不符權利保護原則，亦不符時間經濟原則，是以特撰編本書，其目的就是要幫助您解決難題，幫助您輕度難關，幫助您保護權利，幫助您避免損害。

　　本書共分五編：

　　第一編為「私文書類」，有「生活性文書」，如結婚啟事、尋人啟事、訃文等；有「專業性文書」，涉及權利義務者，如請求書、切結書、同意書……等等。

　　第二編為「契約與章程」，有各種公定契紙契約書（公契）及其填寫說明，有各種債權契約書（私契），有社團法人章程，有財團法人章程，更有公司行號章程。

　　第三編為「申請書」，除了說明撰寫申請書的方法外，有各種房地產、稅捐及集會遊行等申請書範例。

　　第四編為「行政救濟文書」，有異議、有請願、有訴願、有行

政訴訟，更有國家賠償請求等等。

　　第五編為「司法文書」，有法律事件的基本認識，有法律事件的管轄法院，有各類法律事件的費用負擔，更有各類非訟事件及訴訟事件書狀。由於五南圖書公司業已出版《訴訟書狀範例》一書，內容已相當齊全，本書本擬不予編置，惟本書若欠缺訴訟書狀，又似有不全之遺憾，是以於付印之際，乃由五南圖書公司就該《訴訟書狀範例》一書中摘錄部分「常用書狀」併入本編，本書完整之架構，於焉而成。

　　雖然曾經寫了二十幾本書，但從未像本書耗費如此多的心力，撰寫期間，可謂公私時間全部投入，日以繼夜，不眠不休，每次踏著晨曦，離開寫字間，走向返家的歸路，發現不是華燈初上，而是旭陽將升，天色將明，這一切的一切，為了什麼呢？只希望這一本書早日呈現在您的眼前。

　　雖然是很專注的撰寫，但是涉及的層面相當廣，本應有各類專業人員合力為之，而五南圖書公司董事長楊榮川先生卻屬意筆者，並由筆者獨力為之，幸其間與楊董事長多次研討，內容也多次更易，終勉於成，惟疏漏難免，尚望讀者諸君，有以教之，有以正之，是所企盼。

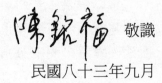 敬識

民國八十三年九月

目　次

第三編　申請書

第四編　行政救濟文書

第一編　私文書類

第一章　基本認識

本書所謂「私文書類」，係指與「公文書」相異性質之一切文書。

「公文書」，係處理公務之文書，依公文程式條例第二條規定，公文書計有「令」、「呈」、「咨」、「函」、「公告」及「其他公文」等六種。是以所謂「私文書類」，係指各該「公文書」以外之一切文書者也。

私文書之範圍相當廣泛，可謂包羅萬象，不勝枚舉，惟本書乃以生活上常用者為主，尤其是人與人之間發生權利義務效果之文書，更列為本書之重點。

由於人與人之間權利義務關係錯綜複雜，私文書種類亦隨之複雜，是以名稱不一而足，例如家書、情書、訃文、謝啟、請柬、邀請函、催告函、通知書、承諾書、切結書、和解書、協議書、保證書、證明書、請求書、契約書……等等，可謂五花八門，無奇不有。

私文書類，有些是純屬人與人之間之文書，有些是人與機關之間之文書，有些是機關行政上要求之必要文書，本書不擬加以細分，而概以法律關係分章分節列述。

發生法律上權利義務效果之私文書類，其製作時應特別注意下列幾件事情：

一、應親自意思表示，否則非當事人之真意，恐難發生法律上之效力。

二、未親自意思表示，應合法代理或委任，否則無權代理，其效力不及於本人。

三、應注意表示意思之人，其意思能力是否正常，行為能力是否受有限制，有否行為能力，否則嗣後可能被撤銷或罹於無效。

四、文字不必自寫，但必須親自簽名或蓋章，若以指印、十字或符號代替簽名者，應有二人以上之證明。此為法定方式，未依法定方式之

行為是無效的。

　　五、私文書內容不得違反強制或禁止之規定，不得違背公共秩序或善良風俗，應依法定方式為之，否則均屬無效。

　　六、公文之製作，有些要領可運用於私文書上：

　　依公文程式條例的規定：

　　1.署名蓋章：

　　人民之申請函，應署名蓋章，並註明性別、年齡、職業及地址（第五條）。

　　2.記明年、月、日

　　公文應記明國曆年、月、日（第六條第一項）。

　　3.分段敘述，並採橫行格式：

　　九十三年五月十九日修正公布之第七條規定：公文得分段敘述，冠以數字，採由左而右之橫行格式。

　　4.文字簡淺明確：

　　公文文字應簡淺明確，並加具標點符號（第八條）。

　　5.附件：

　　公文之附屬文件為附件，附件在二種以上時，應冠以數字（第十條）。

　　6.二頁以上之處理：

　　公文在二頁以上時，應於騎縫處加蓋章戳。

　　七、總而言之，私文書除有法定方式者應依法定方式為之外，一般而言，均採方式自由原則。內容方面則應「合法」、「可能」與「確定」，除此以外，亦均採內容決定自由原則。至於相對人，除法律有強行規定外（例如生產用地，土地法第十七條規定，不得租賃、移轉或設定負擔與外國人），亦採相對人選擇自由原則。

第二章　一般性文書

第一節　限制行為能力

一、關於限制行為能力人之法律行為效力，民法規定如次：

㈠應得法定代理人之允許（§77）：

限制行為能力人為意思表示及受意思表示，應得法定代理人之允許。但純獲法律上之利益或依其年齡及身分，日常生活所必需者，不在此限。

㈡單獨行為無效（§78）：

限制行為能力人未得法定代理人之允許，所為之單獨行為，無效。

㈢未得允許之契約須經承認（§80）：

限制行為能力人未得法定代理人之允許，所訂立之契約，須經法定代理人之承認，始生效力。

㈣催告法定代理人確答是否承認（§80）：

前條契約相對人，得定一個月以上期限，催告法定代理人，確答是否承認。

於前項期限內，法定代理人不為確答者，視為拒絕承認。

㈤自己承認（§81）：

限制行為能力人於限制原因消滅後，承認其所訂立之契約者，其承認與法定代理人之承認，有同一效力。

前條規定，於前項情形準用之。

㈥未承認前之撤回（§82）：

限制行為能力人所訂立之契約，未經承認前，相對人得撤回之。但訂立契約時，知其未得有允許者，不在此限。

㈦詐術行為有效（§83）：

限制行為能力人用詐術使人信其為有行為能力人或已得法定代理人之允許者，其法律行為為有效。

㈧允許範圍內之能力（§84）：

法定代理人，允許限制行為能力人處分之財產，限制行為能力人，就該財產有處分之能力。

㈨允許獨立營業之能力（§85）：

法定代理人允許限制行為能力人獨立營業者，限制行為能力人，關於其營業，有行為能力。

限制行為能力人，就其營業有不勝任之情形時，法定代理人得將其允許撤銷或限制之。但不得對抗善意第三人。

二、依前開規定，有關之允許、催告、承認與撤回之各例略述如後：

同意書

　　立同意書人王○○係未成年人王○○之法定代理人，特立本同意書同意王○○就台北市○○路○段○○號三樓房屋有關裝潢設計事宜，有全權決定之能力與權利，其意思表示與所接受之意思表示，立同意書人完全允許與承認。

　　　　　　立同意書人：
　　　　　　王○○　　　　印
　　　　　　住址：○○○○
　　　　　　出生年月日：○○○○
　　　　　　身分證號：○○○○

中　華　民　國　〇〇　年　〇〇　月　〇〇　日

註：本例係允許限制行為能力人為意思表示

同意書

　　立同意書人王〇〇係未成年人王〇〇之法定代理人，茲因其所有之汽車（牌照號碼：〇〇〇），擬予出售他人，特立本同意書，允許王〇〇處分出售該汽車。

　　　　　　立同意書人：
　　　　　　　王〇〇　　　㊞
　　　　　　　住址：〇〇〇〇
　　　　　　　出生年月日：〇〇〇〇
　　　　　　　身分證號：〇〇〇〇

中　華　民　國　〇〇　年　〇〇　月　〇〇　日

註：本例係允許限制行為能力人處分財產

催告函

張〇〇先生大鑒：（宜以郵局存證信函為之）
本人與張〇〇於民國〇〇年〇月〇日簽訂汽車買賣契約書，張〇〇向本人價購汽車一部（牌照號碼：〇〇〇），因張〇〇係未成年人，先

生為其法定代理人，該汽車買賣契約，依法應經先生之承認，始生效力，為此特致函先生，請於文到日起四十天內惠予確答是否承認，嗣先生承認，該契約生效，始履行契約收款及交車。耑此

　　敬　祝
大　安

　　　　　催告人：
　　　　　陳〇〇　　　　 印
　　　　　住址：〇〇〇〇

中　華　民　國　〇〇　年　〇〇　月　〇〇　日

註：本例係催告法定代理人確答是否承認

承認書

陳〇〇先生大鑒：（得以郵局存證信函為之）

　　民國〇〇年〇月〇日先生大函敬悉，關於犬子張〇〇於民國〇〇年〇月〇日與先生簽訂汽車買賣契約書，向先生價購汽車一部，雖然犬子仍屬法定之限制行為能力人，但其心智已相當成熟，且工作上亦需要汽車作為代步工具，為此，特復函告知本人承認該汽車買賣契約書有效，敬請與犬子張〇〇履行該契約。耑此

　　敬　祝
時　祺

張○○　　印

住址：○○○○

中　華　民　國　○○　年　○○　月　○○　日

註：本例係經催告後之承認

撤回書

林○○先生大鑒：（宜以郵局存證信函為之）

　　本人與先生於民國○○年○○月○○日簽訂汽車買賣契約書，於簽約時，本人並不知先生為限制行為能力人，更不知未得法定代理人允許，為此，特依民法第八十二條規定，撤回該買賣契約並請於文到日起十天內退回已收受之價款新台幣十萬元正。耑此

　　敬　　祝

大　　安

陳○○　　印

住址：○○○○

中　華　民　國　○○　年　○○　月　○○　日

註：本例係契約未經承認相對人撤回

第二節　意思表示

一、內容錯誤或傳達之撤銷：

(一)內容錯誤之撤銷（民法§88）：

意思表示之內容有錯誤，或表意人若知其事情即不為意思表示者，表意人得將其意思表示撤銷之。但以其錯誤或不知事情，非由表意人自己之過失者為限。

當事人之資格，或物之物質，若交易上認為重要者，其錯誤，視為意思表示內容之錯誤。

(二)傳達不實之撤銷（民法§89）：

意思表示，因傳達人或傳達機關傳達不實者，得比照前條之規定，撤銷之。

(三)撤銷權之消滅（民法§90）：

前二條之撤銷權，自意思表示後，經過一年而消滅。

二、被詐欺或被脅迫之撤銷：

(一)撤銷要件（民法§92）：

因被詐欺或被脅迫，而為意思表示者，表意人得撤銷其意思表示。但詐欺係由第三人所為者，以相對人明知其事實或可得而知者為限，始得撤銷之。

被詐欺而為之意思表示，其撤銷不得以之對抗善意第三人。

(二)撤銷權之消滅（民法§93）：

前條之撤銷，應於發見詐欺或脅迫終止後，一年內為之。但自意思表示後，經過十年，不得撤銷。

三、依前開規定，其以書面表示撤銷者略例如後：

撤銷通知書

林〇〇先生大鑒：（宜以郵局存證信函為之）

　　本人於民國〇〇年〇月〇日借與先生新台幣貳佰萬元，係借貸關係，原意思表示卻誤為贈與，顯然屬於民法第八十八條所定之意思表示內容錯誤，為此，特依民法第八十八條及第九十條規定撤銷該贈與意思表示，而更正為借貸關係。耑此

　　敬　　祝
大　安

　　　　　　　　張〇〇　　　　印
　　　　　　　　住址：〇〇〇〇

中　　華　　民　　國　　〇〇　　年　　〇〇　　月　　〇〇　　日

註：本例係意思表示內容錯誤之撤銷

撤銷通知書

林〇〇先生大鑒：（宜以郵局存證信函為之）

　　本人於民國〇〇年〇月〇日委任王〇〇傳達代向　貴公司訂購《中國通史》一書三百本，王〇〇誤傳為《中國歷史》一書三百本，為此，特依民法第八十九條及第九十條規定，撤銷該傳達不實之意思表示，並更正為訂購《中國通史》一書三百本，不情之請，尚請見諒。耑此

　　敬　　祝

大　安

　　　　　　　　　　張○○　　　印

　　　　　　　　　　住址：○○○○

中　　華　　民　　國　　○○　年　　○○　月　　○○　日

註：本例係傳達不實之撤銷

撤銷通知書

○○○○公司大鑒：（宜以郵局存證信函為之）

　　本人訂購　貴公司仲介之台北市○○路○○號房屋一戶，已給付定金新台幣五萬元，貴公司仲介人員林○○先生一再表示（且廣告文字亦是），該屋面積為五十坪，經查該屋登記面積僅四十坪，誤差頗鉅，為此，特依民法第九十二條及九十三條規定向　貴公司表示撤銷訂購該屋之意思表示，並請於文到日起五日退回該定金，至感。耑此

　　敬　　祝

大　安

　　　　　　　　　　張○○　　　印

　　　　　　　　　　住址：○○○○

中　　華　　民　　國　　○○　年　　○○　月　　○○　日

註：本例係被詐欺之撤銷

第三節　消滅時效

一、消滅時效：

㈠十五年（民法§125）：

請求權，因十五年間不行使而消滅。但法律所定期間較短者，依其規定。

㈡五年（民法§126）：

利息、紅利、租金、贍養費、退職金、及其他一年或不及一年之定期給付債權，其各期給付請求權，因五年間不行使而消滅。

㈢二年（民法§127）：

下列各款請求權，因二年間不行使而消滅：

1.旅店、飲食店及娛樂場之住宿費、飲食費、座費、消費物之代價及其墊款。

2.運送費及運送人所墊之款。

3.以租賃動產為營業者之租價。

4.醫生、藥師、看護生之診費、藥費、報酬及其墊款。

5.律師、會計師、公證人之報酬及其墊款。

6.律師、會計師、公證人所收當事人物件之交還。

7.技師、承攬人之報酬及其墊款。

8.商人、製造人、手工業人所供給之商品及產物之代價。

㈣時效起算（民法§128）：

消滅時效，自請求權可行使時起算。以不行為為目的之請求權，自為行為時起算。

㈤抗辯消滅原則（民法§144）：

時效完成後，債務人得拒絕給付。

　　請求權已經時效消滅，債務人仍為履行之給付者，不得以不知時效為理由，請求返還。其以契約承認該債務，或提出擔保者，亦同。

二、依前開規定，其以書面請求或拒絕者，略例如後：

請求書

林○○先生大鑒：（宜以郵局存證信函為之）

　　先生於民國○○年○月○日向本人借款新台幣二十萬元正，約定應於民國○○年○月○○日清償，此有先生所立借據乙紙為證。如今已逾清償日八年有餘，此期間雖曾一再當面或電話請求清償，惟迄無結果，為此，特再依法以書面請求惠予文到日起十日內清償，至感德便。

耑此

　　敬　祝

大　安

　　　　　　張○○　　　印
　　　　　　住址：○○○○

中　華　民　國　○○　年　○○　月　○○　日

註：本例係十五年時效未消滅之請求

請求書

林○○先生大鑒：（宜以郵局存證信函為之）

　　本人於民國○○年○月○日承攬運送先生貨物一批，其運送費經議定為新台幣三萬元，先生應依約定於民國○○年○月○○日付清，如今已逾二年有餘，迄未見給付，為此，特請求於文到日起三日內給付，至感德便。耑此

　　敬　祝

大　安

　　　　　　　　　張○○　　印

　　　　　　　　　住址：○○○○

中　華　民　國　○○　年　○○　月　○○　日

註：本例係已時效消滅之請求

承諾書

張○○先生大鑒：（宜以郵局存證信函為之）

　　本人於民國○○年○月○日向先生借款新台幣捌拾萬元正，約定應於民國○○年○月○日清償，如今已逾十八年，請求權時效已消滅，依民法第一百四十四條第一項規定，本人得拒絕清償給付，惟念在當初先生之相助及長久以來之無利息借貸，本人仍願依民法第一百四十四條第二項規定於文到日起十天內清償該債務。耑此

敬　祝

大　安

林〇〇　　印

住址：〇〇〇〇

中　華　民　國　〇〇　年　〇〇　月　〇〇　日

註：本例係時效消滅仍承認給付

拒絕書

張〇〇先生大鑒：（宜以郵局存證信函為之）

　　民國〇〇年〇月〇日先生大函敬悉，關於運送費新台幣三萬元，依約定應於民國〇〇年〇月〇〇日付清，如今已逾二年之時效，此期間，並無時效中斷或時效不完成情事，為此，特依民法第一百四十四條第一項規定，不再給付該運送費，敬請見諒。耑此

　　敬　祝

大　安

林〇〇　　印

住址：〇〇〇〇

中　華　民　國　〇〇　年　〇〇　月　〇〇　日

註：本例係時效消滅拒絕給付

第四節　代理權

一、民法有關代理權之授與及撤回規定

㈠代理權之授與（§167）：

代理權係以法律行為授與者，其授與應向代理人或向代理人對之為代理行為之第三人，以意思表示為之。

㈡代理權之撤回（§108Ⅱ）：

代理權，得於其所由授與之法律關係存續中，撤回之。

二、依前開規定，其代理權之授與及撤回以書面為之者略例如後：

委託書

　　茲就本人與張○○先生於民國○○年○月○日在台北市○○路○○號所發生之車禍，委任林○○先生全權代理本人與張○○先生和解一切有關事宜。

　　　　　　　　受託人：林○○

　　　　　　　　　　住　　址：○○○○

　　　　　　　　　　身分證號：

　　　　　　　　　　出生年月日：

　　　　　　　　委託人：陳○○

　　　　　　　　　　住　　址：○○○○

　　　　　　　　　　身分證號：

　　　　　　　　　　出生年月日：

| 中 | 華 | 民 | 國 | ○○ | 年 | ○○ | 月 | ○○ | 日 |

註：本例係車禍和解之授與代理權委託書，名稱為委任書、授權書均可

撤回書

林○○先生大鑒：（宜以郵局存證信函為之）

　　本人於民國○○年○月○日授權先生代理本人就台北市○○區○○段○小段○○地號土地上之違章建築與住戶們協調拆遷補償，其代理期限自民國○○年○月○日至民國○○年○月○日止，如今代理期限雖未屆滿，惟因情事變更，無須再行協調拆遷補償，特向先生表示撤回該授與之代理權。耑此

　　敬　祝
大　安

　　　　　　　　張○○　　[印]
　　　　　　　　住址：○○○○

| 中 | 華 | 民 | 國 | ○○ | 年 | ○○ | 月 | ○○ | 日 |

註：本例係期限未屆滿代理權之撤回

第三章　債權債務關係文書

第一節　清償與給付

一、請求給付：

㈠求償（民法§199）：

債權人基於債之關係，得向債務人請求給付。

給付不以有財產價格者為限。

不作為亦得為給付。

㈡依前開規定，其給付可能是財產（物），可能是作為，亦可能是不作為。

二、提前清償與預告（民法§204）：

約定利率逾週年百分之十二者，經一年後，債務人得隨時清償原本。但須於一個月前預告債權人。

前項清償之權利，不得以契約除去或限制之。

三、清償：

㈠債之關係消滅（民法§309）：

依債務本旨，向債權人或其他有受領權人為清償，經其受領者，債之關係消滅。

㈡受領證書（民法§324）：

清償人對於受領清償人，得請求給與受領證書。

四、依前開規定，其以書面求償、預告及受領證書略例如後：

請求書

林〇〇先生大鑒：（宜以郵局存證信函為之）

　　本人於民國〇〇年〇月〇日向先生訂購紀念章二百個，並業已付清全部價款，請於民國〇〇年〇月〇日將該紀念章運送至台北市〇〇路〇〇號交貨。耑此

　　敬　祝

大　安

　　　　　　　　　　　張〇〇　　　[印]

　　　　　　　　　　　住址：〇〇〇〇

中　華　民　國　〇〇　年　〇〇　月　〇〇　日

註：本例係給付買賣標的物之請求

請求書

林〇〇先生大鑒：（宜以郵局存證信函為之）

　　先生與本人毗鄰而居，敦親睦鄰應為貴我共同一致之努力，惟先生種植之花木任其延伸成長逾越疆界至本人之庭院，致有礙本人庭院之景觀，雖屢與先生洽商整修，先生亦慨予允諾，至今為時已久，迄未見先生行動，或恐因事務繁忙，一時或忘，為此，特依民法第一百九十九條第二項規定，提醒先生，請於文到日起五日內惠予整修，至感，耑此奉達。

　　　敬　祝
大　安

　　　　　　　　　張○○　　印
　　　　　　　　　住址：○○○○

中　華　民　國　○○　年　○○　月　○○　日

註：本例係以作為為給付標的之請求

請求書

林○○先生大鑒：（宜以郵局存證信函為之）

　　先生經營之公司與本人住家相毗鄰，先生所懸掛之霓虹燈招牌，夜間一閃一爍，映入本人寢室，使本人夜夜難以入眠，長期以來，睡眠不足，幾乎神經衰弱。經查先生之公司夜間並無營業，是以夜間使用閃爍之霓虹燈招牌，實無必要，若欲開霓虹燈閃爍以求廣告，似可於夜間十點關閉，不情之請，敬請見諒。耑此

　　　敬　祝
大　安

　　　　　　　　　張○○　　印
　　　　　　　　　住址：○○○○

中　華　民　國　○○　年　○○　月　○○　日

註：本例係以不作為為給付標的之請求

預告書

林〇〇先生大鑒：(宜以郵局存證信函為之)

　　本人於民國〇〇年〇月〇日向先生借款新台幣二百萬元正，約定於民國〇〇年〇月〇日清償，雖然清償日尚未屆至，惟因約定利率逾週年百分之十二，本人依法得隨時清償原本，為此特依民法第二百零四條規定，提前一個月告知先生，本人將於民國〇〇年〇月〇日清償該借款，耑此奉達，並致謝忱。

　　敬　祝

大　安

　　　　　　　　張〇〇　　　印

　　　　　　　　住址：〇〇〇〇

中　　華　　民　　國　　〇〇　　年　　〇〇　　月　　〇〇　　日

註：本例係債務人提前清償預告債權人，名稱為通知書、告知書或預告書均可

債務清償證明書

　　茲債務人林〇〇先生向本人借款新台幣二百萬元正，經分期清償，業於民國〇〇年〇月〇日清償完畢屬實，恐口無憑，特交本證明書為憑。

　　此致

債務人林〇〇先生台照

　　　　　　　　債權人：張○○　　　　印
　　　　　　　　住　　址：○○○○

中　　華　　民　　國　　○○　　年　　○○　　月　　○○　　日

註：本例係無抵押設定者，債務清償均返還債權憑證即可，少有出具本
　　證明書者

第二節　不當得利

　　一、無法律上之原因而受利益，致他人受損害者，為不當得利，應
返還其利益（民法§179）。

　　二、前開規定，固然不當得利之受領人應返還其利益，惟自動返還
者稀，多數均由受損害者請求返還，其以書面請求者略例如後：

請求書

林○○先生大鑒：（宜以郵局存證信函為之）

　　本人出賣台北市○○路○段○○號六樓房屋一戶與先生，並已完
成移轉登記及付清價款、交屋完畢在案。由於交屋時，總買賣屋款中
預扣新台幣二萬元，以繳納未到期之水、電費及管理費，如今各該水、
電費及管理費均已到期，經依單據結算共計新台幣一萬五千元正，是
以預扣款尚餘新台幣五千元，請於文到日起五日內惠予返還，至感。
尚此

　　敬　祝
大　安

```
             張〇〇        印
             住址：〇〇〇〇


中　華　民　國　〇〇　年　〇〇　月　〇〇　日
```

第三節　無因管理

　　一、所謂無因管理，即是未受委任，並無義務，而為他人管理事務者（民法§172）。

　　二、管理人開始管理時以能通知為限，應即通知本人（民法§173）。

　　三、依前開規定，其以書面通知者略例如後：

通知書

林〇〇先生大鑒：（宜以郵局存證信函為之）

　　先生所有台北市〇〇路〇段〇〇巷〇〇號三樓房屋一戶，先生始終未自行居住使用，亦未出租他人居住使用，致於日前遭宵小破壞大門侵入，因係空屋，雖未損失財物，但該屋大門整日未關，本人身為鄰居，至感不宜，為此，特僱工修護大門，並依民法第一百七十三條規定，通知先生知照，其修護費用共計新台幣三千元正，茲附上收據乙紙，請　鑒核並惠予償還。耑此

　　敬　祝
大　安

　　　　張〇〇　　　　印

```
      住址：○○○○



中　華　民　國　○○　年　○○　月　○○　日
```

第四節　侵權行為之損害賠償請求

一、侵權行為（民法§184）：

因故意或過失，不法侵害他人之權利者，負損害賠償責任，故意以背於善良風俗之方法，加損害於他人者亦同。

違反保護他人之法律，致生損害於他人者，負賠償責任。但能證明其行為無過失者，不在此限。

二、共同侵權行為（民法§185）：

數人共同不法侵害他人之權利者，連帶負損害賠償責任。不能知其中孰為加害人者，亦同。

造意人及幫助人，視為共同行為人。

三、特殊侵權行為：

依民法規定如下：

㈠公務員（§186）：

公務員因故意違背對於第三人應執行之職務，致第三人受損害者，負賠償責任。其因過失者，以被害人不能依他項方法受賠償時為限，負其責任。

前項情形，如被害人得依法律上之救濟方法，除去其損害，而因故意或過失不為之者，公務員不負賠償責任。

(二)法定代理人（§187）：

無行為能力人或限制行為能力人，不法侵害他人之權利者，以行為時有識別能力為限，與其法定代理人連帶負損害賠償責任。行為時無識別能力者，由其法定代理人負損害賠償責任。

前項情形，法定代理人如其監督並未疏懈，或縱加以相當之監督，而仍不免發生損害者，不負賠償責任。

如不能依前二項規定受損害賠償時，法院因被害人之聲請，得斟酌行為人及其法定代理人與被害人之經濟狀況，令行為人或其法定代理人為全部或一部之損害賠償。

前項規定，於其他之人，在無意識或精神錯亂中所為之行為致第三人受損害時，準用之。

(三)僱用人與受僱人（§188）：

受僱人因執行職務，不法侵害他人之權利者，由僱用人與行為人連帶負損害賠償責任。但選任受僱人及監督其職務之執行，已盡相當之注意或縱加以相當之注意而仍不免發生損害者，僱用人不負賠償責任。

如被害人依前項但書之規定，不能受損害賠償時，法院因其聲請，得斟酌僱用人與被害人之經濟狀況，令僱用人為全部或一部之損害賠償。

僱用人賠償損害時，對於為侵權行為之受僱人，有求償權。

(四)承攬人（§189）：

承攬人因執行承攬事項，不法侵害他人之權利者，定作人不負損害賠償責任。但定作人於定作或指示有過失者，不在此限。

(五)動物占有人（§190）：

動物加損害於他人者，由其占有人負損害賠償責任。但依動物之種類及性質，已為相當注意之管束，或縱為相當注意之管束而仍不免發生損害者，不在此限。

動物係由第三人或他動物之挑動，致加損害於他人者，其占有人對於該第三人或該他動物之占有人，有求償權。

㈥建築物或工作物所有人（§191）：

土地上之建築物或其他工作物所致他人權利之損害，由工作物之所有人負賠償責任。但其對於設置或保管並無欠缺，或於防止損害之發生，已盡相當之注意者，不在此限。

前項損害之發生，如別有應負責任之人時，損害賠償之所有人，對於該應負責者，有求償權。

四、賠償範圍：

㈠賠償對象：

被害人固為賠償對象，惟依民法規定，包括下列對象：

1.為被害人支出相關費用之人及被害人負有法定扶養義務之人（§192）：

不法侵害他人致死者，對於支出醫療及增加生活上需要之費用或殯葬費之人，亦應負損害賠償責任。

被害人對於第三人負有法定扶養義務者，加害人對於該第三人亦應負損害賠償責任。

2.被害人之父母子女及配偶（§194）：

不法侵害他人致死者，被害人之父、母、子、女及配偶，雖非財產上之損害，亦得請求賠償相當之金額。

㈡賠償標的：

1.侵害身體健康致喪減勞動能力（§193）：

不法侵害他人之身體或健康者，對於被害人因此喪失或減少勞動能力或增加生活上之需要時，應負損害賠償責任。

前項損害賠償，法院得因當事人之聲請，定為支付定期金。但須命加害人提出擔保。

2.侵害身體、健康、名譽或自由等（§195）：

不法侵害他人之身體、健康、名譽、自由、信用、隱私、貞操，或不法侵害其他人格法益而情節重大者，被害人雖非財產上之損害，亦得

請求賠償相當之金額。其名譽被侵害者，並得請求為回復名譽之適當處分。

前項請求權，不得讓與或繼承。但以金額賠償之請求權已依契約承諾，或已起訴者，不在此限。

前二項規定，於不法侵害他人基於父、母、子、女或配偶關係之身分法益而情節重大者，準用之。

3.毀損他人之物（§196）：

不法毀損他人之物者，被害人得請求賠償其物因毀損所減少之價額。

五、請求權時效（§197）：

因侵權行為所生之損害賠償請求權，自請求權人知有損害及賠償義務人時起，二年間不行使而消滅。自有侵權行為時起，逾十年者亦同。

損害賠償之義務人，因侵權行為受利益，致被害人受損害者，於前項時效完成後，仍應依關於不當得利之規定，返還其所受利益於被害人。

六、被害人之拒絕履行債務（§198）：

因侵權行為對於被害人取得債權者，被害人對該債權之廢止請求權，雖因時效而消滅，仍得拒絕履行。

七、依前開規定，其以書面請求各種侵權行為之損害賠償者略例如後：

請求書

林〇〇先生
張〇〇先生　大鑒：（宜以郵局存證信函為之）

先生等二人合著之《〇〇〇〇》一書，於民國〇〇年〇月〇日由〇〇書局出版，其中第〇〇頁至第〇〇頁內容，係抄襲本人所著之《〇〇〇〇》一書，顯然已不法侵害本人之權益，為此，特依民法第一百八十五條及著作權法第三十三條規定，請求連帶負損害賠償責任，請

於文到日起十天內惠予賠償新台幣八十萬元正，否則將依法追索。

　　　　　　　　請求人：陳○○　　　印

　　　　　　　　住　　址：○○○○

中　　華　　民　　國　　○○　年　　○○　月　　○○　日

註：本例係共同侵權之請求

請求書

林○○先生大鑒：（宜以郵局存證信函為之）

　　先生服務於地政事務所，公務員應依法執行職務，惟先生卻故意違背應執行之職務，對於本人向張○○承買台北市○○路○○號三樓房屋及其基地坐落台北市○○區○○段○小段○○地號土地，持分○○○，經○○地政事務所收件第○○號之買賣移轉登記案件，百般刁難積壓延誤二十餘天，致該房地產為出賣人之債權人聲請法院查封，使本人無法取得各該房地產所有權，已支付與出賣人之買賣價款新台幣二百萬元，亦無法取回而受有損害，為此，特依民法第一百八十六條規定，請求損害賠償，請惠予文到日起三十天內賠償本人已支付之新台幣二百萬元，否則將依法追索，耑此頌達。

　　敬　祝

大　安

　　　　　　　　陳○○　　　印

住址：○○○○

中　華　民　國　○○　年　○○　月　○○　日

註：本例係對公務員之請求

請求書

林○○先生大鑒：

　　先生之幼兒林○○於民國○○年○月○日於台北市○○路○巷○○號本人住家門前玩火，致燒毀本人所有機車一部（牌照號碼：○○○），火燒機車時，先生曾允諾賠償，惟如今已逾月餘，迄未見賠償，為此，特依民法第一百八十四條及第一百八十七條規定，請求先生惠予於文到日起十日內賠償該機車時價新台幣三萬元，至感。耑此

　　敬　祝

大　安

　　　　　　　　　張○○　　印

　　　　　　　　　住址：○○○○

中　華　民　國　○○　年　○○　月　○○　日

註：本例係對法定代理人之請求

請求書

林〇〇先生
〇〇房屋仲介有限公司　大鑒：（宜以郵局存證信函為之）
所有台北市〇〇路〇段〇〇號三樓房屋一戶，委託　貴公司仲介，並由林〇〇先生經手仲介業務，詎料房屋未仲介出賣，林〇〇先生竟擅自將屋內之冷氣機二台計值新台幣六萬元拆搬出賣，所得款項又未給付本人，為此，特依民法第一百八十八條規定，請求負連帶賠償責任，請於文到日起十天內惠予賠償，否則依法追訴。

　　　　　　　　請求人：張〇〇　　[印]
　　　　　　　　住　　址：〇〇〇〇

中　華　民　國　〇〇　年　〇〇　月　〇〇　日

註：本例係對僱用人與受僱人之請求

請求書

林〇〇先生大鑒：（宜以郵局存證信函為之）
　　先生承攬台北市〇〇路〇〇號三樓張〇〇所有房屋之室內裝潢工程，因施工不當，致毗鄰之本人房屋即台北市〇〇路〇〇號三樓房屋牆壁龜裂，水管亦破裂，積水滿屋，地毯與家具因此受損，估計受損物品價值新台幣八萬元，為此，特依民法第一百八十九條規定，請求損害賠償，請於文到日起十天內惠予賠償，否則將依法追索。

　　　　　　請求人：吳○○　　　　印

　　　　　　住　址：○○○○

中　華　民　國　○○　年　○○　月　○○　日

註：本例係對承攬人之請求

請求書

林○○先生大鑒：（宜以郵局存證信函為之）

　　民國○○年○月○日上午六點三十分，先生帶狼狗散步時，竟疏於管束，致本人遭受先生之狼狗咬傷，經送醫急救，其醫療費共計新台幣一萬二千元，有醫院開立收據為證；另因此無法工作七天，每天工資新台幣一千元，計工資短收新台幣七千元，合計新台幣一萬九千元正，請於文到日起十天內，依民法第一百九十條規定惠予給付，否則將依法追訴。

　　　　　　請求人：張○○　　　印

　　　　　　住　址：○○○○

中　華　民　國　○○　年　○○　月　○○　日

註：本例係對動物占有人之請求

請求書

林○○先生大鑒：（宜以郵局存證信函為之）

　　先生於所有台北市○○路○段○巷○號一樓房屋設置雨棚，致雨水滴落毗鄰之本人所有台北市○○路○段○巷○號一樓房屋庭院，因雨水過多，不僅沖毀種植花木之設施，更使種植之花木被沖死，被水泡死，共計損失新台幣二十二萬元，為此，特依民法第一百九十一條規定，請求惠予文到日起十天內予以損害賠償並改善雨棚設置，否則將依法追訴。

　　　　　　　　請求人：張○○　　　印

　　　　　　　　住　　址：○○○○

中　　華　　民　　國　　○○　年　　○○　月　　○○　日

註：本例係對建築物所有人之請求

請求書

林○○先生大鑒：（宜以郵局存證信函為之）

　　先生於民國○○年○月○日上午十時，在台北市○○路段，駕車不慎撞死本人之長子張○○，雖經和解理賠，惟殯葬費並未在和解理賠範圍內，如今殯葬完畢，共計花費新台幣六十五萬三千元，此有各類支出憑證可稽，為此特依民法第一百九十二條第一項規定，請求於文到日起十天內惠予給付。

請求人：張〇〇　　　　印

住　址：〇〇〇〇

中　華　民　國　〇〇　年　〇〇　月　〇〇　日

註：本例係給付殯葬費之請求

請求書

林〇〇先生大鑒：（宜以郵局存證信函為之）

　　先生於民國〇〇年〇月〇日於台北市〇〇路〇段，駕車不慎撞死本人之夫張〇〇，致使本人與二位幼子張〇〇及張〇〇頓失依恃，生活陷於困頓，二位幼兒如今年紀只有八歲與十歲，以二十歲成年計，尚需十二年及十年之長期歲月，本人一介弱女子實無力扶養，為此，特以二人合計二十二年，每年新台幣六萬元，共計新台幣一百三十二萬，依民法第一百九十二條第二項規定，請求於文到日起三十日內惠予給付，否則將依法追訴。

請求人：王〇〇　　　　印

住　址：〇〇〇〇

中　華　民　國　〇〇　年　〇〇　月　〇〇　日

註：本例係被害人對於第三人負有法定扶養義務者之請求

請求書

林〇〇先生大鑒：（宜以郵局存證信函為之）

　　先生於民國〇〇年〇月〇日因酒醉持刀誤傷本人手腳，如今傷口雖已癒合，但本人從此不良於行，致減少勞動能力，也增加生活負擔，其損失每日約新台幣五百元，本人如今年屆四十，勞動至六十歲為止，有二十年，每年工作天以二七〇天計，共有五四〇〇天，是以減少勞動能力及增加生活負擔共計新台幣二百七十萬元，為此，特依民法第一百九十三條規定，請求於文到日起三十天內惠予給付，否則將依法追訴。

　　　　　　　　　請求人：張〇〇　　　印
　　　　　　　　　住　址：〇〇〇〇

中　　華　　民　　國　　〇〇　　年　　〇〇　　月　　〇〇　　日

註：本例係身體健康被侵害喪減勞動力之請求

請求書

林〇〇先生大鑒：（宜以郵局存證信函為之）

　　先生於民國〇〇年〇月〇日在台南市〇〇大飯店演講時，指名道姓，謂本人「慣於捉風捕影、含沙射影、指鹿為馬、魚目混珠」，此有當天當場錄音帶為證，顯然已構成對本人信譽之損害，為此特依民法第一百九十五條規定，請求於文到日起三十天內惠予給付信譽損害賠償費新台幣五十萬元正，並登報道歉與澄清，否則依法究訴。

```
          請求人：張○○        [印]

          住  址：○○○○


  中  華  民  國  ○○  年  ○○  月  ○○  日
```

註：本例係名譽被侵害之請求

第五節　定金收據

一、收受定金，契約視為成立（民法§248）：

訂約當事人之一方，由他方受有定金時，推定其契約成立。

二、定金之處理（民法§249）：

定金除當事人另有訂定外，適用下列之規定：

㈠契約履行時，定金應返還或作為給付之一部。

㈡契約因可歸責於付定金當事人之事由，致不能履行時，定金不得請求返還。

㈢契約因可歸責於受定金當事人之事由，致不能履行時，該當事人應加倍返還其所受之定金。

㈣契約因不可歸責於雙方當事人之事由，致不能履行時，定金應返還之。

三、定金之性質：

依前開規定，收受定金，契約推定成立，可見定金具有成立契約及證明契約成立之性質，一般謂為成約定金或證約定金。

四、違約金與損害賠償（民法§250）：

當事人得約定債務人於債務不履行時，應支付違約金。

違約金，除當事人另有訂定外，視為因不履行而生損害之賠償總

額。其約定如債務人不於適當時期或不依適當方法履行債務時，即須支付違約金者，債權人除得請求履行債務外，違約金視為因不於適當時期或不依適當方法履行債務所生損害之賠償總額。

五、定金之處理：

定金之處理，以當事人之約定方法為準，若未約定，則以民法規定之方法處理。故定金又有違約定金及解約定金之分。

六、定金收據：

定金收受，一般慣例均立據為憑，謂之為「定金收據」，其略例如後：

定金收據

　　茲林○○先生向本店（本人）訂購○○牌高傳真三十吋彩色電視機乙部，收受定金新台幣三千元正，餘款新台幣○○萬○千元正，於民國○○年○月○日上午十時交貨時付清。

　　此致

張○○先生台照

立據人：林○○　　　印

地　址：○○○○

中　華　民　國　○○　年　○○　月　○○　日

註：本例係一般物品買賣之定金收據

定金收據

　　本人所有台北市○○路○段○號三樓房屋一戶及其基地坐落台北市○○區○段○地號持分○○○，出賣與林○○先生，收受定金新台幣貳拾萬元正，並約定如次：

一、於民國○○年○月○日以前至土地登記專業代理人陳○○地政士事務所正式簽訂買賣契約書，若歸責於買方無法簽約，完全由賣方沒收，若歸責於賣方無法簽約，應加倍退還與買方，以作為違約金。

二、本約房地產買賣總價新台幣捌佰萬元正，其付款方式如次：簽約時付新台幣○○萬元正，交增值稅時付新台幣○○萬元正，登記完畢付新台幣○○萬元正，於銀行貸款核撥時交屋並付清尾款新台幣○○萬元正。

三、其他有關事宜，於簽訂買賣契約書時，再依現行有關法律及社會一般慣例予以約定。

四、本收據一式兩份，雙方各執一份為憑，於簽訂買賣契約書時，本收據同時作廢，定金並移作買賣價款給付之一部分。

　　　　　　出賣人：張○○　　　　印

　　　　　　　　　　住址：○○○○

　　　　　　　　　　身分證號：○○○○

　　　　　　　　　　出生年月日：○○○○

　　　　　　承買人：林○○　　　　印

　　　　　　　　　　住址：○○○○

　　　　　　　　　　身分證號：○○○○

　　　　　　　　　　出生年月日：○○○○

中　華　民　國　○○　年　○○　月　○○　日

註：本例係不動產買賣之違約定金收據

定金收據

　　本人所有台北市○○路○段○號三樓房屋一戶及其基地坐落台北市○○區○段○○地號持分○○，出租與林○○先生，收受定金新台幣五千元，並約定如次：

一、於民國○○年○月○日上午十時至土地登記專業代理人陳○○地政士事務所正式簽訂租賃契約書，若承租人不租，得拋棄定金予以解約，若出租人不租，得加倍返還定金予以解約。

二、本約房地產每月租金新台幣三萬元正，押租保證金新台幣五萬元，每月一日付租金一次。其餘未盡事宜，於正式簽訂租賃契約書時，適用現行有關法律及社會一般慣例。

三、本收據一式二份，於簽訂租賃契約書時作廢，定金並移作租金給付之一部分。

　　　　　　　　　出租人：張○○　　　印
　　　　　　　　　　住址：○○○○
　　　　　　　　　　身分證號：○○○○
　　　　　　　　　　出生年月日：○○○○
　　　　　　　　　承租人：林○○　　　印
　　　　　　　　　　住址：○○○○
　　　　　　　　　　身分證號：○○○○
　　　　　　　　　　出生年月日：○○○○

中　華　民　國　○○　年　○○　月　○○　日

註：本例係不動產租賃之解約定金收據

第六節　催告履行契約及解約

一、解約：

㈠催告履行契約後，而不履行之解約（民法§254）：

契約當事人之一方遲延給付者，他方當事人得定相當期限，催告其履行，如於期限內不履行時，得解除其契約。

㈡不必催告即解約（民法§255）：

依契約之性質或當事人之意思表示，非於一定時期為給付不能達其契約之目的，而契約當事人之一方不按照時期給付者，他方當事人得不為前條之催告，解除其契約。

二、解除權之行使：

㈠催告是否行使解除權（民法§257）：

解除權之行使，未定有期間者，他方當事人得定相當期限，催告解除權人於期限內確答是否解除，如逾期未受解除之通知，解除權即消滅。

㈡解除權之行使方法（民法§258）：

解除權之行使，應向他方當事人以意思表示為之。

契約當事人之一方有數人者，前項意思表示，應由其全體或向其全體為之。

解除契約之意思表示，不得撤銷。

三、解約後之處理（民法§259）：

契約解除時，當事人雙方回復原狀之義務，除法律另有規定，或契

約另有訂定外，依下列之規定：

　　㈠由他方所受領之給付物，應返還之。

　　㈡受領之給付為金錢者，應附加自受領時起之利息償還之。

　　㈢受領之給付為勞務或為物之使用者，應照受領時之價額，以金錢償還之。

　　㈣受領之給付物生有孳息者，應返還之。

　　㈤就返還之物，已支出必要或有益之費用，得於他方受返還時所得利益之限度內，請求其返還。

　　㈥應返還之物有毀損滅失，或因其他事由，致不能返還者，應償還其價額。

　　四、依前開規定，有關催告及解約，其以書面意思表示者略例如後：

催告書

林○○先生大鑒：（宜以郵局存證信函為之）

　　先生於民國○○年○月○日向本人訂購台北市○○路○段○○號房屋一戶及其基地應有持分，收受定金新台幣五萬元，並約定於民國○○年○月○日以前，應正式簽訂買賣契約書，此有定金收據可證，如今已逾期五日，或先生一時忙碌而遺忘，為此，特依民法第二百五十四條規定，提醒先生請於文到日起三日內出面簽約，逾期將沒收定金，解除契約，房地產將另作處分，耑此奉達。

　　敬　祝

安　祺

　　　　　　　　催告人：張○○　　　　印

　　　　　　　　住　　址：○○○○

| 中 | 華 | 民 | 國 | ○○ | 年 | ○○ | 月 | ○○ | 日 |

註：本例係給付定金催告簽訂買賣契約，名稱不限

解約通知書

林○○先生大鑒：（宜以郵局存證信函為之）

　　先生於民國○○年○月○日向本人訂購台北市○○路○段○○號房屋一戶及其基地應有持分，並簽訂有定金收據乙紙，約定應於民國○○年○月○日以前正式簽訂買賣契約書，惟先生並未如期簽約，經本人於民國○○年○月○日以台北郵局○○支局第○○號存證信函合法送達催告先生應於文到日起三日內出面簽約，如今又逾半月有餘，亦未見先生有所反應，為此，特依民法第二百五十八條規定，正式向先生表示解除契約，定金完全由本人沒收，標的物將另作處分。

　　　　　　　解約表示人：張○○　　　印

　　　　　　　住　　　址：○○○○

| 中 | 華 | 民 | 國 | ○○ | 年 | ○○ | 月 | ○○ | 日 |

註：本例係催告履約而不履約之解約通知

解約通知書

○○藝品店負責人林○○先生大鑒：（宜以郵局存證信函為之）

　　本人於民國○○年○月○日向　貴店訂購藝品一批，約定應於民國○○年○月○日本人搭機出國前交貨，俾利本人出國贈送親友，此有契約乙張可證，惟　貴店卻無法如期交貨，如今本人業經出國又回國，爰依民法第二百五十五條及第二百四十九條規定，向　貴店表示解除契約，貴店收受之定金新台幣五千元正，並請於文到日起三日內惠予加倍返還，嵩此奉達。

　　　　　　通知人：張○○　　　　印

　　　　　　住　址：○○○○

中　　華　　民　　國　○○　年　○○　月　○○　日

註：本例係不必催告即解約之通知

催告書

林○○先生大鑒：

　　本人向先生承買台北市○○路○○號二樓房屋一戶及其基地應有持分，經接獲先生民國○○年○月○日台北郵局第○支局第○○號存證信函催告於文到日起三日內履行契約，否則將予解約，由於本人事務繁忙，未能如催告之期限履行契約，惟亦未見先生行使解除權之解約意思表示，爰依民法第二百五十七條規定，催告先生於文到日起

五日內確答是否解除契約，逾期解除權即消滅，本人將與先生依約履
行，耑此奉達。
　　敬　祝
大　安

　　　　　　　　張○○　　　㊞
　　　　　　　　住址：○○○○

中　華　民　國　○○　年　○○　月　○○　日

註：本例係催告解除權人確答是否解除契約

第七節　第三人承擔債務應經債權人承認

一、民法規定：

㈠第三人與債權人訂約之債務移轉（§300）：

第三人與債權人訂立契約承擔債務人之債務者，其債務於契約成立
時，移轉於該第三人。

㈡第三人與債務人訂約之債務移轉，應經債權人承認（§301）：

第三人與債務人訂立契約承擔其債務者，非經債權人承認，對於債
權人，不生效力。

㈢定期催告債權人確答是否承認（§302）：

前條債務人或承擔人，得定相當期限，催告債權人於該期限內確答
是否承認，如逾期不為確答者，視為拒絕承認。

債權人拒絕承認時，債務人或承擔人得撤銷其承擔之契約。

二、依前條規定，催告債權人確答是否承認，有關催告、承認等以書面為之者略例如後：

催告書

林〇〇先生大鑒：（宜以郵局存證信函為之）

　　本人係先生之債務人，於民國〇〇年〇月〇日向先生借款新台幣二百萬元正，並提供本人所有台北市〇〇路〇段〇〇號五樓房屋一戶及其基地應有持分抵押權設定登記在案。如今本人將各該房地產出賣與張〇〇先生，並已完成所有權移轉登記，新所有權人張〇〇先生願意承擔該債務，並與本人訂立契約承擔該債務，依民法第三百零一條規定，該承擔債務之契約，應經先生承認始生效力，爰依民法第三百零二條規定，函請先生惠予文到日起五日內確答是否承認，耑此奉達。

　　敬　　祝
大　安

王〇〇　　印
住址：〇〇〇〇

中　華　民　國　〇〇　年　〇〇　月　〇〇　日

註：本例係債務人催告債權人承認

承認書

王〇〇先生大鑒：

　　本人與先生間之債權債務，接奉民國〇〇年〇月〇日郵局第〇〇號存證函，謂先生之債務與張〇〇先生訂立契約，由張〇〇先生承擔債務，由於張〇〇先生亦為本人之舊識，為人頗具誠信，何況又有房地產抵押權設定登記擔保，實毋庸置慮，為此，特予承認該債務承擔契約，耑此奉達。

　　敬　祝

時　祺

　　　　　　　林〇〇　　　㊞

　　　　　　　住址：〇〇〇〇

中　華　民　國　〇〇　年　〇〇　月　〇〇　日

註：本例係債權人承認第三人承擔債務，宜以郵局存證信函為之

拒絕承認書

林〇〇先生大鑒：

　　先生於民國〇〇年〇月〇日向本人借款新台幣〇〇萬元，雖提供先生所有台北市〇〇路〇段〇〇號五樓房屋一戶及其基地應有持分抵押設定擔保，惟因本人最近亦需資金周轉，而先生將房地產出售亦有資金收入，為此，實不宜再將該債務移轉他人承擔，而應清償為當，為此，於接獲先生民國〇〇年〇月〇日〇〇郵局第〇〇號存證信函催

告本人限期確答是否承認，特回函表示拒絕承認該債務承擔契約，敬
請惠予提前清償或按原約定依約清償，不情之處，敬請海涵。

　　敬　　祝

大　　安

　　　　　　　　　吳〇〇　　　　印

　　　　　　　　　住址：〇〇〇〇

中　　華　　民　　國　　〇〇　年　　〇〇　月　　〇〇　日

註：本例係債權人拒絕承認第三人承擔債務，宜以郵局存證信函為之

第八節　債權讓與

一、債權讓與，民法有關規定如次：

㈠讓與限制（§294）：

債權人得將債權讓與於第三人。但下列債權，不在此限：

1.依債權之性質，不得讓與者。

2.依當事人之特約，不得讓與者。

3.債權禁止扣押者。

前項第二款不得讓與之特約，不得以之對抗善意第三人。

㈡讓與移轉之範圍（§295）：

讓與債權時該債權之擔保及其他從屬之權利，隨同移轉於受讓人。
但與讓與人有不可分離之關係者，不在此限。

　　未支付之利息，推定其隨同原本移轉於受讓人。

㈢文件交付（§296）：

讓與人應將證明債權之文件，交付受讓人，並應告以關於主張該債權所必要之一切情形。

㈣通知債務人（§297）：

債權之讓與非經讓與人或受讓人通知債務人，對於債務人不生效力。但法律另有規定者，不在此限。

受讓人將讓與人所立之讓與字據提示於債務人者，與通知有同一之效力。

二、依前開規定，其以書面通知債權讓與者略例如後：

債權讓與通知書

林○○先生大鑒：（宜以郵局存證信函為之）

　　先生於民國○○年○月○日向本人借款新台幣○○萬元正，本人與先生並無約定不得讓與，依債權之性質，亦無不得讓與，亦無債權禁止扣押，是以於民國○○年○月○日起將該債權讓與張○○先生（住：○○○，身分證號：○○○○，出生年月日：○○○○），並自民國○○年○月○日起由受讓人張○○先生收受利息，清償期屆至時，並請逕向受讓人張○○先生清償，爰依民法第二百九十七條規定，通知如上。

　　　　　　　　債權讓與人：王○○　　印

　　　　　　　　住　　址：

中　華　民　國　○○　年　○○　月　○○　日

第九節　免除債務拋棄債權

一、民法第三百四十三條規定：債權人向債務人表示免除其債務之意思者，債之關係消滅。

二、遺產及贈與稅法第五條第一款規定：在請求權時效內無償免除或承擔債務者，其免除或承擔之債務，以贈與論，應依法課徵贈與稅。

三、依前開規定，其以書面表示免除債務之意思者略例如後：

債務免除（或債權拋棄）證明書

茲債務人王○○，於民國○○年○月○日委託本人運送貨物一批，其運送費新台幣三萬元正，迄未給付，特予債務免除。

此致

王○○先生台照

債權人：林○○　　　　　印

住　　址：

身分證號：

出生年月日：

中　華　民　國　○○　年　○○　月　○○　日

第十節　買賣

壹、買賣之概念

一、買賣之意義及其成立（民法§345）：

㈠買賣之意義：

稱買賣者，謂當事人約定一方移轉財產權於他方，他方支付價金之契約。

㈡買賣契約成立：

當事人就標的物及其價金互相同意時，買賣契約即為成立。

二、買賣價金之擬定（民法§346）：

㈠視為定有價金：

價金雖未具體約定，而依情形可得而定者，視為定有價金。

㈡約定依市價者：

價金約定依市價者，視為標的物清償時清償地之市價。但契約另有訂定者，不在此限。

貳、出賣人

一、義務（民法§348）：

物之出賣人，負交付其物於買受人，並使其取得該物所有權之義務。

權利之出賣人，負使買受人取得其權利之義務，如因其權利而得占有一定之物者，並負交付其物之義務。

二、擔保責任：

㈠權利瑕疵之擔保：

1.保證無他人主張權利（民法§349）：

出賣人應擔保第三人就買賣之標的物，對於買受人不得主張任何權利。

2.保證權利存在（民法§350）：

債權或其他權利之出賣人，應擔保其權利確係存在，有價證券之出賣人，並應擔保其證券未因公示催告而宣示為無效。

3.權利瑕疵擔保之免責（民法§351）：

買受人於契約成立時，知有權利之瑕疵者，出賣人不負擔保之責，但契約另有訂定者，不在此限。

4.不履行義務之效果（民法§353）：

出賣人不履行第三百四十八條至第三百五十一條所定之義務者，買受人得依關於債務不履行之規定，行使其權利。

㈡支付能力之擔保責任（民法§352）：

債權之出賣人對於債務人之支付能力，除契約另有訂定外，不負擔保責任。出賣人就債務人之支付能力，負擔保責任者，推定其擔保債權移轉時債務人之支付能力。

㈢物之瑕疵擔保：

1.擔保無滅失或減少其價值或效用及品質（民法§354）：

物之出賣人，對於買受人應擔保其物依第三百七十三條之規定危險移轉於買受人時，無滅失或減少其價值之瑕疵，亦無滅失或減少其通常效用，或契約預定效用之瑕疵。但減少之程度無關重要者，不得視為瑕疵。

出賣人並應擔保其物於危險移轉時，具有其所保證之品質。

2.擔保之免責（民法§355）：

買受人於契約成立時，知其物有前條第一項所稱之瑕疵者，出賣人不負擔保之責。

買受人因重大過失，而不知有前條第一項所稱之瑕疵者，出賣人如未保證其無瑕疵時，不負擔保之責。但故意不告知其瑕疵者，不在此限。

3.買受人對受領物之檢查通知保管與變賣：

⑴檢查與通知（民法§356）：

買受人應按物之性質，依通常程序從速檢查其所受領之物。如發見有應由出賣人負擔保責任之瑕疵時，應即通知出賣人。

買受人怠於為前項之通知者，除依通常之檢查不能發見之瑕疵外，視為承認其所受領之物。

不能即知之瑕疵，至日後發見者，應即通知出賣人，怠於為通知者，視為承認其所受領之物。

⑵不必檢查與通知（民法§357）：

前條規定於出賣人故意不告知瑕疵於買受人者，不適用之。

⑶他地送到之物之保管、變賣與通知（民法§358）：

買受人對於由他地送到之物，主張有瑕疵，不願受領者，如出賣人於受領地無代理人，買受人有暫為保管之責。

前項情形，如買受人不即依相當方法證明其瑕疵之存在者，推定於受領時為無瑕疵。

送到之物易於敗壞者，買受人經依相當方法之證明，得照市價變賣之，如為出賣人之利益，有必要時，並有變賣之義務。

買受人依前項規定為變賣者，應即通知出賣人，如怠於通知，應負損害賠償之責。

4.效力：

⑴解約或減少價金（民法§359）：

買賣因物有瑕疵，而出賣人依前五條之規定，應負擔保之責者，買受人得解除其契約，或請求減少其價金。但依情形，解除契約顯失公平者，買受人僅得請求減少價金。

⑵不解約，不減價金：

①請求損害賠償（民法§360）：

買賣之物，缺少出賣人所保證之品質者，買受人得不解除契約或請求減少價金，而請求不履行之損害賠償。出賣人故意不告知物之瑕疵

者，亦同。

　②請求另行交付無瑕疵之物（民法§364）：

　買賣之物，僅指定種類者，如其物有瑕疵，買受人得不解除契約或請求減少價金，而即時請求另行交付無瑕疵之物。

　出賣人就前項另行交付之物，仍負擔保責任。

　(3)解約：

　①催告（民法§361）：

　買受人主張物有瑕疵者，出賣人得定相當期限，催告買受人於其期限內，是否解除契約。

　買受人於前項期限內，不解除契約者，喪失其解除權。

　②主物與從物解約之範圍（民法§362）：

　因主物有瑕疵而解除契約者，其效力及於從物。

　從物有瑕疵者，買受人僅得就從物之部分為解除。

　③數物之解約範圍（民法§363）：

　為買賣標的之數物中，一物有瑕疵者，買受人僅得就有瑕疵之物為解除。其以總價金將數物同時賣出者，買受人並得請求減少與瑕疵物相當之價額。

　前項情形，當事人之任何一方，如因有瑕疵之物，與他物分離而顯受損害者，得解除全部契約。

　④解除權或請求權之消滅（民法§365）：

　買受人因物有瑕疵，而得解除契約或請求減少價金者，其解除權或請求權，於買受人依第三百五十六條規定為通知後六個月間不行使或自物之交付時起經過五年而消滅。

　前項關於六個月期間之規定，於出賣人故意不告知瑕疵者，不適用之。

　㈣特約免除或限制擔保之無效（民法§366）：

　以特約免除或限制出賣人關於權利或物之瑕疵擔保義務者，如出賣人故意不告知其瑕疵，其特約為無效。

參、承買人

一、義務

㈠買受人之義務（民法§367）：

買受人對於出賣人，有交付約定價金及受領標的物之義務。

㈡拒絕交付價金（民法§368）：

買受人有正當理由，恐第三人主張權利，致失其因買賣契約所得權利之全部或一部者，得拒絕支付價金之全部或一部。但出賣人已提出相當擔保者，不在此限。

前項情形，出賣人得請求買受人提存價金。

㈢交付價金及標的物之時機：

1.買賣標的物與其價金之交付，除法律另有規定或契約另有訂定或另有習慣外，應同時為之（民法§369）。

2.標的物交付定有期限者，其期限，推定其為價金交付之期限（民法§370）。

㈣價金交付之地方（民法§371）：

標的物與價金應同時交付者，其價金應於標的物之交付處所交付之。

㈤價金以重量計算之方法（民法§372）：

價金依物之重量計算者，應除去其包皮之重量。但契約另有訂定或另有習慣者，從其訂定或習慣。

二、利益與危險之承受：

㈠買賣標的物之利益及危險，自交付時起，均由買受人承受負擔。但契約另有訂定者，不在此限（民法§373）。

㈡危險負擔：

1.請求於清償地以外之處所交付之危險負擔（民法§374）：

買受人請求將標的物送交清償地以外之處所者，自出賣人交付其標的物於為運送之人或承攬運送人時起，標的物之危險，由買受人負擔。

2.交付前之危險負擔（民法§375）：

標的物之危險，於交付前已應由買受人負擔者，出賣人於危險移轉後，標的物之交付前，所支出之必要費用，買受人應依關於委任之規定，負償還責任。

前項情形，出賣人所支出之費用，如非必要者，買受人應依關於無因管理之規定，負償還責任。

3.出賣人違反送交方法之損害賠償（民法§376）：

買受人關於標的物之送交方法，有特別指示，而出賣人無緊急之原因，違其指示者，對於買受人因此所受之損害，應負賠償責任。

肆、買賣費用之負擔

買賣費用之負擔，除法律另有規定或契約另有訂定或另有習慣外，依下列之規定（民法§378）：

一、買賣契約之費用，由當事人雙方平均負擔。

二、移轉權利之費用，運送標的物至清償地之費用及交付之費用，由出賣人負擔。

三、受領標的物之費用，登記之費用及送交清償地以外處所之費用，由買受人負擔。

催告函

林○○先生大鑒：（宜以郵局存證信函為之）

　　本人於民國○○年○月○日向先生訂購台北市○○路○○號房屋乙戶，已給付定金新台幣五萬元正，此有定金收據為憑，依該定金收據所載，買賣雙方應於民國○○年○○月○日上午○時，至台北市○○路○○號三樓○○地政士事務所正式簽訂買賣契約書，如今已逾

期限三日，迄未見先生出面簽約，或恐先生忙中有忘，特書函提醒，
請於文到日起三日內，電話聯絡訂定時間簽約。

買受人：張〇〇　　　　　印
地　址：〇〇〇〇

中　　華　　民　　國　　〇〇　年　　〇〇　月　　〇〇　日

註：本例係催告簽訂買賣契約

通知書

林〇〇先生大鑒：

　　先生向本高爾夫練習場購買會員證，依雙方簽訂之買賣契約書第
〇條約定，於民國〇〇年〇月〇日應給付清第〇期款新台幣〇〇元
正，特函提醒並請如期給付，至感。

通知人：〇〇高爾夫練習場　　　印
負責人：　　　印
地　址：〇〇〇〇
電　話：

中　　華　　民　　國　　〇〇　年　　〇〇　月　　〇〇　日

註：本例係買賣分期付款之通知

通知書

林〇〇先生大鑒：（宜以郵局存證信函為之）

　　本人於民國〇〇年〇月〇日向先生訂購沙發乙套，於民國〇〇年〇月〇日交貨，經依通常程序檢查結果，發現彈簧有數個發生故障，致彈性不一，為此，特依民法第三百五十七條規定，依法通知先生，敬請於文到日起五日內予以修復或另換乙套為荷，耑此奉達。

　　敬　祝

大　安

　　　　　　　　買受人：張〇〇　　　　印
　　　　　　　　住　址：〇〇〇〇

中　　華　　民　　國　〇〇　年　〇〇　月　〇〇　日

註：本例係訂購沙發瑕疵之通知

催告函

林〇〇先生大鑒：（宜以郵局存證信函為之）

　　先生於民國〇〇年〇月〇日向本店訂購紀念章一批，先生給付定金新台幣〇〇元正，言明於民國〇〇年〇月〇日至本店取貨並付清尾款，如今本店已經依約製成該批紀念章，惟已逾交貨日期十餘天，迄未見先生前來提貨，為此，特函通知，請於文到日起五天內前來提貨並付清尾款，逾期將予解約，並沒收定金，紀念章本店將另行處理。

　　　　　　催告人：○○藝品店　　印

　　　　　　負責人：○○○　　　印

　　　　　　地　址：○○○○

　　　　　　電　話：

中　　華　　民　　國　○○　年　○○　月　○○　日

註：本例係買受人遲延受貨之催告

催告函

○○汽車股份有限公司大鑒：（宜以郵局存證信函為之）

　　本人於民國○○年○月○日向　貴公司訂購○○牌○○年份汽車乙部，已給付定金新台幣○○萬元正，約定應於五日內交車並同時給付全部價款，如今已逾五日，迄未交車，屢經電話洽詢承辦人員林○○先生，始則支吾其詞，繼則避不見面，究竟如何，　貴公司應予清楚說明，始克有當，爰此特予催告，請於文到日起五日內交車，否則應加倍返還定金。

　　　　　　催告人：張○○　　　印

　　　　　　住　址：○○○○

中　　華　　民　　國　○○　年　○○　月　○○　日

註：本例係汽車買賣遲延給付之催告

請求書

○○餐廳負責人林○○先生大鑒：（宜以郵局存證信函為之）

　　本人一家五口，於民國○○年○月○日下午七時，至　貴餐廳聚餐，返家後全家人上吐下瀉，五人全部住院急診，經醫院醫師診斷係食物不潔所引起，此有醫院診斷證明及當日　貴餐廳消費開立之統一發票可證，為此，特函敬告　貴餐廳應注意食品衛生，並向　貴餐廳求償醫療費新台幣一萬五千元正，請於文到日起三日內惠予給付。

　　　　　　　敬告兼請求人：張○○　　　印

　　　　　　　住　　　址：○○○○

　　　　　　　電　　　話：

中　　華　　民　　國　　○○　　年　　○○　　月　　○○　　日

註：本例係餐廳消費，食物不潔之醫療費請求

請求書

林○○先生大鑒：（宜以郵局存證信函為之）

　　先生於民國○○年○月○日向本公司訂購餐盒二百個，供應當天先生所舉辦之活動人員午餐，詎料本公司如期完成後，先生卻遲至中午十二點三十分始通知取消購買，致使本公司無法另行他賣而損失不貲，經計算該二百個餐盒食物，其成本共計新台幣○○萬元正，應由先生負損害賠償責任，請於文到日起五日內惠予給付，至感。

```
請求人：○○食品有限公司        印

負責人：○○○        印

地  址：○○○○

電  話：
```

中　華　民　國　○○　年　○○　月　○○　日

註：本例係買賣契約解除後之損害求償

第十一節　租賃

一、催告修繕（民法§430）：

租賃關係存續中，租賃物如有修繕之必要，應由出租人負擔者，承租人得定相當期限，催告出租人修繕，如出租人於其期限內不為修繕者，承租人得終止契約或自行修繕而請求出租人償還其費用或於租金中扣除之。

二、承租人有關之通知（民法§437）：

租賃關係存續中，租賃物如有修繕之必要，應由出租人負擔者，或因防止危害有設備之必要，或第三人就租賃物主張權利者，承租人應即通知出租人。但為出租人所已知者，不在此限。

承租人怠於為前項通知，致出租人不能及時救濟者，應賠償出租人因此所生之損害。

三、出租人之催告支付租金（民法§440）：

承租人租金支付有遲延者，出租人得定相當期限，催告承租人支付租金，如承租人於其期限內不為支付，出租人得終止契約。

租賃物為房屋者，遲付租金之總額，非達二個月之租額，不得依前

項之規定，終止契約。其租金約定於每期開始時支付者，並應於遲延給付逾二個月時，始得終止契約。

　　租用建築房屋之基地，遲付租金之總額，達二年之租額時，適用前項之規定。

　　四、終止租約之先期通知：

　　㈠未定期限之先期通知（民法§450）：

　　租賃定有期限者，其租賃關係，於期限屆滿時消滅。

　　未定期限者，各當事人得隨時終止契約。但有利於承租人之習慣者，從其習慣。

　　前項終止契約，應依習慣先期通知。但不動產之租金，以星期、半個月或一個月定其支付之期限者，出租人應以曆定星期、半個月或一個月之末日為契約終止期，並應至少於一星期、半個月或一個月前通知之。

　　㈡承租人死亡之先期通知（民法§452）：

　　承租人死亡者，租賃契約雖定有期限，其繼承人仍得終止契約。但應依第四百五十條第三項之規定，先期通知。

　　㈢定期租賃，提前終止契約之先期通知（民法§453）：

　　定有期限之租賃契約，如約定當事人之一方於期限屆滿前，得終止契約者，其終止契約，應依第四百五十條第三項之規定，先期通知。

　　五、轉換為不定期租約（民法§451）：

　　租賃期限屆滿後，承租人仍為租賃物之使用收益，而出租人不即表示反對之意思者，視為以不定期限繼續契約。

　　六、依前開規定，各有關之催告或通知，其以書面為之者略例如後：

催告函

林〇〇先生大鑒：（宜以郵局存證信函為之）

　　本人向先生承租台北市〇〇路〇段〇巷〇〇號三樓房屋居住使用，如今浴室水管有破裂跡象，致浴室整日積水，爰依民法第四百三十條規定，通知先生請於文到日起五日內惠予修繕，否則本人將自行僱請水電行人員修繕，所需費用將於下個月份之租金中扣除，耑此奉達。

　　敬　祝
　　大　安

　　　　　　承租人：張〇〇　　　印
　　　　　　住　址：〇〇〇〇

中　華　民　國　〇〇　年　〇〇　月　〇〇　日

註：本例係承租人通知出租人修繕

通知書

林〇〇先生大鑒：（宜以郵局存證信函為之）

　　本人向先生承租台北市〇〇路〇〇號五樓房屋一戶，因係頂層樓，其屋頂平台長期風吹日曬雨淋，已有腐化之跡象，為恐一旦下雨，將滲入屋內，造成無謂之損失，爰依民法第四百三十七條規定，通知先生能於最短期限內整修屋頂，並為防水防曬之設備，否則一旦房屋受損，本人將不負損害賠償之責任，耑此奉達。

```
　敬　　祝

大　　安


　　　　　　　　承租人：張○○　　　　印

　　　　　　　　住　　址：○○○○


中　　華　　民　　國　○○　年　○○　月　○○　日
```

註：本例係防止危害有設備之必要之通知

催告函

張○○先生大鑒：（宜以郵局存證信函為之）

　　先生承租本人所有台北市○○路○○號四樓房屋一戶，依雙方所
簽訂之租賃契約書第○條約定，租金每月新台幣○○萬元，應於每月
一日現金給付，如今已逾多日，迄未見給付，爰依民法第四百四十條
規定，函請於文到日起五日內給付。嵩此奉達。

　　敬　　祝

大　　安

```
　　　　　　　　出租人：林○○　　　　印

　　　　　　　　住　　址：○○○○


中　　華　　民　　國　○○　年　○○　月　○○　日
```

註：本例係出租人催告承租人支付租金

通知書

林〇〇先生大鑒：（宜以郵局存證信函為之）

　　先生承租本人所有台北市〇〇路〇〇號三樓房屋一戶，依雙方簽訂之租賃契約書第〇條約定，租期將於民國〇〇年〇月〇日屆滿，期限屆滿本人將收回自住，不再續租，為此先期通知，敬請另行覓屋居住為荷，耑此奉達。

　　敬　祝
大　安

　　　　　　　　　出租人：張〇〇　　　印

　　　　　　　　　住　　址：〇〇〇〇

中　　華　　民　　國　〇〇　年　〇〇　月　〇〇　日

註：本例係定期租賃期限屆滿終止租約之先期通知

通知書

張〇〇先生大鑒：（宜以郵局存證信函為之）

　　本人承租先生所有台北市〇〇路〇〇號一樓營業使用，租期至民國〇〇年〇月〇〇日屆滿，如今租期尚餘五個月多，由於經濟不景氣，生意難做，擬於下個月結束營業，並提前終止租約，爰依雙方簽訂之租賃契約書第〇條約定及民法第四百五十三條規定，先期通知，敬請見諒。耑此

敬　祝

大　安

　　　　　　承租人：林○○　　　　印

　　　　　　住　址：○○○○

中　　華　　民　　國　　○○　年　　○○　月　　○○　日

註：本例係定期租賃承租人提前終止租約之先期通知

通知書

林○○先生大鑒：（宜以郵局存證信函為之）

　　先生承租本人所有台北市○○路○○號三樓房屋一戶，租期至民國○○年○月○○日屆滿，如今租期雖尚未屆至，惟因小兒於近日訂婚，並擇期於下個月結婚，是以必須提前終止租約收回房屋以自住，爰依雙方簽訂之租賃契約書第○條約定及民法第四百五十三條規定，先期通知，敬請見諒。耑此奉達。

　　敬　祝

大　安

　　　　　　出租人：張○○　　　　印

　　　　　　住　址：○○○○

中　　華　　民　　國　　○○　年　　○○　月　　○○　日

註：本例係定期租賃出租人提前終止租約之先期通知

通知書

張○○先生大鑒：（宜以郵局存證信函為之）

　　先父林○○向先生承租台北市○○路○○號三樓房屋一戶，租期至民國○○年○月○日屆滿，惟先父不幸於民國○○年○月○日不幸亡故，是以已無再租賃該屋之必要，爰依民法第四百五十二條規定，先期通知先生於下個月底止提前終止租約返還房屋，情非得已，敬請見諒。

　　敬　祝
大　安

　　　　　　承租人：林○○
　　　　　　繼承人：林○○　　　印
　　　　　　住　址：○○○○

中　華　民　國　○○　年　○○　月　○○　日

註：本例係承租人死亡，其繼承人提前終止租約之先期通知

第十二節　使用借貸

一、意義（民法§464）：

　　稱使用借貸者，謂當事人一方以物交付他方，而約定他方於無償使用後返還其物之契約。

二、損害賠償：

㈠貸與人負責（民法§466）：

貸與人故意不告知借用物之瑕疵，致借用人受損害者，負賠償責任。

㈡借用人負責（民法§468）：

借用人應以善良管理人之注意，保管借用物。

借用人違反前項義務，致借用物毀損、滅失者，負損害賠償責任。但依約定之方法或依物之性質而定之方法使用借用物，致有變更或毀損者，不負責任。

三、返還（民法§470）：

借用人應於契約所定期限屆滿時，返還借用物；未定期限者，應於依借貸之目的使用完畢時返還之。但經過相當時期，可推定借用人已使用完畢者，貸與人亦得為返還之請求。

借貸未定期限，亦不能依借貸之目的而定其期限者，貸與人得隨時請求返還借用物。

四、終止契約（民法§472）：

有下列各款情形之一者，貸與人得終止契約：

㈠貸與人因不可預知之情事，自己需用借用物者。

㈡借用人違反約定或依物之性質而定之方法使用借用物，或未經貸與人同意，允許第三人使用者。

㈢因借用人怠於注意，致借用物毀損或有毀損之虞者。

㈣借用人死亡者。

五、請求權消滅（民法§473）：

貸與人就借用物所受損害，對於借用人之賠償請求權，借用人依第四百六十六條所定之賠償請求權、第四百六十九條所定有益費用償還請求權及其工作物之取回權，均因六個月間不行使而消滅。

前項期間，於貸與人，自受借用物返還時起算。於借用人，自借貸

關係終止時起算。

請求書

張〇〇先生大鑒：（宜以郵局存證信函為之）

本人所有〇〇牌汽車乙部，於民國〇〇年〇月〇日借與先生開往高雄，次日先生返還汽車時，本人未及注意，先生亦未提及，嗣後始發現該車被擦撞有所毀損，經與汽車修理廠議價修護，其費用新台幣〇〇元正，依民法第四百六十八條規定，應由先生負責，茲檢附費用收據影本乙紙，請於文到日起三日內惠予給付。

請求人：林〇〇　　　[印]

住　址：〇〇〇〇

電　話：

中　　華　　民　　國　　〇〇　年　〇〇　月　〇〇　日

註：本例係貸與人向借用人求償

請求書

林〇〇先生大鑒：（宜以郵局存證信函為之）

　　本人於民國〇〇年〇月〇日向先生借用機車，該機車先生明知引擎有重大毛病，卻故意不告知本人，致使本人乘騎時引擎發生爆炸，本人因此受傷住院，爰依民法第四百六十六條規定，檢附醫療費用支出收據向先生請求醫療費用新台幣〇〇元正，敬請於文到日起十天內給付，至感。

　　　　　　請求人：張○○　　　印

　　　　　　住　址：○○○○

　　　　　　電　話：

中　華　民　國　○○　年　○○　月　○○　日

註：本例係借用人向貸與人求償

請求書

林○○先生大鑒：

　　本人出借台北市○○路○○號三樓房屋一戶與先生居住，約定借住期間六個月，如今期限已經屆滿，且該屋應重新裝潢，借作女兒下個月返國時居住，為此，爰依民法第四百七十條及第四百七十二條規定，請求先生於文到日起十天內搬遷，並惠予返還，至感。

　　　　　　請求人：張○○　　　印

　　　　　　住　址：○○○○

中　華　民　國　○○　年　○○　月　○○　日

註：本例係請求返還借用物

第十三節　僱傭

一、意義（民法§482）：

稱僱傭者，謂當事人約定，一方於一定或不定之期限內為他方服勞務，他方給付報酬之契約。

二、約定報酬（民法§483）：

如依情形，非受報酬即不服勞務者，視為允與報酬。

未定報酬額者，按照價目表所定給付之；無價目表者，按照習慣給付。

三、勞務轉讓（民法§484）：

僱用人非經受僱人同意，不得將其勞務請求權讓與第三人。受僱人非經僱用人同意，不得使第三人代服勞務。

當事人之一方違反前項規定時，他方得終止契約。

四、終止關係：

㈠終止契約（民法§485）：

受僱人明示或默示保證其有特種技能者，如無此種技能時，僱用人得終止契約。

㈡期限屆滿（民法§488）：

僱傭定有期限者，其僱傭關係，於期限屆滿時消滅。

僱傭未定期限，亦不能依勞務之性質或目的定其期限者，各當事人得隨時終止契約。但有利於受僱人之習慣者，從其習慣。

㈢重大事故（民法§489）：

當事人之一方，遇有重大事由，其僱傭契約，縱定有期限，仍得於期限屆滿前終止之。

前項事由，如因當事人一方之過失而生者，他方得向其請求損害賠償。

五、報酬給付（民法§486）：

報酬應依約定之期限給付之；無約定者，依習慣；無約定亦無習慣者，依下列之規定：

㈠報酬分期計算者，應於每期屆滿時給付之。

㈡報酬非分期計算者，應於勞務完畢時給付之。

請求書

○○股份有限公司負責人林○○先生大鑒：

　　本人服務於公司五年，近期每逢下班時，公司均要求本人攜帶資料至○○處，致使本人遲延下班返家，此種情形，偶一為之猶可，詎料竟天天如此，為此爰依民法第四百八十三條規定，請求按公司加班計費準則給付加班費或車馬費。

　　　　　　請求人：張○○　　印
　　　　　　住　址：○○○○

中　華　民　國　○○　年　○○　月　○○　日

註：本例係受僱人請求報酬

通知書

林○○女士大鑒：

　　女士受僱於本人，應於每日上午至本人家裏整理清潔房屋，女士

之工作表現尚稱滿意，但近日未經本人同意，女士竟使王○○女士代服勞務，顯然有違民法第四百八十四條規定，為此特予通知，請親自為之，否則將終止契約。

通知人：張○○　　　印

住　址：○○○○

中　華　民　國　○○　年　○○　月　○○　日

註：本例係僱用人通知受僱人

通知書

林○○先生大鑒：

　　先生於民國○○年○月○日前來應徵花木修剪工作時，謂有修剪花木之技能，是以僱用先生，但幾天下來，發現先生不僅無此項技能，連花木基本常識均無，為此，爰依民法第四百八十五條規定，終止契約，特此通知。

通知人：張○○　　　印

住　址：○○○○

中　華　民　國　○○　年　○○　月　○○　日

註：本例係無技能之終止契約

請求書

林〇〇先生大鑒：

　　本人受僱於先生所開之店，服務已三年有餘，由於經濟不景氣，先生之店也因此營業不佳，致不得不裁減人員，惟先生事前並未告知而遽予宣布終止僱傭關係，致使本人一時難以就業，生活陷於困頓，為此，特請求遣散費新台幣〇〇元正，請於文到日起〇天內惠予給付，至感。

　　　　　　　　　請求人：張〇〇　　　印
　　　　　　　　　住　　址：〇〇〇〇

中　　華　　民　　國　〇〇　年　〇〇　月　〇〇　日

註：本例係請求遣散費

第十四節　承攬

一、意義（民法§490）：

　　稱承攬者，謂當事人約定，一方為他方完成一定之工作，他方俟工作完成，給付報酬之契約。

　　約定由承攬人供給材料者，其材料之價額，推定為報酬之一部。

二、工作品質（民法§492）：

　　承攬人完成工作，應使其具備約定之品質及無減少或滅失價值或不適於通常或約定使用之瑕疵。

三、瑕疵修補（民法§493）：

工作有瑕疵者，定作人得定相當期限，請求承攬人修補之。

承攬人不於前項期限內修補者，定作人得自行修補，並得向承攬人請求償還修補必要之費用。

如修補所需費用過鉅者，承攬人得拒絕修補，前項規定，不適用之。

四、延誤工期（民法§502）：

因可歸責於承攬人之事由，致工作逾約定期限始完成，或未定期限而逾相當時期始完成者，定作人得請求減少報酬或請求賠償因遲延而生之損害。

前項情形，如以工作於特定期限完成或交付為契約之要素者，定作人得解除契約，並得請求賠償因不履行而生之損害。

五、報酬（民法§505）：

報酬應於工作交付時給付之，無須交付者，應於工作完成時給付之。

工作係分部交付，而報酬係就各部分定之者，應於每部分交付時，給付該部分之報酬。

通知書

○○裝潢有限公司負責人林○○先生大鑒：

　　貴公司裝潢本人所有台北市○○路○○號○樓房屋一戶，雖已裝潢完畢，惟發現壁紙鬆動，浴室地面磁磚凹凸不平，為此，爰依民法第四百九十三條規定，請求於文到日起三日內派員修補，否則將另行僱工修補，所需費用，將從應給付與貴公司之尾款中扣除。

　　　　　　　通知人：王○○　　　印

　　　　　　　住　　址：○○○○

　　　　　電　話：

中　華　民　國　○○　年　○○　月　○○　日

註：本例係請求承攬人修補瑕疵

通知書

林○○先生大鑒：

　　本人於台北市○○路○○號房屋興建工程，由先生承攬，目前已
將近完工，惟發現先生所用之鋁門窗，並未如約定之○○牌，衛浴設
備亦未使用約定之○○廠牌，為此，爰依民法第四百九十二條規定，
通知先生請於文到日起○天內惠予更換，至感。

　　　　　　　　　通知人：張○○　　　　印

　　　　　　　　　住　址：○○○○

中　華　民　國　○○　年　○○　月　○○　日

註：本例係不具備約定品質

通知書

○○印刷有限公司負責人林○○先生大鑒：

　　貴公司承攬本公司印刷品一批，約定應於民國○○年○月○日印
刷完成交付，如今已逾期三天，實影響本公司業務推展至鉅，請於文
到日起三天內完工交貨，否則將依民法第五百零二條規定，酌減報

酬，特此通知。

```
              通知人：○○○○公司      印
              負責人：○○○      印
              地  址：○○○○
```

中　　華　　民　　國　○○　年　○○　月　○○　日

註：本例係延誤工期

請求書

○○理髮廳負責人林○○先生大鑒：

　　本公司承攬　貴理髮廳裝潢工程完畢，並移交與先生於民國○○年○月○日開幕營業，如今已經過三個月有餘，惟裝潢工程尾款新台幣○○○元正，尚未付清，請於文到日起○日內惠予給付，否則將依法追訴。

```
              請求人：○○裝潢有限公司      印
              負責人：張○○      印
              地  址：○○○○
```

中　　華　　民　　國　○○　年　○○　月　○○　日

註：本例係請求給付報酬

第十五節　和解

一、民法第七百三十六條規定：稱和解者，謂當事人約定，互相讓步，以終止爭執或防止爭執發生之契約。

二、民法第七百三十七條規定：和解有使當事人所拋棄之權利消滅及使當事人取得和解契約所訂明權利之效力。

三、和解之事項頗多，和解書之內容也隨之變化多端。

現將常見之車禍、打架等糾紛之和解書略例如後：

和解書

立和解書人○○○（以下簡稱甲方）○○○（以下簡稱乙方）茲因車禍經雙方和解如次：

一、乙方於民國○○年○月○日駕駛自用小客車（車號：○○○）途經台北市○○路與○○路交叉口，因違規左轉彎，致不慎撞及甲方，致使甲方左腳骨折住院長期治療，乙方深感不安，謹向甲方致最深之歉意。

二、乙方願賠償甲方全部醫療費、營養費及未工作之損失，共計新台幣貳拾伍萬元，並於本和解成立之同時現金一次給付。

三、甲方不得再以其他任何理由向乙方要求任何金錢或財物之補償。

四、乙方之汽車毀損部分，由乙方自行修護，與甲方無關。

　　　　　立和解書人：甲方○○○　　　印
　　　　　　　　　　　住址：○○○○
　　　　　　　　　　　乙方○○○　　　印
　　　　　　　　　　　住址：○○○○

中	華	民	國	○○	年	○○	月	○○	日

註：本例係車禍之和解

和解書

　　立和解書人○○○（以下簡稱甲方）○○○（以下簡稱乙方）茲因打架經雙方和解如次：

一、雙方於民國○○年○月○日於台北市○○路○○號○○餐廳因誤會致一言不和而互毆，經解釋誤會冰釋。

二、由於乙方先行動手毆打甲方，致使甲方受有傷害，乙方願賠償甲方醫療費用新台幣二萬元，於成立本和解書之同時現金給付，並於給付之同時，當面向甲方道歉。

三、甲方撤回傷害之告訴，並拋棄其他一切請求權。

　　　　　　　　立和解書人：甲方○○○　　　印
　　　　　　　　　　　　　　住址：○○○○
　　　　　　　　　　　　　　乙方○○○　　　印
　　　　　　　　　　　　　　住址：○○○○

中	華	民	國	○○	年	○○	月	○○	日

註：本例係打架之和解

第十六節　保證

一、民法第七百三十九條規定：稱保證者，謂當事人約定，一方於他方之債務人不履行債務時，由其代負履行責任之契約。

二、民法第七百五十三條規定：

保證未定期間者，保證人於主債務清償期屆滿後，得定一個月以上之相當期限，催告債權人於其期限內，向主債務人為審判上之請求。

債權人不於前項期限內向主債務人為審判上之請求者，保證人免其責任。

三、民法第七百五十四條規定：

就連續發生之債務為保證而未定有期間者，保證人得隨時通知債權人終止保證契約。

前項情形，保證人對於通知到達債權人後所發生主債務人之債務，不負保證責任。

四、保證書得以文字繕寫，亦得以表格式之保證書為之，一般公司行號使用之保證書格式不一而足，地政機關亦製定有表格式之保證書，亦可使用於其他各種用途，本書以該保證書為例，茲附錄其填寫說明如次：

㈠保證人資格為四鄰、店鋪、親友、或鄰里長，依要保人之要求為之。

㈡填寫方法：

1.將被保證人（如同時有數名被保證人，則僅填被保證人欄之第一人，以下填「等○人」）、保證人姓名先後分別填入第一欄之空白處。

2.「保證事項」欄：依案件須保證之事項填寫。

3.「被保證人」、「保證人」以下各欄：依各被保證人及保證人之戶籍資料記載填寫。

4.「保證人與被保證人關係」欄：依實際關係填寫，如親戚、朋友

或四鄰等。

5.「保證人認章」欄：應於要保人指定人員對保相符後，由保證人加蓋與「保證人」項下「蓋章」欄相同之印章。

6.「對保人簽名或蓋章」欄：由對保人員對保相符後填明日期並簽名或加蓋職名章。

7.保證人如檢附印鑑證明書，得免予對保，由承辦人員於「備註」欄內註明並加蓋職名章。

五、茲將有關保證書、催告與通知等書面略例如後：

<h2 style="text-align:center">保證書</h2>

茲 張○○ 李○○ 等就被保證人王○○下列事項予以保證，如有虛偽不實，願負法律責任。

保證事項：保證王○○就業於○○○○○○公司期間一切奉公守法，盡忠職守，若有任何不法情事，致公司受有損害，願負一切保證責任。

姓　　名	出生年月日	住　　　所	身分證統一號碼	蓋章
被保證人 王○○	○○○	○○○○	○○○○	印
被保證人				
被保證人				
保證人 張○○	○○○	○○○○	○○○○	印
保證人 李○○	○○○	○○○○	○○○○	印

保證人與被保證人之保證	親戚關係		
對保	保證人認章　　對保人簽名簽章		備註

中　華　民　國　○　年　○　月　○　日

註：本例係就業人事之保證

保證書

茲張○○等就被保證人林○○下列事項予以保證，如有虛偽不實，願負法律責任。

保證事項：被保證人林○○向債權人陳○○借款新台幣○○萬元正，保證每月如期給付利息，並保證如期清償，否則願負一切保證責任。

姓　　　　名	出生年月日	住　　　所	身分證統一號碼	蓋章
被保證人 林○○	○○○	○○○○	○○○○	印
被保證人				
保證 張○○	○○○	○○○○	○○○○	印
保證				

保證人與被保證人之保證	親友		

對保	保證人認章	對保人簽名簽章	備註	
保				

中　華　民　國　○　年　○　月　○　日

註：本例係借款清償之保證

催告函

林○○先生大鑒：（宜以郵局存證信函為之）

　　茲張○○於民國○○年○月○日向先生借用新台幣參拾萬元正，本人為保證人，該筆債務應於民國○○年○月○日清償，如今清償期業已屆滿，迄未見先生向主債務人張○○追索，爰依民法第七百

五十三條規定，催請先生於文到日起四十天內向主債務人張○○為審
判上之請求，否則本人將免除保證責任，耑此奉達。

　　敬　祝
大　安

　　　　　　　　　　陳○○　　　㊞
　　　　　　　　　　住址：○○○○

中　　華　　民　　國　○○　年　○○　月　○○　日

註：本例係保證人催告債權人限期起訴求償

通知書

　　林○○先生大鑒：（宜以郵局存證信函為之）

　　茲張○○經銷先生工廠生產之飲料，本人為張○○之保證人，此
有經銷契約書可證，惟因係就連續發生之債務為保證而未定有期間，
爰依民法第七百五十四條規定，通知先生自文到日起終止保證契約，
先生若認為有需要，請通知張○○另覓保證人，耑此奉達。

　　敬　祝
大　安

　　　　　　　　　　陳○○　　　㊞
　　　　　　　　　　住址：○○○○

```
中　華　民　國　○○　年　○○　月　○○　日
```

註：本例係保證人通知債權人終止保證契約

第十七節　土地重劃之補償、設定請求

一、平均地權條例第六十四條規定：

地上權、永佃權及地役權因市地重劃致不能達其設定目的者，各該權利視為消滅。地上權人、永佃權人或地役權人得向土地所有權人請求相當之補償。

土地建築改良物經設定抵押權或典權，因市地重劃致不能達其設定目的者，各該權利視為消滅。抵押權人或典權人得向土地所有權人請求以其所分配之土地，設定抵押權或典權。

二、平均地權條例第六十五條規定：

第六十三條之一、第六十四條請求權之行使，應於重劃分配結果確定之次日起二個月內為之。

三、平均地權條例第六十三條規定：

出租之公、私有耕地因實施市地重劃致不能達到原租賃之目的者，由直轄市或縣（市）政府逕為註銷其租約並通知當事人。

依前項規定註銷租約者，承租人得依下列規定請求或領取補償：

㈠重劃後分配土地者，承租人得向出租人請求按重劃計畫書公告當期該土地之公告土地現值三分之一補償。

㈡重劃後未受分配土地者，其應領之補償地價，由出租人領取三分之二，承租人領取三分之一。

因重劃抵充為公共設施用地之公有出租農業用地，直轄市或縣（市）政府應逕為註銷租約，並按重劃計畫書公告當期該土地之公告土地現值

三分之一補償承租人，所需費用列為重劃共同負擔。

四、平均地權條例第六十三條之一規定：

前條以外之出租土地，因重劃而不能達到原租賃之目的者，承租人得終止租約，並得向出租人請求相當一年租金之補償。其因重劃而增減其利用價值者，出租人或承租人得向對方請求變更租約及增減相當之租金。

五、平均地權條例施行細則第八十九條規定：

本條例第六十三條所稱因實施市地重劃致不能達到原租賃之目的者，指下列情形而言：

㈠重劃後未受分配土地者。

㈡重劃後分配之土地，經直轄市或縣（市）政府認定不能達到原租賃目的者。

請求書

林〇〇先生大鑒：

　　本人於　先生所有台北市〇〇區〇〇段〇小段〇〇地號土地設定地上權在案，因該土地重劃後，　先生未受分配土地，致不能達到設定目的，是以該地上權視為消滅，爰依平均地權條例第六十四條第一項規定請求　先生給予相當之補償。

　　所謂相當之補償，依重劃前設定地上權之面積及重劃公告時公告現值三分之一計算，共計新台幣玖拾萬元正，請惠於文到日起十天內給付。耑此

　　敬　祝
時　祺

```
　　　　　　　地上權人：張〇〇　　　　印
　　　　　　　住　　　址：〇〇〇〇
```

```
中　華　民　國　〇〇　年　〇〇　月　〇〇　日
```

註：本例係地上權人向土地所有權人求償

請求書

林〇〇先生大鑒：

　　本人於　先生所有台北市〇〇區〇〇段〇小段〇〇地號土地設定抵押權在案，其權利存續期限及清償日均未到期，而　先生亦迄未清償，因該土地重劃，　先生重劃受分配土地，為此特依平均地權條例第六十四條第二項規定，請求以　先生所受分配之土地，設定抵押權，敬請惠予同意，至感。耑此

　　敬　　頌
時　祺

```
　　　　　　　抵押權人：張〇〇　　　　印
　　　　　　　住　　　址：〇〇〇〇
```

```
中　華　民　國　〇〇　年　〇〇　月　〇〇　日
```

註：本例係抵押權人向土地所有權人請求設定

請求書

林〇〇先生大鑒：

　　本人向　先生承租台北市〇〇區〇〇段〇〇小段〇〇地號土地訂有三七五租約在案，因該土地實施市地重劃致不能達到原租賃之目的，台北市政府業已逕為註銷該租約，本人並已接獲通知在案。

　　本案　先生重劃後分配土地，爰依平均地權條例第六十三條規定，向　先生請求按重劃計畫書公告當期該土地之公告土地現值三分之一補償，共計新台幣壹佰貳拾萬元正，敬請於文到日起三十天內惠予給付。耑此

　　順　頌

時　祺

　　　　　　　　承租人：張〇〇　　印

　　　　　　　　住　址：〇〇〇〇

中　華　民　國　〇〇　年　〇〇　月　〇〇　日

註：本例係承租人向出租人請求補償

回答書

張〇〇先生大鑒：

　　民國〇〇年〇月〇日大函敬悉，有關　先生承租本人所有台北市〇〇區〇〇段〇小段〇〇地號土地，因土地重劃致三七五租約由台北市政府逕予註銷，　先生向本人求償按公告現值三分之一計算共新台

幣壹佰貳拾萬元正之補償，顯然是誤計，經本人計算結果，補償費為
新台幣捌拾肆萬元正，請於文到日起十日內前來領取。耑此

　　敬　　祝
大　　安

　　　　　　　　出租人：林○○　　　　印
　　　　　　　　住　　址：○○○○

中　　華　　民　　國　　○○　年　　○○　月　　○○　日

註：本例係出租人回答承租人補償請求

第四章　物權關係文書

第一節　物上請求權

一、民法第七百六十七條規定：所有人對於無權占有或侵奪其所有物者，得請求返還之。對於妨害其所有權者，得請求除去之。有妨害其所有權之虞者，得請求防止之。

二、依前開規定，其以書面請求者略例如後：

請求書

林○○先生大鑒：（宜以郵局存證信函為之）

　　先生於本人所有台北市○○區○○段○小段○○地號土地上搭蓋違章建築，本人所有該土地並無出租、出借、出典或設定地上權等與先生，亦即先生係無權占有本人之土地，爰依民法第七百六十七條規定，函請先生務必於文到日起十日內拆屋還地，否則將依法究訴，耑此奉達。

　　　　　　　　地主：張○○　　　　印
　　　　　　　　住址：○○○○

中　　華　　民　　國　　○○　年　　○○　月　　○○　日

註：本例係無權占有請求返還，名稱為催告函、通知書均可

請求書

林○○先生大鑒：（宜以郵局存證信函為之）

　　先生於台北市○○區○○段○小段○○地號土地上建築房屋，所搭蓋之鷹架臨接本人住屋，由於強風吹襲，致鷹架倒塌，打破本人房屋之門窗，已妨害本人之所有權，爰依民法第七百六十七條規定，函請先生於文到日起三日內除去或整修鷹架，並賠償本人因此所受之損害新台幣○○元正，否則將依法追訴，耑此奉達。

　　　　　　　　　鄰居受害人：張○○　　　印

　　　　　　　　　住址：○○○○

中　　華　　民　　國　○○　年　　○○　月　　○○　日

註：本例係妨害所有權請求除去

請求書

林○○先生大鑒：（宜以郵局存證信函為之）

　　先生於台北市○○區○○段○小段○○地號土地上建築房屋，如今已開工，正在打樁開挖地下室，本人毗鄰而居，深覺地下室工程之安全措施似嫌不足，有可能造成鄰房龜裂，為此，爰依民法第七百六十七條規定，函請先生於文到日起加強安全措施，以防發生意外，造成損害，耑此奉達。

```
            鄰居：張○○        ⃞印
            住址：○○○○


中　華　民　國　○○　年　○○　月　○○　日
```

註：本例係有妨害所有權之虞請求防止

第二節　越界建築

　　一、民法第七百九十六條規定：土地所有人建築房屋逾越疆界者，鄰地所有人如知其越界而不即提出異議，不得請求移去或變更其建築物。但得請求土地所有人，以相當之價額，購買越界部分之土地，如有損害，並得請求賠償。

　　二、依前開規定，有關之請求以書面為之者略例如後：

```
                     異議書

○○○○公司大鑒：（宜以郵局存證信函為之）
    貴公司於台北市○○區○○段○小段○○地號土地上建築房
屋，目前正進行打樁工程中，惟發覺越界，占用本人所有土地，經於
民國○○年○○月○○日申請地政機關就本人所有土地鑑界，證實
貴公司果然越界建築，爰依民法第七百九十六條規定表示異議，並請
於文到日起暫時停止施工，並請移去或變更房屋，以維權益。


            異議人：張○○        ⃞印
            住　址：○○○○
```

| 中 | 華 | 民 | 國 | ○○ | 年 | ○○ | 月 | ○○ | 日 |

註：本例係知越界建築即時提出異議

請　求　書

○○○○公司大鑒：（宜以郵局存證信函為之）

　　貴公司於台北市○○區○○段○小段○○地號土地上建築房屋，目前已接近完工階段，惟發覺越界建築，占用本人所有同地段○○地號土地約○○平方公尺，由於房屋已難能變更除去，爰依民法第七百九十六條規定，請求　貴公司以相當價額，購買越界部分之土地，敬請於文到日起十日內排定時間洽商有關事宜，耑此奉達。

　　　　　　　請求人：張○○　　　印
　　　　　　　住　址：○○○○

| 中 | 華 | 民 | 國 | ○○ | 年 | ○○ | 月 | ○○ | 日 |

註：本例係請求購買越界部分之土地

第三節　共有物分割

一、共有物分割之請求（民法§823）：

　　各共有人，得隨時請求分割共有物。但因物之使用目的不能分割或契約訂有不分割之期限者，不在此限。

　　前項契約所定不分割之期限，不得逾五年。逾五年者，縮短為五年。

二、共有物分割方法（民法§824）：

共有物之分割，依共有人協議之方法行之。

分割之方法，不能協議決定者，法院得因任何共有人之聲請，命為下列之分配：

㈠以原物分配於各共有人。

㈡變賣共有物，以價金分配於各共有人。

以原物為分配時，如共有人中，有不能按其應有部分受分配者，得以金錢補償之。

三、依前開規定之共有人分割協議書，據以訂定共有物分割契約書，辦理共有物分割登記。

四、依前開規定，有關共有物分割之請求書與協議書略例如後：

請求書

林〇〇先生大鑒：（宜以郵局存證信函為之）

　　先生與本人共有台北市〇〇區〇〇段〇小段〇〇地號與〇〇地號土地，由於共有關係，其管理與使用實有諸多不便之處，而各該土地之使用目的並無不能分割之限制，亦無訂有不分割之期限契約，爰依民法第八百二十三條規定，請求先生惠予文到日起五日內排定時間協議共有物分割，崚此奉達。

　　敬　祝

大　安

　　　　　共有人：張〇〇　　　[印]
　　　　　住　　址：〇〇〇〇

中　　華　　民　　國　　○○　年　　○○　月　　○○　日

註：本例係共有人向另外共有人請求分割

共有土地分割協議書

　　立協議書人張○○與林○○共有坐落台北市○○區○○段○小段○
○地號土地與○○地號土地，所有權各二分之一，經分割協議如次：

一、台北市○○區○○段○小段○○地號面積○○○由張○○全部取得。

二、台北市○○區○○段○小段○○地號面積○○由林○○全部取得。

三、依公告現值計算，分割前後價值不等，其差額新台幣○○○元正，
　　應於登記完畢後一次付清，其土地增值稅則由受取差價者繳納。

四、依本協議書另訂之共有物分割契約書，並於民國○○年○○月○○
　　日以前，據以申辦共有物分割登記等有關手續。

　　　　　　　　　立協議書人：張○○　　　　印

　　　　　　　　　住　　　　址：○○○○

　　　　　　　　　出生年月日：○○○

　　　　　　　　　身分證號碼：○○○○

　　　　　　　　　　　　　　　林○○　　　　印

　　　　　　　　　住　　　　址：○○○

　　　　　　　　　出生年月日：○○○

　　　　　　　　　身分證號碼：○○○○

中　　華　　民　　國　　○○　年　　○○　月　　○○　日

共有建物分割協議書

　　立協議書人張〇〇與林〇〇共有建物坐落於台北市〇〇路〇段〇〇號三樓及三樓之一兩戶，所有權各二分之一，經協議共有物分割，由張〇〇取得台北市〇〇路〇段〇〇號三樓全部，由林〇〇取得台北市〇〇路〇段〇〇號三樓之一全部，特立本協議書，俾據以辦理共有物分割登記，並依法各自繳納契稅。

　　　　　　　　　立協議書人：張〇〇　　[印]
　　　　　　　　　住　　　址：〇〇〇〇
　　　　　　　　　出生年月日：〇〇〇〇
　　　　　　　　　身分證號碼：〇〇〇〇
　　　　　　　　　　　　　　　林〇〇　　[印]
　　　　　　　　　住　　　址：〇〇〇〇
　　　　　　　　　出生年月日：〇〇〇〇
　　　　　　　　　身分證號碼：〇〇〇〇

中　華　民　國　〇〇　年　〇〇　月　〇〇　日

第四節　切結書

壹、權利書狀滅失補給切結書

　　一、土地法第七十九條規定：土地所有權狀及土地他項權利證明書因滅失請求補給者，應敘明滅失原因，檢附有關證明文件，經地政機關公告三十日，公告期滿無人就該滅失事實提出異議後補給之。

二、土地登記規則第一百五十五條第一項規定：申請補給權利書狀時，應由登記名義人敘明其滅失之原因，檢附切結書或其他有關證明文件，經登記機關公告三十日，並通知登記名義人，公告期滿無人就該滅失事實提出異議後，登記補給之。

三、依前開規定應提出之切結書略如本例：

切　結　書

　　立切結書人林〇〇，於民國〇〇年〇〇月〇〇日購買台北市松山區〇〇段〇小段〇〇地號土地壹筆，面積〇〇〇公頃，持分四分之一，並辦妥所有權移轉登記，領取所有權狀〇北松地字第〇〇〇〇號壹份。於民國〇〇年〇〇月〇〇日，因在家被竊遺失，無法尋獲，特立本切結書切結屬實。如有虛偽不實或其他不法情事，致損害他人權益時，立切結書人願負賠償責任及法律責任。

　　此致

台北市松山地政事務所　公鑑

　　　　　立切結書人

　　　　　　姓　名：林〇〇　　　　　印（親自簽名）

　　　　　　住　址：〇〇〇〇

　　　　　　出生年月日：

中　華　民　國　〇〇　年　〇〇　月　〇〇　日

註：本例係權利書狀滅失補給之切結

貳、重測未檢附原權狀換新權狀切結書

　　一、土地法第四十六條之一至第四十六條之三為有關地籍圖重測之

規定，內政部並據以訂頒「土地法第四十六條之一至第四十六條之三執行要點」。

二、依前開有關規定，重測完畢地政機關應據以辦理標示變更登記，登記完畢後應通知權利人限期檢附原權利書狀換發新書狀。權利人未能提出原權利書狀者，應檢附未能提出書狀之理由之切結書（如滅失）。為避免已辦理徵收價購（權利繳銷）而未移轉登記土地，仍繕發權狀予原所有權人，肇致無謂紛爭，應檢附本例之切結書：

切結書

　　立切結書人　　　　　　　持有重測前之土地所有權狀（見後列土地標示清單），因保管不妥遺失屬實，確非因領取徵收、價購補償費被收繳而無法提出，如有虛偽或假冒情事，以致損害他人權益時，願負損害賠償及一切法律責任。

　　此致

台北市　　　地政事務所

　　　　　　　切結人：　　　　　　　　　（簽章）

　　　　　　　住　址：○○○

　　　　　　　身分證統一號碼：

　　　　　　　民前國　　年　　　月　　　日出生

中　華　民　國　○○　年　○○　月　○○　日

重測前土地標示清單

區	段	小段	地號	地目	面積（公頃）	權狀號碼	權利範圍	備　註

註：本例係地籍圖重測未檢附原權狀換新權狀之切結

參、繼承登記未能檢附原權利書狀切結書

一、依內政部訂頒「繼承登記法令補充規定」之規定：

申請繼承登記時，原權利書狀遺失或部分繼承人故意刁難，未能檢附，得由申請之繼承人檢附切結書辦理，免檢附印鑑證明。

登記機關登記完畢之同時，應將原權利書狀公告作廢。

二、依前開規定應檢附之切結書略例如後：

切結書

　　立切結書人張○○、張○○、張○○等三人係已故張○○之合法繼承人，張○○於民國○○年○○月○○日不幸逝世，遺有台北市○○區○○段○小段○○地號土地乙筆，其原領之土地所有權狀○字第○○號，不知張○○生前放置何處，於張○○亡故後遍尋不獲，顯已遺失，特立本切結書切結屬實，如有不實，願負一切法律責任。

　　　　立切結書人：張○○　　　　印

　　　　住　　　址：○○○○

　　　　出生年月日：民國○○年○○月○○日生

　　　　身分證字號：○○○○

中　華　民　國　○○　年　○○　月　○○　日

註：本例係繼承登記未能檢附原權利書狀之切結

切結書

　　立切結書人張○○與張○，係已故張○○之合法繼承人，張○○於民國○○年○○月○○日不幸逝世，遺有台北市○○區○○段○小段○○地號土地乙筆，其原領土地所有權狀○字第○○號，由張○收存卻故意刁難，既不會同申請繼承登記，又不給付該土地權狀，致立切結書人申請繼承登記，無法檢附該土地權狀，特立本切結書切結屬實，如有不實，願負一切法律責任。

　　　　　　　　立切結書人：張○○　　　　印

　　　　　　　　住　　　址：○○○○

　　　　　　　　出生年月日：民國○○年○○月○○日生

　　　　　　　　身分證號碼：○○○○

中　　華　　民　　國　○○　年　○○　月　○○　日

註：本例係部分繼承人刁難之切結

肆、登記、測量案件收據遺失切結書

　　一、依土地登記規則第五十四條規定：申請登記，登記機關應即收件並應給與申請人收據。台北市政府地政處為統一各地政事務所登記案件及測量案件收件收據處理方法，訂頒「注意事項」。

　　二、依前開注意事項規定，申請人應憑收件收據領取登記或測量完畢應發給之文件，如申請人不慎遺失了收件收據，應攜帶身分證（委託代辦者為代理人身分證），並填具本例之切結書，經核對身分相符後，始發給應領之文件。

登記案件收據遺失切結書

　　查本人向貴所申辦○○區收件字○○號之登記案件收據，因不慎遺失，為向貴所領取權利書狀及有關證件，特此切結，如有冒領情事，願負法律責任。

　　此致
地政事務所

立切結書人：○○○　　　　印

住　　　　所：○○○○

身分證字號：○○○○

中　　華　　民　　國　○○　年　○○　月　○○　日

測量案件收據遺失切結書

　　查本人向貴所申辦○○區收件字○○號之測量案件收據，因不慎遺失，為向貴所領取測量成果及有關證件，特此切結，如有冒領情事，願負法律責任。

　　此致
地政事務所

立切結書人：○○○　　　　印

```
          住　　　　所：○○○○
          身分證字號：○○○○


中　華　民　國　○○　年　○○　月　○○　日
```

伍、建築師筆誤起造人資料切結書

　　一、建築師申請建築執照（建造執照及使用執照），應有起造人名冊，該執照及起造人名冊，均為房屋完工後辦理登記所必需之文件。而申請房屋登記，亦必檢附申請人之身分證明，斯時始發現起造人名冊所記載之起造人身分資料與登記申請人之身分證明資料不符，原來是建築師筆誤所致。

　　二、如前開情形，不必訂正後再送請建築主管機關核准，直接由建築師填寫本例之切結書，即可據以申請登記，但建築師應加蓋與請領執照相同之印章。

切結書

　　立切結書人建築師廖○○係台北市政府工務局○使字第○○○號使用執照之設計人，暨台北市松山區○○段○小段○○地號上即台北市基隆路一段○號建物之監造人，於申請使用執照時，不慎將下列起造人之資料書寫錯誤，特立本切結書切結使用執照之起造人與登記申請人確屬同一人，絕無矇混移轉情事屬實，若有不實，願負一切法律責任。

正確資料		錯誤資料	
張○	民國○○○生	張○	民國○○○生
李○	A100223351	李○	A100223351

```
          立切結書人：○○建築師事務所        印

          建 築 師：廖○○        印

          證書字號：工師○字第五○號

          地        址：台北市○○路○○號


中  華  民  國  ○○  年  ○○  月  ○○  日
```

註：本例係建築師筆誤起造人資料於第一次登記時之切結

陸、越界建築占用鄰地切結書

　　一、房屋興建完成為辦理登記，於位置測量時始發現部分房屋越界建築占用鄰地，若占用鄰地能與被占用之地主協議價購或租用或取得土地使用權，則請建築師變更設計，建築主管機關核准後，仍可全部辦理登記。

　　二、依內政部訂頒「建物所有權第一次登記法令補充規定」之規定：

　　㈠領有使用執照之建物，其建築面積與使用執照面積相符，惟部分占用基地相鄰之土地，該建物所有人得就未占用部分，申辦建物所有權第一次登記，公告時毋須通知鄰地所有人。辦理登記時，應於登記簿備註欄加註「本建物尚有部分占用鄰地未登記」之文字。

　　㈡實施建築管理前建造之建物部分占用鄰地，得比照前條規定，就未占用鄰地部分，申辦建物所有權第一次登記。

　　三、依前開規定，申請登記應填具之切結書略例如後：

切結書

　　立切結書人張○等二十人係台北市政府工務局○使字第○○○號使用執照之起造人，於台北市松山區○○段○小段三七五地號土地

上興建房屋,其門牌為台北市敦化南路一○八號,於辦理所有權第一次測量時,發現越界建築,占用鄰地三七六地號土地之一部分,由於未能價購占用之土地,亦未能取具占用之土地使用權同意書,特立本切結書,切結放棄占用鄰地部分建物之登記,嗣後該部分如有任何爭議,概由立切結書人自行理清,與地政機關無涉。

　　此致

台北市松山地政事務所

　　　　　　　　　立切結書人:張　○　印　A100034671

　　　　住　　　　址:○○○○○○○○民國○○○○生

　　　　　　　　　　　李　○　印　A101122342

　　　　住　　　　址:○○○○○○○○民國○○○○生

　　　　　　　　　　　王　○　印　A102243521

　　　　住　　　　址:○○○○○○○○民國○○○○生

中　　華　　民　　國　　○○　　年　　○○　　月　　○○　　日

註:本例係越界建築占用鄰地於第一次登記時之切結

柒、戶籍謄本缺漏切結書

　　一、依土地登記規則第一百十九條規定:申請繼承登記應檢附被繼承人本人死亡時之戶籍謄本及繼承人現在之戶籍謄本。

　　二、依內政部訂頒「繼承登記法令補充規定」之規定:戶籍謄本缺漏某出生別繼承人之姓名,如戶政機關查證無法辦理戶籍更正,而其戶籍謄本均能銜接,仍查無該缺漏者何人時,申請人得檢附切結書敘明其未能列明缺漏者之事由後,予以受理。

三、依前開規定所應檢附之切結書略例如後：

切結書

　　立切結書人張○○與張○係張○○之長男與次男，惟戶籍謄本卻記載張○為三男，如今張○○於民國○○年○○月○○日不幸逝世，經申請張○○與生母○○結婚時起至今之戶籍謄本，銜接不斷之戶籍資料，均無次男某某人之記載，而戶政機關又無法查證辦理戶籍更正，為辦理張○○之遺產繼承登記，特立本切結書切結無次男，並切結三男張○實際為次男屬實，如有不實致他人受有損害時，願負一切完全責任。

　　　　　　　　立切結書人：張○○　　　　印

　　　　　　　　住　　　　址：○○○○

　　　　　　　　身分證號碼：○○○○

　　　　　　　　出生年月日：

中　華　民　國　○○　年　○○　月　○○　日

註：本例係戶籍謄本缺漏於申請登記時之切結

第五節　協議書

壹、區分所有分配協議書

　　一、地籍測量實施規則第二百七十九條及土地登記規則第七十九條均規定：區分所有建物，依其使用執照無法認定申請人之權利範圍及位

置者，於申請第一次測量及第一次登記時，均應檢具全體起造人分配協
議書。

　　二、起造人名冊如能清楚顯示各人起造之門牌戶，無須分配協議，
否則應檢具分配之協議書，略例如後：

分配協議書

民國〇〇年〇〇月〇〇日

　　立協議書人林〇〇等四人係經政府核准許可之起造人，在台北市
古亭區古亭段壹小段貳壹零之壹零地號土地上興建之房屋（台北市政
府工務局使用執照〇年度使字第〇〇〇號），茲同意依照原申請許可
建築之配置圖分配分層取得該建物之所有權（分配表填明於後），恐
口無憑，特立此同意書為據。

編　　號	1	2	3	4	5
立協議書人 即所有權人	林〇〇	陳〇〇	王〇〇	王〇〇	·····▶
建物門牌　街路	南昌街	南昌街	南昌街	南昌街	
段	一	一	一	一	
巷弄	26巷	26巷	26巷	26巷	
號	83號1樓	83號2樓	83號3樓	83號4樓	
基地坐落　鄉鎮市區	古亭	古亭	古亭	古亭	
段	古亭	古亭	古亭	古亭	
小段	一	一	一	一	
地號	210-10	210-10	210-10	210-10	

層　　次	一	二	三	四	
主建物面積	105.23m^2	105.23m^2	105.23m^2	105.23m^2	
附　屬　建 物　面　積	12.11m^2	12.11m^2	12.11m^2	12.11m^2	
權利範圍	所有權全部	所有權全部	所有權全部	所有權全部	
立協議書人 住　　　　址	台北市大安區鳳巢里五鄰和平東路一段五十七巷三號	台北市大安區溫和里二鄰溫州街三十七巷七號	台北市大安區群英里一鄰金山街十五巷二十三號	台北市中山區合江里十二鄰合江街五百一十六號	
立協議書 人 證　　　號	A101023411	A100345211	F100344101	N100147031	
出生年月 日	民國○○○	民國○○○	民國○○○	民國○○○	
立協議書 人　　蓋 章	印	印	印	印	

註：1.本例係區分所有第一次登記之分配協議

　　2.由起造人協議複寫二份，測量用一份、登記用一份

貳、房屋共用部分（公共設施）協議書

一、區分所有（即分層分戶或分區分戶——如公寓或高樓大廈）之共用部分，依地籍測量實施規則第二百八十三條及土地登記規則第八十一條規定，應視各區分所有權人實際使用情形，分別合併，另編建號，單獨登記為各相關區分所有權人共有。

二、目前，除了法定防空避難設備或法定停車空間應協議為全體區分所有權人所共有或合意由部分區分所有權人所共有外（參照 80.9.18 內政部台內營字第八○七一三三七號函），其餘房屋之公共設施項目及

所有權劃分，均採契約自由主義，是以申請第一次測量、第一次登記及
申報房屋稅，均應填寫協議書，茲略例如後：

協議書

民國〇〇年〇〇月〇〇日

　　立協議書人陳〇〇等五十人係台北市政府工務局〇使字第〇〇
號使用執照之起造人，與建台北市松山區基隆路一段三十四號十二層
樓房乙棟，其主建物已由全體起造人協議分層分區所有，至共用部
分，經全體協議其範圍包括：地下室之水池、化糞池、受電室、電梯
間、樓梯間、一樓之門廊、電梯間、樓梯間、二樓至十二樓之電梯間、
樓梯間、屋頂之樓梯間、機械房、水箱等，並由全體起造人協議按下
列明細表所訂持分，登記各人之產權。

主建物門牌	分擔持分	權利人及立協議書人	立協議書人住　　　址	立協議書人證　　　號	立協議書人蓋章
台北市基隆路一段三十四號一樓之一	$\frac{123}{10000}$	陳　〇　〇	台北市松山區三張里二鄰吳興街一號	民國〇〇〇生A220334512	印
台北市基隆路一段三十四號一樓之二	$\frac{156}{10000}$	陳　〇　〇	台北市松山區三張里二鄰吳興街一號	民國〇〇〇生A220334512	印
台北市基隆路一段三十四號二樓之一	$\frac{134}{10000}$	李　〇　〇	台北市松山區光信里三鄰信義路五段三號	民國〇〇〇生A200034531	印

註：1.本例係區分所有第一次登記有關共用部分之分配協議

2.本協議書三份，測量一份、登記一份、申報房屋稅一份

3.本協議書亦得與主建物併同一協議書

參、法人未完成設立之前取得土地登記協議書

一、土地登記規則第一百零四條規定：

法人或寺廟在未完成法人設立登記或寺廟登記前，取得土地所有權或他項權利者，得提出協議書，以其籌備人公推之代表人名義申請登記。其代表人應表明身分及承受原因。

登記機關為前項之登記，應於登記簿所有權部或他項權利部其他登記事項欄註記取得權利之法人或寺廟籌備處名稱。

第一項之協議書，應記明於登記完畢後，法人或寺廟未核准設立或登記者，其土地依下列方式之一處理：

㈠申請更名登記為已登記之代表人所有。

㈡申請更名登記為籌備人全體共有。

第一項之法人或寺廟在未完成法人設立登記或寺廟登記前，其代表人變更者，已依第一項辦理登記之土地，應由該法人或寺廟籌備人之全體出具新協議書，辦理更名登記。

二、依前開規定提出之協議書略例後：

協議書

　　立協議書人係〇〇股份有限公司籌備處全體籌備人，如今〇〇股份有限公司購買台北市　　區　　段　　小段　　　地號土地持分〇〇〇及其地上建物即台北市〇〇路〇〇號三樓全部，因尚未完成公司設立登記，全體籌備人乃公推籌備人之一張三為代表人並同意暫時以張三名義登記為所有權人。俟公司設立登記完成後，再從張三名義更名登記為公司所有。如公司未核准設立者，全體籌備人同意申請登記為籌備人全體共有，並按籌備人出資比例登記為分別共有，特立本協議書為憑。

　　　　　　　　立協議書人：〇〇〇〇〇
　　　　　　　　〇〇股份有限公司籌備處全體籌備人
　　　　　　張三　　　印
　　　　　　住　　　址：〇〇〇〇
　　　　　　身 分 證 號：〇〇〇〇
　　　　　　出生年月日：
　　　　　　李四　　　印
　　　　　　住　　　址：〇〇〇〇
　　　　　　身 分 證 號：〇〇〇〇
　　　　　　出生年月日：

中　　華　　民　　國　　〇〇　年　　〇〇　月　　〇〇　日

註：本例係法人未完成設立之前取得土地之登記協議

肆、不同所有權人之建物合併協議書

一、地籍測量實施規則第二百九十條規定：

辦理建物合併，應以辦畢所有權登記、位置相連、構造相同及供同一使用之建物為限。

所有權人不相同之建物申請合併時，各所有權人之權利範圍，除另有協議外，應以合併前各該棟建物面積與各棟建物面積之和之比計算。

申請建物合併，應填具申請書檢附合併位置圖說及權利證明文件。設定有他項權利之建物申請合併時，應檢附他項權利人之同意書。

第一項所稱之位置相連包括建物間左右、前後或上下之位置相毗鄰者。

二、依前開規定，應提出之協議書略例如後：

建物合併協議書

立協議書人張〇〇所有坐落台北市〇〇路〇〇號三樓房屋一戶，主建物面積八〇・二三平方公尺、附屬建物面積一三・五〇平方公尺所有權全部，協議與相鄰林〇〇所有坐落台北市〇〇路〇〇號三樓之一房屋一戶。主建物面積一〇〇・二五平方公尺、附屬建物面積一五・五〇平方公尺所有權全部等合併，並協議以主建物與附屬建物合計面積之比例為合併後各人之持分，張〇〇持分為一萬分之四四七四，林〇〇持分為一萬分之五五二六。

　　　　　　立協議書人：張〇〇　　　 印（簽名）
　　　　　　住　　　址：〇〇〇〇
　　　　　　出生年月日：
　　　　　　身分證字號：〇〇〇〇

林〇〇　　　　印（簽名）

住　　　　址：〇〇〇〇

出生年月日：

身分證字號：〇〇〇〇

中　華　民　國　〇〇　年　〇〇　月　〇〇　日

伍、不同所有權人之土地合併協議書

一、地籍測量實施規則第二百二十四條第一項規定：土地因合併申請複丈者，應以同一地段、地界相連、使用分區及使用性質均相同之土地為限。所有權人不同或設定有他項權利者，應檢附全體所有權人之協議書或他項權利人之同意書。

二、土地登記規則第八十八條第一項規定：二宗以上所有權人不同之土地辦理合併時，各所有權人之權利範圍依其協議定之。

三、依前開規定應提出之協議書略例如後：

土地合併協議書

立協議書人江〇〇等二名所有台北市松山區〇〇段〇小段〇〇地號土地等兩筆（土地上已興建樓房，並領有台北市政府工務局核發〇年建字第〇七五號建造執照在案），茲為便於地籍管理，並經全體土地所有權人同意以合併前土地面積（或地價）作為計算合併後之權利範圍，絕無異議，恐口無憑，特立此協議書為據，如有不實，願負法律上一切責任。茲將合併前、後之土地標示、所有權人及權利範圍等列表如下：

合併前	地號	85	85-1
	面積（公頃）	零點零壹零壹	零點零零伍伍
	土地所有權人	江○○	江○○
	權 利 範 圍	全部	全部
	地 價	101 萬	55 萬
	備 註		
	地 號	85	
	面積（公頃）	零點零壹伍陸	
	土地所有權人	江○○	江○○
	權 利 範 圍	$\frac{6475}{10000}$	$\frac{3525}{10000}$
	面 積 地 價	101 平方公尺	55 平方公尺
	增減面積地價	無	
	備 註		

　　　立協議書人：
　　　江○○　　　㊞ A100233412
　　　住　　　址：○○○○
　　　出生年月日：
　　　江○○　　　㊞ A100234801
　　　住　　　址：○○○○○
　　　出生年月日：

中　華　民　國　○○　年　○○　月　○○　日

註：複寫二份，複丈用一份，登記用一份

第六節　同意書

壹、建物所有權第一次登記土地使用權同意書

　　一、土地登記規則第七十九條第四項規定：實施建築管理前建造之建物，無使用執照者，建物與基地非屬同一人所有者，申請建物所有權第一次登記，應附使用基地之證明文件。

　　二、依前開規定，應檢附之使用基地證明文件略如本例：

建物使用基地同意書

　　立同意書人〇〇〇所有坐落台北縣〇〇鄉〇〇段〇小段〇〇地號土地乙筆，面積〇〇〇〇公頃所有權全部，同意由〇〇〇於地上建築房屋即台北縣〇〇鄉〇〇路〇〇號房屋乙棟，並同意辦理該建物所有權第一次登記，特立本同意書予以同意屬實，俾憑辦理有關登記手續。

　　　　　　　　立同意書人：〇〇〇　印（簽名）
　　　　　　　　住　　　址：〇〇〇〇〇
　　　　　　　　年　　　齡：民國〇〇年〇〇月〇〇日生
　　　　　　　　身分證號碼：〇〇〇〇

中　華　民　國　〇〇　年　〇〇　月　〇〇　日

貳、更正登記同意書

　　一、台北市政府地政處為簡化土地建物更正登記手續，擴大授權地政事務所逕行核定，俾縮短處理流程，提高行政效率，訂頒「台北市政府地政處簡化土地建物更正登記要點」。

　　二、依該要點規定，有關更正登記應檢附本例之同意書：

土地建築改良物更正登記同意書

更正前標示	段							姓 名	
	小段								
	地號建號								
	地目層別								
	面積（公頃）							身分證	統一號碼
更正後標示	段							蓋章	
	小段								
	地號建號							住	
	地目層別								
	面積（公頃）								
	漏誤原因							址	
	備註								

中　華　民　國　○○　年　○○　月　○○　日

參、共有物分割轉載抵押權同意書

　　一、土地登記規則第一百零七條規定：分別共有土地，部分共有人就應有部分設定抵押權者，於辦理共有物分割登記時，該抵押權按原應有部分轉載於分割後各宗土地之上。但經先徵得抵押權人之同意者，該抵押權僅轉載於原設定人分割後取得之土地上。

　　二、依前開規定，分別共有土地設定有抵押權者，辦理共有物分割應填具之同意書略如本例：

他項權利人同意書

　　立同意書人抵押權人吳○○，原於江○○先生所有坐落台北市松山區○○段三小段捌陸地號上，於○○年○○月○○日松山收件第一三五六號辦妥債權額新台幣參拾萬元之抵押權設定登記。現所有權人因辦理共有土地分割，本抵押權人同意該抵押權轉載於分割後抵押人取得之各筆土地地號上，恐口無憑，特立本同意書為憑。

　　　　　　　立同意書人即抵押權人：
　　　　　　　姓　　　名：吳○○　　印（簽名）
　　　　　　　住　　　址：台北市大安區鳳巢里 8 鄰和平東路二段 51 號
　　　　　　　出生年月日：
　　　　　　　身分證號：○○○○

中　華　民　國　○○　年　○○　月　○○　日

肆、地籍圖重測界址曲折截彎取直抵押權人同意書

一、地籍圖重測，依內政部訂頒「土地法第四十六條之一至第四十六條之三執行要點」規定：現有界址曲折者，有關土地所有權人得於地籍調查時，自行協議截彎取直，並檢具協議書，設定有他項權利者，應經他項權利人同意後依下列原則處理：

(一)截彎取直土地位置之方向不得變更（例如由東西向變為南北向）。

(二)地籍線或界址線為彎曲、曲折線，其截彎取直之界線應在地籍線與界址線範圍內。

二、依前開規定，應檢具之同意書略如本例：

抵押權人同意書

立同意書人王○○係台北縣○○鄉○○段○小段○○地號土地設定登記之抵押權人，因該土地地籍圖重測，與鄰地同地段○○地號土地界址曲折，兩筆土地所有權人協議截彎取直，立同意書人特立同意書予以同意，並於重測完畢後轉載原抵押權。

立同意書人：王○○　　　印

住　　　址：○○○○

出生年月日：

身分證字號：○○○○

中　華　民　國○○年　○○月　○○日

伍、預告登記

　　一、土地法第七十九條之一規定：為保全關於土地權利移轉或使其消滅之請求權，或為保全土地權利內容或次序變更之請求權，或於附有條件或期限之請求權等，得申請預告登記。

　　二、土地登記規則第一百三十七條規定：申請預告登記，應提出登記名義人同意書。同規則第一百四十六條規定：預告登記之塗銷，應提出原申請人之同意書。

　　三、依前開規定，申請各種預告登記與塗銷，應檢附之同意書略如本例：

預告登記同意書

　　立同意書人王○○所有坐落台北市大安區○○段貳小段參壹地號土地壹筆，面積零點零零玖捌公頃，持分肆分之壹，及地上建物坐落台北市信義路二段○○○號第二層房屋壹戶，面積陸伍平方公尺所有權全部，於民國○○年○○月○○日預約出賣與張○○，茲為保全該標的物權利之移轉，同意向主管地政機關申請預告登記，恐口無憑，立此為據。

　　此致
張○○先生（住：○○　　出生年月日：○○　　身分證號：○○）

　　　　　立同意書人：
　　　　　姓　　　名：王○○　印（簽名）
　　　　　住　　　址：台北市大安區復興里十鄰永康街○○號
　　　　　出生年月日：民國○年○月○日
　　　　　身分證號：○○○○

中　華　民　國　○○　年　○○　月　○○　日

註：本例係保全權利移轉請求權

預告登記同意書

　　立同意書人王○○，向林○○價購○○市○○區○○段○○小段○○○○地號，面積○○○，持分○○○，暨其地上建物建號○○，門牌：○○○○三樓全部，已於民國○○年○○月○○日辦妥所有權移轉登記與主同意書人在案，今因買賣條件有異議無法達成協議，雙方特同意解除買賣契約，將各該房地產移轉登記與出賣人林○○，特立本同意書同意本人之權利歸於消滅，並同意由林○○據以先行辦理預告登記。

　　此致
林○○先生（住：○○　出生年月日：○○　身分證號：○○）

　　　　　立同意書人：
　　　　　姓　　　名：王○○　[印]（簽名）
　　　　　住　　　址：○○○○
　　　　　出生年月日：○○○○
　　　　　身分證號：○○○○

中　華　民　國　○○　年　○○　月　○○　日

註：本例係保全權利使其消滅請求權

預告登記同意書

　　立同意書人林〇〇，原向王〇〇借款新台幣伍佰萬元正，並提供台北市〇〇〇〇土地一筆持分〇〇及其地上建物建號〇〇即門牌為台北市〇〇〇〇三樓全部，於民國〇〇年〇〇月〇〇日〇〇地政事務所收件第〇〇號辦妥抵押權設定登記在案。今因該房地產價值微薄，不足以擔保該債權，特同意再提供台北市〇〇〇〇土地，面積〇〇〇〇，持分〇〇〇，暨地上建物建號〇〇〇，門牌：〇〇〇〇二樓全部，增加設定擔保該債權，並辦理原設定之抵押權內容變更登記，於辦理抵押權內容變更增加設定登記前，為保全債權人王〇〇之土地權利內容變更請求權，特立本同意書，同意由王〇〇據以辦理預告登記。

　　此致

王〇〇先生（住：〇〇　出生年月日：〇〇　身分證號：〇〇）

　　　　　　　　立同意書人：

　　　　　　　　姓　　　名：林〇〇　[印]（簽名）

　　　　　　　　住　　　址：〇〇〇〇

　　　　　　　　出生年月日：〇〇〇〇

　　　　　　　　身分證號：〇〇〇〇

中　華　民　國　〇〇　年　〇〇　月　〇〇　日

註：本例係保全權利內容變更請求權

預告登記同意書

　　立同意書人王〇〇，係台北市〇〇區〇〇段〇小段〇〇地號土地，面積〇〇〇持分〇〇暨地上建物建號〇〇〇，門牌：〇〇〇〇三樓全部之第一順位抵押權人，並於民國〇〇年〇〇月〇〇日〇〇地政事務所收件第〇〇號辦妥設定登記在案。因各該房地產所有權人林〇〇擬向〇〇銀行辦理貸款，必須第一順位抵押，立同意書人王〇〇，特立本同意書同意於林〇〇辦妥銀行貸款之第二順位抵押權設定登記後，將第一順位抵押權次序變更登記為第二順位，而銀行第二順位抵押權次序變更登記為第一順位，恐口無憑，特立本同意書為據。

　　此致

林〇〇先生（住：〇〇　出生年月日：〇〇　身分證號：〇〇）

〇〇銀行

〇〇分行

　　　　　　　立同意書人：

　　　　　　　姓　　　　名：王〇〇　[印]（簽名）

　　　　　　　住　　　　址：〇〇〇〇

　　　　　　　身 分 證 號：〇〇〇〇

　　　　　　　出生年月日：〇〇〇〇

中　　華　　民　　國　　〇〇　年　〇〇　月　〇〇　日

註：本例係保全權利次序變更請求權

預告登記同意書

　　立同意書人○○○○公司，願於員工張○○完成○○地區公司產品市場網路建立之日起三十天內，給付坐落台北市○○○○房屋三樓一戶及其基地坐落台北市○○○○地號土地持分○○，以為獎勵，特立本同意書為憑，俾據以辦理預告登記。

　　此致

張○○先生（住：○○　出生年月日：○○　身分證號：○○）

　　　　　　　　立同意書人：

　　　　　　　　○○○○公司　　　[印]

　　　　　　　　法定代理人：○○○　　　[印]

　　　　　　　　地址：○○○○

中　　華　　民　　國　　○○　年　　○○　月　　○○　日

註：本例係保全附停止條件之請求權

預告登記同意書

　　立同意書人林○○所有坐落台北市○○○○三樓房屋一戶全部暨其基地坐落台北市○○○○地號土地一筆面積○○○持分○○○，出租與張○○營業使用，租用期間不收租金，惟收受押租金新台幣伍佰萬元正，於張○○願意且承租期間，立同意書人絕不出賣處分各該房地產，以免影響承租人之權益，特立本同意書為憑，俾據以辦理預告登記。

此致

張〇〇先生（住：〇〇　出生年月日：〇〇　身分證號：〇〇）

　　　　　　　　立同意書人：

　　　　　　　　姓　　　名：林〇〇　　　印（簽名）

　　　　　　　　住　　　址：〇〇〇〇

　　　　　　　　身 分 證 號：〇〇〇〇

　　　　　　　　出生年月日：〇〇〇〇

中　華　民　國　〇〇　年　〇〇　月　〇〇　日

註：本例係保全附解除條件之請求權

預告登記同意書

　　立同意書人王〇〇，係台北市〇〇〇〇地號土地所有權人，面積〇〇〇所有權全部，該土地將來若與他人合建，願意分給一樓房屋一戶及其應有持分與林〇〇，恐口無憑，特立本同意書為憑，俾據以辦理預告登記。

　　此致

林〇〇先生（住：〇〇　出生年月日：〇〇　身分證號：〇〇）

　　　　　　　　立同意書人：

　　　　　　　　姓　　　名：王〇〇　印（簽名）

　　　　　　　　住　　　址：〇〇〇〇

身 分 證 號：○○○○

出生年月日：○○○○

中　華　民　國　○○　年　○○　月　○○　日

註：本例係保全將來之請求權

預告登記塗銷同意書

　　立同意書人張○○會同後列不動產所有權人王○○於民國○○年○○月○○日古亭地政事務所收件大安字第○○○○號辦妥預告登記在案，現預告登記之原因業經消滅，特立此同意書，同意提向主管地政機關申請預告登記塗銷等一切事宜。

　　此致

王○○先生（住：○○　出生年月日：○○　身分證號：○○）

　　　　　　立同意書人：

　　　　　　姓　　　名：張○○　印（簽名）

　　　　　　住　　　址：台北市大安區臨江里八鄰通化街○○○號

　　　　　　出生年月日：○○○○

　　　　　　身 分 證 號：○○○○

中　華　民　國　○○　年　○○　月　○○　日

第七節　通知書

壹、申請共有持分登記為均等之通知書

　　一、依內政部訂頒「更正登記法令補充規定」之規定：共有土地之持分額漏未登記，部分共有人或其繼承人得依民法第八百十七條第二項規定，申請登記其應有部分為均等。但申請人須先通知其他共有人或其繼承人限期提出反證，逾期未提出反證推翻者，申請人應於登記申請書備註欄切結負責，並憑以申辦更正登記，登記機關於辦理更正登記完畢後應通知其他共有人。

　　二、依前開規定，申請人須先通知其他共有人或其繼承人限期提出反證之通知書略例如後：

通知書

林○○先生大鑒：（以郵局存證信函通知為宜）

　　先生與本人、王○○、張○○、劉○○等五人共有台北市○○區○○段○小段○○地號土地一筆，其共有持分額漏未登記，本人擬依民法第八百十七條第二項規定，申請登記各共有人持分為均等，即各人持分五分之一，本人已分別通知其他共有人，敬請於文到日起七日內提出反證，逾期將據以申請登記。

　　　　　　　共有人即通知人：陳○○　　　印

　　　　　　　住址：○○○○

中　華　民　國　○○　年　○○　月　○○　日

貳、通知是否優先購買之通知書

一、土地法第一百零四條規定：

基地出賣時，地上權人、典權人或承租人有依同樣條件優先購買之權。房屋出賣時，基地所有權人有依同樣條件優先購買之權，其順序以登記之先後定之。

優先購買權人，於接到出賣通知後十日內不表示者，其優先權視為放棄。出賣人未通知優先購買權人而與第三人訂立買賣契約者，其契約不得對抗優先購買權人。

二、依前開規定，出賣人應通知優先購買權人是否優先購買，則以本例之通知書予以通知。為防嗣後發生紛爭時舉證困擾，以及優先權人不表示時登記之需要，本通知書應以公證通知或以郵局存證信函通知為宜。

優先購買權通知書

林〇〇先生大鑒：（住址：〇〇〇〇）

本人所有坐落台北市〇〇區〇〇段〇小段〇〇地號土地一筆，設定地上權與先生在案，如今該土地擬以新台幣〇〇萬元正出售與張三，先生依法有依同一條件優先購買之權，特此通知請於文到日起十日內惠予表示是否優先購買。

通　知　人：土地所有權人

姓　　　名：〇〇〇　印

地　　　址：〇〇〇〇

身 分 證 號：〇〇〇〇

出生年月日：〇〇〇〇

中　華　民　國　〇〇　年　〇〇　月　〇〇　日

參、主張優先購買權回答之通知書

一、土地法第三十四條之一第四項規定：共有人出賣其應有部分時，他共有人得以同一價格共同或單獨優先承購。

二、土地法第一百零四條規定：

基地出賣時，地上權人、典權人或承租人有依同樣條件優先購買之權。房屋出賣時，基地所有權人有依同樣條件優先購買之權。其順序以登記之先後定之。

前項優先購買權人，於接到出賣通知後十日內不表示者，其優先權視為放棄。出賣人未通知優先購買權人而與第三人訂立買賣契約者，其契約不得對抗優先購買權人。

三、依前開規定，於接到出賣人徵詢是否優先購買時，若欲優先購買，應於十日內，略以本例之回答書予以表示：

優先購買回答書

林〇〇先生大鑒：

　　於民國〇〇年〇〇月〇〇日敬悉通知書，謂將出售台北市〇〇區〇〇段〇小段〇〇地號土地，本人係登記有案之地上權人，依法有優先購買權，特回復本人願意依同一條件主張優先購買，敬請於文到日起一星期內排定時間，洽商有關買賣事宜並簽約辦理有關手續，耑此敬復。

　　順　頌

時　祺

地上權人：〇〇〇　印
住　　址：〇〇〇〇

┌───┐
│ 中　華　民　國　○○　年　○○　月　○○　日 │
└───┘

肆、優先購買權拋棄書

　　一、土地登記規則第九十七條第二項規定：依民法第四百二十六條之二、土地法第一百零四條、第一百零七條或耕地三七五減租條例第十五條或農地重劃條例第五條第一款規定，優先購買權人放棄其優先購買權者，應於登記時檢附證明文件。

　　二、故出賣人依法通知優先購買權人是否優先購買，而優先購買權人正式表示放棄優先購買權者，其拋棄書略如本例：

┌───┐
│　　　　　　　　**優先承購權拋棄書**
│
│　　立拋棄書人林○○係台北市大安區懷生段參小段貳壹地號土地
│壹筆，面積零點零零玖貳公頃之地上權人，現所有人王○○將其所有
│持分肆分之壹出賣，本人無意購買，特此聲明拋棄優先承購權，並同
│意由王○○任意出賣予他人，本人絕無異議。
│　　此致
│王○○先生
│
│
│　　　　立拋棄書人：林○○　[印]　N100243211
│　　　　住　　　址：台北市大安區文光里六鄰通化街○○巷○號
│　　　　出生年月日：○○○○
│
│ 中　華　民　國　○○　年　○○　月　○○　日 │
└───┘

伍、依土地法第三十四條之一處分之通知書

一、土地法第三十四條之一第二項規定：共有人依前項規定為處分、變更或設定負擔時，應事先以書面通知他共有人；其不能以書面通知者，應公告之。

二、內政部據以訂頒之「土地法第三十四條之一執行要點」規定；書面登記得以一般通知書或郵局存證信函為之，公告則由村、里長簽證後公告於村、里辦公處所或逕以登報方式公告。有關通知或公告之內容應敘明土地或建物標示、處分方式、價金分配、償付方法及期限，受通知人及通知人之姓名、住址及其他事項。

三、依前開規定，通知書略例如後，惟以郵局存證信函為之為宜。

通知書

林〇〇先生大鑒：（宜以郵局存證信函為之）

一、土地標示：

緣台北市松山區興雅段參小段貳壹地號面積零點貳壹貳零公頃，張〇〇、林〇〇及張〇等各參分之壹所有。

二、處分方式：

如今張〇〇及林〇〇擬依土地法第三十四條之一第一、二、三項規定，將該筆土地全部以新台幣壹百萬貳千元整出賣與李〇。台端依法有依同一條件優先購買之權，請於文到日起十日內惠示是否優先購買，逾期未表示者視為放棄。

三、價金分配：

該筆土地總售價新台幣壹百萬貳千元整，依各人持分參分之壹計算，台端應得價金扣除增值稅後餘額為新台幣參拾參萬肆千元整。

四、償付方法：

台端若不欲優先購買，請於民國〇〇年〇〇月〇〇日以前至張〇
〇住處領取台端應得之價金並出具領取證明及所有權狀，逾期即
將依法提存。

　　　　　　　　通知人：張〇〇　　㊞（簽名）
　　　　　　　　地　　址：〇〇〇〇
　　　　　　　　出生年月日：〇〇〇〇
　　　　　　　　林〇〇　　㊞（簽名）
　　　　　　　　地　　址：〇〇〇〇
　　　　　　　　出生年月日：〇〇〇〇

中　華　民　國　〇〇　年　〇〇　月　〇〇　日

第八節　證明書

壹、建築執照遺失鄰屋所有權人出具證明書

　　一、依土地登記規則第七十九條及地籍測量實施規則第二百七十九
條規定：建築管理地區建造完成之建物，應有建築執照始可申辦第一次
測量與第一次登記。惟建物完工多年後始欲辦理，而建築執照卻已遺
失，怎麼辦？

　　二、依內政部訂頒「建物所有權第一次登記補充規定」之規定：依
本規定第四點得憑建築執照申辦建物所有權第一次登記者，其建築執照
已遺失且無法補發時，得由同一建築執照已登記之鄰屋所有權人出具證
明書證明申辦登記之建物確與其所有已登記之建物為同一建築執照。

　　三、依前開規定，由鄰屋所有權人出具之證明書略如本例：

證明書

　　立證明書人張○○，係台北市○○路○○號房屋所有權人，該房屋業經辦妥所有權第一次登記在案、建號為 210，相鄰之台北市○○路○○號房屋，所有權人林○○，係同一建築執照建築之房屋，由於建築執照已遺失而且無法申請補發，為此特立本證明書證明林○○申辦登記之該建物確與立證明書人所有已登記之建物為同一建築執照屬實，如有不實，願負一切法律責任。檢附印鑑證明一份為憑。

　　　　　　　立證明書人：張○○　　　　印

　　　　　　　地　　　址：○○○○

　　　　　　　出生年月日：○○○○

　　　　　　　身分證號：○○○○

中　華　民　國　○○　年　○○　月　○○　日

貳、時效占有取得地上權登記之四鄰證明書

　　一、土地登記規則第一百十八條規定：

　　土地總登記後，因主張時效完成申請地上權登記時，應提出占有土地四鄰證明或其他足資證明開始占有至申請登記時繼續占有事實之文件。

　　前項登記之申請，經登記機關審查證明無誤應即公告。

　　公告期間為三十日，並同時通知土地所有權人。

　　土地所有權人在前項公告期間內，如有異議，依土地法第五十九條

第二項規定處理。

　　二、內政部據以訂頒「時效取得地上權登記審查要點」，該要點規定：

　　㈠以戶籍謄本為占有事實證明文件申請登記者，如戶籍謄本有他遷記載時，占有人應另提占有土地四鄰之證明書或公證書等文件。

　　㈡占有土地四鄰之證明人，於占有人開始占有時及申請登記時，需繼續為該占有地附近土地之使用人、所有人或房屋居住者，具於占有人占有之始有行為能力為限。出具證明時應添附印鑑證明。

　　三、依前開規定應檢附四鄰之證明書略如本例：

證明書

　　立證明書人張○○，居住於台北市○○區○○段○小段○○地號土地上之建物即台北市○○路○○號房屋，自民國四十年五月一日起即居住於該屋至今已逾四十年，從不間斷，有戶籍謄本可稽。茲證明鄰居林○○自民國六十年八月起居住於相鄰之台北市○○路○○號房屋，至今從無他遷屬實，如有不實，願負一切法律責任。茲檢附戶籍謄本各一份為憑。

　　　　　　　　立證明書人：張○○　　　[印]

　　　　　　　　住　　　址：○○○○

　　　　　　　　出生年月日：○○○○

　　　　　　　　身 分 證 號：○○○○

中　　華　　民　　國　○○　年　○○　月　○○　日

參、抵押權塗銷證明書

一、債務清償，清償人對於受領清償人，依民法第三百二十四條規定：得請求給與受領證書，即一般所謂債務清償證明書。

二、如設定抵押權擔保債權，於清償債務後，應憑塗銷證明書辦理抵押權塗銷登記。

抵押權塗銷證明書

查　　　　　前向本人設定抵押權在案，茲以所借款項業已清償，原設定之抵押權應請　　　塗銷，特給此證。

設定權利價值：

地政機關收件日期：民國〇〇年〇〇月〇〇日

地政機關收件號碼：　　　地政事務所　　字第　　號

抵押權人：〇〇〇　　　　　印

地　　址：〇〇〇〇

中　華　民　國　〇〇　年　〇〇　月　〇〇　日

肆、地上權拋棄證明書

一、民法第八百三十四條規定：地上權未定有期限者，地上權人得隨時拋棄其權利。

二、依前開規定拋棄地上權，得提出略如本例之拋棄證明書，俾據以辦理地上權塗銷登記：

地上權拋棄證明書

茲土地所有權人張○○地上權人吳○○於民國○○年○○月○○日松山地政事務所收件第○○○號設定權利價值新台幣參拾萬元之地上權。地上權人對於該地上權已無實際需要，願意全部拋棄，恐口無憑，特立本證明書為憑。

此致

土地所有權人張○○先生

　　立證明書人即地上權人：吳○○　　　㊞

　　出生年月日：○○○○

　　住　　　　址：台北市松山區松華里六鄰南京東路五段○巷○號

　　身分證字號：A100335611

中　　華　　民　　國　　○○　　年　　○○　　月　　○○　　日

伍、典權回贖證明書

一、不動產設定典權，其定有期限者，於期限屆滿後，出典人得以原典價回贖典物（民法§923）；其未定期限者，出典人得隨時以原典價回贖典物（民法§924）；典物經回贖後，其典權因而消滅，得為典權塗銷登記。

二、依前開規定，得由典權人出具如本例之回贖證明書，俾據以辦理塗銷登記。

典權回贖證明書

　　茲出典人張○○，典權人吳○○於民國○○年○○月○○日松山地政事務所收件第貳零號辦妥權利價值新台幣參拾萬元之典權設定登記，出典人業已將典價新台幣參拾萬元清償完畢，特立本證明書為據，俾憑辦理典權塗銷登記。

　　此致

土地所有權人張○○先生

不動產標示：

一、土地：台北市松山區中坡段陸零-壹號土地壹筆，面積零點零壹貳零公頃持分肆分之壹。

二、建物：台北市松山區福德街二十六巷十三弄五十六-三號第肆層房屋壹戶建號二四○一，面積玖參點肆陸平方公尺所有權全部。

　　典權人：吳○○　　　　　印

　　出生年月日：

　　住　　址：台北市松山區松華里六鄰南京東路五段○○巷○○號

　　證　　號：A100335611

中　華　民　國　○○　年　○○　月　○○　日

第九節 其他

壹、保證書

一、申辦土地登記，頗多場合應使用保證書，如內政部訂頒「土地總登記登記名義人之資料不全或不符申辦登記審查注意事項」規定有保證書之使用。

二、土地登記或其他場合，須使用保證書時，得以本例之保證書為之。

三、保證書填寫說明：

㈠將被保證人（如同時有數名被保證人，則僅填被保證人欄之第一人以下填「等○人」）、保證人姓名先後分別填入第一欄之空白處。

㈡「保證事項」欄：依登記案件須保證之事項填寫。

㈢「被保證人」「保證人」以下各欄：依各被保證人及保證人之戶籍資料記載填寫。

㈣「保證人與被保證人之關係」欄：依實際關係填寫，如親戚、朋友或四鄰等。

㈤「保證人認章」欄：應於登記機關指定人員對保相符後，由保證人加蓋與「保證人」項下「蓋章」欄相同之印章。

㈥「對保人簽名簽章」欄：由對保人員對保相符後填明日期並簽名或加蓋職名章。

㈦保證人如檢附印鑑證明書，得免予對保，由承辦人員於「備註」欄內註明並加蓋職名章。

保證書

　　茲　　　　　　　等就被保證人　　　　　　　下列事項予以保證，如有虛偽不實，願負法律責任。

保證事項：						
姓　　　　　名	出生年月日	住　　　　　　　　　　　　　所			身　分　證 統　一　號　碼	蓋　章
被保證人						
保證人						
保證人與被保證人之關係						
對保	保　證　人　認　章	對保人簽名簽章	備 註			
中　　華　　民　　國			年		月	日

貳、日據時期死亡無法領取戶籍謄本之保證書

一、依內政部訂頒「繼承登記法令補充規定」之規定：

被繼承人於日據時期死亡或光復後未設籍則死亡，無法領取其生前及死亡除籍之戶籍謄本，如經戶政機關證明屬實，可由繼承人提出其最近親屬一人以上之保證書證明死亡之事實、日期及願負保證之一切法律責任，以憑辦理繼承登記。

保證人於被保證之事實發生時，應具有完全之法律行為能力。出具證明時應陳述其親自觀察之具體事實，而非陳述其判斷或推斷之事實結果，並應添附其印鑑證明書。所謂最近親屬「一人」以上之計算指包含本數「一人」。

繼承人之一於日據時期死亡或出生不久死亡，無法取得戶籍謄本時，或繼承人中之一之戶籍登記簿記載「意外除籍」，如經戶政機關調卷查復仍不明其除籍確實原因者，均可比照前項辦理。

二、依前開規定，應提出之保證書略如本例：

保證書

　　立保證書人張○○，係被繼承人張○○之弟，張○○於民國○○年○○月○○日死亡，其繼承人為次子張○與三子張○，至於其長子張○○，確於光復後未設籍前即民國三十四年十二月五日死亡，因無法領取其長子張○○生前及死亡除籍之戶籍謄本，有戶政機關之公函可證，立保證書人於其長子張○○死亡時已二十五歲，具有完全之法律行為能力，且係親見張○○死亡出殯之事實，特立本保證書保證屬實，若有不實，願負一切法律責任。

　　　　立保證書人：張○○（簽名）
　　　　住　　　址：○○○
　　　　身分證號：○○○
　　　　出生年月日：○○○

中　　華　　民　　國　○○　年　○○　月　○○　日

參、申租、申購國有非公用房地委託書

　　一、申租或申購之當事人，原則上應親自辦理。惟若事務繁忙，不能親自辦理，得委託他人代辦。

　　二、委託他人代辦應出具委託書如本例：

<table>
<tr><td colspan="12" align="center">委　託　書</td></tr>
<tr><td>委託
事項</td><td colspan="11">委託辦理申請□承租　下列國有非公用房地及繳款、領約（證）等一
　　　　　　□承購　切事宜。
房地標示：</td></tr>
<tr><td>委託
原因</td><td colspan="11">因委託人事務繁忙，不能親自辦理，委託受託人代辦。</td></tr>
<tr><td>身　分</td><td>姓名</td><td>持分
比率</td><td>性別</td><td>出生
年月日</td><td>職業</td><td>籍貫</td><td colspan="4">住　　　　　　　　　　　　　址</td><td>聯絡
電話</td><td>簽名
蓋章</td></tr>
<tr><td>受託人</td><td></td><td></td><td></td><td></td><td></td><td></td><td colspan="4"></td><td></td><td></td></tr>
<tr><td>委託人</td><td></td><td></td><td></td><td></td><td></td><td></td><td colspan="4"></td><td></td><td></td></tr>
<tr><td colspan="13" align="center">中　　華　　民　　國　　○○　年　　○○　月　　○○　日</td></tr>
</table>

肆、公司董事長授權總經理辦理設定與塗銷登記委託書

　　一、依內政部訂頒「申請土地登記應附文件法令補充規定」之規定：公司董事長得依民法第一百六十七條規定檢附委託書授權總經理申辦不動產抵押權設定及塗銷登記。申請人仍應以董事長為法定代表人，但申請書件得免認章。

　　二、依前開規定應檢附之委託書略如本例：

委託書

　　立委託書人張○○，係○○股份有限公司董事長，因事務繁忙，特立本委託書授權本公司總經理林○○代表本公司申辦本公司所有台北市○○區○○段○小段○○地號土地之抵押權設定登記及塗銷登記等一切事宜。

○○股份有限公司　　　　印

委託人：董事長張○○　　　　印

受託人：總經理林○○　　　　印

中　華　民　國　○○　年　○○　月　○○　日

伍、公司經理人代理公司處分登記之董事會記錄

一、依內政部訂頒「申請土地登記應附文件法令補充規定」之規定：公司經理人代理公司為不動產之處分或設定負擔申請登記時，應檢附經董事會決議之書面授權文件。但因公司放款就他人提供不動產取得抵押權登記之塗銷登記，免予提出董事會決議之書面授權文件。

二、依前開規定，應提出董事會決議之授權文件略如本例：

○○股份有限公司董事會會議記錄

時　　間：民國○○年○○月○○日

地　　點：本公司會議室

主　　席：○○○　　　　　　　　記錄：○○○

出　　席：全體董事，詳如簽到簿

討論事項：

　　本公司股東大會決議處分及設定負擔之有關登記，可否授權不動產所在地之本公司分公司經理人全權代理，以提高行政效率。

決議：授權不動產所在地之本公司分公司經理人全權代理公司辦
　　　理有關登記事宜。

散　會

主席：○○○　　印

記錄：○○○　　印

中　華　民　國　○○　年　○○　月　○○　日

陸、有限公司推選代表人股東會議記錄

一、依內政部訂頒「申請土地登記應附文件法令補充規定」之規定：
公司代表人如為自己或他人與公司為買賣、借貸或其他法律行為時，除
向公司清償債務外，不得同時為公司之代表。並依下列方式另定公司代
表人：

㈠有限公司僅置董事一人者，由全體股東之同意另推選有行為能力
之股東代表公司。申請登記時，應檢附該同意推選之證明文件。

㈡有限公司置董事二人以上，並特定其中一人為董事長者，由其餘
之董事代表公司。申請登記時，應檢附董事之證明文件。

㈢股份有限公司應由監察人為公司之代表。申請登記時，應檢附監
察人之證明文件。

二、依前開規定，有限公司全體股東同意推選代表人之證明文件略
如本例。本例宜加蓋股東印章並另附股東名冊。

○○有限公司股東會議記錄

時　　間：○○○

地　　點：○○○

出　　席：林○○　[印]、王○○　[印]、張○○　[印]

　　　　　江○○　[印]、陳○○　[印]

主　　席：林○○　　　　　記錄：○○○

討論事項：

　　　本公司向董事長林○○個人購買台北市○○○○○○○土地乙筆，為辦理移轉登記，董事長不得代表本公司，究應推選何人代表本公司？

　　　決議：全體股東一致同意推選王○○代表本公司辦理有關登記事宜。

散　　會

　　　　　　　　　主席：○○○　　　　[印]

　　　　　　　　　記錄：○○○　　　　[印]

中　　華　　民　　國　　○○　年　　○○　月　　○○　日

柒、申請土地移轉登記承買人死亡之理由書

一、土地登記規則第一百零二條規定：土地權利移轉、設定或權利內容變更，依法須申報土地移轉現值者，於申報土地移轉現值後，或依法無須申報土地移轉現值者，經訂立書面契約，依法公證或申報契稅、

贈與稅者，如承買人死亡時，得由其繼承人為權利人，敘明理由提出契約書及其他有關證件會同義務人申請登記。

　　二、依前開規定，承買人死亡不得再登記為權利人，則由其繼承人及義務人出具之理由書略如本例：

理由書

　　立理由書人張○○，於民國○○年○○月○○日將所有坐落台北市○○區○○段○小段○○地號土地簽約出賣與王○○，並於民國○○年○○月○○日依法申報土地移轉現值繳納土地增值稅在案，如今承買人王○○不幸於民國○○年○○月○○日死亡，依法不得再登記為權利人，乃由其合法繼承人王○○、王○○等二人為權利人，會同出賣人檢同原買賣登記案全卷及原承買人死亡除戶謄本等文件申請移轉登記，敬請惠予審查核准登記。

　　此致
○○地政事務所

　　　　　　　　立理由書人：
　　　　　　　　出　賣　人：張○○　　　㊞
　　　　　　　　住　　　址：○○○○
　　　　　　　　身 分 證 號：○○○○
　　　　　　　　出生年月日：
　　　　　　　　承買人之繼承人：王○○
　　　　　　　　住　　　址：○○○○
　　　　　　　　身 分 證 號：○○○○
　　　　　　　　出生年月日：
　　　　　　　　承買人之繼承人：王○○　　　㊞

```
住      址：○○○○
身 分 證 號：○○○○
出生年月日：


中  華  民  國  ○○  年  ○○  月  ○○  日
```

捌、申請土地移轉登記義務人死亡之理由書

　　一、土地登記規則第一百零二條第一項及第三項規定：土地權利移轉、設定，依法須申報土地移轉現值者，於申報土地移轉現值後，或經訂立書面契約，依法公證或申報契稅、贈與稅後，如登記義務人於申請登記前死亡時，得僅由權利人敘明理由，檢附義務人之戶籍謄本及其他有關之證明文件，單獨申請登記。

　　二、依前開規定，義務人死亡之理由書略如本例：

理由書

　　立理由書人張○○，於民國○○年○○月○○日與林○○簽約買賣台北市○○區○○段○小段○○地號，面積○○○○公頃，持分○○○及其地上物即台北市○○路○○號三樓全部，並於民國○○年○○月○○日分別申報土地移轉現值及房屋公證、契稅申報，惟出賣人林○○不幸於申報後民國○○年○○月○○日死亡，如今業已繳清土地增值稅及契稅，特依土地登記規則第一百零二條第一項規定，檢附出賣人林○○生前出具之印鑑證明、身分證明、所有權狀、契約書及死亡除戶謄本等有關文件，單獨申請登記，請惠予審查核准。

　　此致

〇〇地政事務所

　　　　　　立理由書人：
　　　　　　權　利　人：〇〇〇　　　印
　　　　　　住　　　址：〇〇〇〇
　　　　　　出生年月日：
　　　　　　身分證號：〇〇〇〇

中　華　民　國　〇〇　年　〇〇　月　〇〇　日

註：本例係義務人死亡，由權利人出具之理由書

第五章　親屬關係文書

第一節　婚約

一、民法關於婚約之規定如次：

㈠婚約：

1.自行訂定（§972）：

婚約，應由男女當事人自行訂定（註：不以書面為要件）

2.不得請求強迫履行（§975）：

婚約，不得請求強迫履行。

㈡未成年人之婚約：

1.年齡限制（§973）：

男未滿十七歲，女未滿十五歲者，不得訂定婚約。

2.法定代理人之同意（§974）：

未成年人訂定婚約，應得法定代理人之同意。

㈢解除婚約（§976）：

婚約當事人之一方，有下列情形之一者，他方得解除婚約：

1.婚約訂定後，再與他人訂定婚約或結婚者。

2.故違結婚期約者。

3.生死不明已滿一年者。

4.有重大不治之病者。

5.有花柳病或其他惡疾者。

6.婚約訂定後成為殘廢者。

7.婚約訂定後與人通姦者。

8.婚約訂定後受徒刑之宣告者。

9.有其他重大事由者。

依前項規定解除婚約者，如事實上不能向他方為解除之意思表示時，無須為意思表示，自得為解除時起，不受婚約之拘束。

㈣解除婚約之損害賠償：

1.法定原因解除婚約之損害賠償（§977）：

依前條之規定，婚約解除時，無過失之一方，得向有過失之他方，請求賠償其因此所受之損害。

前項情形，雖非財產上之損害，受害人亦得請求賠償相當之金額。

前項請求權不得讓與或繼承。但已依契約承諾，或已起訴者，不在此限。

2.無法定原因違反婚約之損害賠償（§978）：

婚約當事人之一方，無第九百七十六條之理由而違反婚約者，對於他方因此所受之損害，應負賠償之責。

3.非財產上損害賠償（§979）：

前條情形，雖非財產上之損害，受害人亦得請求賠償相當之金額。但以受害人無過失者為限。

前項請求權，不得讓與或繼承。但已依契約承諾或已起訴者，不在此限。

㈤贈與物之返還（§979-1）：

因訂定婚約而為贈與者，婚約無效、解除或撤銷時，當事人之一方，得請求他方返還贈與物。

㈥請求權時效（§979-2）：

第九百七十七條至第九百七十九條之一所規定之請求權，因二年間不行使而消滅。

二、依前開規定，有關文書略例如後：

訂婚證書

　　我倆情投意合，擬愛河永浴，白頭偕老，長相廝守，除交換贈品禮金並宴請親友外，特訂定婚約，此證。

　　　　　　　　　男　方：張〇〇　　印
　　　　　　　　　女　方：林〇〇　　印
　　　　　　　　　見證人：張〇〇　　印
　　　　　　　　　見證人：林〇〇　　印

中　　華　　民　　國　〇〇　年　〇〇　月　〇〇　日

註：一般婚約，並無訂婚證書，坊間有印製之證書

解除婚約通知書

張〇〇先生大鑒：（若以書面為意思表示，宜以郵局存證信函為之）

　　本人與先生於民國〇〇年〇〇月〇〇日訂定婚約，擬定於民國〇〇年〇〇月〇〇日結婚，惟先生始終未作結婚準備，如今已逾婚期，先生仍無結婚打算，致結婚遙遙無期，幾經與先生洽商，先生均支吾其詞，顯然故違結婚期約，爰依民法第九百七十六條規定，向先生為解除婚約之意思表示，於文到日起，雙方男婚女嫁，不受婚約之拘束。

　　　　　　　　林〇〇　　　印
　　　　　　　　住址：〇〇〇〇

| 中 | 華 | 民 | 國 | ○○ | 年 | ○○ | 月 | ○○ | 日 |

註：解除婚約之意思表示無法定方式，一般為口頭表示

請求書

張○○先生大鑒：（宜以郵局存證信函為之）

　　本人與先生之婚約，依民法第九百七十六條規定，業已解除，婚約之解除，全因先生過失所引起，是以訂婚時贈與先生之手錶、戒指、西裝與皮鞋，應予返還，訂婚時宴請親友之餐費新台幣五萬元及本人名譽受損害新台幣五十萬元，共計新台幣五十五萬元，請於文到日起十日內予以返還贈物及損害賠償，至於先生贈與本人之禮物及聘金，則由本人全數沒收。

　　　　　　　　林○○　　　印
　　　　　　　　住址：○○○○

| 中 | 華 | 民 | 國 | ○○ | 年 | ○○ | 月 | ○○ | 日 |

註：本例係解除婚約請求損害賠償及返還贈物

解除婚約協議書

　　立協議書人男方張○○，女方林○○，於民國○○年○○月○○日訂定婚約，如今雙方發現情意不合，個性亦不合，實難以共同生活，

特協議解除婚約，此後男婚女嫁，互不相干，婚約時互贈之禮物，於成立本協議書之同時互為返還，至於聘金不退還給男方，作為女方因此所受之損害賠償，雙方並不得再另外互為求償。

男方：張○○　　印
住址：○○○○
女方：林○○　　印
住址：○○○○

中　　華　　民　　國　　○○　年　　○○　月　　○○　日

註：本例係雙方協議解約，無一定之法定方式

第二節　　離婚

一、離婚，民法相關規定如次：

㈠兩願離婚（§1049）：

夫妻兩願離婚者，得自行離婚。但未成年人，應得法定代理人之同意。

㈡法定方式（§1050）：

兩願離婚，應以書面為之，有二人以上證人之簽名並應向戶政機關為離婚之登記。

㈢子女監護：

1.判決離婚子女之監護（§1055）：

夫妻離婚者，對於未成年子女權利義務之行使或負擔，依協議由一

方或雙方共同任之。未為協議或協議不成者，法院得依夫妻之一方、主管機關、社會福利機構或其他利害關係人之請求或依職權酌定之。

前項協議不利於子女者，法院得依主管機關、社會福利機構或其他利害關係人之請求或依職權為子女之利益改定之。

行使、負擔權利義務之一方未盡保護教養之義務或對未成年子女有不利之情事者，他方、未成年子女、主管機關、社會福利機構或其他利害關係人得為子女之利益，請求法院改定之。

前三項情形，法院得依請求或依職權，為子女之利益酌定權利義務行使負擔之內容及方法。

法院得依請求或依職權，為未行使或負擔權利義務之一方酌定其與未成年子女會面交往之方式及期間。但其會面交往有妨害子女之利益者，法院得依請求或依職權變更之。

2.最佳利益之提示性規定（§1055-1）：

法院為前條裁判時，應依子女之最佳利益，審酌一切情狀，參考社工人員之訪視報告，尤應注意下列事項：

(1)子女之年齡、性別、人數及健康情形。

(2)子女之意願及人格發展之需要。

(3)父母之年齡、職業、品行、健康情形、經濟能力及生活狀況。

(4)父母保護教養子女之意願及態度。

(5)父母子女間或未成年子女與其他共同生活之人間之感情狀況。

3.監護人之選定（§1055-2）：

父母均不適合行使權利時，法院應依子女之最佳利益並審酌前條各款事項，選定適當之人為子女之監護人，並指定監護之方法、命其父母負擔扶養費用及其方式。

二、有關離婚協議書略例如後：

離婚協議書

　　立協議書人張○○與王○○原係夫妻，因兩人個性不合，難以繼續共同生活，特兩願離婚並協議如次：

一、雙方應會同辦理戶籍離婚登記，於辦妥戶籍離婚登記後，男婚女嫁，各不相干。

二、雙方所生之長子歸張○○監護，長女張○○歸王○○監護，每星期只能於星期日探望對方監護之子女一次。

三、登記為張○○名義之房地產歸張○○所有，登記為王○○名義之房地產歸王○○所有，兩者價差，互不找補。

四、汽車一輛（牌照號：○○○）歸張○○所有，銀行存款新台幣○○○元歸王○○所有。

五、張○○應自即日起遷離現有住處，並於三日內會同辦理離婚之戶籍登記。

　　　　　　　立協議書人：
　　　　　　　　　　張○○　　　　印
　　　　　　　　　　住　　　址：○○○○
　　　　　　　　　　身分證號：○○○○
　　　　　　　　　　王○○　　　　印
　　　　　　　　　　住　　　址：○○○○
　　　　　　　　　　身分證號：○○○○
　　　　　　　見證人：陳○○　　　　印
　　　　　　　　　　住　　　址：○○○○
　　　　　　　　　　身分證號：○○○○
　　　　　　　　　　見　證　人：李○○　　　　印

```
                    住    址：○○○○
                    身分證號：○○○○


  中   華   民   國   ○○   年   ○○   月   ○○   日
```

第三節　非婚生子女之認領

一、非婚生子女認領與否，應依民法之規定：

㈠視為婚生子女（§1064）：

非婚生子女，其生父與生母結婚者，視為婚生子女。

㈡生父認領（§1065）：

非婚生子女經生父認領者，視為婚生子女。其經生父撫育者，視為認領。

非婚生子女與其生母之關係，視為婚生子女，無須認領。

㈢否認（§1066）：

非婚生子女或其生母，對於生父之認領，得否認之。

㈣請求認領（§1067）：

有事實足認其為非婚生子女之生父者，非婚生子女或其生母或其他法定代理人，得向生父提起認領之訴。

前項認領之訴，於生父死亡後，得向生父之繼承人為之。生父無繼承人者，得向社會福利主管機關為之。

㈤不得撤銷認領（§1070）：

生父認領非婚生子女後，不得撤銷其認領。但有事實認其非生父者，不在此限。

二、前開規定有關認領書略例如後：

認領書

　　立認領書人張○○，就林○○於民國○○年○○月○○日在台北市○○路○○醫院生產之男嬰，業已申報戶籍命名為林○○，立認領書人為其生父無誤，特予認領，並改姓為張○○。

　　　　　　　　立認領書人：
　　　　　　　　　　生　父：張○○　　　印
　　　　　　　　　　住　址：○○○○
　　　　　　　　　　生　母：林○○　　　印
　　　　　　　　　　住　址：○○○○

中　　華　　民　　國　　○○　年　　○○　月　　○○　日

認領否認書

　　本人於民國○○年○○月○○日在台北市○○醫院產下之男嬰，其生父非為張○○，如今張○○認領，本人為該男嬰之生母，特予否認，請勿認領。
　　此致
張○○先生

否認人：林〇〇　　　印

住　址：〇〇〇〇

中　華　民　國　〇〇　年　〇〇　月　〇〇　日

註：宜以郵局存證信函為之

認領請求書

張〇〇先生大鑒：（宜以郵局存證信函為之）

　　吾北上謀職，巧遇先生，成緣一夜，南返後已逾十月餘，如今產下一男嬰，幸母子均安，為免男嬰無父而成一私生子，於你我結婚無望之餘，請予認領。

請求人：林〇〇　　　印

住　址：〇〇〇〇

中　華　民　國　〇〇　年　〇〇　月　〇〇　日

第四節　子女從父姓或母姓之約定

民法第一千零五十九條：

父母於子女出生登記前，應以書面約定子女從父姓或母姓。

子女經出生登記後，於未成年前，得由父母以書面約定變更為父姓或母姓。

子女已成年者，經父母之書面同意得變更為父姓或母姓。

前二項之變更，各以一次為限。

有下列各款情形之一，且有事實足認子女之姓氏對其有不利之影響時，父母之一方或子女得請求法院宣告變更子女之姓氏為父姓或母姓：

一、父母離婚者。

二、父母之一方或雙方死亡者。

三、父母之一方或雙方生死不明滿二年者。

四、父母之一方曾有或現有未盡扶養義務滿二年者。

子女從父姓或母姓約定書

　　立約定書人陳〇〇、林〇〇係夫妻，於民國〇〇年〇月〇〇日之夫妻關係存續中生有一子，於該子出生登記前，特依法以書面約定從母姓，並取名為林〇〇，特此約定，俾據以辦理出生登記。

　　　　　立約定書人：

　　　　　父：（夫）陳〇〇　[印]

　　　　　母：（妻）林〇〇　[印]

　　　　　同住：〇〇〇〇〇

中　　華　　民　　國　　〇〇　年　　〇〇　月　　〇〇　日

未成年子女變更為父姓或母姓約定書

　　立約定書人陳○○、林○○係夫妻，於民國○○年○月○○日生有一子，並依約定從母姓，取名為林○○辦理出生登記，該林○○如今尚未成年，特再約定變更為父姓，即林○○變更為陳○○，俾據以辦理戶籍變更登記。

立約定書人：

父：陳○○　印

母：林○○　印

同住：○○○○○

中　　華　　民　　國　　○○　年　　○○　月　　○○　日

成年子女變更為父姓或母姓同意書

　　立同意書人陳○○、林○○係夫妻，於民國○○年○月○○日生有一子，並依約定從母姓，取名為林○○辦理出生登記，該林○○如今已經成年，特同意變更為父姓，即林○○變更為陳○○，俾據以辦理戶籍變更登記。

立同意書人：

父：陳〇〇　印

母：林〇〇　印

同住：〇〇〇〇〇

中　華　民　國　〇〇　年　〇〇　月　〇〇　日

第五節　收養子女

民法有關之規定：

第一千零七十三條：

收養者之年齡，應長於被收養者二十歲以上。但夫妻共同收養時，夫妻之一方長於被收養者二十歲以上，而他方僅長於被收養者十六歲以上，亦得收養。

夫妻之一方收養他方之子女時，應長於被收養者十六歲以上。

第一千零七十三條之一：

下列親屬不得收養為養子女：

一、直系血親。

二、直系姻親。但夫妻之一方，收養他方之子女者，不在此限。

三、旁系血親在六親等以內及旁系姻親在五親等以內，輩分不相當者。

第一千零七十四條：

夫妻收養子女時，應共同為之。但有下列各款情形之一者，得單獨收養：

一、夫妻之一方收養他方之子女。

二、夫妻之一方不能為意思表示或生死不明已逾三年。

第一千零七十五條：

除夫妻共同收養外，一人不得同時為二人之養子女。

第一千零七十六條：

夫妻之一方被收養時，應得他方之同意。但他方不能為意思表示或生死不明已逾三年者，不在此限。

第一千零七十六條之一：

子女被收養時，應得其父母之同意。但有下列各款情形之一者，不在此限：

一、父母之一方或雙方對子女未盡保護教養義務或有其他顯然不利子女之情事而拒絕同意。

二、父母之一方或雙方事實上不能為意思表示。

前項同意應作成書面並經公證。但已向法院聲請收養認可者，得以言詞向法院表示並記明筆錄代之。

第一項之同意，不得附條件或期限。

第一千零七十六條之二：

被收養者未滿七歲時，應由其法定代理人代為並代受意思表示。

滿七歲以上之未成年人被收養時，應得其法定代理人之同意。

被收養者之父母已依前二項規定以法定代理人之身分代為並代受意思表示或為同意時，得免依前條規定為同意。

第一千零七十七條：

養子女與養父母及其親屬間之關係，除法律另有規定外，與婚生子女同。

養子女與本生父母及其親屬間之權利義務，於收養關係存續中停止之。但夫妻之一方收養他方之子女時，他方與其子女之權利義務，不因收養而受影響。

收養者收養子女後，與養子女之本生父或母結婚時，養子女回復與本生父或母及其親屬間之權利義務。但第三人已取得之權利，不受影響。

養子女於收養認可時已有直系血親卑親屬者，收養之效力僅及於其

未成年且未結婚之直系血親卑親屬。但收養認可前，其已成年或已結婚之直系血親卑親屬表示同意者，不在此限。

前項同意，準用第一千零七十六條之一第二項及第三項之規定。

第一千零七十八條：

養子女從收養者之姓或維持原來之姓。

夫妻共同收養子女時，於收養登記前，應以書面約定養子女從養父姓、養母姓或維持原來之姓。

第一千零五十九條第二項至第五項之規定，於收養之情形準用之。

第一千零七十九條：

收養應以書面為之，並向法院聲請認可。

收養有無效、得撤銷之原因或違反其他法律規定者，法院應不予認可。

第一千雲七十九條之一：

法院為未成年人被收養之認可時，應依養子女最佳利益為之。

第一千零七十九條之二：

被收養者為成年人而有下列各款情形之一者，法院應不予收養之認可：

一、意圖以收養免除法定義務。

二、依其情形，足認收養於其本生父母不利。

三、有其他重大事由，足認違反收養目的。

第一千雲七十九條之三：

收養自法院認可裁定確定時，溯及於收養契約成立時發生效力。但第三人已取得之權利，不受影響。

第一千零七十九條之四：

收養子女，違反第一千零七十三條、第一千零七十三條之一、第一千零七十五條、第一千零七十六條之一、第一千零七十六條之二第一項或第一千零七十九條第一項之規定者，無效。

第一千零七十九條之五：

收養子女，違反第一千零七十四條之規定者，收養者之配偶得請求法院撤銷之。但自知悉其事實之日起，已逾六個月，或自法院認可之日起已逾一年者，不得請求撤銷。

收養子女，違反第一千零七十六條或第一千零七十六條之二第二項之規定者，被收養者之配偶或法定代理人得請求法院撤銷之。但自知悉其事實之日起，已逾六個月，或自法院認可之日起已逾一年者，不得請求撤銷。

依前二項之規定，經法院判決撤銷收養者，準用第一千零八十二條及第一千零八十三條之規定。

第一千零八十條：

養父母與養子女之關係，得由雙方合意終止之。

前項終止，應以書面為之。養子女為未成年人者，並應向法院聲請認可。

法院依前項規定為認可時，應依養子女最佳利益為之。

養子女為未成年人者，終止收養自法院認可裁定確定時發生效力。

養子女未滿七歲者，其終止收養關係之意思表示，由收養終止後為其法定代理人之人為之。

養子女為滿七歲以上之未成年人者，其終止收養關係，應得收養終止後為其法定代理人之人之同意。

夫妻共同收養子女者，其合意終止收養應共同為之。但有下列情形之一者，得單獨終止：

一、夫妻之一方不能為意思表示或生死不明已逾三年。

二、夫妻之一方於收養後死亡。

三、夫妻離婚。

夫妻之一方依前項但書規定單獨終止收養者，其效力不及於他方。

第一千零八十條之一：

養父母死亡後，養子女得聲請法院許可終止收養。

養子女未滿七歲者，由收養終止後為其法定代理人之人向法院聲請許可。

養子女為滿七歲以上之未成年人者，其終止收養之聲請，應得收養終止後為其法定代理人之人之同意。

法院認終止收養顯失公平者，得不許可之。

第一千零八十條之二條：

終止收養，違反第一千零八十條第二項、第五項或第一千零八十條之一第二項規定者，無效。

第一千零八〇條之三：

終止收養，違反第一千零八十條第七項之規定者，終止收養者之配偶得請求法院撤銷之。但自知悉其事實之日起，已逾六個月，或自法院認可之日起已逾一年者，不得請求撤銷。

終止收養，違反第一千零八十條第六項或第一千零八十條之一第三項之規定者，終止收養後被收養者之法定代理人得請求法院撤銷之。但自知悉其事實之日起，已逾六個月，或自法院許可之日起已逾一年者，不得請求撤銷。

第一千零八十一條：

養父母、養子女之一方，有下列各款情形之一者，法院得依他方、主管機關或利害關係人之請求，宣告終止其收養關係：

一、對於他方為虐待或重大侮辱。

二、遺棄他方。

三、因故意犯罪，受二年有期徒刑以上之刑之裁判確定而未受緩刑宣告。

四、有其他重大事由難以維持收養關係。

養子女為未成年人者，法院宣告終止收養關係時，應依養子女最佳利益為之。

第一千零八十二條：

因收養關係終止而生活陷於困難者，得請求他方給與相當之金額。

但其請求顯失公平者，得減輕或免除之。

第一千零八十三條：

養子女及收養效力所及之直系血親卑親屬，自收養關係終止時起，回復其本姓，並回復其與本生父母及其親屬間之權利義務。但第三人已取得之權利，不受影響。

第一千零八十三條之一：

法院依第一千零五十九條第五項、第一千零五十九條之一第二項、第一千零七十八條第三項、第一千零七十九條之一、第一千零八十條第三項或第一千零八十一條第二項規定為裁判時，準用第一千零五十五條之一之規定。

配偶被收養之同意書

　　立同意書人林○○係陳○○之妻，因陳○○於民國○○年○月○○日被張○○收養，依民法第 1076 條規定，特立此同意書予以同意，俾辦理戶籍變更登記。

　　　　立同意書人：林○○　[印]

　　　　住：○○○○

中　華　民　國　○○　年　○○　月　○○　日

子女被收養之父母同意書

　　立同意書人陳〇〇、林〇〇係陳△△之父母，如今陳△△於民國〇〇年〇月〇〇日被張〇〇收養，依民法第 1076 條之 1 第 1 項規定，特立此同意書予以同意，於經公證後據以辦理戶籍登記。

　　　　　立同意書人：
　　　　　父：陳〇〇　[印]
　　　　　母：林〇〇　[印]
　　　　　同住：〇〇〇〇

中　　華　　民　　國　　〇〇　年　　〇〇　月　　〇〇　日

養子女從養父母姓約定書

　　立約定書人陳〇〇、林〇〇係夫妻，於民國〇〇年〇月〇〇日共同收養張〇〇為養子，依民法第 1078 條規定，約定該養子張〇〇從養父姓，即姓名變更為陳〇〇，特此約定書，俾據以辦理戶籍登記。

　　　　　夫（養父）：陳〇〇　[印]
　　　　　妻（養母）：林〇〇　[印]
　　　　　同住：〇〇〇〇

中　　華　　民　　國　　〇〇　年　　〇〇　月　　〇〇　日

收養書

　　立書人陳○○、林○○（係夫妻）收養今年十五歲之張○○為養子，依民法第1079條、第1076條之2規定，特立本收養書，俾據以向法院聲請認可。

　　　　　　　　　立書人：收養人：陳○○（夫）　印
　　　　　　　　　　　　　　　　　　林○○（妻）　印
　　　　　　　　　同住：○○○○
　　　　　　　　　被收養人：張○○　印
　　　　　　　　　法定代理人：張○○　印
　　　　　　　　　　　　　　　張林○○　印
　　　　　　　　　同住：○○○○

中　華　民　國　○○　年　○○　月　○○　日

收養終止書

　　立書人陳○○、林○○於民國○○年○月○○日收養陳○○為養子，如今由雙方合意終止收養關係，依民法第1080條規定，特立此收養終止書，俾據以辦理有關之戶籍登記。

　　　　　　　　　立書人：養父：陳○○　印

　　　　　　　　　養母：林○○　印

　　　　　　被收養人：陳○○　印

　　　　　同住：○○○○

　　　　　法定代理人：張○○（父）　印

　　　　　　　　　張林○○（母）　印

　　　　　同住：○○○○

中　華　民　國　○○　年　○○　月　○○　日

第六節　親屬會議

一、親屬會議之組成：

依民法規定，親屬會議之組成情形如次：

㈠召集人（§1129）：

依本法之規定應開親屬會議時，由當事人、法定代理人或其他利害關係人召集之。

㈡人數（§1130）：

親屬會議，以會員五人組織之。

㈢成員（§1131）：

親屬會議會員，應就未成年人、禁治產人或被繼承人之下列親屬與順序定之：

1.直系血親尊親屬。

2.三親等內旁系血親尊親屬。

3.四親等內之同輩血親。

前項同一順序之人，以親等近者為先；親等同者，以同居親屬為先，無同居親屬者，以年長者為先。

依前二項順序所定之親屬會議會員，不能出席會議或難於出席時，由次順序之親屬充任之。

(四)人數不足或召集有困難之處理（§1132）：

無前條規定之親屬，或親屬不足法定人數時，法院得因有召集權人之聲請，於其他親屬中指定之。

親屬會議不能召開或召開有困難時，依法應經親屬會議處理之事項，由有召集權人聲請法院處理之。親屬會議經召開而不為或不能決議時，亦同。

(五)會員資格限制（§1133）：

監護人、未成年人及禁治產人，不得為親屬會議會員。

(六)辭職限制（§1134）：

依法應為親屬會議會員之人，非有正當理由，不得辭其職務。

(七)開會與決議限制（§1135）：

親屬會議，非有三人以上之出席，不得開會；非有出席會員過半數之同意，不得為決議。

(八)決議迴避（§1136）：

親屬會議會員，於所議事件有個人利害關係者，不得加入決議。

(九)不服決議之處理（§1137）：

第一千一百二十九條所定有召集權之人，對於親屬會議之決議有不服者，得於三個月內向法院聲訴。

二、親屬會議之職權：

依民法相關條文規定，親屬會議之職權如次：

㈠指定人員會同監護人開具財產清冊（§1099）：

監護開始時，監護人對於受監護人之財產，應會同親屬會議所指定之人，開具財產清冊。

㈡允許監護人對不動產之處分（§1101）：

監護人對於受監護人之財產，非為受監護人之利益，不得使用或處分。為不動產之處分時，並應得親屬會議之允許。

㈢接受財產報告（§1103）：

監護人應將受監護人之財產狀況，向親屬會議每年至少詳細報告一次。

㈣決定監護人之報酬（§1104）：

監護人得請求報酬，其數額由親屬會議按其勞力及受監護人財產收益之狀況酌定之。

㈤撤退監護人（§1106）：

監護人有下列情形之一時，親屬會議得撤退之：

1.違反法定義務時。

2.無支付能力時。

3.由親屬會議選定之監護人，違反親屬會議之指示時。

㈥指定人員清算財產並承認（§1107）：

監護人於監護關係終止時，應即會同親屬會議所指定之人，為財產之清算，並將財產移交於新監護人；如受監護人已成年時，交還於受監護人；如受監護人死亡時，交還於其繼承人。

親屬會議對於前項清算之結果未為承認前，監護人不得免其責任。

㈦清算財產結果拒絕承認（§1109）：

監護人對於受監護人財產所致之損害，其賠償請求權，自親屬會議對於清算結果拒絕承認之時起，二年間不行使而消滅。

(八)被徵求意見選定禁治產人之監護人（§1111）：

禁治產人之監護人，依下列順序定之：

1.配偶。

2.父母。

3.與禁治產人同居之祖父母。

4.家長。

5.後死之父或母以遺囑指定之人。

不能依前項規定定其監護人時，由法院徵求親屬會議之意見選定之。

(九)同意受監護人送醫或監禁（§1112）：

監護人為受監護人之利益，應按受監護人之財產狀況，護養療治其身體。

監護人如將受監護人送入精神病醫院或監禁於私宅者，應得親屬會議之同意。但父母或與禁治產人同居之祖父母為監護人時，不在此限。

(十)對禁治產人之監護準用未成年監護之規定（§1113）：

禁治產人之監護，除本節有規定外，準用關於未成年人監護之規定。第一千一百零五條之規定，於父母為監護人時，亦準用之。

(土)議定扶養方法（§1120）：

扶養之方法，由當事人協議定之；不能協議時，由親屬會議定之。

(圭)對受扶養人酌給遺產（§1149）：

被繼承人生前繼續扶養之人，應由親屬會議依其所受扶養之程度及其他關係，酌給遺產。

(圭)選定遺產管理人並報明法院（§1177）：

繼承開始時，繼承人之有無不明者，由親屬會議於一個月內選定遺產管理人，並將繼承開始及選定遺產管理人之事由，向法院報明。

㈣同意變賣遺產以清償債權（§1179）：

遺產管理人之職務如下：

1.編製遺產清冊。

2.為保存遺產必要之處置。

3.聲請法院依公示催告程序，限定一年以上之期間，公告被繼承人之債權人及受遺贈人，命其於該期間內報明債權及為願受遺贈與否之聲明，被繼承人之債權人及受遺贈人為管理人所已知者，應分別通知之。

4.清償債權或交付遺贈物。

5.有繼承人承認繼承或遺產歸屬國庫時，為遺產之移交。

前項第一款所定之遺產清冊，管理人應於就職後三個月內編製之；第四款所定債權之清償，應先於遺贈物之交付，為清償債權或交付遺贈物之必要，管理人經親屬會議之同意，得變賣遺產。

㈤請求遺產管理人報告遺產狀況（§1180）：

遺產管理人，因親屬會議，被繼承人之債權人或受遺贈人之請求，應報告或說明遺產之狀況。

㈥決定遺產管理人之報酬（§1183）：

遺產管理人得請求報酬，其數額由親屬會議按其勞力及其與被繼承人之關係酌定之。

㈦認定口授遺囑之真偽（§1197）：

口授遺囑，應由見證人中之一人或利害關係人，於為遺囑人死亡後三個月內，提經親屬會議認定其真偽，對於親屬會議之認定如有異議，得聲請法院判定之。

㈧選定遺囑執行人（§1211）：

遺囑未指定遺囑執行人，並未委託他人指定者，得由親屬會議選定之；不能由親屬會議選定時，得由利害關係人聲請法院指定之。

(丸)受理提示遺囑（§1212）：

遺囑保管人知有繼承開始之事實時，應即將遺囑提示於親屬會議；無保管人而由繼承人發現遺囑者亦同。

(宇)受理開視有封緘之遺囑（§1213）：

有封緘之遺囑，非在親屬會議當場或法院公證處，不得開視。

前項遺囑開視時，應製作記錄，記明遺囑之封緘有無毀損情形，或其他特別情事，並由在場之人同行簽名。

(三)改選遺囑執行人（§1218）：

遺囑執行人怠於執行職務，或有其他重大事由時，利害關係人，得請求親屬會議改選他人；其由法院指定者，得聲請法院另行指定。

三、依前開規定，有關親屬會議略例如後：

親屬會議記錄

一、開會時間：民國○○年○○月○○日

二、開會地點：○○○

三、出席：○○○、○○○、○○○、○○○、○○○

四、主席：○○○　　　　　記錄：○○○

五、主席報告：略

六、討論事項：

　　親屬張○○未成年，父母雙亡，無遺囑指定監護人，祖父母亦早已仙逝，又無伯父與叔父，亦即無民法第一千零九十四條第一項第一款至第四款各順序之法定監護人，為此，乃依同法同條項第五款規定，召集親屬會議選定其監護人，請公決。

　　決議：由其已出嫁之姊姊張○○為監護人。

七、散會

親屬會議會員：

大伯：王〇〇　印（簽名）民國〇〇〇〇生　A100243212

二伯：王〇〇　印（簽名）民國〇〇〇〇生　A101124561

三伯：王〇〇　印（簽名）民國〇〇〇〇生　A103211121

叔父：王〇〇　印（簽名）民國〇〇〇〇生　A103211452

姑媽：王〇〇　印（簽名）民國〇〇〇〇生　A200011341

　　　　張〇〇　印（簽名）

住　　　　址：〇〇〇〇

出生年月日：

身分證號碼：〇〇〇〇

中　華　民　國　〇〇　年　〇〇　月　〇〇　日

註：本例係選定未成年人之監護人

親屬會議記錄

一、**開會時間**：民國〇〇年〇〇月〇〇日

二、**開會地點**：〇〇〇

三、**出席**：〇〇〇、〇〇〇、〇〇〇、〇〇〇、〇〇〇

四、**主席**：〇〇〇　　　　　記錄：〇〇〇

五、**主席報告**：略

六、**討論事項**：

　　　親屬王〇〇未成年，父母雙亡，業已依法產生監護人〇〇〇，依民法第一千零九十九條規定，監護開始時，監護人對於受監護人之財產，應會同親屬會議所指定之人，開具財產清冊。為

此，特召開親屬會議指定人員，請公決。

決議：全體同意指定親屬會議會員〇〇〇會同監護人辦理。

七、散會

　　　　　親屬會議會員：

　　　　　大伯：王〇〇　印（簽名）民國〇〇〇〇生　A100243212

　　　　　二伯：王〇〇　印（簽名）民國〇〇〇〇生　A101124561

　　　　　三伯：王〇〇　印（簽名）民國〇〇〇〇生　A103211121

　　　　　叔父：王〇〇　印（簽名）民國〇〇〇〇生　A103211452

　　　　　姑媽：王〇〇　印（簽名）民國〇〇〇〇生　A200011341

　　　　　王〇〇　　印（簽名）

　　　　　住　　　址：〇〇〇〇

　　　　　出生年月日：

　　　　　身分證號碼：〇〇〇〇

中　華　民　國　〇〇　年　〇〇　月　〇〇　日

註：本例係指定人員會同監護人開具財產清冊

親屬會議記錄

一、開會時間：民國〇〇年〇〇月〇〇日

二、開會地點：〇〇〇

三、出席：〇〇〇、〇〇〇、〇〇〇、〇〇〇、〇〇〇

四、主席：〇〇〇　　　　　記錄：〇〇〇

五、主席報告：略

六、討論事項：

　　　　為親屬王○○，係未成年人，其所有土地坐落○○○○暨其地上房屋坐落○○○○等所有權全部，係繼承其父親遺產而得來之財產，因該財產其父親生前曾向銀行貸款尚未清償，如今王○○孤苦伶仃，又係學生住於學校宿舍，為了學費，為了生活費，已經頗為困苦，又要繳納貸款本息，顯然無能力，若能將該屬地產出售，不僅可清償貸款本息，學費與生活費又有著落，顯然對王○○是有利的，為此，特依法召集親屬會議以便討論公決。

　　決議：同意由王○○會同其監護人王○○出賣各該屬地產。

七、散會

　　　　　　王○○親屬會議會員：

　　　　　　大伯：王○○　印（簽名）民國○○○○生　A100243212

　　　　　　二伯：王○○　印（簽名）民國○○○○生　A101124561

　　　　　　三伯：王○○　印（簽名）民國○○○○生　A103211121

　　　　　　叔父：王○○　印（簽名）民國○○○○生　A103211452

　　　　　　姑媽：王○○　印（簽名）民國○○○○生　A200011341

　　　　　　上同住：台北市松山區敦化里二鄰八德路○段○號

　　　　立同意書人確係民法第一千一百三十一條規定王○○之親屬會議之會員，若有不實，願負完全法律責任。

　　　　印 印 印 印 印（簽名）

中　　華　　民　　國　　○○　年　　○○　月　　○○　日

註：本例係同意監護人為不動產處分

親屬會議記錄

一、**開會時間**：民國○○年○○月○○日

二、**開會地點**：○○○

三、**出席**：○○○、○○○、○○○、○○○、○○○

四、**主席**：○○○　　　　　記錄：○○○

五、**主席報告**：略

六、**討論事項**：

　　　　親屬林○○未成年，尚在就學中，尚無工作能力，其監護人林○○，係其堂兄，經濟情況非佳，卻要負擔其學費與生活費，實有不勝負荷之感，為此，監護人林○○請求依民法第一千一百零四條規定，就受監護人林○○出租房屋之租金收入，酌給報酬，請公決。

　　決議：受監護人林○○每月租金收入新台幣一萬二千元，其監護人林○○於經濟不佳之情況下，卻負擔其學費與生活費，顯然對監護人林○○難謂公允，特就監護人之勞力及受監護人財產收益狀況，酌定每月新台幣六千元給付監護人作為報酬。

七、**散會**

　　　　　親屬會議會員：

　　　　　大伯：王○○　印（簽名）民國○○○○生　A100243212

　　　　　二伯：王○○　印（簽名）民國○○○○生　A101124561

　　　　　三伯：王○○　印（簽名）民國○○○○生　A103211121

　　　　　叔父：王○○　印（簽名）民國○○○○生　A103211452

　　　　　姑媽：王○○　印（簽名）民國○○○○生　A200011341

　　　　　林○○　　印（簽名）

　　　　　住　　址：○○○○

　　　　　出生年月日：

　　　　　身分證號碼：○○○○

中　華　民　國　○○　年　○○　月　○○　日

註：本例係監護人請求報酬

親屬會議記錄

一、開會時間：民國○○年○○月○○日

二、開會地點：○○○

三、出席：張○○、張○○、張○○、張○○、張○○

四、主席：張○○　　　　**記錄**：張○○

五、主席報告：略

六、討論事項：

　　　　被繼承人張○○於民國○○年○○月○○日死亡，其遺產除由其法定繼承人張○、張○等繼承外，尚有林○○，為非法定繼承人，但林○○係被繼承人張○○生前繼續扶養之人，與被繼承人張○○雖未結婚，無夫妻之名，但有夫妻之實，於被繼承人張○○臨終之重病期間，又悉心照顧，如今被繼承人張○○亡故，林○○頓失依恃，又無繼承權，此情此景，實堪憐憫，為此，特召集本次親屬會議，決議是否酌給遺產。

　　決議：經衡量被繼承人張○○生前扶養林○○之程度及二人之關係，應酌給林○○遺產如下：

　　　　一、○○縣○○鄉○○路○○號房屋一戶及其基地坐落○○縣○○鄉○○段○小段○○地號土地一筆全部。

二、遺產現金新台幣貳佰萬元正。

七、散會

親屬會議會員：

大伯：王○○　印（簽名）民國○○○○生　A100243212

二伯：王○○　印（簽名）民國○○○○生　A101124561

三伯：王○○　印（簽名）民國○○○○生　A103211121

叔父：王○○　印（簽名）民國○○○○生　A103211452

姑媽：王○○　印（簽名）民國○○○○生　A200011341

　　　張○○　　印（簽名）

住　　　址：○○○○

出生年月日：

身分證號碼：○○○○

中　華　民　國　○○　年　○○　月　○○　日

註：本例係生前受扶養之人酌給遺產

親屬會議記錄

一、開會時間：民國○○年○○月○○日

二、開會地點：○○○

三、出席：○○○、○○○、○○○、○○○、○○○

四、主席：○○○　　　　　記錄：○○○

五、主席報告：略

六、認定事項：

　　　張○○於民國○○年○○月○○日亡故，其於生前即民國○

○年○○月○○日依法製作錄音遺囑，見證人之一王○○於張○○死亡後三個月內，提請認定其真偽。

認定結果：

㈠該錄音遺囑確依民法第一千一百九十五條規定方式所為，確係遺囑人生前之錄音無誤。

㈡錄音遺囑內容如下：

1.○○銀行存款新台幣壹佰萬元由配偶○○○全部繼承取得。

2.台北市○○區○○段○小段○○地號土地所有權全部由長子張○○繼承取得。

3.台北市○○區○○段○小段○○地號土地持分四分之一由次子張○○繼承取得。

七、散會

　　　　親屬會議會員：

　　　　大伯：王○○　㊞（簽名）民國○○○○生　A100243212

　　　　二伯：王○○　㊞（簽名）民國○○○○生　A101124561

　　　　三伯：王○○　㊞（簽名）民國○○○○生　A103211121

　　　　叔父：王○○　㊞（簽名）民國○○○○生　A103211452

　　　　姑媽：王○○　㊞（簽名）民國○○○○生　A200011341

　　　　張○○　　　　㊞（簽名）

　　　　住　　　址：○○○○

　　　　出生年月日：

　　　　身分證號碼：○○○○

中　華　民　國　○○　年　○○　月　○○　日

註：本例係錄音遺囑認定真偽

親屬會議記錄

一、**開會時間**：民國○○年○○月○○日

二、**開會地點**：台北市松山路二四五巷○○弄二八-三號

三、**出席**：王振宗、王全宗、王三義、王金蘭、王秀美

四、**主席**：王振宗　　　　　**記錄**：王秀美

五、**主席報告**：本宗親族王雙和死亡，其繼承人不明，至今無人承認繼承，致其遺產無人管理，理應依法選任其遺產管理人俾便管理其遺產，故特召請各位宗親前來開會，選舉管理人。

六、**討論事項**：

　　　　王雙和所遺財產，其管理人之人選，似應以其最近之親屬擔任為宜，故本人認為王明福年輕力壯，係王雙和之姪，可否推選為管理人（王全宗提議）。

　　決議：與會人士全部同意選任王明福為王雙和之遺產管理人。

七、**散會**

親屬會議會員：

　　王振宗　印（簽名）A100234101　出生年月日：○○○　住址：○○○

　　王全宗　印（簽名）A100234201　出生年月日：○○○　住址：○○○

　　王三義　印（簽名）A100234301　出生年月日：○○○　住址：○○○

　　王金蘭　印（簽名）A200432112　出生年月日：○○○　住址：○○○

　　王秀美　印（簽名）A200434121　出生年月日：○○○　住址：○○○

本會議出席人員均係民法第一千一百三十一條規定王雙和之親屬會議會員，若有不實，願負完全法律責任。印 印 印 印 印（簽名）

中　　華　　民　　國　　○○　年　　○○　月　　○○　日

註：本例係選定遺產管理人

第六章　繼承關係文書

第一節　喪失繼承權

　　一、民法第一千一百四十五條第一項第五款規定：繼承人對於被繼承人有重大之虐待或侮辱情事，經被繼承人表示其不得繼承者，繼承人喪失其繼承權。

　　二、依最高法院二十二年上字第一二五〇號判例，被繼承人之表示，不必以遺囑為之。

　　三、依前開規定及判例，被繼承人之書面表示略例如後（註：既不必以遺囑為之，顯無法定方式，惟仍以書面為宜，至書面之名稱應可不限，如遺言書、留言書，甚至於以遺囑為之均可）：

遺言書

　　立遺言書人張〇〇，如今已七十五歲，風燭殘年，雖積有薄田數甲，並育有子女五人，本應含飴弄孫，頤養天年，奈因不肖子長男張〇〇，不僅不為個人前程努力，且不為弟妹表率，竟日日遊手好閒，花天酒地，父言逆耳，竟予動粗，至受傷住院，不肖子長男張〇〇，迄無悔意，顯然大逆不孝，已構成民法第一千一百四十五條第一項第五款所定之重大虐待或侮辱情事。為此，特邀諸親友見證，留此遺言書，待吾身故後，該不肖子長男張〇〇不得繼承吾之遺產。

　　立遺言書人：

　　　張〇〇　　印

```
                住　址：○○○○
    見　證　人：○○○        [印]
                住　址：○○○○
    見　證　人：○○○        [印]
                住　址：○○○○


中　華　民　國　○○　年　○○　月　○○　日
```

註：為免嗣後紛爭，宜予公證

第二節　繼承權被侵害之回復請求

一、民法第一千一百四十六條規定：

繼承權被侵害者，被害人或其法定代理人得請求回復之。

前項回復請求權，自知悉被侵害之時起，二年間不行使而消滅；自繼承開始時起逾十年者亦同。

二、繼承權被侵害者，被害人得向其他繼承人請求回復，若被拒絕，得向法院請求判決回復，有關請求書略例如後：

請求書

張○○
張○○ 先生大鑒：（宜以郵局存證信函為之）

　　緣先父張○○於民國○○年○○月○○日亡故，本人係其生前所生之兒子，經生父依法認領，此有戶籍謄本可證，是以先父張○○之遺產，本人依法有繼承權，應繼分為三分之一，特請求於文到日起十日內惠予回復，其遺產中動產部分請給付三分之一，不動產部分請協同辦理更正繼承登記。

```
　　　　　　　請求人：張〇〇　　　印
　　　　　　　法定代理人：林〇〇　　　印
　　　　　　　住　　址：〇〇〇〇


中　華　民　國　〇〇　年　〇〇　月　〇〇　日
```

第三節　限定繼承之求償

一、賠償及返還請求（民法§1161）：

繼承人違反第一千一百五十七條至第一千一百六十條之規定，致被繼承人之債權人受有損害者，應負賠償之責。

前項受有損害之人，對於不當受領之債權人或受遺贈人，得請求返還其不當受領之數額。

二、未報明債權之求償（民法§1162）：

被繼承人之債權人，不於第一千一百五十七條所定之一定期限內報明其債權，而又為繼承人所不知者，僅得就賸餘遺產，行使其權利。

三、依前開規定，有關請求書略例如後：

請求書

林〇〇先生大鑒：（住址：〇〇〇〇）（宜以郵局存證信函為之）

　　先生為被繼承人張〇〇之債權人，被繼承人張〇〇之法定繼承人張〇〇、張〇〇與張〇〇等三人主張限定繼承，先生依法應報明全部債權，但卻只報明新台幣伍拾萬元，另新台幣參拾萬元未報明，竟由法定繼承人私自就遺產予以清償，顯然違反民法第一千一百五十七條至第一千一百五十八條規定，致請求人之債權計新台幣伍拾萬元無法

全部受償而受有損害。爰依民法第一千一百六十一條規定，特請求先
生於文到日起十日內返還不當受領之數額新台幣參拾萬元，否則將依
法追索。

　　　　　　　　　　　請求人：陳○○　　　[印]

　　　　　　　　　　　住　址：○○○○

中　華　民　國　○○　年　○○　月　○○　日

註：本例係請求返還不當受領之數額

請求書

張○○先生大鑒：（住址：○○○○）（得以郵局存證信函為之）

　　先生與○○○等人為被繼承人張○○之法定繼承人，並就其遺產
主張限定繼承，請求人為被繼承人張○○之債權人，持有支票乙紙（○
○銀行○○分行帳號○○票號○○○金額新台幣○○○），因不知法
院公示催告之公告，亦為先生等繼承人所不知，致未報明債權，如今
限定繼承清償債權程序已結束，尚有賸餘遺產，特請求就賸餘遺產予
以清償。耑此

　　順　頌

大　安

　　　　　　　　　　　請求人：吳○○　　　[印]

　　　　　　　　　　　住　址：○○○○

中　華　民　國　○○　年　○○　月　○○　日

註：本例係贍餘遺產之求償

第四節　遺產繼承分割

一、民法第一千一百六十四條規定：繼承人得隨時請求分割遺產。但法律另有規定或契約另有訂定者，不在此限。

二、我國係採均分繼承制度，是以繼承人有數人時，於繼承登記完畢產權趨於複雜，是以實務上得由繼承人訂定協議書，以分割繼承方式各就協議結果各自繼承取得，惟應檢附印鑑證明一份。

三、茲將請求及協議之書面略例如後：

請求書

林○○、林○○、林○○等兄弟姊妹大鑒：（得以郵局存證信函為之）

　　爾等與本人均為兄弟姊妹，亦均為先父林○○之法定繼承人，先父於民國○○年○○月○○日不幸亡故，至今已逾五個月，由於本人出嫁未與爾等共居，先父遺產依法應於六個月內繼承分割，特依民法第一千一百六十四條規定，請求分割遺產並辦理有關遺產稅申報及繼承登記等一切事宜。耑此

　　敬　祝

安　好

　　　　　請求人：林○○　　　㊞
　　　　　住　　址：○○○○

中　華　民　國　〇〇　年　〇〇　月　〇〇　日

協　議　書

　　立協議書人張〇〇、張〇〇係被繼承人張〇〇之合法繼承人，張〇〇於民國〇〇年〇〇月〇〇日不幸亡故，經立協議書人協議一致同意，按下列方式分割遺產，俾據以辦理繼承登記：

一、台北市松山區虎林段貳小段參壹地號面積零點零貳參零公頃，所有權全部由張〇〇全部繼承。

二、台北市松山區虎林段壹小段貳捌地號面積零點零貳壹零公頃，所有權全部由張〇〇全部繼承。

三、現金新台幣壹佰萬元正由張〇〇繼承取得。

四、賓士汽車(140-2111)壹部由張〇〇繼承取得。

立協議書人：

　　　張〇〇　印（簽名）民國〇〇年〇〇月〇〇日生　A103432112

　　　張〇〇　印（簽名）民國〇〇年〇〇月〇〇日生　A103432113

　　　同住：台北市大安區文華里十二鄰和平東路二段〇〇〇號

中　華　民　國　〇〇　年　〇〇　月　〇〇　日

註：應複寫二份，其中正本應就不動產部分貼印花

第五節　拋棄繼承權

一、民法第一千一百七十四條規定：

繼承人得拋棄其繼承權。

前項拋棄，應於知悉其得繼承之時起二個月內以書面向法院為之。並以書面通知因其拋棄而應為繼承之人。但不能通知者，不在此限。

二、依內政部訂頒「繼承登記法令補充規定」之規定：

繼承開始於台灣光復後至七十四年六月四日以前，繼承人拋棄其繼承權，應依修正前民法第一千一百七十四條規定於知悉其得繼承之時起二個月內以書面向法院、親屬會議或其他繼承人為之。申請登記時應檢附拋棄繼承權有關文件。其向其他繼承人表示拋棄者，並應加附印鑑證明。

繼承開始於民國七十四年六月五日以後，而繼承人有拋棄繼承權者，應依照修正後民法第一千一百七十四條規定，應以書面向法院為之。申請繼承登記時，應檢附法院核發繼承權拋棄之證明文件。至於拋棄繼承權者是否以書面通知因其拋棄而應為繼承之人，非屬登記機關審查之範疇。

三、依前開規定，繼承開始於台灣光復後至民國七十四年六月四日止，向其他繼承人表示拋棄者，其拋棄書及通知書略例如後：

繼承權拋棄書

立繼承書人張○○，係被繼承人張○○之長女，為第一順序法定繼承人，被繼承人張○○於民國七十年三月二日不幸逝世，立拋棄書人因出國在外，遲至民國七十三年五月一日回國始知悉得繼承張○○之遺產，為此，於知悉時起二個月內，特立本拋棄書拋棄遺產繼承權。

　　此致

其他繼承人

　　張〇〇

　　張〇〇

　　　　　　　立拋棄書人：張〇〇　　　　印

　　　　　　　住　　　址：〇〇〇〇

　　　　　　　出生年月日：〇〇〇〇

　　　　　　　身分證號碼：〇〇〇〇

中　華　民　國　〇〇　年　〇〇　月　〇〇　日

註：本例係 74.6.4 以前死亡，向其他繼承人表示拋棄

通知書

張〇〇、張〇〇二位兄長大鑒：（得以郵局存證信函為之，亦得使用
　　法院印成之通知書）

　　先父張〇〇不幸於民國〇〇年〇〇月〇〇日亡故，本人張〇〇係
依法有繼承其遺產之權，惟自願拋棄繼承權，爰依民法第一千一百七
十四條規定通知如上。

　　　　　　　張〇〇　　　　印

　　　　　　　住　　　址：〇〇〇〇

　　　　　　　身分證號碼：〇〇〇〇

　　　　　　　出生年月日：〇〇〇〇

中　華　民　國　○○　年　○○　月　○○　日

註：本例係拋棄繼承權通知應為繼承之人

第六節　遺囑

　　一、依民法規定，無行為能力人，不得為遺囑。限制行為能力人，無須經法定代理人之允許，得為遺囑。但未滿十六歲者，不得為遺囑（§1186）。遺囑人於不違反關於特留分規定之範圍內，得以遺囑自由處分遺囑（§1187）。

　　二、有關遺囑方式，為法定方式，不依法定方式者，無效（民法§73）。民法有關遺囑方式規定如次：

　　㈠遺囑方式（§1189）：

　　遺囑應依下列方式之一為之：

　　1.自書遺囑。

　　2.公證遺囑。

　　3.密封遺囑。

　　4.代筆遺囑。

　　5.口授遺囑。

　　㈡自書遺囑方式（§1190）：

　　自書遺囑者，應自書遺囑全文，記明年、月、日，並親自簽名；如有增減、塗改，應註明增減、塗改之處所及字數，另行簽名。

　　㈢公證遺囑方式（§1191）：

　　公證遺囑，應指定二人以上之見證人，在公證人前口述遺囑意旨，由公證人筆記、宣讀、講解，經遺囑人認可後，記明年、月、日，由公證人、見證人及遺囑人同行簽名；遺囑人不能簽名者，由公證人將其事

由記明，使按指印代之。

前項所定公證人之職務，在無公證人之地，得由法院書記官行之，僑民在中華民國領事駐在地為遺囑時，得由領事行之。

(四)密封遺囑方式（§1192）：

密封遺囑，應於遺囑上簽名後，將其密封，於封縫處簽名，指定二人以上之見證人，向公證人提出，陳述其為自己之遺囑，如非本人自寫並陳述繕寫人之姓名、住所，由公證人於封面記明該遺囑提出之年、月、日及遺囑人所為之陳述，與遺囑人及見證人同行簽名。

前條第二項之規定，於前項情形準用之。

此外，依民法第一千一百九十三條規定：密封遺囑，不具備前條所定之方式，而具備第一千一百九十條所定自書遺囑之方式者，有自書遺囑之效力。

(五)代筆遺囑方式（§1194）：

代筆遺囑，由遺囑人指定三人以上之見證人，由遺囑人口述遺囑意旨，使見證人中之一人筆記、宣讀、講解，經遺囑人認可後，記明年、月、日及代筆人之姓名，由見證人全體及遺囑人同行簽名，遺囑人不能簽名者，應按指印代之。

(六)口授遺囑：

1.方式（§1195）：

遺囑人因生命危急或其他特殊情形，不能依其他方式為遺囑者，得依下列方式之一為口授遺囑：

(1)由遺囑人指定二人以上之見證人，並口授遺囑意旨，由見證人中之一人，將該遺囑意旨，據實作成筆記，並記明年、月、日，與其他見證人同行簽名。

(2)由遺囑人指定二人以上之見證人，並口授遺囑意旨、遺囑人姓名及年、月、日，由見證人全體口述遺囑之為真正及見證人姓名，全部予以錄音，將錄音帶當場密封，並記明年、月、日，由見證人全體在封縫

處同行簽名。

　　2.失效（§1196）：

　　口授遺囑，自遺囑人能依其他方式為遺囑之時起，經過三個月而失其效力。

　　3.認定真偽（§1197）：

　　口授遺囑，應由見證人中之一人或利害關係人，於為遺囑人死亡後三個月內，提經親屬會議認定其真偽，對於親屬會議之認定如有異議，得聲請法院判定之。

　　㈦見證人之資格限制（§1198）：

　　下列之人，不得為遺囑見證人：

　　1.未成年人。

　　2.禁治產人。

　　3.繼承人及其配偶或其直系血親。

　　4.受遺贈人及其配偶或其直系血親。

　　5.為公證人或代行公證職務人之同居人助理人或受僱人。

　　三、茲將自書遺囑及代筆遺囑略例如後：

遺囑

　　吾已老邁，大去之期不遠矣，回顧往事前塵，雖畢生辛勤，幸有薄產，並育有子女三人，為免吾身故後，遺產繼承不均，有傷手足之情，特自書遺囑，希於吾亡後，按本遺囑所定繼承遺產，不得有爭。

一、○○銀行定期存款新台幣壹佰萬元正，由吾配偶○○○繼承取得。

二、台北市○○路○○號三樓房屋一戶及其基地坐落台北市○○區○○段○小段○○地號持分○○，由長子○○○繼承取得。

三、台北市○○路○○號五樓房屋一戶及其基地坐落台北市○○區○○段○小段○○地號持分○○，由次子○○○繼承取得。

四、○○○○○公司上市股票共計八萬股，由長女○○○繼承取得。

　　子女應兄友弟恭，孝順老母直至終年，並應各自　力本業，追求光明前程，告慰吾在天之靈。

　　　　　　　　立遺囑人：張○○　　（應親自簽名）

中　　華　　民　　國　　○○　年　　○○　月　　○○　日

註：本例係自書遺囑

遺囑

　　吾年已逾八十，行不便，手難寫，特指定王○○、林○○、張○○等三人為見證人，並由見證人之一王○○筆記，由吾口述遺囑意旨如下：

一、吾妻早已仙逝，所遺子二人、女二人，均各成家立業，吾願已了，但子女應敬業樂群，敦親睦鄰，光耀門楣。

二、吾身故後遺產分配如下：

　　㈠○○○○○公司股份○○萬股，由長女○○○繼承取得。

　　㈡○○銀行存款新台幣貳佰伍拾萬元正，於支付喪葬費後餘額由次女○○○繼承取得。

　　㈢台北市○○路○○段○○巷○○號三樓房屋一戶及其基地坐落台北市○○區○○段○小段○○地號持分○○，由長男○○○繼承取得。

　　㈣台中市○○區○○路○○號一、二層房屋一戶及其基地坐落台中市○○區○○段○小段○○地號土地等全部由次男○○○

繼承取得。

三、上述遺囑由遺囑人口述遺囑意旨，並由見證人之一王〇〇筆記、
　　宣讀、講解，經遺囑人認可無誤。

　　　　　　　　　　立遺囑人：張〇〇（簽名；不能簽名，應按指印）

　　　　　　　　　　見證人兼代筆人：王〇〇　　印　住：〇〇〇

　　　　　　　　　　見　證　人：林〇〇　　印　住：〇〇〇

　　　　　　　　　　見　證　人：張〇〇　　印　住：〇〇〇

中　華　民　國　〇〇　年　〇〇　月　〇〇　日

註：本例係代筆遺囑

第七章　其他文書

第一節　公司

一、少數股東請求召集股東會（公司法§173）：

　　繼續一年以上，持有已發行股份總數百分之三以上股份之股東，得以書面記明提議事項及理由，請求董事會召集股東臨時會。

　　前項請求提出後十五日內，董事會不為召集之通知時，股東得報經主管機關許可，自行召集。

　　依前二項規定召集之股東臨時會，為調查公司業務及財產狀況，得選任檢查人。

　　董事因股份轉讓或其他理由，致董事會不為召集或不能召集股東會時，得由持有已發行股份總數百分之三以上股份之股東，報經主管機關許可，自行召集。

二、股東會決議之撤銷與無效：

㈠撤銷（公司法§189）：

　　股東會之召集程序或其決議方法，違反法令或章程時，股東得自決議之日起三十日內，訴請法院撤銷其決議。

㈡無效（公司法§191）：

　　股東會決議之內容，違反法令或章程者無效。

三、董事會決議之制止（公司法§194）：

　　董事會決議，為違反法令或章程之行為時，繼續一年以上持有股份之股東，得請求董事會停止其行為。

請求書

受文者：○○○股份有限公司董事會

主　旨：為請求召集本公司股東臨時會，請惠予辦理。

說　明：

　　一、請求人等係繼續持有已發行本公司股份總數百分之三以上股份之股東，為公司業務政策事宜，特提議事項及理由（詳附件），請求召集股東臨時會議決。

　　二、茲檢附提議事項及理由如附件，請惠予依法辦理。

　　　　　　　請求人：林○○　　　　印

　　　　　　　住　址：○○○○

中　　華　　民　　國　　○○　　年　　○○　　月　　○○　　日

註：本例係請求召開董事會

敬告書

受文者：○○○股份有限公司

主　旨：為本公司○○年度股東會議之決議辦法違反本公司章程，特予敬告應予撤銷。

說　明：

　　一、本公司○○年度股東會議於民國○○年○○月○○日召集，其決議方法違反本公司章程第○條所定，應由代表股權過半數及人數過半數之決議標準，顯然該決議應予

撤銷。

二、為此，敬告本公司執事者，勿予執意執行，否則將訴請
　　法院撤銷該決議。

　　　　　股東：林〇〇　　　　印

　　　　　住址：〇〇〇〇

中　華　民　國　〇〇　年　〇〇　月　〇〇　日

請求書

受文者：〇〇〇股份有限公司董事會董事長〇〇〇

主　旨：為本公司董事會決議違反章程，應予停止執行。

說　明：

　　一、本公司董事會於民國〇〇年〇〇月〇〇日之會議記錄第
　　　　〇項之決議，顯然違反公司章程之規定，並已超越本公
　　　　司登記業務範圍以外之行為，為此，爰依公司法第一百
　　　　九十四條規定，請求制止。

　　二、請惠予查照辦理。

　　　　　請求人：張〇〇　　　　印

　　　　　住　址：〇〇〇〇

中　華　民　國　〇〇　年　〇〇　月　〇〇　日

第二節　票據

一、票據求償時效（票據法§22）：

票據上之權利，對匯票承兌人及本票發票人，自到期日起算；見票即付之本票，自發票日起算；三年間不行使，因時效而消滅。對支票發票人自發票日起算，一年間不行使，因時效而消滅。

匯票、本票之執票人，對前手之追索權，自作成拒絕證書日起算，一年間不行使，因時效而消滅。支票之執票人，對前手之追索權，四個月間不行使，因時效而消滅。其免除作成拒絕證書者，匯票、本票自到期日起算；支票自提示日起算。

匯票、本票之背書人，對於前手之追索權，自為清償之日或被訴之日起算，六個月間不行使，因時效而消滅。支票之背書人，對前手之追索權，二個月間不行使，因時效而消滅。

票據上之債權，雖依本法因時效或手續之欠缺而消滅，執票人對於發票人或承兌人，於其所受利益之限度，得請求償還。

二、支票之提示（票據法§130）：

支票之執票人，應於下列期限內，為付款之提示：

㈠發票地與付款地在同一省（市）區內者，發票日後七日內。

㈡發票地與付款地不在同一省（市）區內者，發票日後十五日內。

㈢發票地在國外，付款地在國內者，發票日後二個月內。

三、支票執票人之追索（票據法§131）：

執票人於第一百三十條所定提示期限內，為付款之提示而被拒絕時，對於前手得行使追索權。但應於拒絕付款日或其後五日內，請求作成拒絕證書。

付款人於支票或黏單上記載拒絕文義及其年、月、日並簽名者，與作成拒絕證書，有同一效力。

請求書

林〇〇先生大鑒：

　　本人持有先生開發之〇〇銀行〇〇分行帳號〇〇〇〇票號〇〇〇〇〇面額新台幣〇〇萬元正支票乙紙，經於到期日民國〇〇年〇〇月〇〇日提示不獲兌現，請於文到日起五日內惠予現金給付，否則將依法追索。

　　　　　　　　請求人：張〇〇　　　印

　　　　　　　　住　址：〇〇〇〇

中　華　民　國　〇〇　年　〇〇　月　〇〇　日

第三節　著作權

　　著作權法第二十六條規定：無著作權或著作權期間屆滿之著作，視為公共所有。但不問何人不得將其改竄、割裂、變匿姓名或更換名目發行之。

催告書

林〇〇先生大鑒：（宜以郵局存證信函為之）

　　先生所著於民國〇〇年〇〇月〇〇日出版之《〇〇〇〇》一書，經查抄襲本人所著《〇〇〇〇》一書頗多，顯然已侵害本人之著作權，爰依著作權法第二十六條規定，惠予敬告，請於文到日起五日內出面

協商解決，否則將依法究訴。

張〇〇　　　印

住址：〇〇〇〇

中　華　民　國　〇〇　年　〇〇　月　〇〇　日

第二編　契約與章程

第一章　基本認識

第一節　認識契約

一、意義：

㈠廣義：

凡合意以發生私法上效力為目的者即是，如債權、物權或親屬等有關法律所定之契約。

㈡狹義：

指債權契約，凡合意以發生債的關係為目的者。

二、成立：

㈠正式成立（民法§153Ⅰ）：

當事人互相表示意思一致者，無論其為明示或默示，契約即為成立。

㈡推定成立：

1.當事人對於必要之點，意思一致，而對於非必要之點，未經表示意思者，推定其契約為成立，關於該非必要之點，當事人意思不一致時，法院應依其事件之性質定之（民法§153Ⅱ）。

2.訂約當事人之一方，由他方受有定金時，推定其契約成立（民法§248）。此即為成約定金。

三、種類：

有債權及物權契約，有要式及不要式契約，有單務及雙務契約，有無償及有償契約，有諾成及踐成契約。

四、無效：

㈠違反強行規定無效（民法§71），違背公序良俗無效（民法§72），

不依法定方式無效（民法§73）。

㈡以不能之給付為契約標的者，其契約為無效（民法§246Ⅰ）。

㈢例外有效：

1.其不能情形可以除去，而當事人訂約時並預期於不能之情形除去後為給付者，其契約仍為有效（民法§246Ⅰ但書）。

2.附停止條件或始期之契約，於條件成就或期限屆至前，不能之情形已除去者，其契約為有效（民法§246Ⅱ）。

㈣負責：

1.全部不能（民法§247Ⅰ）：

契約因以不能之給付為標的而無效者，當事人於訂約時知其不能或可得而知者，對於非因過失而信契約為有效致受損害之他方當事人，負賠償責任。

2.一部不能（民法§247Ⅱ）：

給付一部不能，而契約就其他部分仍為有效者，或依選擇而定之數宗給付中有一宗給付不能者，準用前項之規定。

五、定金處理（民法§249）：

定金，除當事人另有訂定外，適用下列之規定：

㈠契約履行時，定金應返還或作為給付之一部。

㈡契約因可歸責於付定金當事人之事由，致不能履行時，定金不得請求返還。

㈢契約因可歸責於受定金當事人之事由，致不能履行時，該當事人應加倍返還其所受之定金。

㈣契約因不可歸責於雙方當事人之事由，致不能履行時，定金應返還之。

六、違約金：

㈠約定（民法§250Ⅰ）：

當事人得約定債務人於債務不履行時，應支付違約金。

㈡性質——視為損害賠償總額（民法§250Ⅱ）：

1.違約金，除當事人另有訂定外，視為因不履行而生損害之賠償總額。

2.其約定如債務人不於適當時期或不依適當方法履行債務時，即須支付違約金者，債權人除得請求履行債務外，違約金視為因不於適當時期或不依適當方法履行債務所生損害之賠償總額。

㈢酌減：

1.一部履行（民法§251）：

債務已為一部履行者，法院得比照債權人因一部履行所受之利益，減少違約金。

2.過高（民法§252）：

約定之違約金額過高者，法院得減至相當之數額。

七、解約：

㈠催告履約再解約（民法§254）：

契約當事人之一方遲延給付者，他方當事人得定相當期限催告其履行，如於期限內不履行時，得解除其契約。

㈡不必催告履約即行解約（民法§255）：

依契約之性質或當事人之意思表示，非於一定時期為給付不能達其契約之目的，而契約當事人之一方不按照時期給付者，他方當事人得不為前條之催告，解除其契約。

㈢回復原狀（民法§259）：

契約解除時，當事人雙方回復原狀之義務，除法律另有規定或契約另有訂定外，依下列之規定：

1.由他方所受領之給付物，應返還之。

2.受領之給付為金錢者，應附加自受領時起之利息償還之。

3.受領之給付為勞務或為物之使用者，應照受領時之價額，以金錢

償還之。

4.受領之給付物生有孳息者，應返還之。

5.就返還之物，已支出必要或有益之費用，得於他方受返還時所得利益之限度內，請求其返還。

6.應返還之物毀損、滅失或因其他事由，致不能返還者，應償還其價額。

㈣解除權：

1.解除權之行使：

⑴行使方法（民法§258）：

①解除權之行使，應向他方當事人以意思表示為之。

②契約當事人之一方有數人者，前項意思表示，應由其全體或向其全體為之。

③解除契約之意思表示，不得撤銷。

⑵解除權之行使，不妨礙損害賠償之請求（民法§260）。

2.解除權之消滅

⑴未定期限之催告（民法§257）：

解除權之行使，未定有期間者，他方當事人得定相當期限，催告解除權人於期限內確答是否解除；如逾期未受解除之通知，解除權即消滅。

⑵歸責於解除權人而消滅（民法§262）：

有解除權人，因可歸責於自己之事由，致其所受領之給付物有毀損、滅失或其他情形不能返還者，解除權消滅；因加工或改造，將所受領之給付物變其種類者亦同。

第二節　認識章程

一、法人有社團法人與財團法人，社團法人又有營利與非營利之分，關於營利法人之章程，如公司章程，請參閱公司設立之章節。

二、依民法規定：

㈠社團章程（§47）：

設立社團者，應訂定章程，其應記載之事項如下：

1.目的。

2.名稱。

3.董事之人數、任期及任免。設有監察人者，其人數、任期及任免。

4.總會召集之條件、程序及其決議證明之方法。

5.社員之出資。

6.社員資格之取得與喪失。

7.訂定章程之年、月、日。

㈡財團捐助章程（§60）：

設立財團者，應訂立捐助章程。但以遺囑捐助者，不在此限。
捐助章程，應訂明法人目的及所捐財產。
以遺囑捐助設立財團法人者，如無遺囑執行人時，法院得依主管機關、檢察官或利害關係人之聲請，指定遺囑執行人。

三、人民團體章程（人民團體法§12）：

人民團體章程應載明下列事項：

㈠名稱。

㈡宗旨。

㈢組織區域。

㈣會址。

㈤任務。

㈥組織。

㈦會員入會、出會與除名。

㈧會員之權利與義務。

㈨會員代表及理事、監事之名額、職權、任期及選任與解任。

㈩會議。

(十一)經費及會計。

(十二)章程修改之程序。

(十三)其他依法令規定應載明之事項。

第二章　各種契約書

第一節　概說

一、民法債編對於各種債權契約，並無一定方式之規定，一般通說，只要契約雙方當事人「合意」與「交付」，契約即成立，是以口頭契約也是契約，書面契約也是契約，若以書面為契約，即是所謂契約書。

二、前述所謂「合意」，即互為意思表示一致者也，其互為意思表示，當然應親自為之，否則應合法委任；而意思表示應注意其意思能力或行為能力，萬一能力有瑕疵或受有限制，應依法處理，否則契約可能無效或被撤銷。關於委任、能力有瑕疵或受有限制之行為效力，讀者諸君可參閱第一編。

三、依民法第三條規定：契約書文字不必由本人自寫，但必須親自簽名。如有用印章代簽名者，其蓋章與簽名生同等之效力。如以指印、十字或其他符號代簽名者，在文件上，經二人簽名證明，亦與簽名生同等之效力。

四、由於人與人之間之價值意識日益高漲，是以「口頭契約」逐漸消失，書面契約逐漸流行。因此，簽訂契約書時，除應核對身分證明文件以確認其真正身分外，尚應注意其意思能力及行為能力，並依法完成簽名或蓋章手續。

五、實務上甚多實例顯示，契約當事人不會簽名，亦無印章，而只按捺指印，卻無二人之簽名證明，似此，是不符法律生效要件。

第二節　各種契約書

壹、不動產買賣契約書

　　一、民法第一百五十三條規定：雙方意思表示一致，無論是明示或默示，契約即為成立。由於不動產買賣之金額相當龐大，一般均以文字書面為之，是為所謂買賣契約書。

　　二、不動產買賣，各個案情不一，只要不違反強行規定（民法§71），只要不違背公共秩序及善良風俗（民法§72），只要依法定方式（民法§73），只要可能給付（民法§246），一般而言，均屬契約自由原則，尤其是契約內容。是以買賣契約書內容不一而足，本例得供作參考變化使用：

不動產買賣契約書

　　立契約書人買方○○○（以下簡稱甲方）賣方○○○（以下簡稱乙方），茲因不動產買賣事宜，雙方協議同意訂立各條款如下：

第一條　乙方所有下列不動產同意出賣予甲方。

　　　　土地：○○市○○區○○段○小段○○○地號土地乙筆，面積○○○○○公頃，持分○○○○（或所有權全部）。

　　　　房屋：前述土地地上物即○○市○○路○○號第○層，房屋乙戶，面積○○○○○平方公尺所有權全部（或持分○○○○）。

第二條　本約買賣金額共計新台幣○萬○仟元正。其付款方式如次：

　　　　第一次付款：新台幣○萬○仟元正，於簽訂本約之同時，由甲方支付予乙方。

　　　　第二次付款：新台幣○萬○仟元正，於乙方交付產權移轉登記有關文件之同時，由甲方支付予乙方。

第三次付款：新台幣○萬○仟元正，於買賣標的物移交之同
　　　　　　時，由甲方支付予乙方。

第四次付款：新台幣○萬○仟元正，於辦妥產權移轉登記手
　　　　　　續之同時，由甲方支付予乙方。

甲方若以支票方式付款，倘支票全部或一部分不能兌現時，
視為違約。

第三條　本約不動產所有權移轉登記，所需乙方印鑑證明二份，戶籍
　　　　謄本三份，最近一期房屋稅單，土地前次移轉資料及土地、
　　　　房屋所有權狀等，訂於民國○○年○○月○○日交付與甲方
　　　　或甲方委請之登記代理人。

第四條　本約不動產訂於民國○○年○○月○○日現場移交。

第五條　本約不動產確係乙方所有，乙方保證產權清楚，來歷清白，
　　　　若有任何產權糾紛或債務瓜葛，均由乙方負責理清，不得連
　　　　累甲方，若因此致使甲方受有損害時，乙方願負完全賠償責
　　　　任，絕無異議。

第六條　本約不動產移交之日以前，若有應繳而未繳之稅捐費用，悉
　　　　由乙方負責繳清，移交之日以後，悉由甲方負擔。

第七條　本約不動產買賣登記，其土地增值稅依法由乙方負擔，其房
　　　　屋契稅及監證費依法由甲方負擔，至於登記費、印花稅及代
　　　　辦費等亦由甲方負擔。

第八條　本約不動產所有權移轉登記時，乙方同意甲方自由指定自己
　　　　以外之名義人為權利人。

第九條　本約不動產所有權移轉登記時，如需乙方補印或補辦證件
　　　　時，乙方應無條件照辦，不得藉詞刁難或要求任何其他條件
　　　　之補償。

第十條　本約不動產在未移交前，如遇天災地變或其他原因受有損害
　　　　時，應由乙方負責，概與甲方無涉。

第十一條　本約甲乙雙方，應忠誠履約，若甲方違約，所付款項，由

　　　　乙方無條件沒收。如乙方違約，所收款項，應於違約日起拾
　　　　日內加倍返還予甲方，雙方各無異議。

第十二條　本約如有未盡之事宜，適用現行有關法令規定及一般社會
　　　　慣例。

第十三條　本約自簽訂日起生效。

第十四條　本約同文壹式貳份雙方各執乙份為憑。

　　　　　　　　立契約書人甲方：○○○　　　　印

　　　　　　　　住　　　　　址：○○○○

　　　　　　　　身分證統一號碼：○○○○

　　　　　　　　立契約書人乙方：○○○　　　　印

　　　　　　　　住　　　　　址：○○○○

　　　　　　　　身分證統一號碼：○○○○

　　　　　　　　見　　證　　人：○○○

中　　華　　民　　國　○○　年　○○　月　○○　日

貳、不動產交換契約書

　　一、依民法第三百九十八條規定：當事人雙方約定互相移轉金錢以
外之財產權者，是為互易，即一般所謂交換，準用關於買賣之規定。

　　二、依民法第三百九十九條規定：當事人之一方，約定移轉前條所
定之財產權，並應交付金錢者，其金錢部分，準用關於買賣價金之規定：

　　三、交換契約書之內容亦是不一而足，本例得供作參考變化使用：

不動產交換契約書

立契約書人〇〇〇（以下簡稱甲方）〇〇〇（以下簡稱乙方），茲因不動產交換事宜，經雙方協議一致同意訂定下列各條款，以資共同遵守：

第一條　雙方所有下列不動產互為交換：

甲方所有：土地坐落台北市〇〇區〇〇段〇小段〇〇地號持分〇〇交換與乙方。

房屋坐落台北市〇〇路〇〇號三樓全部交換與乙方。

乙方所有：土地坐落台北市〇〇區〇〇段〇小段〇〇地號持分〇〇〇交換與甲方。

房屋坐落台北市〇〇路〇〇號二樓全部交換與甲方。

第二條　本約雙方所有之不動產經議定差價為新台幣伍拾萬元，應由甲方給付於乙方，並於產權交換移轉登記完畢時一次付清，於付清之同時互為交屋。

第三條　本約不動產交換移轉所需之土地增值稅由原所有權人負擔。至於所需之契稅、印花稅、登記費、公證費或監證費、代辦費等由承受人各自負擔。

第四條　本約不動產應於簽訂本約之日起五日內，各自備妥產權移轉登記所需文件證章，委託土地登記專業代理人〇〇〇事務所代辦移轉有關手續。

第五條　本約不動產，雙方應各自保證產權清楚，順利交換移轉登記。

第六條　本約不動產，雙方原有之銀行抵押貸款，應於交換移轉登記完畢前各自清償塗銷。

第七條　本約未盡事宜，適用現行有關法令規定及一般社會慣例。

第八條　本約壹式貳份，雙方各執乙份為憑。

　　　　　　　立約人：甲方：○○○　　　印

　　　　　　　　　　　住址：○○○○

　　　　　　　　　　　電話：○○○○

　　　　　　　　　　　乙方：○○○　　　印

　　　　　　　　　　　住址：○○○○

　　　　　　　　　　　電話：○○○○

中　　華　　民　　國　○○　年　　○○　月　　○○　日

參、不動產贈與契約書

　　一、民法第四百零六條規定：稱贈與者，謂當事人約定，一方以自己之財產無償給與他方，他方允受之契約。

　　二、贈與契約書之內容亦是不一而足，本例得供作參考變化使用：

不動產贈與契約書

　　立契約書人受贈人○○○（以下簡稱甲方），贈與人○○○（以下簡稱乙方），茲因不動產贈與事宜，經雙方協議一致同意訂定下列各條款，以資共同遵守：

第一條　乙方所有下列不動產贈與甲方承受：

　　　　土地：台北市○○區○○段○小段○○地號持分○○○房

　　　　屋：建號○○，門牌：台北市○○路○○號三樓全部。

第二條　本約不動產於簽訂本約之同時移交與甲方。

第三條　本約不動產於簽訂本約之日起五日內，雙方應出具移轉登記

　　　　　　所需文件證章，委託土地登記專業代理人○○○事務所辦理
　　　　　　移轉有關手續。

第四條　本約不動產移轉所需繳納之贈與稅由乙方負責，至於所需繳
　　　　　　納之土地增值稅、房屋契稅、印花稅、公證費或監證費、代
　　　　　　辦費以及應繳而未繳之房屋稅、地價稅、工程受益費等均由
　　　　　　甲方負責。

第五條　本約不動產乙方原有之銀行抵押貸款餘額新台幣參佰萬
　　　　　　元，由甲方於簽訂本約之日起，負責每月分期攤還本息。

第六條　本約未盡事宜，適用現行有關法令規定及一般社會慣例。

第七條　本約同文壹式貳份，雙方各執乙份為憑。

　　　　　　　立約人：甲方：○○○　　　　印
　　　　　　　　　　　　住址：○○○○
　　　　　　　　　　　　乙方：○○○　　　　印
　　　　　　　　　　　　住址：○○○○

中　　華　　民　　國　○○　年　○○　月　○○　日

肆、不動產借用契約書

　　一、民法第四百六十四條規定：稱使用借貸者，謂當事人一方以物
交付他方，而約定他方於無償使用後返還其物之契約。

　　二、民法第四百七十條規定：

　　借用人應於契約所定期限屆滿時，返還借用物；未定期限者，應於
依借貸之目的使用完畢時返還之。但經過相當時期，可推定借用人已使
用完畢者，貸與人亦得為返還之請求。

借貸未定期限，亦不能依借貸之目的而定其期限者，貸與人得隨時請求返還借用物。

三、借用契約書之內容亦是不一而足，本例得供作參考變化使用：

不動產借用契約書

立契約書人出借人○○○（以下簡稱甲方），借用人○○○（以下簡稱乙方），茲因不動產借用事宜，經雙方協議一致同意訂定下列各條款，以資共同遵守：

第一條 甲方所有下列土地借與乙方使用：
土地：台北市○○區○○段○小段○○地號土地乙筆，面積○○○○○公頃全部。

第二條 乙方借用前條土地係供作堆置建築材料使用，於毗鄰之房屋建築完工後，應無條件返還甲方。

第三條 乙方返還土地時，應清理地上堆積物，以空地返還。

第四條 乙方借用期間，不支付任何使用費與甲方，但借用期間所應繳納之地價稅由乙方負擔。

第五條 本約未盡事宜，適用現行有關法令規定及一般社會慣例。

第六條 本約同文壹式貳份，雙方各執乙份為憑。

立約人：甲方：○○○　　　印
住址：○○○○
電話：○○○○
乙方：○○○　　　印
住址：○○○○
電話：○○○○

中　華　民　國　○○　年　○○　月　○○　日

伍、僱傭契約書

一、民法第四百八十二條規定：稱僱傭者，謂當事人約定，一方於一定或不定之期限內為他方服勞務，他方給付報酬之契約。

二、僱傭契約書之內容亦是不一而足，本例得供作參考變化使用：

僱傭契約書

立契約書人僱用人○○○○○公司（以下簡稱甲方），受僱人○○○（以下簡稱乙方），茲因僱傭事宜，經雙方協議一致同意訂定下列各條款，以資共同遵守：

第一條　雙方僱傭期間自民國○○年○○月○○日起至民國○○年○○月○○日止共計○年。

第二條　乙方受僱於甲方從事貨品搬運工作，每月工資新台幣○○○○元，並於每月最後一日發給。

第三條　甲方應為乙方辦理勞工保險，並有年終獎金至少一個月之工資額。

第四條　乙方每月休假二天，休假日視工作情形決定之，每天工作八小時，若超日超時工作，以每小時工資額計算加班費，併同工資同時發給。

第五條　非經甲方同意，乙方不得以第三人替代。

第六條　非有重大理由，雙方均不得提前終止本約。

第七條　本約未盡事宜，適用現行有關法令及一般社會慣例。

第八條　本約同文壹式貳份，雙方各執乙份為憑。

```
立約人：甲方：○○○        印

      法定代理人○○○         印

      住址：○○○○

      乙方：○○○        印

      住址：○○○○

中 華 民 國 ○○ 年 ○○ 月 ○○ 日
```

陸、合夥契約書

一、民法第六百六十七條規定：

稱合夥者，謂二人以上互約出資以經營共同事業之契約。

前項出資，得為金錢或其他財產權，或以勞務、信用或其他利益代之。

金錢以外之出資，應估定價額為其出資額。未經估定者，以他合夥人之平均出資額視為其出資額。

二、合夥契約書之內容亦是不一而足，本例得供作參考變化使用：

合夥契約書

立契約書人○○○（以下簡稱甲方）○○○（以下簡稱乙方），茲因合夥經營共同事業，經雙方協議一致同意訂定下列各條款，以資共同遵守：

第一條 本約雙方合夥於台北市○○路○○號一樓經營○○餐廳。

第二條 本約雙方合夥經營餐廳，資本額共計新台幣○○○○元正，甲方出資新台幣○○○○元正，乙方出資新台幣○○○○元

　　　　　　正。收足款項，於銀行設立專戶往來。

第三條　本約合夥經營餐廳，由甲方擔任董事長，由乙方擔任總經
　　　　理，均不支領薪津。至於經理及各部工作人員以登報招聘為
　　　　原則，其薪給待遇，由雙方議定。

第四條　本約餐廳營業，於每月月底結算一次，其損益依雙方出資比
　　　　例分配。

第五條　本約合夥事業若有增加出資之必要時，由雙方按原出資比例
　　　　增加之。若營運損失致資本減少者，則由雙方按原出資比例
　　　　補充之。

第六條　非經合夥人同意，不得將自己之股份轉讓於第三人。

第七條　本約未盡事宜，適用現行有關法令規定及一般社會慣例。

第八條　本約同文壹式貳份，雙方各執乙份為憑。

　　　　　　　　立約人：甲方：○○○　　　　印

　　　　　　　　　　　　住址：○○○○

　　　　　　　　　　　　乙方：○○○　　　　印

　　　　　　　　　　　　住址：○○○○

中　　華　　民　　國　○○　年　○○　月　○○　日

柒、租賃契約書

　　一、所謂租賃，民法第四百二十一條規定：係指當事人約定：一方
以物租與他方使用收益，他方支付租金之契約。

　　二、租賃，有僅租房屋者，有包括屋內家具者，有房屋與基地之租
賃者，有僅土地租賃者，有動產之租賃者，如汽車、機器……等租賃。
是以在契約自由原則之下，租賃契約也是形形色色，不一而足。

　　三、民法第四百二十二條規定：不動產之租賃契約，其期限逾一年者，應以字據訂立之，未以字據訂立者，視為不定期限之租賃。

　　四、內政部訂頒有「租賃契約書」及「委任租賃契約書」範本如後：

土地租賃契約書

　　立契約書人出租人〇〇〇（以下簡稱甲方）承租人〇〇〇（以下簡稱乙方），茲因土地租賃事宜，經雙方協議同意訂定各條款如下：

第一條　甲方所有坐落〇〇〇〇鄉鎮區〇〇段〇小段〇〇地號等土地〇筆，面積共計〇〇〇〇公頃，全部自願出租予乙方耕作（或建築）使用。

第二條　本約租賃期間，自民國〇〇年〇〇月〇〇日起至民國〇〇年〇〇月〇〇日止，共計〇年。

第三條　本約租金為每月新台幣〇〇〇〇元正，於每月〇日付清當月租金。

第四條　本約租賃保證金新台幣〇〇〇〇元正，於簽訂本約之同時由乙方乙次付予甲方。於租期屆滿後，甲方應無息乙次返還乙方。

第五條　本約租金若以保證金抵付後，仍積欠租金達兩月時，甲方得終止契約，收回自用，並得依法追索積欠之租金。

第六條　本約土地之稅捐由甲方負擔。

第七條　本約簽訂後生效，雙方應遵守履行，任何一方不得提出異議，其有未盡之事宜，適用現行有關法令之規定及一般社會慣例。

第八條　本約同文壹式貳份，雙方各執乙份為憑。

　　　　　立契約書人：

　　　　　出租人甲方：〇〇〇　　　㊞

住　　　　　所：○○○○
身分證統一編號：○○○○
承租人乙方：○○○　　　　　印
住　　　　　所：○○○○
身分證統一編號：○○○○

中　華　民　國　○○　年　○○　月　○○　日

註：本例係一般使用之契約書

捌、合建契約書

　　一、所謂合建，簡單而言，係一方提供土地，另一方提供資金，雙方合作興建房屋。興建之房屋，或許全部出售，再按協議之比例分取出售所得之價金，或許按協議之比例分取房屋及房屋之基地持分。

　　二、各合建個案之情形不一，合建條件也不一，是以不易買到印好之現成合建契約書。簽約時，只能就實際協議內容予以文字化與條文化：

　　三、本例係一實際契約書，讀者可斟酌參考使用：

合建契約書

　　立契約書人地主○○○（以下簡稱甲方）建主○○○（以下簡稱乙方），茲因合作興建房屋事宜，經雙方協議同意訂定各條款如下：

第一條　甲方所有坐落○○○○○○地號土地壹筆，如附圖所示，約○○○○坪，願提供與乙方合作興建房屋。

第二條　本約甲方所提供之土地雙方協議同意興建四層式鋼筋混凝土造之集合住宅，除依法應設置之公私道路用地外，其餘可建土地，乙方應依法合理充分利用。

第三條　本約雙方合作興建房屋，其土地規劃，建築設計，請領建造

執照，鳩工庇材，營造施工及有關之風險等，均由乙方負責處理並負完全責任，其各類費用亦均由乙方負擔，概與甲方無涉。乙方營造施工過程中，甲方得隨時親自或派員監督。

第四條　本約甲乙雙方按附圖所示之擬建房屋為準，採立體分屋方式，由甲方取得百分之〇〇，乙方取得百分之〇〇。若雙方分取之房屋戶數未能整數時，其間之差額，得經雙方之同意，由取得之一方按協議價格以現金補償對方。

第五條　本約有關建築設計文件圖說應徵求甲方同意，並按前條雙方分配之位置，標明於圖說上，各自具名或指定第三人為起造人，由乙方負責提出申請建造執照。

第六條　本約興建房屋事宜，均依現行建築法令辦理，若法令變更而受有限制時，則依變更後之法令辦理。

第七條　凡畸零地及水利地之合併承買等事宜，均由甲方備齊所需證件交由乙方負責辦理。惟費用由甲方負擔，產權亦歸屬甲方所有。

第八條　本約土地之地上物由乙方負責處理，惟甲方應從旁協助。地上物理清之日起壹個月內，乙方應提出申請建造執照，乙方並應先期通知甲方備齊請照所需之有關證件交付乙方。

第九條　本約乙方應於領取建造執照之日起貳個月內開工，於開工之日起〇〇〇個工作天內建築完竣，於建築完竣後〇〇月內領得使用執照，並以接輸水電完妥之日為完工日。惟如政令變更或其他天災地變等不可抗力之原因而延誤時，經雙方同意者不在此限。

第十條　本約甲方應於乙方工程進度至一樓頂板完成時辦理基地合併、分割、地目變更等手續，其所需之各項費用，由雙方各半負擔。乙方工程進度至三樓頂板完成時，雙方會同辦理乙方分得房屋之應有基地持分產權移轉登記，其所需之各項費用由乙方負擔，增值稅由甲方負擔。

第十一條　本約保證金為新台幣○○○○○元正，於本約簽訂時，由乙方壹次交付予甲方，甲方應於本約第九條所定之完工日，壹次無息返還全部保證金予乙方。以支票為保證金之交付或返還，若各該支票一部分或全部不能兌現時，則以違約論處。

第十二條　甲乙雙方應切實照約履行，如甲方違約時，甲方除將所收之保證金加倍全部退還（無息）予乙方外，同時並須賠償乙方已施工之工程損失及其他因該工程而支出之一切費用（可由乙方另列清冊），如乙方違約時，甲方得將已收之保證金予以沒收。如工程逾期時，乙方每逾壹天應賠償甲方分得間數總售價金額千分之一之逾期違約金，違約之一方應於違約日起拾天內履行賠償，不得拖延，否則，未違約之一方，得請求法院依法強制執行抵償。

第十三條　凡申請建造、使用執照、接水電等須甲方蓋章或出具證件時，甲方應隨時提供，所需費用由乙方負擔。

第十四條　本約有效期間內，如因政府變更都市計畫致無法全部履行契約或只履行一部契約時，甲方應將本約第十一條所收之保證金依照可建之土地比率於上開情事發生之日起一個月內無息退還予乙方，若在該土地上乙方業已施工之工程損失，政府有意補償時，其土地部分歸屬甲方，建物部分歸屬乙方，如有用甲方名義須甲方協助者，甲方應無條件親自辦理或備齊證件及加蓋印章給乙方，甲方不得藉故刁難或異議，如甲方須乙方協助者，乙方亦應無條件協助辦理清楚。

第十五條　本約所定之土地，其應繳之一切稅費，在開工日以前者，均由甲方負擔，開工日以後者，由甲乙雙方各半負擔。

第十六條　本約成立之日起，甲、乙雙方不得以本約土地向任何公私機關或個人辦理他項權利設定，於契約存續期間，甲方亦不得將本約土地提供予第三人建築或出售予他人。

第十七條　甲、乙雙方對本約權利均不得轉讓、典當或作保。

第十八條 本約土地如有來歷不明、瓜葛糾紛或他項權利設定,訂立三七五租約等情事應由甲方於本約成立之日起一個月內予以理清,所需之一切費用由甲方自行負擔,惟地上物清理按本約第八條約定辦理之。

第十九條 甲方戶籍地址以本契約記載為準,如有變更時甲方應即以書面通知乙方,否則因此誤時誤事致乙方蒙受損失時,甲方應負責賠償。

第二十條 本約若有未盡事宜,悉依照有關法令規定及一般社會慣例處理。

第二十一條 本約建物構造——施工說明:

一、結構:鋼筋混凝土構造,依政府核定圖樣施工、防火、防颱、耐震、安全堅固。

二、外牆:正面貼高級馬賽克,後面水泥粉光。

三、內牆:除廚廁隔間外餘不隔間,其餘牆面為水泥粉光、漆 PVC 漆。

四、平頂:水泥粉光後加 PVC 漆。

五、浴廁:地面鋪馬賽克,牆面貼白磁磚到頂,玻璃纖維浴缸、冷熱水龍頭、馬桶及面盆均為白色國產高級品(和成牌或電光牌),毛巾架、鏡箱等附件俱全。

六、廚房:地面鋪紅鋼磚,牆面貼白磁磚到頂,不鏽鋼廚具全套。另設電鍋、排油煙機專用插座,及冷熱水龍頭、掛廚。

七、地面:一樓磨石子,二、三、四樓貼 PVC 地板,一樓不設圍牆。

八、門窗:住家客廳採用落地鋁門窗,外窗採用高級鋁窗(中華或力霸),一樓店鋪為鐵捲門,二樓以上每戶大門為雕花大門附高級名鎖,後門採用檜木材料,陽台加裝曬衣架及洗衣插座。

九、電力：每戶獨立電錶採用單相三線式 110V 及 220V 供電，客廳、餐廳、臥室、浴廁、廚房預留電燈座一處，插座孔兩處，開關一只，並留設電視天線暗管及電話線管。

十、水力：地下蓄水池屋頂水塔間接供給，設總錶一只，另各戶設分錶一只，總錶與分錶差額由分錶各戶共同負擔。

十一、屋頂：鋪設五皮柏油油毛氈，防水層上覆泡沫混凝土，具防水隔熱之效果。

十二、樓梯：磨石子階梯加 PVC 扶手鐵欄杆。

十三、地下設蓄水池須加裝電動抽水機送到屋頂儲水塔。

第二十二條　本約前條（即二十一條）之訂定均係大原則，其細部及詳細設計應由乙方依一般慣例辦理，其使用材料除特定產品外，其餘均以台灣出品之高級品為原則。

第二十三條　本約土地內現有電柱之遷移等一切費用手續均由乙方負責辦理，如需甲方各項證件或簽章時，甲方應無條件即時協助，不得刁難。

第二十四條　除本約土地外，其餘甲方所有之土地，若甲方未有使用計畫時，於本約建築期間內，甲方同意由乙方無償使用。

第二十五條　甲方分得之建物，可委由乙方代售，代售費用另議。

第二十六條　本契約書之權利義務及於甲方之繼承人及受贈人。

第二十七條　本約自簽訂日起生效，至雙方工務及財務理清之日起失效。

第二十八條　本約同文壹式貳份，雙方各執乙份為憑。

立契約書人甲方：〇〇〇　　　印

住　　　　所：〇〇〇〇

身分證統一號碼：○○○○

立契約書人乙方：○○○　　　　印

住　　　　　所：○○○○

身分證統一號碼：○○○○

見　　證　　人：○○○　　　　印

中　華　民　國　○○　年　○○　月　○○　日

玖、不動產抵押借款契約書

　　一、借款，有僅立借據者，有給付票據擔保者，債權人為求安全，有以不動產或動產設定抵押權或質權者。

　　二、所謂抵押權，民法第八百六十條規定：係債權人對於債務人或第三人不移轉占有而供其債權擔保之不動產，得就其賣得價金優先受清償之權。

　　三、本例是不動產抵押借款之契約書，屬債權憑證之一種：

不動產抵押借款契約書

　　立契約書人債權人○○○（以下簡稱甲方）債務人○○○（以下簡稱乙方），茲因不動產抵押借款事宜，經雙方同意訂立各條款如下：

第一條　乙方所有下列不動產提向甲方抵押借款。

　　　　　土地：○○○○○○鄉鎮區○○段○小段○○地號土地壹筆，面積○○○○○○公頃所有權全部。

　　　　　房屋：○○○○○○街○○號房屋壹戶，面積○○○○○○平方公尺所有權全部。

第二條　本約抵押借款金額新台幣○○○○萬元正。

第三條　本約抵押借款期間，自民國〇〇年〇〇月〇〇日起至民國〇〇年〇〇月〇〇日止，共計〇年。期限屆滿之日清償。

第四條　本約抵押借款利息，依中央銀行核定之放款利率計算，並於每月一日計提利息。

第五條　本約抵押借款之不動產應提向政府主管機關辦理抵押權設定登記，並於辦妥抵押權設定時，甲方應將全部借款一次交付予乙方。

第六條　本約辦妥抵押權設定登記後，其土地所有權狀、房屋所有權狀、他項權利證明書及設定契約書均由甲方收執。

第七條　本約辦理抵押權設定登記，所需之印花稅、登記費及代辦費均由乙方負擔。

第八條　本約期限屆滿前後，若乙方還清借款時，甲方應會同辦理抵押權塗銷登記，不得藉詞刁難或故意拖延；若乙方屆期不清償，甲方得依法聲請法院拍賣抵押之不動產。

第九條　本約自簽訂日起生效。

第十條　本約同文壹式貳份，雙方各執壹份為憑。

立契約書人甲方：〇〇〇　　　印

住　　　　　所：〇〇〇〇

身分證統一號碼：〇〇〇〇

立契約書人乙方：〇〇〇　　　印

住　　　　　所：〇〇〇〇

身分證統一號碼：〇〇〇〇

中　華　民　國　〇〇　年　〇〇　月　〇〇　日

拾、房地產出售委任書

一、民法第五百三十四條規定：房地產之出賣、設定負擔、期限逾二年之租賃或贈與，應有特別之授權。

二、依前開規定，若委任他人處分房地產，應出具本例特別授權之委任書。該委任書為具有公信力，得由法院公證或加蓋印鑑章並附印鑑證明一份。

委任書

立委任書人張○，茲因事忙，特委任李○持用本人之印鑑章及有關文書證件，辦理台北市松山區祥和段參小段貳壹地號持分肆分之壹及其地上房屋建號○○○即台北市基隆路一段○巷○號第二層所有權全部等房地產的全權出售、簽約、收款、用印、交付證件及辦理產權移轉登記等有關之一切事宜，恐口無憑，特立本委任書壹份為據。本委任書之委任期間自民國○○年○○月○○日起至民國○○年○○月○○日止。

委任人：張 ○ 　　印

住 址：○○○○

身分證統一編號：○○○○

出生年月日：○○○

受任人：李 ○ 　　印

住 址：○○○○

身分證統一編號：○○○○

出生年月日：○○○

中 華 民 國 ○○ 年 ○○ 月 ○○ 日

拾壹、旅居國外國人授權他人處分國內不動產之授權書

一、民法第五百三十四條規定：受任人受概括委任者，得為委任人為一切行為，但不動產之出賣或設定負擔、期限逾二年之租賃、贈與、和解、起訴及提付仲裁等，須有特別之授權。

二、基於前述之規定，內政部公布施行之「申請土地登記應附文件法令補充規定」乃規定，旅外僑民授權國內親友辦理不動產登記，應檢附本例之授權書，該授權書應經我國駐外單位簽證。

授權書

（請先詳閱次頁之填寫說明）

身　分	姓名 (Name)	性別 (Sex)	出生年月日 (Birth date)	出生地 (Birth place)	護照或身分證號碼 (Passport/ID.No)	住　　　　址 (Address)	
授權人 (Principal)	中文 英文					國內	
						國外	
						中文名稱	
被授權人 (Agent)						縣市　　鄉鎮（區）村里　鄰　路街段　巷　弄　號樓	
授權人與被授權人之關係			備註				
辦理不動產變更登記之轄區地政事務所							
房地標示及權利範圍							
授權事項							
授權期間	自中華民國　　年　　月　　日至中華民國　　年　　月　　日止						

授權人　　　　　　　　　　　簽字
茲證明前列授權書事項確經授權人　　之同意並親自簽字屬實無訛。
　　中華民國駐　　　　　　　　　（館名條戳及領務圖章）
　　　　　　　　簽發人

中　華　民　國　○○　年　○○　月　○○　日

授權書填寫說明

一、授權人欄：請將授權人之姓名、性別、出生年月日、出生地、護
　　照或身分證號碼、住址，逐欄翔實填寫，「國外住址」填寫外文
　　住址，「中文名稱」填寫國外住址之中文譯名。

二、被授權人欄：依被授權人之姓名、性別、出生年月日、出生地、
　　身分證號碼、戶籍住址逐欄翔實填寫。

三、房地標示及權利範圍欄：依授權處分房地標示範圍填寫。

　　例如：土地標示：台北市　　區　　段　　小段　　地號土地
　　　　　　　　　　（全部或持分　　分之　　）。

　　　　　房屋標示：台北市　　區　　路　　段　　巷　　弄　　號
　　　　　　　　　　樓建物（全部或權利範圍　　分之　　）。

四、授權事項欄：

　　　　㈠依實際授權事項填寫，非授權事項毋須填寫。

　　　　例如：代理本人就前開（土地、建物）全權行使（辦理出售、
　　　　　　　移轉、贈與、出典、抵押、出租、分割、補（換）發權
　　　　　　　利書狀、徵收稅款等手續及其他有關權利變更管理、收
　　　　　　　益、處分等行為）。

　　　　例如：代理本人領取戶籍謄本或辦理有關戶籍登記事項等。

　　　　㈡授權事項為授權國內親友代為辦理有關不動產處分事宜者，務

須於房地標示及權利範圍欄內逐一列明所處分之房地標示。如授權事項為授權國內親友代為辦理有關遺產繼承登記事宜者，應詳載房地標示，倘確無法詳填，至少應填寫不動產所在地之縣（市）名稱，以利我駐外館處寄送授權書副本予該等不動產所在地之縣市政府轉其所屬地政事務所審查核對，以保障當事人權益；否則駐外館處無法辦理函轉備查手續，將會造成延誤。

(三)授權事項僅為代領印鑑證明者，宜以「印鑑登記辦法」規定之「委任書」填寫之。倘使用本授權書則須比照該「委任書」內容填寫，即本人未曾辦理過印鑑登記者，須先註明：「代理本人申請印鑑登記」；其欲變更登記者，亦須比照註明；同時亦須註明所授權領取之印鑑證明份數，以利國內戶政單位作業並保障授權人權益。

　　例如：代理本人申請印鑑登記並領取印鑑證明　　份。

(四)依據內政部八十一年五月二十七日訂頒之「申請土地登記應附文件法令補充規定」第三十六點第二款規定，旅外僑民授權國內親友辦理不動產登記，該授權書經我駐外單位簽證者，免附授權人印鑑證明。

五、授權期間欄：由授權人自行填寫，俾便確定授權之起算及終止日期。

六、授權書內容不得塗改，如填寫錯誤，應全份重新填寫或由授權人於更正處簽章以示負責，再由駐外館處加蓋校正章。

七、授權書內如有空欄應加蓋「本欄空白」戳記，房地標示及權利範圍欄及授權事項欄內如有空白處，應在連接最後一行文字末尾處（或左方），加蓋「以下空白」戳記。

拾貳、經銷契約書

經銷契約書

　　立契約書人〇〇〇〇〇〇公司（以下簡稱甲方）〇〇〇〇〇〇公司（以下簡稱乙方），茲因腳踏車經銷事宜，經雙方協議一致同意訂定下列各條款，以資共同遵守：

第一條　甲方生產〇〇牌腳踏自行車，同意由乙方經商，並由甲方負責運送至乙方處所。

第二條　乙方應提供保證金新台幣捌拾萬元與甲方作為貨款擔保，或提供具有價值之房地產抵押設定與甲方作為貨款擔保。

第三條　本約經銷期間自民國〇〇年〇〇月〇〇日起至民國〇〇年〇〇月〇〇日止。期限屆滿，雙方得協議續約。

第四條　乙方應於每月底結清貨款一次給付甲方，或貨款屆滿新台幣捌拾萬元時結清給付甲方。若以支票付款時，其支票兌現日不得逾一個月。

第五條　乙方應以善良管理人之注意，妥善保管貨品，若可歸責於乙方之事由，致貨品受有損害時，乙方應負賠償責任。

第六條　於終止經銷契約時，所餘貨品無條件退還甲方，並結清貨款與保證金；若係房地產抵押設定，於理清經銷之權利義務時，甲方應出具文件塗銷抵押權，有關抵押權設定與塗銷所需費用均由甲方負擔。

第七條　有關本約因爭議致涉訟，雙方同意以台灣〇〇地方法院為第一審管轄法院。

第八條　本約未盡事宜，適用現行有關法令規定及一般社會慣例。

第九條　本約同文壹式貳份，雙方各執壹份為憑。

立契約書人：

　　甲方：○○○○公司　　　印

　　　　　法定代理人○○○　　　　印

　　　　　地址：○○○○

　　乙方：○○○○公司　　　印

　　　　　法定代理人兼連帶保證人：○○○　　　　印

　　　　　地址：○○○○

中　華　民　國　○○　年　○○　月　○○　日

拾參、夫妻財產契約書

一、夫妻財產制，民法相關規定如次：

㈠**法定財產制**（§1005）：

夫妻未以契約訂立夫妻財產制者，除本法另有規定外，以法定財產制，為其夫妻財產制。

㈡**約定財產制**：

1.約定之時間（§1004）：

夫妻得於結婚前或結婚後，以契約就本法所定之約定財產制中，選擇其一，為其夫妻財產制。

2.應以書面為之（§1007）：

夫妻財產制契約之訂立、變更或廢止，應以書面為之。

3.應經登記（§1008）：

夫妻財產制契約之訂立、變更或廢止，非經登記，不得以之對抗第三人。

前項夫妻財產制契約之登記，不影響依其他法律所為財產權登記之

效力。

　　第一項之登記，另以法律定之。

　　二、有關夫妻財產契約略例如後：

夫妻分別財產契約書

　　立契約書人夫張○○，妻林○○，茲因夫妻分別財產事宜，經雙方協議訂定下列各條款，以資遵守：

一、夫妻於民國○○年○○月○○日結婚，至今已有○年，雙方同意就下列財產，約定以分別財產制為夫妻財產制：

　　㈠土地：台北市○○區○○段○小段○○地號面積○○○公頃所有權全部為夫所有。

　　㈡建物：建號○○即台北市○路○號房屋全部為夫所有。

　　㈢土地：台北市○○區○○段○小段○○地號面積○○○公頃持分○○為妻所有。

　　㈣建物：建號○○即台北市○路○號三樓全部為妻所有。

　　㈤汽車乙部（牌號：○○○）為夫所有。

　　㈥電視（廠牌）乙部、冰箱乙台、洗衣機乙台為妻所有。

二、妻之財產付與夫管理，夫應就該財產之收益供家庭生活費用，妻得隨時取回管理權。

三、下列債務由夫負清償之責：

　　㈠夫於結婚前所負之債務。

　　㈡夫於婚姻關係存續中所負之債務。

　　㈢妻因民法第一千零三條所定代理行為而生之債務。

四、下列債務由妻負清償之責：

　　㈠妻於結婚前所負之債務。

　　㈡妻於婚姻關係存續中所負之債務。

五、夫妻因家庭生活費用所負之債務，如夫無支付能力時，由妻負擔。

六、夫得請求妻對於家庭生活費用，為相當之負擔。

立契約書人：

夫　張○○　　　印

住　　　　址：○○○○

出生年月日：○○○○

身分證號碼：○○○○

妻　林○○　　　印

住　　　　址：○○○○

出生年月日：○○○○

身分證號碼：○○○○

中　華　民　國　○○　年　○○　月　○○　日

夫妻共同財產契約書

　　立契約書人夫張○○，妻林○○，雙方於民國○○年○○月○○日結婚，茲就夫妻財產約定以共同財產制為夫妻財產制，並經協議訂定下列各條款，以資遵守：

一、夫妻之財產及所得，除特有財產外，合併為共同財產，屬於夫妻公同共有，夫妻之一方不得處分其應有部分。

二、前條之特有財產及本約之共同財產，詳附件財產目錄。

三、共同財產由夫管理，其管理費用由共同財產負擔。

四、夫妻之一方，對於共同財產為處分時，應得他方之同意，但為管理上所必要之處分，不在此限。

五、家庭生活費用，於共同財產不足負擔時，妻個人亦應負責。

六、下列債務，由夫個人並就共同財產，負清償之責：

　　㈠夫於結婚前所負之債務。

　　㈡夫於婚姻關係存續中所負之債務。

　　㈢妻因民法第一千零三條所定代理行為而生之債務。

　　㈣除前款規定外，妻於婚姻關係存續中，以共同財產為負擔之債務。

七、下列債務，由妻個人並就共同財產，負清償之責：

　　㈠妻於結婚前所負之債務。

　　㈡妻於職務或營業所生之債務。

　　㈢妻因繼承財產所負之債務。

　　㈣妻因侵權行為所生之債務。

八、下列債務由妻僅就其特有財產負清償之責：

　　㈠妻就其特有財產設定之債務。

　　㈡妻逾越第一千零三條代理權限之行為所生之債務。

九、本約未盡事宜，適用民法有關規定。

　　　　　　　　立契約書人：

　　　　　　　　　夫　張○○　　　印

　　　　　　　　　住　　　址：○○○○

　　　　　　　　　出生年月日：○○○○

　　　　　　　　　身分證號碼：○○○○

　　　　　　　　　妻　林○○　　　印

　　　　　　　　　住　　　址：○○○○

　　　　　　　　　出生年月日：○○○○

　　　　　　　　　身分證號碼：○○○○

中　華　民　國　○○　年　○○　月　○○　日

拾肆、內政部訂頒各委契約書範本

一、預售屋買賣契約書範本（90.9.3公告修訂）

契約審閱權

本契約於中華民國　　年　　月　　日經買方攜回審閱　　日

（契約審閱期間至少五日）

買方簽章：

賣方簽章：

立契約書人：買方：○○○
　　　　　　賣方：○○○茲為「○○○○○○」房地買賣事

宜，雙方同意訂定本買賣契約條款如下，以資共同遵守：

第一條　賣方對廣告之義務

賣方應確保廣告內容之真實，本預售屋之廣告宣傳品及其所記載之建材設備表、房屋及停車位平面圖與位置示意圖，為契約之一部分。

第二條　房地標示及停車位規格

一、土地坐落：

○○縣（市）○○鄉（鎮、市、區）○○段○○小段○○地號等○○筆土地，面積共計○○○○○平方公尺（○○坪），使用分區為都市計畫內○○區（或非都市土地使用編定為○○區○○用地）。

二、房屋坐落：

同前述基地內「○○○○○」編號第○○棟第○○樓第○○戶（共計○○戶），為主管建築機關核准○○年○○月○○日第○○○○○○號建造執照（建造執照暨核准之該

戶房屋平面圖影本如附件）。

三、車位部分：

　　　　　　□法定停車位

㈠買方購買之停車位屬□自行增設停車位 為地上（面

　　　　　　□獎勵增設停車位

　　　　　　　　　□平面式停車位

、下）第○○層□機械式停車位總停車位○○個，該

　　　　□有獨立權狀

停車位□無獨立權狀，編號第○○號車位○○個，其

車位規格為長○○公尺，寬○○公尺，高○○公尺（可

停放長○○公尺，寬○○公尺，高○○公尺之車輛），

另含車道及其他必要空間，面積共計○○○○平方公

尺（○○坪）。平面式停車位其誤差在百分之二以下

且長未逾十公分、寬未逾五公分、高未逾五公分，視

為符合規格；但機械式停車位其誤差在百分之一以下

且長未逾五公分、寬未逾二公分、高未逾二公分者，

視為符合規格（建造執照核准之該層停車空間平面圖

影本如附件）。

㈡買方購買之停車位屬自行增設或獎勵增設停車位

者，雙方如應另訂該種停車位買賣契約書，其有關事

宜悉依該契約約定為之。

第三條　房地出售面積及認定標準

一、房屋產權登記面積：

本房屋面積共計○○○○平方公尺（○○坪），包含：

㈠主建物面積計○○○○平方公尺（○○坪）。

㈡附屬建物面積（即竣工圖上之陽臺、平臺、雨遮及

屋簷等）計○○○○平方公尺（○○坪）。

㈢共同使用部分面積計○○○○平方公尺（○○坪）。

二、土地面積：

　　買方購買「○○○○○」○○戶，其土地持分面積○
　　○○○平方公尺（○○坪），應有權利範圍為○○○，
　　計算方式係以地政機關核發建物測量成果圖之主建
　　物面積○○○○平方公尺（○○坪）與區分所有全部
　　主建物總面積○○○○平方公尺（○○坪）比例持分
　　（註：或以其他明確計算方式列明），如因土地分割、
　　合併或地籍圖重測，則依新地號、新面積辦理產權登
　　記。

第四條　共同使用部分項目、總面積及面積分配比例計算

一、共同使用部分除法定停車位另計外，係指□門廳、□
　　走道、□樓梯間、□電梯間、□電梯機房、□電氣室、
　　□機械室、□管理室、□受電室、□幫浦室、□配電
　　室、□水箱、□蓄水池、□儲藏室、□防空避難室（未
　　兼作停車使用）、□屋頂突出物、□健身房、□交誼
　　室□○○○○○○○及依法令應列入共同使用部分
　　之項目（○○○○○○○）。本「○○○○○」共同
　　使用部分總面積計○○○○平方公尺（○○坪）。

二、前款共同使用部分之權利範圍係依買受主建物面積與
　　主建物總面積之比例而為計算（註：或以其他明確之
　　計算方式列明）。本「○○○○○」主建物總面積計
　　○○○○平方公尺（○○坪）。

第五條　房屋面積誤差及其價款找補

一、房屋面積以地政機關登記完竣之面積為準，部分原可
　　依法登記之面積，倘因簽約後法令改變，致無法辦理
　　產權登記時，其面積應依公寓大廈管理條例第四十四
　　條第三項之規定計算。

二、面積如有誤差,其誤差在百分之一以內者(含百分之一)買賣雙方互不找補;惟其不足部分,如超過百分之一,則不足部分賣方均應找補;其超過部分,如超過百分之一以上者,買方只找補超過百分之一至百分之三之部分為限(即至多找補不超過百分之二),且雙方同意面積誤差之找補,係以土地與房屋價款之總數(車位如另行計價時,則不含車位價款)除以房屋面積所計算之平均單價,無息於交屋時一次結清。

三、面積如有誤差,其不足部分超過百分之三以上,不能達契約預定之目的者,買方得解除契約。

第六條　房地總價

本契約房地總價(含車位價款○○佰○○拾○○萬○○仟元整)合計新臺幣○○仟○○佰○○拾○○萬○○仟元整。

一、土地價款:新臺幣○○仟○○佰○○拾○○萬○○仟元整。

二、房屋價款:新臺幣○○仟○○佰○○拾○○萬○○仟元整。

第七條　付款條件及方式

付款應依已完成之工程進度所定之付款明細表之規定繳款,如賣方未依已完成之工程進度定付款明細表者,買方得於工程全部完工時一次支付之。

第八條　逾期付款之處理方式

買方如逾期達五日仍未繳清期款或已繳之票據無法兌現時,買方應加付按逾期期款部分每日萬分之五單利計算之遲延利息,於補繳期款時一併繳付賣方,如逾期二個月或逾使用執照核發後一個月不繳期款或遲延利息,經賣方以存證信函或其他書面催繳,經送達七日內仍未繳者,雙方

同意依違約之處罰規定處理。但賣方同意緩期支付者，不在此限。

第九條　地下層共同使用部分權屬

一、本契約房屋地下室共○○層，總面積○○○○平方公尺（○○坪），除第四條所列地下層共同使用部分及依法令得為區分所有之標的者外，其餘由賣方依法令以法定停車位應有部分（持分）產權另行出售予本預售屋承購戶。

二、未購買法定停車位之承購戶，已充分認知本房地總價並不包括法定停車位之價款，且所購房屋坪數其地下室應有部分（持分）面積亦未含法定停車位之應有部分（持分）面積。除緊急避難及公共設施維修等共同利益之使用及其他法律之規定外，已確認並同意對本預售屋之地下室法定停車位應有部分（持分），並無使用管理權等任何權利。

第十條　屋頂使用權屬

一、共同使用部分之屋頂突出物不得約定為專用，屋頂避難平臺應為共同使用部分，除法令另有規定外，不得作為其他使用；至於非屬屋頂避難平臺之樓頂平臺，其依主管機關核准之建造執照所附圖面上已有約定專用之標示時，應依中央主管機關所定規約範本制定之規約草約約定之。但經區分所有權人會議另有決議者，應從其決議。

二、前款約定專用，以依主管機關核准而有不妨礙避難逃生之專用使用設計，並已明確在設計圖說上標示者為限。

三、有關非屬屋頂避難平臺之樓頂平臺之使用方式，經規約草約約定或區分所有權人會議決議之內容，不得違

反法令之使用限制。專用使用權人，應依其使用面積按坪數增繳管理費予住戶管理委員會或管理負責人。

第十一條　法定空地之使用方式

一、法定空地產權應登記為全體區分所有權人共有，倘依主管機關核准之建造執照所附圖面上已有約定專用之標示時，除區分所有權人會議另有決議者外，應依中央主管機關所定規約範本制定之規約草約約定之；不得將法定空地讓售於特定人或為區分所有權人以外之特定人設定專用使用權或為其他有損害區分所有權人權益之行為。

二、前款約定專用，以依主管機關核准而有不妨礙避難逃生之專用使用設計，並已明確在設計圖說上標示者為限。

三、有關法定空地之使用方式，經規約草約約定或區分所有權人會議決議之內容，不得違反法令之使用限制。專用使用權人，應依其使用面積按坪數增繳管理費予住戶管理委員會或管理負責人。

第十二條　主要建材及其廠牌、規格

一、施工標準悉依核准之工程圖樣與說明書及本契約附件之建材設備表施工，除經買方同意，不得以同級品之名義變更建材設備或以附件所列舉品牌以外之產品替代，但賣方能證明有不可歸責於賣方之事由，致無法供應原建材設備，且所更換之建材設備之價值、效用及品質不低於原約定之建材設備或補償價金者，不在此限。

二、賣方保證建造本預售屋不含有損建築結構安全或有害人體安全健康之輻射鋼筋、石棉、未經處理之海砂等材料或其他類似物。

三、前款石棉之使用，不得違反主管機關所定之標準及
　　許可之目的用途，但如有造成買方生命、身體及健
　　康之損害者，仍應依法負責。

四、賣方如有違反前三款之情形，雙方同意依違約之處
　　罰規定處理。

第十三條　開工及取得使用執照期限

一、本預售屋之建築工程應在民國○○年○○月○○日
　　之前開工，民國○○年○○月○○日之前完成主建
　　物、附屬建物及使用執照所定之必要設施，並取得
　　使用執照。但有下列情事之一者，得順延其期間：

　　㈠因天災地變等不可抗力之事由，致賣方不能施工
　　　者，其停工期間。

　　㈡因政府法令變更或其他非可歸責於賣方之事由
　　　發生時，其影響期間。

二、賣方如逾前款期限未開工或未取得使用執照者，每
　　逾一日應按已繳房地價款依萬分之五單利計算遲
　　延利息予買方。若逾期三個月仍未開工或未取得使
　　用執照，視同賣方違約，雙方同意依違約之處罰規
　　定處理。

第十四條　建築設計變更之處理

一、買方申請變更設計之範圍以室內隔間及裝修為限，
　　如需變更污水管線，以不影響下層樓為原則，其他
　　有關建築主要結構、大樓立面外觀、管道間、消防
　　設施、公共設施等不得要求變更。

二、買方若要求室內隔間或裝修變更時，應經賣方同意
　　並於賣方指定之相當期限內為之，並於賣方所提供
　　之工程變更單上簽認為準，且此項變更之要求以一
　　次為限。辦理變更時，買方需親自簽認，並附詳圖

配合本工程辦理之，且不得有違建管法令之規定，如須主管機關核准時，賣方應依規定申請之。

三、工程變更事項經雙方於工程變更單上簽認後，由賣方於簽認日起○○日內提出追加減帳，以書面通知買方簽認。工程變更若為追加帳，買方應於追加減帳簽認日起十天內繳清工程追加款始為有效，若未如期繳清追加款，視同買方無條件取消工程變更要求，賣方得拒絕受理並按原設計施工。工程變更若為減帳，則於交屋時一次結清。若賣方無故未予結清，買方得於第十五條之交屋保留款予以扣除。雙方無法簽認時，則依原圖施工。

第十五條　驗收

賣方依約完成本戶一切主建物、附屬建物之設備及領得使用執照並接通自來水、電力、於有天然瓦斯地區，並應達成瓦斯配管之可接通狀態及完成契約、廣告圖說所示之設施後，應通知買方進行驗收手續。買方就本契約所載之房屋有瑕疵或未盡事宜，載明於驗收單上要求賣方限期完成修繕，並得於自備款部分保留房地總價百分之五作為交屋保留款。

前項有關達成天然瓦斯配管之可接通狀態之約定，如契約有約定，並於相關銷售文件上特別標明不予配設者，不適用之。

第十六條　房地產權移轉登記期限

一、土地產權登記

土地產權之移轉，應於使用執照核發後四個月內備妥文件申辦有關稅費及所有權移轉登記。其土地增值稅之負擔方式，依有關稅費負擔之約定辦理。

二、房屋產權登記

房屋產權之移轉，應於使用執照核發後四個月內備妥文件申辦有關稅費及所有權移轉登記。

三、賣方違反前二款之規定，致各項稅費增加或罰鍰（滯納金）時，賣方應全數負擔；如損及買方權益時，賣方應負損害賠償之責。

四、賣方應於買方履行下列義務時，辦理房地產權移轉登記：

　　㈠依契約約定之付款辦法，除約定之交屋保留款外，應繳清房地移轉登記前應繳之款項及逾期加付之遲延利息。

　　㈡提出辦理產權登記及貸款有關文件，辦理各項貸款手續，繳清各項稅費，預立各項取款或委託撥付文件，並應開立受款人為賣方及票面上註明禁止背書轉讓，及記載擔保之債權金額及範圍之本票予賣方。

　　㈢本款第一目、第二目之費用如以票據支付，應在登記以前全部兌現。

五、第一款、第二款之辦理事項，由賣方指定之土地登記專業代理人辦理之，倘為配合各項手續需要，需由買方加蓋印章，出具證件或繳納各項稅費時，買方應於接獲賣方或承辦代理人通知日起七日內提供，如有逾期，每逾一日應按已繳房地價款依萬分之五單利計算遲延利息予賣方，另如因買方之延誤或不協辦，致各項稅費增加或罰鍰（滯納金）時，買方應全數負擔；如損及賣方權益時，買方應負損害賠償之責。

第十七條　通知交屋期限

一、賣方應於領得使用執照六個月內，通知買方進行交

屋。於交屋時雙方應履行下列各項義務：

㈠賣方付清因延遲完工所應付之遲延利息於買方。

㈡賣方就契約約定之房屋瑕疵或未盡事宜，應於交屋前完成修繕。

㈢買方繳清所有之應付未付款（含交屋保留款）及完成一切交屋手續。

㈣賣方如未於領得使用執照六個月內通知買方進行交屋，每逾一日應按已繳房地價款依萬分之五單利計算遲延利息予買方。

二、賣方應於買方辦妥交屋手續後，將土地及建物所有權狀、房屋保固服務紀錄卡、住戶規約草約、使用執照（若數戶同一張使用執照，則日後移交管理委員會）或使用執照影本及賣方代繳稅費之收據交付買方，並發給遷入證明書，俾憑換取鑰匙，本契約則無需返還。

三、買方應於收到交屋通知日起〇〇日內配合辦理交屋手續，賣方不負保管責任。但可歸責於賣方時，不在此限。

四、買方同意於通知之交屋日起三十日後，不論已否遷入，即應負本戶水電費、瓦斯基本費，另瓦斯裝錶費用及保證金亦由買方負擔。

五、賣方應擔任本預售屋共同使用部分管理人，並於成立管理委員會或管理負責人產生後移交之。雙方同意自交屋日起，由買方按月繳付共同使用部分管理費。

六、賣方於完成管理委員會或管理負責人產生後，應將申請使用執照專戶儲存之公共基金及公共設施之驗收後（或未專戶儲存者應提列新臺幣〇〇〇〇

元）併同移交之。

第十八條　保固期限及範圍

一、本契約房屋自買方完成交屋日起，或如有可歸責於
　　買方之原因時自賣方通知交屋日起，除賣方能證明
　　可歸責於買方或不可抗力因素外，結構部分（如：
　　樑柱、樓梯、擋土牆、雜項工作……等）負責保固
　　十五年，固定建材及設備部分）如：門窗、粉刷、
　　地磚……等）負責保固一年，賣方並應於交屋時出
　　具房屋保固服務紀錄卡予買方作為憑證。

二、前款期限經過後，買方仍得依民法及其他法律主張
　　權利。

第十九條　貸款約定

一、第六條房地總價內之部分價款新臺幣○○○○元
　　整，由買方與賣方洽定之金融機關之貸款給付，
　　由買賣雙方依約定辦妥一切貸款手續。惟買方可
　　得較低利率或有利於買方之貸款條件時，買方有
　　權變更貸款之金融機關，自行辦理貸款，除享有
　　政府所舉辦之優惠貸款利率外，買方應於賣方通
　　知辦理貸款日起二十日內辦妥對保手續，並由承
　　貸金融機關同意將約定貸款金額撥付賣方。

二、前款由賣方洽定辦理之貸款金額少於預定貸款金
　　額，應依下列各目處理：

　　㈠不可歸責於雙方者，其貸款金額不及原預定貸款
　　　金額百分之七十者，買方得解除契約；或就貸款
　　　不足百分之七十以上之金額部分，以原承諾貸款
　　　相同年限及條件分期清償，並就剩餘之不足額部
　　　分，依原承諾貸款之利率，計算利息，按月分期
　　　攤還，其期間不得少於七年。

㈡可歸責於賣方時，其貸款金額不足原預定貸款金額，賣方應補足不足額之部分，並依原承諾貸款相同年限及條件由買方分期清償。如賣方不能補足不足額部分，買方有權解除契約。

㈢可歸責於買方時，買方應於接獲通知之日起○○天內一次或經賣方同意之分期給付。

三、有關金融機關核撥貸款後之利息，由買方負擔。但於賣方通知之交屋日前之利息應由賣方返還買方。

第二十條　貸款撥付

買賣契約如訂有交屋保留款者，於產權登記完竣並由金融機關設定抵押權後，除有輻射鋼筋、未經處理之海砂或其他縱經修繕仍無法達到應有使用功能之重大瑕疵外，買方不得通知金融機關終止撥付前條貸款予賣方。

第二十一條　房地轉讓條件

一、買方繳清已屆期之各期應繳款項者，於本契約房地產權登記完成前，如欲將本契約轉讓他人時，必須事先以書面徵求賣方同意，賣方非有正當理由不得拒絕。

二、前項之轉讓，除配偶、直系血親間之轉讓外，賣方得向買方收取本契約房地總價款千分之○○（最高以千分之一為限）之手續費。

第二十二條　地價稅、房屋稅之分擔比例

一、地價稅以賣方通知之交屋日為準，該日前由賣方負擔，該日後由買方負擔，其稅期已開始而尚未開徵者，則依前一年度地價稅單所載該宗基地課稅之基本稅額，按持分比例及年度日數比例分算賣方應負擔之稅額，由買方應給付賣方之買賣尾款中扣除，俟地價稅開徵時由買方自行繳納。

二、房屋稅以通知之交屋日為準，該日前由賣方負擔，該日後由買方負擔，並依法定稅率及年度月份比例分算稅額。

第二十三條　稅費負擔之約定

一、土地增值稅應於使用執照核發後申報，並以使用執照核發日之當年度公告現值計算增值稅，其逾三十日申報者，以提出申報日當期之公告現值計算增值稅，由賣方負擔，但買方未依第十六條規定備妥申辦文件，其增加之增值稅，由買方負擔。

二、產權登記規費、印花稅、契稅、代辦手續費、貸款保險費及各項附加稅捐由買方負擔。但起造人為賣方時，建物所有權第一次登記規費及代辦手續費由賣方負擔。

三、公證費由買賣雙方各負擔二分之一，但另有約定者從其約定。

四、應由買方應繳交之稅費，買方於辦理產權登記時，應將此等費用全額預繳，並於交屋時結清，多退少補。

第二十四條　產權糾紛之處理

一、賣方保證產權清楚，絕無一物數賣或無權占有他人土地。訂約後如有上述糾紛致影響買方權利時，買方得定相當期限催告賣方解決，倘逾期賣方仍不解決時，買方得解除本契約，雙方並同意依違約之處罰規定處理。

二、解約時賣方應將所收價款按法定利息計算退還買方。

第二十五條　賣方與工程承攬人財務糾紛之處理及他項權利清理之時機

一、賣方與工程承攬人發生財務糾紛，賣方應於產權
移轉登記前解決；如因賣方曾設定他項權利予第
三人時，賣方應於取得買方之金融機關貸款時，
即負責清理塗銷之。倘逾買方所定相當期限仍未
解決，買方得解除本契約，雙方並同意依違約之
處罰規定處理。

二、解約時賣方應將所收價款按法定利息計算退還買
方。

第二十六條　不可抗力因素之處理

如因天災、地變、政府法令變更或不可抗力之事由，
致本契約房屋不能繼續興建時，雙方同意解約。解約
時賣方應將所收價款按法定利息計算退還買方。

第二十七條　違約之處罰

一、賣方違反「主要建材及其廠牌、規格」、「開工及
取得使用執照期限」、「產權糾紛之處理」、「賣方
與工程承攬人財務糾紛之處理及他項權利清理
之時機」之規定者，買方得解除本契約。解約時
賣方除應將買方已繳之房地價款及遲延利息全
部退還買方外，並應同時賠償房地總價款百分之
○○（不得低於百分之十五）之違約金。但該賠
償之金額超過已繳價款者，則以已繳價款為限。

二、買方違反有關「付款條件及方式」之規定者，賣
方得沒收依房地總價款百分之○○（最高不得超
過百分之十五）計算之金額。但該沒收之金額超
過已繳價款者，則以已繳價款為限，買賣雙方並
得解除本契約。

三、買賣雙方當事人除依前二款之請求外，不得另行
請求損害賠償。

第二十八條　疑義之處理

　　　　本契約各條款如有疑義時，應依消費者保護法第十一條第二項規定，為有利於買方之解釋。

第二十九條　合意管轄法院

　　　　因本契約發生之消費訴訟，雙方同意以房地所在地之地方法院為第一審管轄法院。

第三十條　附件效力及契約分存

　　　　本契約之附件視為本契約之一部分。本契約壹式貳份，由買賣雙方各執乙份為憑，並自簽約日起生效。

第三十一條　未盡事宜之處置

　　　　本契約如有未盡事宜，依相關法令、習慣及平等互惠與誠實信用原則公平解決之。

附件

一、建造執照暨核准之房屋平面圖影本乙份。

二、停車空間平面圖影本乙份。

三、付款明細表乙份。

四、建材設備表乙份。

五、申請建造執照所附之住戶規約草約。

立契約書人

　　　　買　　方：

　　　　國民身分證統一編號：

　　　　戶籍地址：

　　　　通訊地址：

　　　　連絡電話：

　　　　賣　　方：

法定代理人：

公司統一編號：

公司地址：

公司電話：

中　華　民　國　〇〇　年　〇〇　月　〇〇　日

簽約注意事項

一、適用範圍

　　本契約範本僅適用於區分所有建物預售買賣時之參考，買賣雙方參考本範本訂立契約時，仍可依民法第一百五十三條規定意旨，就個別情況磋商合意而訂定之。

二、契約審閱

　　關於契約審閱，按預售屋買賣契約屬消費者契約之一種，買賣雙方對於契約內容之主客觀認知頗有差異，是以建築投資業者所提供之定型化契約應給予消費者合理期間以瞭解契約條款之內容，此於消費者保護法施行細則第十一條已有明訂。另依據行政院公平交易委員會八十八年三月十日第三八三次委員會議決議：建築投資商銷售預售屋時，有左列行為之一者，即可能構成公平交易法第二十四條所規定顯失公平之行為：

㈠要求客戶須給付定金始提供契約書。

㈡收受訂金簽約前，未提供客戶充分之契約審閱期間。契約審閱期間至少五天。

三、廣告效力

第一條廣告效力中之建材設備表、房屋平面圖與位置示意圖係指廣告宣傳品所記載者，至房屋平面圖及建材設備表則指賣方提供之定型化契約所附之附件。

四、土地使用分區部分

第二條房地標示第一款土地坐落部分，依法令規定，如屬都市計畫內住宅區者，係做為住宅居住使用；如屬非都市土地編定為甲種建築用地者，係供農業區內建築使用；如屬非都市土地編定為乙種建築用地者，係供鄉村區內建築使用，如屬非都市土地編定為丙種建築用地者，係供森林區、山坡地保育區及風景區內建築使用；如屬非都市土地編定為丁種建築用地者，係供工廠及有關工業設施建築使用（即一般所稱之工業住宅）。

五、車位部位

第二條房地標示第三款車位部分，若勾選自行增設停車位或獎勵增設停車位者，應另訂該種停車位買賣契約書，其有關事宜悉依該契約約定為之。本契約範本有關停車位部分，僅適用於法定停車位。

六、第四條共同使用部分項目、面積及面積分配比例計算

㈠共同使用部分之項目，乃屬例示性質，應依房屋買賣個案之實際情況於契約中列舉共同使用部分項目名稱。

㈡第二款共同使用部分面積之分配比例計算，法定停車位雖列入共同使用部分登記，但其權利範圍乃另行計算，至其他共同使用部分項目面積以主建物之比例而為計算，而另有購買法定停車位者，再行計入。

㈢依據行政院公平交易委員會八十四年九月六日第二〇四次委員會議決議，認為房地產買賣合約書應明定各共有人所分配之公共設施面積或其分配比例，否則即可能違反公平交易法第二十四條之欺罔或顯失公平之規定。

另該會於同年十一月二十九日第二一六次委員會議針對業界之導正期限與執行方式作成如下決議:

1.契約中應說明共同使用部分(公共設施)所含項目。

2.契約中應表明公共設施分攤之計算方式。

3.各戶持分總表應明確列示,並由業者自行決定採行提供公眾閱覽、分送或自由取閱等方式。

4.導正期限訂為八十五年元月底止。

5.基於不溯及既往原則,本導正計畫實施前已簽訂之房地產買賣契約,不予適用。自八十五年二月一日起,業者如未依前開決議執行,即認定違反公平交易法第二十四條。

七、交屋保留款之付款規定

本契約範本附件付款明細表所訂自備款之各期期款,賣方應依已完成之工程進度訂定之。房地總價之百分之五交屋保留款訂於最後一期(交屋時),但賣方未依已完成之工程進度定付款明細者,買方得於工程全部完工時一次支付之。

八、輻射鋼筋及未經處理海砂之檢驗

㈠第十二條第二款有關本預售屋之材料不含輻射鋼筋部分,按自八十四年七月一日起,針對施工中建築物業已實施「施工中建築物出具無輻射污染證明」制度,消費者如有疑義,可委託經行政院原子能委員會認可具偵檢能力之輻射偵測單位進行偵檢,詳情請洽詢行政院原子能委員會「輻射鋼筋事件處理專案小組」。

㈡同款有關本預售屋之材料不含未經處理之海砂部分,消費者如有疑義,可攜帶六百公克結構物之混凝土塊或五十至一百公克之砂樣逕送財團法人工業技術研究院工業材料研究所(新竹縣竹東鎮中興路四段一九五號七七館)委託檢驗(檢驗費用由委託者負擔)或郵寄至該所工業服務室登錄辦理(備妥委託單、

樣品及費用），詳情請洽詢（03）5918483。

九、有關擅自變更設計之責任

第十四條第二款之室內隔間或裝修變更，如有違建築法令或未經主管機關核准時，將有導致保固請求權喪失及損及鄰近房屋之損害賠償之虞。

十、房地產權移轉登記期限

第十六條房地產權移轉登記期限第一款土地產權登記，依據行政院公平交易委員會八十四年八月十六日第二〇一次委員會議決議：建議業者應於八十四年十月一日以後簽約之契約中明定關於土地移轉之年度或日期。否則，即違反公平交易法第二十四條之規定。

又該會第二一八次委員會議決議：有關以不特定之約定期間表示土地移轉時間，如「簽約後三個月內」、「使用執照取得後」、「使用執照申請後」等方式，「簽約後三個月內」之表達方式，因簽約日有契約上明確記載，易於推算，可予認同；而後二者隱含土地產權移轉時間之不確定性，可能造成土地增值稅負擔爭議，仍請依本會第二〇一次委員會議決議辦理。

十一、住戶規約草約

第十條第一款、第十一條第一款及第十七條第二款之住戶規約草約依公寓大廈管理條例第四十八條及第四十九條規定，係指賣方依內政部營建署所訂之「住戶規約範本」所制作，依該條例第四十四條第二項規定，本住戶規約草約於第一次區分所有權人會議召開前，視同規約。

十二、買方自行辦理貸款之規定

買方如欲自行辦理貸款，除於訂約時明示自行辦理外，並預立貸款撥款委託書予賣方，賣方則須配合買方貸款需要提供房地權狀或配合辦理貸款手續，賣方如因而增加之費用支出得向買方求償。

十三、優惠貸款之類別

第十九條第一款所稱政府所舉辦之優惠貸款係指國民住宅貸款、公教人員貸款及勞工貸款等。

十四、房地轉讓條件

關於第二十一條房地轉讓條件，按預售屋賣方會同買方辦理房地轉售時，需說明契約內容及提供相關資料，俾辦理契約簽訂等其他相關事宜，其所需成本似得准收手續費。故本範本爰例示約定手續費為房地總價款最高千分之一，以供參考。

十五、違約金之約定

關於第二十七條違約金之約定，按違約金數額多寡之約定，視簽約時社會經濟及房地產景氣狀況而定，是以買賣雙方簽約時，就違約金數額之約定，仍應考量上開狀況磋商而定。

十六、消費爭議之申訴與調解

因本契約所發生之消費爭議，依消費者保護法第四十三條及第四十四條規定，買方得向賣方、消費者保護團體或消費者服務中心申訴；未獲妥適處理時，得向房地所在地之直轄市或縣（市）政府消費者保護官申訴；再未獲妥適處理時得向直轄市或縣（市）消費爭議調解委員會申請調解。

十七、消費者保護法對消費者權益之保障

本預售屋買賣契約所訂之條款，均不影響買方依消費者保護法規定之權利。

預售屋買賣定型化契約應記載及不得記載事項

壹、應記載事項

一、賣方對廣告之義務

　　　賣方應確保廣告內容之真實，本預售屋之廣告宣傳品及其所記載之建材設備表、房屋及停車位平面圖與位置示意圖，為契約之一部分。

二、房地標示及停車位規格

　　㈠土地坐落：

　　　○○縣（市）○○鄉（鎮、市、區）○○段○○小段○○地號等○○筆土地，面積共計○○○○○平方公尺（○○坪），使用分區為都市計畫內○○區（或非都市土地使用編定為○○區○○用地）。

　　㈡房屋坐落：

　　同前述基地內「○○○○○○」編號第○○○棟第○○○樓第○○○戶（共計○○戶），為主管建築機關核准○○年○○月○○日第○○○○○○號建造執照（建造執照暨核准之該戶房屋平面圖影本如附件）。

　　㈢車位部分：

　　　　　　　　　□法定停車位

　　1.買方購買之停車位屬□自行增設停車位　為地上（面、下）第
　　　　　　　　　　　　　□獎勵增設停車位

　　　○○層□平面式停車位□機械式停車位總停車位○○個，該停

　　　　　　□有獨立權狀
　　車位□無獨立權狀，編號第○○號車位○○個，其車位規格為

　　長○○公尺，寬○○公尺，高○○公尺（可停放長○○公尺，寬○○公尺，高○○公尺之車輛），另含車道及其他必要空間，面積共計○○○○平方公尺（○○坪）。平面式停車位其誤差在百分之二以下且長未逾十公分、寬未逾五公分、高未逾五公分，視為符合規格；但機械式停車位其誤差在百分之一以下且長未逾五公分、寬未逾二公分、高未逾二公分者，視為符合規

格（建造執照核准之該層停車空間平面圖影本如附件）。

2.買方購買之停車位屬自行增設或獎勵增設停車位者，雙方如應另訂該種停車位買賣契約書，其有關事宜悉依該契約約定為之。

三、房地出售面積及認定標準

　　(一)房屋產權登記面積：

　　本房屋面積共計〇〇〇〇平方公尺（〇〇坪），包含：

　　　　1.主建物面積計〇〇〇〇平方公尺（〇〇坪）。

　　　　2.附屬建物面積（即竣工圖上之陽臺、平臺、雨遮及屋簷等）計〇〇〇〇平方公尺（〇〇坪）。

　　　　3.共同使用部分面積計〇〇〇〇平方公尺（〇〇坪）。

　　(二)土地面積：

　　　　買方購買「〇〇〇〇」〇〇戶，其土地持分面積〇〇〇〇平方公尺（〇〇坪），應有權利範圍為〇〇，計算方式係以地政機關核發建物測量成果圖之主建物面積〇〇〇〇平方公尺（〇〇坪）與區分所有全部主建物總面積〇〇〇〇平方公尺（〇〇坪）比例持分（註：或以其他明確計算方式列明），如因土地分割、合併或地籍圖重測，則依新地號、新面積辦理產權登記。

四、共同使用部分項目、總面積及面積分配比例計算

　　(一)共同使用部分除法定停車位另計外，係指□門廳、□走道、□樓梯間、□電梯間、□電梯機房、□電氣室、□機械室、□管理室、□受電室、□幫浦室、□配電室、□水箱、□蓄水池、□儲藏室、□防空避難室（未兼作停車使用）、□屋頂突出物、□健身房、□交誼室□〇〇〇〇〇〇〇及依法令應列入共同使用部分之項目（〇〇〇〇〇〇〇）。本「〇〇〇〇」共同使用部分總面積計〇〇〇〇平方公尺（〇〇坪）。

　　(二)前款共同使用部分之權利範圍係依買受主建物面積與主建物

　　總面積之比例而為計算（註：或以其他明確之計算方式列明）。
　　本「○○○○」主建物總面積計○○○○平方公尺（○○坪）。

五、房屋面積誤差及其價款找補

　　㈠房屋面積以地政機關登記完竣之面積為準，部分原可依法登記
　　　之面積，倘因簽約後法令改變，致無法辦理產權登記時，其面
　　　積應依公寓大廈管理條例第四十四條第三項之規定計算。

　　㈡面積如有誤差，其誤差在百分之一以內者（含百分之一）買賣
　　　雙方互不找補；惟其不足部分，如超過百分之一，則不足部分
　　　賣方均應找補；其超過部分，如超過百分之一以上者，買方只
　　　找補超過百分之一至百分之三之部分為限（即至多找補不超過
　　　百分之二），且雙方同意面積誤差之找補，係以土地與房屋價
　　　款之總數（車位如另行計價時，則不含車位價款）除以房屋面
　　　積所計算之平均單價，無息於交屋時一次結清。

　　㈢面積如有誤差，其不足部分超過百分之三以上，不能達契約預
　　　定之目的者，買方得解除契約。

六、房地總價

　　本契約房地總價（含車位價款○佰○○拾○○萬○○仟元整）合
　　計新臺幣○○仟○○佰○○拾○○萬○○仟元整。

　　㈠土地價款：新臺幣○○仟○○佰○○拾○○萬○○仟元整。

　　㈡房屋價款：新臺幣○○仟○○佰○○拾○○萬○○仟元整。

七、付款條件及方式

　　付款應依已完成之工程進度所定之付款明細表之規定繳款，如賣
　　方未依已完成之工程進度定付款明細表者，買方得於工程全部完
　　工時一次支付之。

八、逾期付款之處理方式

　　買方如逾期達五日仍未繳清期款或已繳之票據無法兌現時，買方
　　應加付按逾期期款部分每日萬分之五單利計算之遲延利息，於補
　　繳期款時一併繳付賣方，如逾期二個月或逾使用執照核發後一個

月不繳期款或遲延利息，經賣方以存證信函或其他書面催繳，經
送達七日內仍未繳者，雙方同意依違約之處罰規定處理。但賣方
同意緩期支付者，不在此限。

九、地下層共同使用部分權屬

　㈠本契約房屋地下室共○○層，總面積○○○○平方公尺（○○
　　坪），除第四條所列地下層共同使用部分及依法令得為區分所
　　有之標的者外，其餘由賣方依法令以法定停車位應有部分（持
　　分）產權另行出售予本預售屋承購戶。

　㈡未購買法定停車位之承購戶，已充分認知本房地總價並不包括
　　法定停車位之價款，且所購房屋坪數其地下室應有部分（持分）
　　面積亦未含法定停車位之應有部分（持分）面積。除緊急避難
　　及公共設施維修等共同利益之使用及其他法律之規定外，已確
　　認並同意對本預售屋之地下室法定停車位應有部分（持分），
　　並無使用管理權等任何權利。

十、屋頂使用權屬

　㈠共同使用部分之屋頂突出物不得約定為專用，屋頂避難平臺應
　　為共同使用部分，除法令另有規定外，不得作為其他使用；至
　　於非屬屋頂避難平臺之樓頂平臺，其依主管機關核准之建造執
　　照所附圖面上已有約定專用之標示時，應依中央主管機關所定
　　規約範本制定之規約草約約定之。但經區分所有權人會議另有
　　決議者，應從其決議。

　㈡前款約定專用，以依主管機關核准而有不妨礙避難逃生之專用
　　使用設計，並已明確在設計圖說上標示者為限。

　㈢有關非屬屋頂避難平臺之樓頂平臺之使用方式，經規約草約約
　　定或區分所有權人會議決議之內容，不得違反法令之使用限
　　制。專用使用權人，應依其使用面積按坪數增繳管理費予住戶
　　管理委員會或管理負責人。

十一、法定空地之使用方式

㈠法定空地產權應登記為全體區分所有權人共有，倘依主管機
關核准之建造執照所附圖面上已有約定專用之標示時，除區
分所有權人會議另有決議者外，應依中央主管機關所定規約
範本制定之規約草約約定之；不得將法定空地讓售於特定人
或為區分所有權人以外之特定人設定專用使用權或為其他有
損害區分所有權人權益之行為。

㈡前款約定專用，以依主管機關核准而有不妨礙避難逃生之專
用使用設計，並已明確在設計圖說上標示者為限。

㈢有關法定空地之使用方式，經規約草約約定或區分所有權人
會議決議之內容，不得違反法令之使用限制。專用使用權
人，應依其使用面積按坪數增繳管理費予住戶管理委員會或
管理負責人。

十二、主要建材及其廠牌、規格

㈠施工標準悉依核准之工程圖樣與說明書及本契約附件之建
材設備表施工，除經買方同意，不得以同級品之名義變更建
材設備或以附件所列舉品牌以外之產品替代，但賣方能證明
有不可歸責於賣方之事由，致無法供應原建材設備，且所更
換之建材設備之價值、效用及品質不低於原約定之建材設備
或補償價金者，不在此限。

㈡賣方保證建造本預售屋不含有損建築結構安全或有害人體
安全健康之輻射鋼筋、石棉、未經處理之海砂等材料或其他
類似物。

㈢前款石棉之使用，不得違反主管機關所定之標準及許可之目
的用途，但如有造成買方生命、身體及健康之損害者，仍應
依法負責。

㈣賣方如有違反前三款之情形，雙方同意依違約處罰之規定處
理。

十三、開工及取得使用執照期限

㈠本預售屋之建築工程應在民國○○年○○月○○日之前開工，民國○○年○○月○○日之前完成主建物、附屬建物及使用執照所定之必要設施，並取得使用執照。但有下列情事之一者，得順延其期間：

1.因天災地變等不可抗力之事由，致賣方不能施工者，其停工期間。

2.因政府法令變更或其他非可歸責於賣方之事由發生時，其影響期間。

㈡賣方如逾前款期限未開工或未取得使用執照者，每逾一日應按已繳房地價款依萬分之五單利計算遲延利息予買方。若逾期三個月仍未開工或未取得使用執照，視同賣方違約，雙方同意依違約之處罰規定處理。

十四、驗收

賣方依約完成本戶一切主建物、附屬建物之設備及領得使用執照並接通自來水、電力、於有天然瓦斯地區，並應達成瓦斯配管之可接通狀態及完成契約、廣告圖說所示之設施後，應通知買方進行驗收手續。買方就本契約所載之房屋有瑕疵或未盡事宜，載明於驗收單上要求賣方限期完成修繕，並得於自備款部分保留房地總價百分之五作為交屋保留款。

前項有關達成天然瓦斯配管之可接通狀態之約定，如契約有約定，並於相關銷售文件上特別標明不予配設者，不適用之。

十五、房地產權移轉登記期限

㈠土地產權登記

土地產權之移轉，應於使用執照核發後四個月內備妥文件申辦有關稅費及所有權移轉登記。其土地增值稅之負擔方式，依有關稅費負擔之約定辦理。

㈡房屋產權登記

房屋產權之移轉，應於使用執照核發後四個月內備妥文件申辦有關稅費及所有權移轉登記。

㈢賣方違反前二款之規定，致各項稅費增加或罰鍰（滯納金）時，賣方應全數負擔；如損及買方權益時，賣方應負損害賠償之責。

㈣賣方應於買方履行下列義務時，辦理房地產權移轉登記：

1.依契約約定之付款辦法，除約定之交屋保留款外，應繳清房地移轉登記前應繳之款項及逾期加付之遲延利息。

2.提出辦理產權登記及貸款有關文件，辦理各項貸款手續，繳清各項稅費，預立各項取款或委託撥付文件，並應開立受款人為賣方及票面上註明禁止背書轉讓，及記載擔保之債權金額及範圍之本票予賣方。

3.本款第一目、第二目之費用如以票據支付，應在登記以前全部兌現。

㈤第一款、第二款之辦理事項，由賣方指定之土地登記專業代理人辦理之，倘為配合各項手續需要，需由買方加蓋印章，出具證件或繳納各項稅費時，買方應於接獲賣方或承辦代理人通知日起七日內提供，如有逾期，每逾一日應按已繳房地價款依萬分之五單利計算遲延利息予賣方，另如因買方之延誤或不協辦，致各項稅費增加或罰鍰（滯納金）時，買方應全數負擔；如損及賣方權益時，買方應負損害賠償之責。

十六、通知交屋期限

㈠賣方應於領得使用執照六個月內，通知買方進行交屋。於交屋時雙方應履行下列各項義務：

1.賣方付清因延遲完工所應付之遲延利息於買方。

2.賣方就契約約定之房屋瑕疵或未盡事宜，應於交屋前完成修繕。

3.買方繳清所有之應付未付款（含交屋保留款）及完成一切交屋手續。

4.賣方如未於領得使用執照六個月內通知買方進行交屋，每逾一日應按已繳房地價款依萬分之五單利計算遲延利息予買方。

㈡賣方應於買方辦妥交屋手續後，將土地及建物所有權狀、房屋保固服務紀錄卡、住戶規約草約、使用執照（若數戶同一張使用執照，則日後移交管理委員會）或使用執照影本及賣方代繳稅費之收據交付買方，並發給遷入證明書，俾憑換取鎖匙，本契約則無需返還。

㈢買方應於收到交屋通知日起○○日內配合辦理交屋手續，賣方不負保管責任。但可歸責於賣方時，不在此限。

㈣買方同意於通知之交屋日起三十日後，不論已否遷入，即應負本戶水電費、瓦斯基本費，另瓦斯裝錶費用及保證金亦由買方負擔。

㈤賣方應擔任本預售屋共同使用部分管理人，並於成立管理委員會或管理負責人產生後移交之。雙方同意自交屋日起，由買方按月繳付共同使用部分管理費。

㈥賣方於完成管理委員會或管理負責人產生後，應將申請使用執照專戶儲存之公共基金及公共設施之驗收後（或未專戶儲存者應提列新臺幣○○○○元）併同移交之。

十七、保固期限及範圍

㈠本契約房屋自買方完成交屋日起，或如有可歸責於買方之原因時自賣方通知交屋日起，除賣方能證明可歸責於買方或不可抗力因素外，結構部分（如：樑柱、樓梯、擋土牆、雜項工作……等）負責保固十五年，固定建材及設備部分（如：門窗、粉刷、地磚……等）負責保固一年，賣方並應於交屋時出具房屋保固服務紀錄卡予買方作為憑證。

(二)前款期限經過後，買方仍得依民法及其他法律主張權利。

十八、貸款約定

(一)第六點房地總價內之部分價款新臺幣〇〇〇〇元整，由買方
與賣方洽定之金融機關之貸款給付，由買賣雙方依約定辦妥
一切貸款手續。惟買方可得較低利率或有利於買方之貸款條
件時，買方有權變更貸款之金融機關，自行辦理貸款，除享
有政府所舉辦之優惠貸款利率外，買方應於賣方通知辦理貸
款日起二十日內辦妥對保手續，並由承貸金融機關同意將約
定貸款金額撥付賣方。

(二)前款由賣方洽定辦理之貸款金額少於預定貸款金額，應依下
列各目處理：

1.不可歸責於雙方者，其貸款金額不及原預定貸款金額百分
之七十者，買方得解除契約；或就貸款不足百分之七十以
上之金額部分，以原承諾貸款相同年限及條件分期清償，
並就剩餘之不足額部分，依原承諾貸款之利率，計算利
息，按月分期攤還，其期間不得少於七年。

2.可歸責於賣方時，其貸款金額不足原預定貸款金額，賣方
應補足不足額之部分，並依原承諾貸款相同年限及條件由
買方分期清償。如賣方不能補足不足額部分，買方有權解
除契約。

3.可歸責於買方時，買方應於接獲通知之日起〇〇天內一次
或經賣方同意之分期給付。

(三)有關金融機關核撥貸款後之利息，由買方負擔。但於賣方通
知之交屋日前之利息應由賣方返還買方。

十九、貸款撥付

買賣契約如訂有交屋保留款者，於產權登記完竣並由金融機關
設定抵押權後，除有輻射鋼筋、未經處理之海砂或其他縱經修
繕仍無法達到應有使用功能之重大瑕疵外，買方不得通知金融

機關終止撥付前條貸款予賣方。

二十、地價稅、房屋稅之分擔比例

㈠地價稅以賣方通知之交屋日為準,該日前由賣方負擔,該日
後由買方負擔,其稅期已開始而尚未開徵者,則依前一年度
地價稅單所載該宗基地課稅之基本稅額,按持分比例及年度
日數比例分算賣方應負擔之稅額,由買方應給付賣方之買賣
尾款中扣除,俟地價稅開徵時由買方自行繳納。

㈡房屋稅以通知之交屋日為準,該日前由賣方負擔,該日後由
買方負擔,並依法定稅率及年度月份比例分算稅額。

二十一、稅費負擔之約定

㈠土地增值稅應於使用執照核發後申報,並以使用執照核發
日之當年度公告現值計算增值稅,其逾三十日申報者,以
提出申報日當期之公告現值計算增值稅,由賣方負擔,但
買方未依第十五點規定備妥申辦文件,其增加之增值稅,
由買方負擔。

㈡產權登記規費、印花稅、契稅、代辦手續費、貸款保險費
及各項附加稅捐由買方負擔。但起造人為賣方時,建物所
有權第一次登記規費及代辦手續費由賣方負擔。

㈢公證費由買賣雙方各負擔二分之一,但另有約定者從其約
定。

㈣應由買方應繳交之稅費,買方於辦理產權登記時,應將此
等費用全額預繳,並於交屋時結清,多退少補。

二十二、產權糾紛之處理

㈠賣方保證產權清楚,絕無一物數賣或無權占有他人土地。
訂約後如有上述糾紛致影響買方權利時,買方得定相當期
限催告賣方解決,倘逾期賣方仍不解決時,買方得解除本
契約,雙方並同意依違約之處罰規定處理。

㈡解約時賣方應將所收價款按法定利息計算退還買方。

二十三、賣方與工程承攬人財務糾紛之處理及他項權利清理之時機

　　　　㈠賣方與工程承攬人發生財務糾紛，賣方應於產權移轉登記前解決；如因賣方曾設定他項權利予第三人時，賣方應於取得買方之金融機關貸款時，即負責清理塗銷之。倘逾買方所定相當期限仍未解決，買方得解除本契約，雙方並同意依違約之處罰規定處理。

　　　　㈡解約時賣方應將所收價款按法定利息計算退還買方。

二十四、違約之處罰

　　　　㈠賣方違反「主要建材及其廠牌、規格」、「開工及取得使用執照期限」、「產權糾紛之處理」、「賣方與工程承攬人財務糾紛之處理及他項權利清理之時機」之規定者，買方得解除本契約。解約時賣方除應將買方已繳之房地價款及遲延利息全部退還買方外，並應同時賠償房地總價款百分之〇〇（不得低於百分之十五）之違約金。但該賠償之金額超過已繳價款者，則以已繳價款為限。

　　　　㈡買方違反有關「付款條件及方式」之規定者，賣方得沒收依房地總價款百分之〇〇（最高不得超過百分之十五）計算之金額。但該沒收之金額超過已繳價款者，則以已繳價款為限，買賣雙方並得解除本契約。

　　　　㈢買賣雙方當事人除依前二款之請求外，不得另行請求損害賠償。

貳、不得記載事項

一、不得約定廣告僅供參考。

二、出售標的不得包括未經依法領有建造執照之夾層設計或夾層空間面積。

三、不得使用未經明確定義之「使用面積」、「受益面積」、「銷售面積」等名詞。

四、不得約定買方須繳回原買賣契約書。

五、不得約定請求超過民法第二百零五條所訂百分之二十年利率之利
　　息。

六、不得為其他違反法律強制或禁止規定之約定。

二、不動產委託銷售契約書範本（92.6.26公告修正）

契約審閱權

本契約於中華民國○○年○○月○○日經委託人攜回審閱○○

日。（契約審閱期間至少為五日）

受託人簽章：○○○　　印

委託人簽章：○○○　　印

　　受託人○○○○○○○○○○公司（或商號）接受委託人○○
○○○○○○之委託仲介銷售下列不動產，經雙方同意訂定本契約
條款如下，以資共同遵守：

第一條　委託銷售之標的

一、土地標示（詳如登記簿謄本）：

所有權人	縣市	市區鄉鎮	段	小段	地號	都市計畫使用分區（或非都市土地使用地類別）	面積（平方公尺）	有無設定他項權利、權利種類	有無租賃或占用之情形	權利範圍

二、建築改良物標示（詳如登記簿謄本）：

所有權人	市縣	市區鄉鎮	街路	段	巷	弄	號	樓	建築物完成日期		面積（平方公尺）	建號	權利範圍	有無設定他項權利、權利種類	有無租賃或占用之情形
									民國　年　月　日	主建物					
										附屬建物					
										共用部分					

三、車位標示（詳如登記簿謄本）：

　　本停車位屬□法定停車位□自行增設停車位□獎勵增設停車位□其他○○○○○○○○○（車位情況或無法得知者自行說明）為地上（面、下）第○○層□平面式□機械式□坡道式□升降式停車位，編號第○○號車位。

　　□有編號登記。

　　□有土地及建築改良物所有權狀。

　　□有建築改良物所有權狀（土地持分合併於區分所有建物之土地面積內）。

　　□共用部分。（如有停車位之所有權及使用權之約定文件，應檢附之。）

四、□附隨買賣設備

　　　　□願意附贈買方現有設備項目，計有：

　　　　□燈飾　　□床組　　□梳妝台　□窗廉　□熱水器

　　　　□冰箱　□洗衣機　□瓦斯爐　□沙發○○組

　　　　□冷氣○○台　　　□廚具○○式　□電話○○線

　　　　□其他○○○○。

第二條　委託銷售價格

委託人願意出售之土地、建築改良物、○○○○○，總價
格為新台幣○○○○○○○○○元整，車位價格為新台幣
○○○○○○○○○元整，合計新台幣○○○○○○○○○
○元整。

委託售價得經委託人及受託人雙方以書面變更之。

第三條　委託銷售期間

委託銷售期間自民國○○年○○月○○日起至○○年○
○月○○日止。

前項委託期間得經委託人及受託人雙方以書面同意延長
之。

第四條　　收款條件及方式

委託人同意收款條件及方式如下：

收款期別	約定收款金額	應同時履行條件
第一期 （簽約款）	新台幣○○○○○元整 （即總價款○○％）	於簽訂□成屋□土地買賣契約同時，應攜帶國民身分證以供核對，並交付土地或建築改良物所有權狀正本予：□地政士□○。
第二期 （備證款）	新台幣○○○○○元整 （即總價款○○％）	應備齊權狀正本，攜帶印鑑章並交付印鑑證明、身分證明文件及稅單。
第三期 （完稅款）	新台幣○○○○○元整 （即總價款○○％）	於土地增值稅、契稅單核下後，經□地政士□○○○通知日起○○日內，於委託人收款同時由委託人與買方依約繳清土地增值稅、契稅及其他欠稅。
第四期	新台幣○○○○○元整	房屋鎖匙及水電、瓦斯、管

（交屋款）	（即總價款○○％）	理費收據等。

　　　　□委託人同意受託人為促銷起見，配合買方協辦金融機構
　　　　貸款，此一貸款視同交屋款。

　　　　□委託人在委託銷售標的物上原設定抵押權之處理：

　　　　□由買方向金融機構辦理貸款撥款清償並塗銷。

　　　　□由委託人於交付交屋款前清償並塗銷。

　　　　□由買方承受原債權及其抵押權。

　　　　□由買方清償並塗銷。

　　　　□○○○○○○○○○○○○○○。

第五條　服務報酬

　　　　買賣成交者，受託人得向委託人收取服務報酬，其數額為
　　　　實際成交價之百分之○○○○○（最高不得超過中央主管
　　　　機關之規定）。

　　　　前項受託人之服務報酬，委託人於與買方簽訂買賣契約
　　　　時，支付服務報酬百分之○○○○予受託人，餘百分之○
　　　　○○○於交屋時繳清。

第六條　委託人之義務

　　一、於買賣成交時，稅捐稽徵機關所開具以委託人為納稅
　　　　義務人之稅費，均由委託人負責繳納。

　　二、簽約代理人代理委託人簽立委託銷售契約書者，應檢
　　　　附所有權人之授權書及印鑑證明交付受託人驗證並
　　　　影印壹份，由受託人收執，以利受託人作業。

　　三、委託人應就不動產之重要事項簽認於不動產標的現況
　　　　說明書（其格式如附件一），委託人對受託人負有誠
　　　　實告知之義務，如有虛偽不實，由委託人負法律責任。

　　四、簽訂本契約時，委託人應提供本不動產之土地、建築
　　　　改良物所有權狀影本及國民身分證影本，並交付房屋
　　　　之鎖匙等物品予受託人，如有使用執照影本、管路配

置圖及住戶使用維護手冊等,一併提供。

第七條　受託人之義務

一、受託人受託處理仲介事務應以善良管理人之注意為
　　之。

二、受託人於簽約前,應據實提供該公司(或商號)近三
　　個月之成交行情,供委託人訂定售價之參考;如有隱
　　匿不實,應負賠償責任。

三、受託人受託仲介銷售所做市場調查、廣告企劃、買賣
　　交涉、諮商服務、差旅出勤等活動與支出,除有第十
　　條之規定外,均由受託人負責,受託人不得以任何理
　　由請求委託人補貼。

四、受託人製作之不動產說明書,應指派不動產經紀人簽
　　章,並經委託人簽認後,將副本交委託人留存;經紀
　　人員並負有誠實告知買方之義務,如有隱瞞不實,受
　　託人與其經紀人員應連帶負一切法律責任;其因而生
　　損害於委託人者,受託人應負賠償責任。

五、如買方簽立「要約書」(如附件二),受託人應於二
　　十四小時內將該要約書轉交委託人,不得隱瞞或扣
　　留。但如因委託人之事由致無法送達者,不在此限。

六、受託人應隨時依委託人之查詢,向委託人報告銷售狀
　　況。

七、契約成立後,委託人□同意□不同意授權受託人代為
　　收受買方支付之定金。

八、受託人應於收受定金後廿四小時內送達委託人。但如
　　因委託人之事由致無法送交者,不在此限。

九、有前款但書情形者,受託人應於二日內寄出書面通知
　　表明收受定金及無法送交之事實通知委託人。

十、受託人於仲介買賣成交時,為維護交易安全,得協助

　　　　辦理有關過戶及貸款手續。

　　十一、受託人應委託人之請求，有提供相關廣告文案資料
　　　　予委託人參考之義務。

第八條　沒收定金之處理

　　　　買方支付定金後，如買方違約不買，致定金由委託人沒收
　　　　者，委託人應支付該沒收定金之百分之〇〇予受託人，以
　　　　作為該次委託銷售服務之支出費用，且不得就該次再收取
　　　　服務報酬。

第九條　買賣契約之簽訂及所有權移轉

　　　　受託人依本契約仲介完成者，委託人應與受託人所仲介成
　　　　交之買方另行簽訂「不動產買賣契約書」，並由委託人及
　　　　買方□共同□協商指定地政士辦理一切所有權移轉登記
　　　　及相關手續。

第十條　委託人終止契約之責任

　　　　本契約非經雙方書面同意，不得單方任意變更之；如尚未
　　　　仲介成交前因可歸責於委託人之事由而終止時，委託人應
　　　　支付受託人必要之仲介銷售服務費用，本項費用視已進行
　　　　之委託期間等實際情形，由受託人檢據向委託人請領之。
　　　　但最高不得超過第五條原約定服務報酬之半數。

第十一條　違約之處罰

　　　　一、委託人如有下列情形之一者，視為受託人已完成仲
　　　　　　介之義務，委託人仍應支付第五條約定之服務報
　　　　　　酬，並應全額一次付予受託人：

　　　　　　㈠委託期間內，委託人自行將本契約不動產標的物
　　　　　　　出售或另行委託第三者仲介者。

　　　　　　㈡簽立書面買賣契約後，因可歸責於委託人之事由
　　　　　　　而解除買賣契約者。

　　　　　　㈢受託人已提供委託人曾經仲介之客戶資料，而委

託人於委託期間屆滿後二個月內,逕與該資料內
之客戶成交者。但經其他不動產經紀業仲介成交
者,不在此限。

二、受託人違反第七條第四款或第 8 款情形之一者,委
託人得解除本委託契約。

第十二條　廣告張貼

委託人□同意□不同意受託人於本不動產標的物上張
貼銷售廣告。

第十三條　通知送達

委託人及受託人雙方所為之徵詢、洽商或通知辦理事
項,如以書面通知時,均依本契約所載之地址為準,如
任何一方遇有地址變更時,應即以書面通知他方,其因
拒收或無法送達而遭退回者,均以退件日視為已依本契
約受通知。

第十四條　疑義之處理

本契約各條款如有疑義時,應依消費者保護法第十一條
第二項規定,為有利於委託人之解釋。

第十五條　合意管轄法院

因本契約發生之消費訴訟,雙方同意

□除專屬管轄外,以不動產所在地之法院為第一審管轄
法院。但不影響消費者依其他法律所得主張之管轄。

□依仲裁法規定進行仲裁。

第十六條　附件效力及契約分存

本契約之附件一視為本契約之一部分。本契約壹式貳
份,由雙方各執乙份為憑,並自簽約日起生效。

第十七條　未盡事宜之處置

本契約如有未盡事宜,依相關法令、習慣及平等互惠與
誠實信用原則公平解決之。

立契約書人

受託人：

姓名（公司或商號）：

地址：

電話：

營利事業登記證：（　　　）字第　　　　　號

負責人：○○○　　　　　　（簽章）

國民身分證統一編號：

經紀人：

姓名：○○○　　　　　　（簽章）

電話：

地址：

國民身分證統一編號：

經紀人證書字號：

委託人：

姓名：○○○　　　　　（簽章）

電話：

地址：

國民身分證統一編號：

中　　華　　民　　國　　○○年　　○○月　　○○日

不動產委託銷售契約書簽約注意事項

一、適用範圍

本契約範本適用於不動產所有權人將其不動產委託不動產仲介公司(或商號)銷售時之參考,本契約之主體應為企業經營者(即仲介公司或商號),由其提供予消費者使用(即委託人)。惟消費者與仲介公司(或商號)參考本範本訂立委託銷售契約時,仍可依民法第一百五十三條規定意旨,就個別情況磋商合意而訂定之。

二、關於仲介業以加盟型態或直營型態經營時,在其廣告、市招及名片上加註經營型態之規定

㈠依據行政院公平交易委員會九十年五月二十二日公壹字第〇一五二四號令發布「公平交易法對房屋仲介業之規範說明」之規定;倘房屋仲介加盟店未於廣告、市招及名片上明顯加註「加盟店」字樣,明確表示或表徵其經營之主體,而縱使施以普通注意力之消費者,仍無法分辨提供仲介服務之主體,究係該加盟體系之直營店,抑或是加盟店,並引起相當數量之交易相對人陷於錯誤之認知或決定,而與其簽訂委託買賣不動產者,將有違反公平交易法第二十一條規定之虞。故房屋仲介業者宜於廣告、市招及名片等明顯處加註「加盟店」字樣,以使消費者能清楚分辨提供仲介服務之行為主體,至於標示方式,原則上由房屋仲介業者自行斟酌採行。

㈡依據不動產經紀業管理條例施行細則第二十二條規定;經紀業係加盟經營者,應於廣告、市招及名片等明顯處,標明加盟店或加盟經營字樣。

三、有關委託銷售契約書之性質

目前國內仲介業所使用之委託契約書有兩種,即專任委託銷售契約書及一般委託銷售契約書,如屬專任委託銷售契約書則有「在

委託期間內，不得自行出售或另行委託其他第三者從事與受託人同樣的仲介行為」之規定，反之，則屬一般委託銷售契約書；依本範本第十一條第一款第（一）目之規定，本範本係屬專任委託銷售契約書性質。

四、有關服務報酬之規定

本範本第五條服務報酬額度，應依內政部規定不動產經紀業報酬計收標準計收。其內容如下：

不動產經紀業報酬計收標準規定事宜如下，並自八十九年七月一日實施。（八十九年五月二日台（八九）中地字第八九七九〇八七號函、八十九年七月十九日台（八九）中地字第八九七九五一七號函）

㈠不動產經紀業或經紀人員經營仲介業務者，其向買賣或租賃之一方或雙方收取報酬之總額合計不得超過該不動產實際成交價金百分之六或一個半月之租金。

㈡前述報酬標準為收費之最高上限，並非主管機關規定之固定收費比率，經紀業或經紀人員仍應本於自由市場公平競爭原則個別訂定明確之收費標準，且不得有聯合壟斷、欺罔或顯失公平之行為。

㈢本項報酬標準應提供仲介服務之項目，不得少於內政部頒「不動產說明書應記載事項」所訂之範圍，不包括「租賃」案件。

㈣經紀業或經紀人員應將所欲收取報酬標準及買賣或租賃一方或雙方之比率，記載於房地產委託銷售契約書、要約書，或租賃委託契約書、要約書，俾使買賣或租賃雙方事先充分瞭解。

五、沒收定金之效力

依坊間一般買賣習慣，承買人支付定金後，該買賣契約視同成立，如承買人不買，出賣人得沒收定金並解除契約。

六、消費爭議之申訴與調解

因本契約所發生之消費爭議，依消費者保護法第四十三條及第四十四條規定，買方得向賣方、消費者保護團體或消費者服務中心申訴；未獲妥適處理時，得向房地所在地之直轄市或縣（市）政府消費者保護官申訴；再未獲妥適處理時，得向直轄市或縣（市）消費爭議調解委員會申請調解。

附件一　不動產標的現況說明書

填表日期　　　年　　　月　　　日

項次	內容	是	否	說明
1	是否為共有土地	□	□	若是，□有□無分管協議書
2	土地現況是否有出租情形	□	□	若有，則□賣方於點交前終止租約 □以現況點交 □另外協議
3	土地現況是否有被他人占用情形	□	□	若有，□賣方應於交屋前□拆除□排除 □以現況點交 □其他
4	是否有地上物	□	□	若有，地上物□建築改良物 □農作改良物 □其他
5	是否有未登記之法定他項權利	□	□	□不知 □知 □○○○○○
6	建築改良物是否有	□	□	□不知

	包括未登記之改建、增建、加建、違建部分：			□知 □壹樓○○○○平方公尺 □○○樓○○○○平方公尺 □頂樓○○○○平方公尺 □其　他○○○○平方公尺
7	是否有車位之分管協議及圖說	□	□	□有書面或圖說（請檢附） □口頭約定 車位管理費 　□有，月繳新台幣○○○○○元 　□無 　□車位包含在大樓管理費內 使用狀況 　□固定位置使用 　□需承租 　□需排隊等侯 　□需定期抽籤，每○○月抽籤。 　□每日先到先停。 　□其他○○○○○○。
8	建築改良物是否有滲漏水之情形	□	□	若有，滲漏水處：○○○○○○ 　　　□以現況交屋 　　　□賣方修繕後交屋
9	建築改良物是否曾經做過輻射屋檢測	□	□	檢測結果：○○○○○○○○○○ 輻射是否異常□是 　　　　　　□以現況交屋 　　　　　□否 　　　　　　□賣方修繕後交屋 （民國七十一年至七十三年領得使用執照之建築物，應特別留意檢測

		。如欲進行改善，應向行政院原子能委員會洽詢技術協助。）
10	是否曾經做過海砂屋檢測（氯離子檢測事項）	□ □	檢測日期：○○年○○月○○日（請附檢測證明文件） 檢測結果：○○○○○○○○○○ （參考值：依 CNS 3090 規定預力混凝土為 0.15 kg/m³，鋼筋混凝土為 0.3 kg/m³。）
11	本建築改良物（專有部分）於賣方產權是否曾發生兇殺或自殺致死之情事	□ □	
12	屋內自來水及排水系統是否正常	□ □	□以現況交屋 □若不正常，賣方修繕後交屋
13	建築改良物現況是否有出租之情形	□ □	若有，則□賣方應於交屋前 □排　　除 □終止租約 　　　　□以現況交屋 　　　　□其他
14	建築改良物現況是否有被他人占用之情形	□ □	若有，則□賣方應於交屋前排除 　　　　□以現況交屋 　　　　□其他
15	建築改良物現況是否占用他人土地之情形	□ □	若有，則□賣方應於交屋前解決 　　　　□以現況交屋
16	是否使用自來水廠之自來水	□ □	
17	是否使用天然瓦斯	□ □	
18	是否有住戶規約	□ □	若有，詳見住戶規約

19	是否約定專用協議	□ □	□有規約約定（請檢附） □依第○○○○次區分所有權會議決定 管理費□有使用償金 　　　□有增繳新台幣○○○○元/月 使用範圍□空地　□露台 　　　　□非避難之屋頂平台 　　　　□非供車位使用之防空避難室 　　　　□其他
20	是否有管理委員會或管理負責人	□ □	若有，管理費為□月繳○○○○元□季繳○○○○元□年繳○○○○元　□其他＿＿＿＿＿
21	管理費是否有積欠情形	□ □	若有，管理費＿＿＿＿＿＿＿元，由□買方□賣方支付。
22	是否有附屬設備	□ □	□冷氣＿＿＿台　□沙發＿＿＿組 □床組＿＿＿件　□熱水器＿＿台 □窗簾＿＿＿組　□燈飾＿＿＿件 □梳妝台＿＿件　□排油煙機 □流理台　□瓦斯爐　□天然瓦斯(買方負擔錶租保證金費用)　□電話：＿＿具（買方負擔過戶費及保證金）　□其他＿＿＿＿＿＿

注意：一、輻射屋檢測，輻射若有異常，應洽請行政院原子能委
　　　　　員會確認是否為輻射屋。
　　　二、海砂屋檢測，海砂屋含氯量，將因採樣點及採樣時間
　　　　　之不同而異，目前海砂屋含氯量尚無國家標準值。

其他重要事項：

1.

2.

3.

受託人：○○○　[印]

委託人：○○○　[印]

簽章日期：　○○年　○○月　○○日

附件二　要約書

契約審閱權

本要約書及附件（不動產說明書及出售條款影本）於中華民國○○
年○○月○○日經買方攜回審閱○○日。（契約審閱期間至少三日）

買方簽章：

立要約書人○○○○○○（以下簡稱買方）經由○○○○○○公司
（或商號）仲介，買方願依下列條件承購上開不動產，爰特立此要
約書：

第一條　不動產買賣標的

本要約書有關不動產買賣標的之土地標示、建築改良物標示、車位標示，均詳如不動產說明書。

第二條　承購總價款、付款條件及其他要約條件

一、承購總價款及同時履行條件

項　　目	金額 （新台幣：元）	應同時履行條件
承購總價款	元整	
第一期（頭期款【含定金】）	元整	於簽訂□成屋□土地買賣契約同時，應攜帶國民身分證以供核對，並交付土地或建築改良物所有權狀正本予：□地政士□○○○○○。
第二期（備證款）	元整	賣方應備齊權狀正本，攜帶印鑑章並交付印鑑證明、身分證明文件及稅單。
第三期（完稅款）	元整	於土地增值稅、契稅單核下後，經□地政士□○○○通知日起○○日內，於委託人收款同時由委託人與買方依約繳清土地增值稅、契稅及其他欠稅。
第四期（交屋款）	元整	房屋鎖匙及水電、瓦斯、管理費收據等。
貸款	元整	

二、其他要約條件○○○○○○○○○○○○○○○○○○○○○○○○○

第三條　要約之拘束

一、本要約書須經賣方親自記明承諾時間及簽章並送達買方時，雙方即應負履行簽立本約之一切義務。但賣方將要約擴張、限制或變更而為承諾時，視為拒絕原要約而為新要約，須再經買方承諾並送達賣方。本要約

書須併同其附件送達之。

二、賣方或其受託人（仲介公司或商號）所提供之不動產說明書，經買方簽章同意者，為本要約書之一部分，但本要約書應優先適用。

第四條　要約撤回權

一、買方於第七條之要約期限內有撤回權。但賣方已承諾買方之要約條件，並經受託人（仲介公司或商號）送達買方者，不在此限。

二、買方於行使撤回權時應以郵局存證信函送達，或以書面親自送達賣方，或送達至賣方所授權本要約書末頁所載○○○○○○○公司（或商號）地址，即生撤回效力。

第五條　簽訂不動產買賣契約書之期間

本要約書依第三條承諾送達他方之日起○○日內，買賣雙方應於共同指定之處所，就有關稅費及其他費用之負擔、委託人及買方共同申請辦理或協商指定地政士、付款條件、貸款問題、交屋約定及其他相關事項進行協商後，簽訂不動產買賣契約書。

第六條　要約之生效

本要約書及其附件壹式肆份，由買賣雙方及○○○○○○○公司（或商號）各執乙份為憑，另一份係為買賣雙方要約及承諾時之憑據，並自簽認日起即生要約之效力。

第七條　要約之有效期間

買方之要約期間至民國○○年○○月○○日○○時止。但要約有第三條第一款但書之情形時，本要約書及其附件同時失效。

　　　　　立要約書人

　　買方：○○○　　（簽章）於○○年○○月○○日○○時簽訂本
要約書。（仲介公司或商號於收受買方之要約書時，應同時於空白
處簽名並附註日期及時間）

　　　　　電話：
　　　　　地址：
　　　　　國民身分證統一編號：

　　賣方：○○○　　（簽章）於○○年○○月○○日○○時同意本
要約書內容並簽章。（仲介公司或商號）於賣方承諾要約條件後送
達至買方時，應同時於空白處簽名並附註日期及時間）

※賣方如有修改本要約書之要約條件時，應同時註明重新要約之要
約有效期限。

　　　　　電話：
　　　　　地址：
　　　　　國民身分證統一編號：

　　　　　受託人：○○○　　　　（公司或商號）
　　　　　地址：
　　　　　電話：
　　　　　營利事業登記證：（　　）字第　　　　號
　　　　　負責人：○○○　　　　　　（簽章）
　　　　　國民身分證統一編號：
　　　　　經紀人：○○○　（簽章）

國民身分證統一編號：

經紀人證書字號：

中　華　民　國　○○年　○○月　○○日　○○時

要約書簽約注意事項

一、要約書之性質

本範本附件二所訂要約書之性質為預約，故簽訂本要約書後，買賣雙方有協商簽立本約（不動產買賣契約）之義務。

二、要約書之審閱期限

本要約書係為消費者保護法第十七條所稱之定型化契約，故要約書前言所敘「……經買方攜回審閱○○日（至少五日以上）……」旨在使買方於簽訂要約書前能充分了解賣方之出售條件、不動產說明書，以保障其權益。

三、要約書之效力

買方所簽訂之要約書，除有民法第一百五十四條第一項但書之規定外，要約人因要約而受拘束。故本要約書如經賣方簽章同意並送達買方時，預約即為成立生效，除因買賣契約之內容無法合意外，雙方應履行簽立本約（不動產買賣契約書）之一切義務。

四、要約書送達之方式

關於送達之方式有許多種，舉凡郵務送達、留置送達、交付送達、囑託送達……等，皆屬送達之方式，其主要之目的在於證據保全，以便日後發生爭議時舉證之方便，故本要約書第三條

並不限制送達的方式。謹提供部分民事訴訟法送達之方法以為
參考：

(一)送達人：

　　1.買方或賣方本人。

　　2.郵政機關之郵差。

　　3.受買賣雙方所授權（或委託）之人（如仲介業者、代理人）。

(二)應受送達之人：

　　1.可以送達的情況：

　　　　(1)由賣方或買方本人收受。

　　　　(2)未獲晤賣方或買方（如賣方或買方亦未委託或授權他
　　　　　　人）時，由有辨別事理能力之同居人或受僱人代為收受。

　　　　(3)由受買賣雙方所授權（或委託）之人收受。

　　2、無法送達的情況：

　　　　(1)寄存送達：將文書寄存送達地之自治（如鄉、鎮、市、
　　　　　　區公所）或警察機關，並作送達通知書，黏貼於應受送
　　　　　　達人住居所、事務所或營業所門首，以為送達。

　　　　(2)留置送達：應受送達人拒絕收領而無法律上理由者，應
　　　　　　將文書置於送達處所，以為送達。

五、為提醒消費者簽立本約（不動產買賣契約書）時應注意之事項，
　　謹提供有關稅費及其他費用之負擔、委託人及買方共同申請辦
　　理或協商指定地政士及交屋約定等條文內容如下，以為參考
　　（其內容仍可經由雙方磋商而更改）

(一)稅費及其他費用之負擔

　　買賣雙方應負擔之稅費除依有關規定外，並依下列規定辦
　　理：

　　1.地價稅以賣方通知之交屋日為準，該日前由賣方負擔，該
　　　日後由買方負擔，其稅期已開始而尚未開徵者，則依前一

年度地價稅單所載該宗基地課稅之基本稅額，按持分比例及年度日數比例分算賣方應負擔之稅額，由買方應給付賣方之買賣尾款中扣除，俟地價稅開徵時由買方自行繳納。

2.房屋稅以通知之交屋日為準，該日前由賣方負擔，該日後由買方負擔，並依法定稅率及年度月份比例分算稅額。

3.土地增值稅、交屋日前之水電、瓦斯、電話費、管理費、簽約日前已公告並開徵之工程受益費、抵押權塗銷登記規費、抵押權塗銷代辦手續費等由賣方負擔。

4.登記規費、登記代辦手續費、印花稅、契稅、簽約日前尚未公告或已公告但尚未開徵之工程受益費等由買方負擔。

5.公證費用，得由雙方磋商由買方或賣方或當事人雙方平均負擔。

6.如有其他未約定之稅捐、費用應依法令或習慣辦理之。

(二)辦理所有權移轉登記人之指定

本買賣契約成立生效後，有關登記事宜，由買賣雙方共同申請辦理或協商指定地政士辦理一切產權過戶手續。

(三)交付

1.登記完竣〇〇日內，賣方應依約交付不動產予買方。

2.本約不動產如有出租或有第三人占用或非本約內之物品，概由賣方負責於點交前排除之。

3.買方給付之價款如為票據者，應俟票據兌現時，賣方始交付房屋。

4.本約不動產含房屋及其室內外定著物、門窗、燈飾、廚廁、衛浴設備及公共設施等均以簽約時現狀為準，賣方不得任意取卸、破壞，水、電、瓦斯設施應保持或恢復正常使用，如有增建建物等均應依簽約現狀連同本標的建物一併移交買方。約定之動產部份，按現狀全部點交予買方。

　　　　5.賣方應於交屋前將原設籍於本約不動產之戶籍或公司登
　　　　記、營利事業登記、營業情事等全部移出。

六、仲介業者應提供消費者公平自由選擇交付「斡旋金」或使用內
　　政部所頒「要約書」之資訊

　　　為促進公平合理之購屋交易秩序，行政院公平交易委員會業於
　　九十年五月二十二日以公壹字第〇一五二四號令發布「公平交
　　易法對房屋仲介業之規範說明」，明訂房屋仲介業者如提出斡
　　旋金要求，未同時告知消費者亦得選擇採用內政部版要約書，
　　及斡旋金契約與內政部版「要約書」之區別及其替代關係，將
　　有違反公平交易法第二十四條規定之虞。故房屋仲介業者宜以
　　另份書面告知購屋人有選擇採用內政部版要約書之權利，且該
　　份書面之內容宜扼要說明「要約書」與「斡旋金」之區別及其
　　替代關係，並經購屋人簽名確認，以釐清仲介業者之告知義
　　務。另若仲介業者約定交付斡旋金，則宜以書面明訂交付斡旋
　　金之目的，明確告知消費者之權利義務。

不動產委託銷售定型化契約應記載及不得記載事項

壹、應記載事項

　一、契約審閱期間
　　　本定型化契約及其附件之審閱期間〇〇〇（不得少於三
　　日）違反前項規定者，該條款不構成契約內容。但消費者
　　得主張該條款仍構成契約內容。

　二、委託銷售之標的
　　　㈠土地標示（詳如登記簿謄本）：

所有權人	縣市	市區鄉鎮	段	小段	地號	都市計畫使用分區（或非都市土地使用地類別）	面積(平方公尺)	有無設定他項權利、權利種類	有租或無質占用之情形	權利範圍

（二）建築改良物標示（詳如登記簿謄本）：

所有權人	縣市	市區鄉鎮	路街	段	巷	弄	號	樓	建築物完成日期		面積(平方公尺)	建號	權利範圍	有無設定他項權利、權利種類	有無租賃或占用之情形
									民國　年　月　日	主建物					
										附屬建物					
										共用部分					

(三)車位標示（詳如登記簿謄本）：

本停車位屬□法定停車位□自行增設停車位□獎勵增設停車位□其他（車位情況或無法得知者自行說明）為地上（面、下）第○○○層□平面式□機械式□坡道式□升降式停車位，編號第○○○號車位。

□有編號登記。

□有土地及建築改良物所有權狀。

□有建築改良物所有權狀（土地持分合併於區分所有建物之土地面積內）。

□共用部分。（如有停車位之所有權及使用權之約定文件，應檢附之。）

　　　　㈣□附隨買賣設備

　　　　　　□願意附贈買方現有設備項目，計有：

　　　　　　□燈飾□床組□梳妝台□窗廉□熱水器□冰箱□洗衣
　　　　　　機□瓦斯爐□沙發組□冷氣○○○台□廚具○○○式
　　　　　　□電話○○○線□其他○○○。

　　　　　　前項㈠㈡㈢之標的未記載者，以地政機關所登載為準；
　　　　　　㈣未記載者，以不動產委託銷售定型化契約簽定時之現
　　　　　　況為準。

三、委託銷售價格

　　　委託人願意出售之土地、建築改良物、○○○，總價格為
　　　新台幣○○○元整，車位價格為新台幣○○○元整，合計
　　　新台幣○○○元整。前項之金額未記載者，不動產委託銷
　　　售定型化契約無效。

四、委託銷售期間

　　　委託銷售期間自民國○○年○○月○○日起至○○年○
　　　○月○○日止。

　　　未記載委託銷售期間者，委託人得隨時以書面終止。

五、服務報酬

　　　買賣成交者，受託人得向委託人收取服務報酬，其數額為
　　　實際成交價之百分之○○○○○（最高不得超過中央主管
　　　機關之規定）。

　　　前項空白處未記載者，受託人不得向委託人收取服務報
　　　酬。

六、受託人之義務

　　　㈠受託人受託處理仲介事務應以善良管理人之注意為之。

　　　㈡受託人於簽約前，應據實提供該公司（或商號）近三個
　　　　月之成交行情，供委託人訂定售價之參考；如有隱匿不

實，應負賠償責任。

(三)受託人受託仲介銷售所做市場調查、廣告企劃、買賣交涉、諮商服務、差旅出勤等活動與支出，除有委託人與受託人雙方同意終止及委託人終止契約外，均由受託人負責，受託人不得以任何理由請求委託人補貼。

(四)受託人製作之不動產說明書，應指派不動產經紀人簽章，並經委託人簽認後，將副本交委託人留存；經紀人員並負有誠實告知買方之義務，如有隱瞞不實，受託人與其經紀人員應連帶負一切法律責任；其因而生損害於委託人者，受託人應負賠償責任。

(五)如買方簽立「要約書」（如附件），受託人應於二十四小時內將該要約書轉交委託人，不得隱瞞或扣留。但如因委託人之事由致無法送達者，不在此限。

(六)受託人應隨時依委託人之查詢，向委託人報告銷售狀況。

(七)契約成立後，除委託人同意授權受託人代為收受買方支付之定金外。否則視為不同意授權。

(八)受託人應於收受定金後廿四小時內送交委託人。但如因委託人之事由致無法送達者，不在此限。

(九)有前款但書情形者，受託人應於二日內寄出書面通知表明收受定金及無法送交之事實通知委託人。

(十)受託人於仲介買賣成交時，為維護交易安全，得協助辦理有關過戶及貸款手續。

(十一)受託人應委託人之請求，有提供相關廣告文案資料予委託人參考之義務。

七、沒收定金之處理買方支付定金後，如買方違約不買，致定金由委託人沒收者，委託人應支付該沒收定金之百分之〇〇〇〇〇（但不得逾約定定金百分之五十且不得逾約定之

服務報酬）予受託人，以作為該次委託銷售服務之支出費
用，且不得再收取服務報酬。前項沒收定金百分比未記載
者，受託人不得向委託人請求服務報酬或費用。

八、買賣契約之簽訂及所有權移轉

買賣雙方價金與條件一致時，委託人應與受託人所仲介成
交之買方另行簽訂「不動產買賣契約書」，並約定由委託
人及買方共同或協商指定地政士辦理所有權移轉登記及
相關手續；如未約明者，由委託人指定之。

貳、不得記載事項

一、不得約定「不動產委託銷售契約書範本」內容僅供參考。

二、不得使用未經明確定義之「使用面積」、「受益面積」、
「銷售面積」等名詞。

三、不得約定繳回委託銷售契約。

四、約定服務報酬不得超過中央主管機關之規定。

五、不得為其他違反強制或禁止規定之約定。

附件　要約書定型化契約應記載及不得記載事項

壹、應記載事項

一、契約審閱期間

本定型化契約及其附件之審閱期間○○○（不得少於三
日）。

違反前項規定者，該條款不構成契約內容。但消費者得主
張該條款仍構成契約內容。

二、不動產買賣標的

本要約書有關不動產買賣標的之土地標示、建築改良物標
示、車位標示，均詳如不動產說明書。不動產說明書之內
容不得低於內政部公告之不動產說明書應記載事項。

三、承購總價款、付款條件及其他要約條件

㈠承購總價款及應同時履行條件

項目	金額（新台幣：元）	應同時履行條件
承購總價款	元整	
第一期（頭期款【含定金】）	元整	於簽訂□成屋□土地買賣契約同時，應攜帶國民身分證以供核對，並交付土地或建築改良物所有權狀正本予：□地政士○○○○○○○○○。
第二期（備證款）	元整	賣方應備齊權狀正本，攜帶印鑑章並交付印鑑證明、身分證明文件及稅單。
第三期（完稅款）	元整	於土地增值稅、契稅單核下後，經□地政士□○○通知日起○○日內，於委託人收款同時由委託人與買方依約繳清土地增值稅、契稅及其他欠稅。
第四期（交屋款）	元整	房屋鎖匙及水電、瓦斯、管理費收據等。
貸款	元整	

（二）其他要約條件○○○○○

四、要約之拘束

㈠本要約書須經賣方親自記明承諾時間及簽章並送達買方
時，雙方即應負洽商簽立本約之一切義務。但賣方將要約
擴張、限制或變更而為承諾時，視為拒絕原要約而為新要
約，須再經買方承諾並送達賣方。本要約書須併同其附件
送達之。

㈡賣方或其受託人（仲介公司或商號）所提供之不動產說
明書，經買方簽章同意者，為本要約書之一部分，但本
要約書應優先適用。

五、要約撤回權

㈠買方於要約期限內有撤回權。但賣方已承諾買方之要約
條件，並經受託人（仲介公司或商號）送達買方者，不
在此限。

　　　(二)買方於行使撤回權時應以郵局存證信函送達，或以書面
　　　　親自送達賣方，或送達至賣方所授權本要約書末頁所載
　　　　○○○公司（或商號）地址，即生撤回效力。

六、簽訂不動產買賣契約書之期間
　　本要約書依第四點承諾送達他方之日起○○日內，買賣雙
　　方應於共同指定之處所，就有關稅費及其他費用之負擔、
　　委託人及買方共同申請辦理或協商指定地政士、付款條
　　件、貸款問題、交屋約定及其他相關事項進行協商後，簽
　　訂不動產買賣契約書。

七、要約之生效
　　本要約書及其附件壹式肆份，由買賣雙方及○○○公司
　　（或商號）各執乙份為憑，另一份係為買賣雙方要約及承
　　諾時之憑據，並自簽認日起即生要約之效力。

貳、不得記載事項

　　不得約定在契約成立前，受託人得向消費者收取斡旋金、訂
　　金或其他任何名目之費用。

參、預售停車位買賣契約書範本（95.1.23 公告統一）

契約審閱權

　　　　本契約於中華民國○○年○○月○○日攜回審閱○○日。（契約
　　審閱期間至少為五日）

　　　　　　　　　　買方簽章：

立契約書人 買方：○○○○○○○○
　　　　　賣方：○○○○○○○○茲為下列停車位產權之
買賣事宜，雙方同意訂定本買賣契約條款如下，以資共同遵守：

第一條　賣方對於廣告之義務

賣方應確保廣告內容之真實，本預售停車位之廣告宣傳品及其所記載之建材設備表、停車位位置示意圖，為契約之一部分。

廣告圖說應與建築執照圖說相符。

第二條　買賣標示及停車位規格

一、停車位基地座落

○○縣（市）○○鄉（鎮、市、區）○○段○○小段○○地號等○○筆土地，使用分區為都市計畫內○○區（或非都市土地使用編定為○○區○○用地）。

二、停車位面積之權利範圍

停車位面積○○○平方公尺、買賣權利範圍○○○。（所有依竣工圖所劃車位加總之面積，應等於全部停車場部分主建物面積。）

三、基地持分

土地面積○○○平方公尺（○○○坪），應有權利範圍為圓圈，持分計算方式係以地政機關核發建物測量成果圖之非停車位之專有部分面積○○○平方公尺（○○○坪）及停車位（格）面積（機械車位則以其垂直投影面積為準）之總和為分母，個別車位（格）面積為分子計算應分攤之基地持分比例（註：或以其他明確計算方式列明）。

四、停車位性質、位置、型式、規格、編號

買方購買之停車位屬□停車塔□自行增設停車空間□獎勵增設停車空間為□地上□地面□地下第○○

層□平面式□機械式□其他○○依建造執照圖說編號第○○號之停車空間計○○位。其規格為長○○公尺，寬○○公尺，高○○公尺（可停放長○○公尺，寬○○公尺，高○○公尺之車輛）。

五、停車位平面圖及建造執照

本停車位以主管建築機關核准之停車空間平面圖為準（影本如附件一），建造執照為主管建築機關○○年○○月○○日○○字第○○號。

第三條　停車位數量及價款

本契約總價款合計新台幣○○千○○百○○十○○萬元整。

本契約停車位數量為○位，個別價款如下：

編　　號	土地價款 （新台幣/元）	建物價款 （新台幣/元）	合計價款 （新台幣/元）
第　　號	百　十　萬元整	百　十　萬元整	百　十　萬元整
第　　號	百　十　萬元整	百　十　萬元整	百　十　萬元整
第　　號	百　十　萬元整	百　十　萬元整	百　十　萬元整
第　　號	百　十　萬元整	百　十　萬元整	百　十　萬元整

第四條　付款條件及方式

付款應依已完成之工程進度訂定之付款明細表（如附件三）之規定繳款，除另有約定（○○日）外，每次付款間隔，不得少於三十日，如賣方不依工程進度定付款明細表者，買方得於工程全部完工時一次支付之。

間隔日數未記載者，以三十日計算。

第五條　逾期付款之處理方式

買方如逾期達五日仍未繳清期款或已繳之票據無法兌現時，買方應加付按逾期期款部分每日萬分之二單利計算之遲延利息，於補繳期款時一併繳付賣方。

如逾期二個月或逾使用執照核發後一個月不繳期款或遲延利息，經賣方以存證信函或其他書面催繳，經送達七日內仍未繳者，雙方同意依違約之處罰規定處理。但前項情形賣方同意緩期支付者，不在此限。

第六條　**主要建材及其廠牌、規格**

施工標準應依核准之工程圖樣與說明書及本契約附件之建材設備表施工，除經買方同意，不得以同級品之名義變更建材設備或以附件所列舉品牌以外之產品替代，但賣方能證明有不可歸責於賣方之事由，致無法供應原建材設備，且所更換之建材設備之價值、效用及品質不低於原約定之建材設備或補償價金者，不在此限。

賣方保證建造本停車位不含有損建築結構安全或有害人體安全健康之輻射鋼筋、石棉、未經處理之海砂等材料或其他類似物。

賣方如有違反前二項之情形，雙方同意依違約之處罰規定處理。

第七條　**開工及取得使用執照期限**

賣方應提供停車位種類及產權登記說明書（格式如附件五）予買方，並就說明書內各項詳實填註，如有虛偽不實，由賣方負法律責任。

本預售停車位之建築工程應在民國○○年○○月○○日之前開工，民國○○年○○月○○日之前完成使用執照所定之必要設施，並取得使用執照。但有下列情事之一者，其期限得順延之：

一、因天災地變等不可抗力之事由，致賣方不能施工者。

二、因政府法令變更或其他非可歸責於賣方之事由發生時。

賣方如逾前項期限未開工或未取得使用執照者，每逾一日

應按已繳停車位價款依萬分之二單利計算遲延利息予買方。若逾期三個月仍未開工或未取得使用執照，視同賣方違約，雙方同意依違約之處罰規定處理。

第八條　驗收

賣方完成本契約停車位必要設施及領得使用執照後，應通知買方於七日內進行驗收手續。

買方就本契約所載停車位瑕疵或未盡事宜，得載明於驗收單上要求賣方限期完成修繕，並得於自備款部分保留停車位總價款百分之一作為點交停車位保留款，於賣方依前開期限完成修繕後給付之。

第九條　停車位產權移轉登記期限

土地產權之移轉，應於使用執照核發後四個月內備妥文件申辦有關稅費及所有權移轉登記。其土地增值稅之負擔方式，依有關稅費負擔之約定辦理。

建物產權之移轉，應於使用執照核發後四個月內備妥文件申辦有關稅費及所有權移轉登記。

賣方違反前二項之規定，致各項稅費增加或罰鍰（滯納金）時，賣方應全數負擔；如損及買方權益時，賣方應負損害賠償之責任。

賣方應於買方履行下列義務時，辦理停車位產權移轉登記：

一、依契約約定之付款辦法，除約定之點交停車位保留款外，應繳清停車位移轉登記前應繳之款項及逾期加付之遲延利息。

二、提出辦理產權登記及貸款有關文件，辦理各項貸款手續，繳清各項稅費，預立各項取款或委託撥付文件，並應開立受款人為賣方及票面上註明禁止背書轉讓，及記載擔保之債權金額及範圍之本票予賣方。

三、本項第一款、第二款之費用如以票據支付，應在登記
　　以前全部兌現。

　　第一項、第二項之辦理事項，由賣方指定之地政士辦
　　理之，倘為配合各項手續需要，需由買方加蓋印章，
　　出具證件或繳納各項稅費時，買方應於接獲賣方或地
　　政士通知日起七日內提供，如有逾期，每逾一日應按
　　已繳房地價款依萬分之二單利計算遲延利息予賣
　　方，另如因買方之延誤或不協辦，致各項稅費增加或
　　罰鍰（滯納金）時，買方應全數負擔；如損及賣方權
　　益時，買方應負損害賠償之責任。

第十條　通知點交期限

賣方應於領得使用執照六個月內，通知買方進行點交停車
位。於點交時雙方應履行下列各項義務：

一、賣方付清因延遲完工所應付之遲延利息於買方。

二、賣方就停車位之瑕疵或未盡事宜，應於點交前完成修
　　繕。

三、買方繳清所有之應付未付款（含點交保留款）及完成
　　一切點交手續。

四、賣方如未於領得使用執照六個月內通知買方進行點
　　交，每逾一日應按已繳停車位價款依萬分之二單利計
　　算遲延利息予買方。

賣方應於買方辦妥點交停車位手續後，將土地及建物所有
權狀、保固服務紀錄卡、規約草約、停車場管理規章、使
用執照（若數戶同一張使用執照，則日後移交管理委員會）
或使用執照影本及賣方代繳稅費之收據交付買方使用，本
契約則無需返還。

買方應於收到點交通知日起〇日內配合辦理點交停車位
手續，否則賣方不負保管責任。但可歸責於賣方之故意或

重大過失時，不在此限。

買方同意於通知之點交日起三十日後，不論已否使用，即應負本停車位水電及管理費等。

第十一條　保固期限及範圍

本契約停車位自買方完成點交停車位日起，或如有可歸責於買方之原因時自賣方通知點交停車位日起，除賣方能證明可歸責於買方或不可抗力因素外，結構部分（如：樑柱、樓地板等）負責保固十五年，機械設備及固定建材部分負責保固三年，賣方並應於點交停車位時出具停車位保固服務紀錄卡予買方作為憑證。

前項期限經過後，買方仍得依民法及其他法律主張權利。

第十二條　貸款約定

停車位總價內之部分價款新臺幣〇〇〇〇元整，由買方與賣方洽定之金融機構之貸款給付，由買賣雙方依約定辦妥一切貸款手續。買方可獲較低利率或有利於買方之貸款條件者，買方得自行辦理貸款，買方應於賣方通知辦理貸款日起二十日內辦妥對保手續，並由承貸金融機構同意將約定貸款金額撥付賣方，但買方享有政府所舉辦之優惠貸款利率，不在此限。

前項由賣方洽定辦理之貸款金額少於預定貸款金額，應依下列各款處理：

一、不可歸責於雙方者，其貸款金額不及原預定貸款金額百分之七十者，買方得解除契約；或就貸款不足百分之七十以上之金額部分，以原承諾貸款相同年限及條件分期清償，並就剩餘之不足額部分，依原承諾貸款之利率，計算利息，按月分期攤還，其期間不得少於七年。

二、可歸責於賣方時，其貸款金額不足原預定貸款金額，賣方應補足不足額之部分，並依原承諾貸款相同年限及條件由買方分期清償。如賣方不能補足不足額部分，買方有權解除契約。

三、可歸責於買方時，買方應於接獲通知之日起〇〇天內一次或經賣方同意之分期給付。

有關金融機構核撥貸款後之利息，由買方負擔。但於賣方通知之點交停車位日前之利息，應由賣方返還買方。

第十三條　貸款撥付

買賣契約如訂有點交停車位保留款者，於產權登記完竣並由金融機構設定抵押權後，除有輻射鋼筋、未經處理之海砂或其他縱經修繕仍無法達到應有使用功能之重大瑕疵外，買方不得通知金融機構終止撥付前條貸款予賣方。

第十四條　停車位轉讓條件

買方繳清已屆期之各期應繳款項者，於本契約停車位產權登記完成前，如欲將本契約轉讓他人時，必須事先以書面徵求賣方同意，賣方非有正當理由不得拒絕。

前項之轉讓，除配偶、直系血親間之轉讓外，賣方得向買方收取本契約停車位總價款千分之〇〇〇（最高以千分之一為限）之手續費。

第十五條　地價稅、房屋稅之分擔比例

地價稅以賣方通知之點交日（含）前由賣方負擔，點交日之翌日起由買方負擔稅款，其稅期已開始而尚未開徵者，依前一年度地價稅單所載該宗基地課稅之基本稅額，按持分比例及年度日數比例分算賣方應負擔之稅額，由買方應給付賣方之買賣尾款中扣除，俟地價稅開徵時由買方自行繳納。

房屋稅以通知之點交日（含）前由賣方負擔，點交日之
翌日起由買方負擔稅款，並依法定稅率及年度月份比例
分算稅額。

第十六條　稅費負擔之約定

土地增值稅應於使用執照核發後申報，並以使用執照核
發日之當年度公告現值計算增值稅，其逾三十日申報
者，以提出申報日當期之公告現值計算增值稅，由賣方
負擔，但買方未依第九條規定備妥申辦文件，其增加之
增值稅，由買方負擔。

產權登記規費、印花稅、契稅、代辦手續費、貸款保險
費及各項附加稅捐由買方負擔。但起造人為賣方時，建
物所有權第一次登記規費及代辦手續費由賣方負擔。

公證費由買賣雙方各負擔二分之一，但另有約定者從其
約定。

應由買方應繳交之稅費，買方於辦理產權登記時，應將
此等費用全額預繳，並於點交時結清，多退少補。

第十七條　規格誤差之處理

平面式停車位之竣工規格尺寸，誤差在百分之二以下且
長未逾十公分、寬未逾五公分、高未逾五公分者，視為
符合規格。

機械式停車位其因誤差在百分之一以下且長未逾五公
分、寬未逾二公分、高未逾二公分者，視為符合規格。
竣工規格之尺寸產生誤差，致規格尺寸之減少超過上述
標準者，買方得解除契約，或請求減少價金。但依情形，
解除契約顯失公平者，買方僅得請求減少價金。

第十八條　產權糾紛之處理

賣方保證產權清楚，絕無一物數賣或無權占有他人土地
之情形。訂約後如有上述糾紛致影響買方權利時，買方

得定相當期限催告賣方解決，倘逾期賣方仍不解決時，
買方得解除本契約，雙方並同意依違約之處罰規定處
理。

依前項解約時賣方應將所收價款按法定利息計算返還
買方。

第十九條　不可抗力因素之處理

如因天災、地變、政府法令變更或不可抗力之事由，致
本契約停車位不能繼續興建時，雙方同意解約。解約時
賣方應將所收價款按法定利息計算返還買方。

第二十條　財務糾紛之處理及他項權利清理之時機

賣方與工程承攬人或第三人發生財務糾紛，賣方應於產
權移轉登記前解決。

賣方曾設定他項權利予第三人時，賣方應於取得買方之
貸款時，即負責清理塗銷之。倘逾前述期限仍未解決，
買方得解除本契約，雙方並同意依違約之處罰規定處
理。

依前二項解約時賣方應將所收價款按法定利息計算退
還買方。

第二十一條　違約之處罰

賣方違反「主要建材及其廠牌、規格」、「開工及取得使
用執照期限」、「產權糾紛之處理」、「財務糾紛之處理及
他項權利清理之時機」之規定者，買方得解除本契約。
解約時賣方除應將買方已繳之停車位價款及遲延利息全
部退還買方外，並應同時賠償停車位總價款百分之〇〇
（不得低於百分之十五）之違約金。但該賠償之金額超
過已繳價款者，則以已繳價款為限。

買方違反有關「付款條件及方式」之規定者，賣方得沒
收依停車位總價款百分之〇〇（最高不得超過百分之十

五）計算之金額。但該沒收之金額超過已繳價款者，則以已繳價款為限，買賣雙方並得解除本契約。

買賣雙方當事人除依前二項之請求外，不得另行請求損害賠償。

第二十二條　疑義之處理

本契約條款如有疑義時，應依消費者保護法第十一條第二項規定，為有利於買方之解釋。

第二十三條　合意管轄法院

因本契約發生之消費訴訟，雙方同意以本契約第二條土地所在地之地方法院為第一審管轄法院。但不影響消費者依其他法律所得主張之管轄。

第二十四條　附件效力及契約分存

本契約之附件視為本契約之一部分。

本契約壹式貳份，由買賣雙方各執乙份為憑，並自簽約日起生效。

第二十五條　未盡事宜之處置

本契約如有未盡事宜，依相關法令、習慣及平等互惠與誠實信用原則公平解決之。

附件：

一、停車空間該樓層平面圖影本乙份。

二、建造執照影本乙份。

三、付款明細表乙份。

四、建材設備表。

五、停車位種類及產權登記說明書。

六、規約草約及停車場管理規章各乙份。

立契約書人

買方：〇〇〇　　　（簽章）

國民身分證統一編號：

戶籍地址：

通訊地址：

連絡電話：

賣方：

法定代理人：

公司統一編號：

公司地址：

公司電話：

經紀業：

名稱：〇〇〇〇〇　　　（公司或商號）

地址：

營利事業登記證：（〇〇）字〇〇〇〇號

負責人：

國民身分證統一編號：

不動產經紀人：〇〇〇　　　（簽章）

電話：

地址：

國民身分證統一編號：

經紀人證書字號：

中　華　民　國　〇〇年　〇〇月　〇〇日

附件五　停車位種類及產權登記說明書

項次	內容	選　項	備　註
1	種類	□停車塔＿＿＿＿＿＿＿位 □自行增設停車空間＿＿＿＿位 □獎勵增設停車空間＿＿＿＿位	編號第__號 編號第__號 編號第__號
2	位置	□室內：□地上＿＿＿層□地面 　　　　□地下＿＿層 □室外：□地上□地面	
3	型式	□平面式 □立體式 □機械式：□垂直循環式□平面往復式□ 升降機式□水平循環式□多層循環式□ 方向轉換裝置　□汽車用升降機 □簡易升降式　　□多段式 □升降滑動式　　□塔臺式	
4	規格	長：□5.5公尺□5.75公尺□6.0公尺 　　□11.75公尺□12.0公尺 　　□其他__公尺 寬：□2.2公尺□2.25公尺□2.5公尺 　　□3.75公尺□4.0公尺 　　□其他＿＿＿公尺 淨高：□1.8公尺□2.1公尺 　　　□其他＿＿＿公尺	
5	登記方式	□以主建物持分編號登記 □以主建物持分登記 其他○○○○○○○	
6	使用性質	□標準型車停車位　□小型車停車位 □機械設備停車位　□大型客車停車位	

		□小貨車裝卸位　　□大貨車裝卸位 □機車停車位　　　□其他＿＿＿＿	
7	使用方式	□須供公眾使用 □須簽立分管協議書　□租用 □其他＿＿＿□所有權人自用（約定專用）	
8	車道寬度	□3.5 公尺□5.5 公尺□10.0 公尺 □其他＿＿＿公尺	
9	出入口高度	□1.6 公尺□1.8 公尺□2.0 公尺 □2.2 公尺□其他＿＿＿＿公尺	

賣方保證以上記載屬實，如有虛偽不實，願負一切法律責任。

賣方簽章〇〇〇　　　　印

預售停車位買賣契約書範本簽約注意事項

一、適用範圍

　　建築物之室內停車位可分三種，即法定停車位、自行增設停車位及獎勵增設停車位。

　　㈠所謂法定停車位，係指依都市計畫書、建築技術規則建築設計施工編第五十九條及其他有關法令規定所應附設之停車位，無獨立權狀，以共用部分持分分配給承購戶，須隨主建物一併移轉或設定負擔，但經約定專用或依分管協議，得交由某一戶或某些住戶使用。自行增設停車位指法定停車位以

外由建商自行增設之停車位；獎勵增設停車位指依「台北市建築物增設室內公用停車空間鼓勵要點」、「高雄市鼓勵建築物增設停車空間實施要點」或當地縣（市）政府訂定之鼓勵建築物增設停車空間有關法令規定增設之停車位。

㈡自行增設停車位與獎勵增設停車位得以獨立產權單獨移轉。

㈢前揭各種停車位如何區分？地方主管建築機關於核准建築執照之設計圖說時，在每一停車位上均有明確標示為法定、自行增設或獎勵增設。為避免糾紛，消費大眾在購買前最好先查閱設計圖說，以瞭解所購買停車位之類別。

㈣本契約範本僅適用於自行增設停車位、獎勵增設停車位或停車塔等其他可做為獨立產權登記之停車位預售買賣時之參考，買賣雙方參考本範本訂立契約時，仍可依民法第一百五十三條規定意旨，就個別情況磋商合意而訂定之。

㈤至有關法定停車位，請參考適用內政部九十年九月函頒「預售屋買賣契約書範本」第二條房地標示及停車位規格第三款及第九條地下層共用部分權屬。

二、契約審閱

　　關於契約審閱，按預售停車位買賣契約屬消費者契約之一種，買賣雙方對於契約內容之主客觀認知頗有差異，是以建築投資業者所提供之定型化契約應給予消費者合理期間以瞭解契約條款之內容，此於消費者保護法第十一條之一已有明訂。

三、停車位基地權利範圍之計算

　　關於第二條第二款，停車位於公寓大廈中應分攤之基地權利比例，係以全部主建物及停車位面積之總和為分母，個別之停車位面積為分子，計算其應分攤之基地比例；其停車位面積依建築技術規則第六十條規定之規格計算之。

四、產權登記期限

　　依據行政院公平交易委員會八十四年八月十六日第二〇一次

委員會議決議略以：業者應於八十四年十月一日以後簽訂之契約中明定關於土地移轉之年度或日期，否則即違反公平交易法第二十四條規定（註：有關以不特定之約定期間表示土地移轉時間者，如「使用執照取得後」、「使用執照申請後」等方式，係屬不特定之約定期間；另有關特定之約定期間如「簽約後三個月內」之表達方式，因其簽約日有明確記載，故可予認同。）

五、買方自行辦理貸款或火險之規定

買方如欲自行辦理貸款或火險，除於訂約時明示自行辦理外，並預立貸款撥款委託書予賣方，賣方則須配合買方貸款需要提供土地、建物權狀或配合辦理貸款手續，賣方如因而增加之費用支出得向買方求償。

六、轉讓條件

按預售停車位賣方會同買方辦理轉讓時，需說明契約內容及提供相關資料，俾辦理契約簽訂等其他相關事宜，其所需成本似得准收手續費。本契約範本爰例示約定手續費不超過停車位總價款千分之一，以供參考。

七、違約罰則

按違約金數額多寡之約定，係視簽約時社會經濟及房地產景氣狀況而定，是以買賣雙方簽約時，就違約金數額之約定，仍應考量上開狀況磋商而定。

八、消費爭議之申訴與調解

因本契約所發生之消費爭議，依消費者保護法第四十三條及第四十四條規定，買方得向賣方、消費者保護團體或消費者服務中心申訴；未獲妥適處理時，得向停車位所在地之直轄市或縣（市）政府消費者保護官申訴；再未獲妥適處理時得向直轄市或縣（市）消費爭議調解委員會申請調解。

預售停車位買賣定型化契約應記載及不得記載事項

壹、應記載事項

一、契約審閱期間

本定型化契約及其附件之審閱期間○○（不得少於五日）。

違反前項規定者，該條款不構成契約內容。但消費者得主張該條款仍構成契約內容。

二、賣方對於廣告之義務

賣方應確保廣告內容之真實，本預售停車位之廣告宣傳品及其所記載之建材設備表、停車位位置示意圖，為契約之一部分。

廣告圖說應與建築執照圖說相符。

三、買賣標示及停車位規格

㈠停車位基地座落

○○縣（市）○○鄉（鎮、市、區）○○段○○小段○○地號等○○筆土地，使用分區為都市計畫內○○區（或非都市土地使用編定為○○區○○用地）。

㈡停車位面積之權利範圍

停車位面積○○○○平方公尺、買賣權利範圍○○○○。

（所有依竣工圖所劃車位加總之面積，應等於全部停車場部分主建物面積。）

㈢基地持分

土地面積○○平方公尺（○○坪），應有權利範圍為○○持分計算方式係以地政機關核發建物測量成果圖之非停車位之專有部分面積○○平方公尺（○○坪）及停車位(格)面積（機械車位則以其垂直投影面積為準）之總和為分母，個別車位(格)面積為分子計算應分攤之基地持分比例

（註：或以其他明確計算方式列明）。

㈣停車位性質、位置、型式、規格、編號

買方購買之停車位屬□停車塔□自行增設停車空間□獎勵增設停車空間為□地上□地面□地下第○○層□平面式□機械式□其他○○，依建造執照圖說編號第○○號之停車空間計○○位。其規格為長○○公尺，寬○○公尺，高○○公尺（可停放長○○公尺，寬○○公尺，高○○公尺之車輛）。

㈤停車位平面圖及建造執照

本停車位以主管建築機關核准之停車空間平面圖為準（影本如附件一），建造執照為主管建築機關○○年○○月○○日○○字第○○號。

㈥第一項至第五項如有任一項未記載者，消費者得主張本契約無效。

四、停車位數量及價款

本契約總價款合計新台幣○○千○○百○○十○○萬元整。

本契約停車位數量為○○位，個別價款如下：

編號	土地價款 （新台幣/元）	建物價款 （新台幣/元）	合計價款 （新台幣/元）
第　號	百 十 萬元整	百 十 萬元整	百 十 萬元整
第　號	百 十 萬元整	百 十 萬元整	百 十 萬元整
第　號	百 十 萬元整	百 十 萬元整	百 十 萬元整
第　號	百 十 萬元整	百 十 萬元整	百 十 萬元整

五、付款條件及方式

付款應依已完成之工程進度訂定之付款明細表之規定繳款，除另有約定（○○日）外，每次付款間隔，不得少於三十日，如賣方不依工程進度定付款明細表者，買方得於

工程全部完工時一次支付之。

間隔日數未記載者，以三十日計算。

六、逾期付款之處理方式

買方如逾期達五日仍未繳清期款或已繳之票據無法兌現時，買方應加付按逾期期款部分每日萬分之二單利計算之遲延利息，於補繳期款時一併繳付賣方。

如逾期二個月或逾使用執照核發後一個月不繳期款或遲延利息，經賣方以存證信函或其他書面催繳，經送達七日內仍未繳者，雙方同意依違約之處罰規定處理。但前項情形賣方同意緩期支付者，不在此限。

七、主要建材及其廠牌、規格

施工標準應依核准之工程圖樣與說明書及建材設備表施工，除經買方同意，不得以同級品之名義變更建材設備或以附件所列舉品牌以外之產品替代，但賣方能證明有不可歸責於賣方之事由，致無法供應原建材設備，且所更換之建材設備之價值、效用及品質不低於原約定之建材設備或補償價金者，不在此限。

賣方保證建造本停車位不含有損建築結構安全或有害人體安全健康之輻射鋼筋、石棉、未經處理之海砂等材料或其他類似物。

賣方如有違反前二項之情形，雙方同意依違約之處罰規定處理。

八、開工及取得使用執照期限

賣方應提供停車位種類及產權登記說明書予買方，並就說明書內各項詳實填註，如有虛偽不實，由賣方負法律責任。

本預售停車位之建築工程應在民國○○年○○月○○日之前開工，民國○○年○○月○○日之前完成使用執照所定之必要設施，並取得使用執照。但有下列情事之一者，其期限

得順延之：

㈠因天災地變等不可抗力之事由，致賣方不能施工者。

㈡因政府法令變更或其他非可歸責於賣方之事由發生時。

　　賣方如逾前項期限未開工或未取得使用執照者，每逾一日應按已繳停車位價款依萬分之二單利計算遲延利息予買方。若逾期三個月仍未開工或未取得使用執照，視同賣方違約，雙方同意依違約之處罰規定處理。

　　第二項未記載者，消費者得主張本契約無效。

九、驗收

　　賣方完成本契約停車位必要設施及領得使用執照後，應通知買方於七日內進行驗收手續。

　　買方就本契約所載停車位瑕疵或未盡事宜，得載明於驗收單上要求賣方限期完成修繕，並得於自備款部分保留停車位總價款百分之一作為點交停車位保留款，於賣方依前開期限完成修繕後給付之。

十、停車位產權移轉登記期限

　　土地產權之移轉，應於使用執照核發後四個月內備妥文件申辦有關稅費及所有權移轉登記。其土地增值稅之負擔方式，依有關稅費負擔之約定辦理。

　　建物產權之移轉，應於使用執照核發後四個月內備妥文件申辦有關稅費及所有權移轉登記。

　　賣方違反前二項之規定，致各項稅費增加或罰鍰（滯納金）時，賣方應全數負擔；如損及買方權益時，賣方應負損害賠償之責任。

　　賣方應於買方履行下列義務時，辦理停車位產權移轉登記：

㈠依契約約定之付款辦法，除約定之點交停車位保留款外，應繳清停車位移轉登記前應繳之款項及逾期加付之遲延利息。

㈡提出辦理產權登記及貸款有關文件，辦理各項貸款手續，繳清各項稅費，預立各項取款或委託撥付文件，並應開立受款人為賣方及票面上註明禁止背書轉讓，及記載擔保之債權金額及範圍之本票予賣方。

㈢本項第一款、第二款之費用如以票據支付，應在登記以前全部兌現。

第一項、第二項之辦理事項，由賣方指定之地政士辦理之，倘為配合各項手續需要，需由買方加蓋印章，出具證件或繳納各項稅費時，買方應於接獲賣方或地政士通知日起七日內提供，如有逾期，每逾一日應按已繳房地價款依萬分之二單利計算遲延利息予賣方，另如因買方之延誤或不協辦，致各項稅費增加或罰鍰（滯納金）時，買方應全數負擔；如損及賣方權益時，買方應負損害賠償之責任。

十一、通知點交期限

賣方應於領得使用執照六個月內，通知買方進行點交停車位。於點交時雙方應履行下列各項義務：

㈠賣方付清因延遲完工所應付之遲延利息於買方。

㈡賣方就停車位之瑕疵或未盡事宜，應於點交前完成修繕。

㈢買方繳清所有之應付未付款（含點交保留款）及完成一切點交手續。

㈣賣方如未於領得使用執照六個月內通知買方進行點交，每逾一日應按已繳停車位價款依萬分之二單利計算遲延利息予買方。

賣方應於買方辦妥點交停車位手續後，將土地及建物所有權狀、保固服務紀錄卡、規約草約、停車場管理規章、使用執照（若數戶同一張使用執照，則日後移交管理委員會）或使用執照影本及賣方代繳稅費之收據交付買方使用，本

契約則無需返還。

買方應於收到點交通知日起○○日內配合辦理點交停車位手續，否則賣方不負保管責任。但可歸責於賣方之故意或重大過失時，不在此限。

買方同意於通知之點交日起三十日後，不論已否使用，即應負本停車位水電及管理費等。

十二、保固期限及範圍

本契約停車位自買方完成點交停車位日起，或如有可歸責於買方之原因時自賣方通知點交停車位日起，除賣方能證明可歸責於買方或不可抗力因素外，結構部分（如：樑柱、樓地板等）負責保固十五年，機械設備及固定建材部分負責保固三年，賣方並應於點交停車位時出具停車位保固服務紀錄卡予買方作為憑證。

前項期限經過後，買方仍得依民法及其他法律主張權利。

十三、貸款約定

停車位總價內之部分價款新臺幣○○○○元整，由買方與賣方洽定之金融機構之貸款給付，由買賣雙方依約定辦妥一切貸款手續。買方可獲較低利率或有利於買方之貸款條件者，買方得自行辦理貸款，買方應於賣方通知辦理貸款日起二十日內辦妥對保手續，並由承貸金融機構同意將約定貸款金額撥付賣方，但買方享有政府所舉辦之優惠貸款利率，不在此限。

前項由賣方洽定辦理之貸款金額少於預定貸款金額，應依下列各款處理：

㈠不可歸責於雙方者，其貸款金額不及原預定貸款金額百分之七十者，買方得解除契約；或就貸款不足百分之七十以上之金額部分，以原承諾貸款相同年限及條件分期清償，並就剩餘之不足額部分，依原承諾貸款之利率，

計算利息，按月分期攤還，其期間不得少於七年。

㈡可歸責於賣方時，其貸款金額不足原預定貸款金額，賣方應補足不足額之部分，並依原承諾貸款相同年限及條件由買方分期清償。如賣方不能補足不足額部分，買方有權解除契約。

㈢可歸責於買方時，買方應於接獲通知之日起〇〇天內一次或經賣方同意之分期給付。

有關金融機構核撥貸款後之利息，由買方負擔。但於賣方通知之點交停車位日前之利息，應由賣方返還買方。

十四、貸款撥付

買賣契約如訂有點交停車位保留款者，於產權登記完竣並由金融機構設定抵押權後，除有輻射鋼筋、未經處理之海砂或其他縱經修繕仍無法達到應有使用功能之重大瑕疵外，買方不得通知金融機構終止撥付前條貸款予賣方。

十五、地價稅、房屋稅之分擔比例

地價稅以賣方通知之點交日（含）前由賣方負擔，點交日之翌日起由買方負擔稅款，其稅期已開始而尚未開徵者，依前一年度地價稅單所載該宗基地課稅之基本稅額，按持分比例及年度日數比例分算賣方應負擔之稅額，由買方應給付賣方之買賣尾款中扣除，俟地價稅開徵時由買方自行繳納。

房屋稅以通知之點交日（含）前由賣方負擔，點交日之翌日起由買方負擔稅款，並依法定稅率及年度月份比例分算稅額。

十六、稅費負擔之約定

土地增值稅應於使用執照核發後申報，並以使用執照核發日之當年度公告現值計算增值稅，其逾三十日申報者，以提出申報日當期之公告現值計算增值稅，由賣方負擔，但

買方未依規定備妥申辦文件,其增加之增值稅,由買方負
擔。

產權登記規費、印花稅、契稅、代辦手續費、貸款保險費
及各項附加稅捐由買方負擔。但起造人為賣方時,建物所
有權第一次登記規費及代辦手續費由賣方負擔。

公證費由買賣雙方各負擔二分之一,但另有約定者從其約
定。

應由買方應繳交之稅費,買方於辦理產權登記時,應將此
等費用全額預繳,並於點交時結清,多退少補。

十七、規格誤差之處理

平面式停車位之竣工規格尺寸,誤差在百分之二以下且長
未逾十公分、寬未逾五公分、高未逾五公分者,視為符合
規格。

機械式停車位其因誤差在百分之一以下且長未逾五公
分、寬未逾二公分、高未逾二公分者,視為符合規格。

竣工規格尺寸產生誤差,致規格尺寸之減少超過上述標準
者,買方得解除契約,或請求減少價金。但依情形,解除
契約顯失公平者,買方僅得請求減少價金。

十八、產權糾紛之處理

賣方保證產權清楚,絕無一物數賣或無權占有他人土地。
訂約後如有上述糾紛致影響買方權利時,買方得定相當期
限催告賣方解決,倘逾期賣方仍不解決時,買方得解除本
契約,雙方並同意依違約之處罰規定處理。

依前項解約時賣方應將所收價款按法定利息計算退還買
方。

十九、財務糾紛之處理及他項權利清理之時機

賣方與工程承攬人或第三人發生財務糾紛,賣方應於產權
移轉登記前解決。

賣方曾設定他項權利予第三人時，賣方應於取得買方之貸
款時，即負責清理塗銷之。倘逾前述期限仍未解決，買方
得解除本契約，雙方並同意依違約之處罰規定處理。

依前二項解約時賣方應將所收價款按法定利息計算退還
買方。

二十、違約之處罰

賣方違反「主要建材及其廠牌、規格」、「開工及取得使用
執照期限」、「產權糾紛之處理」、「財務糾紛之處理及他項
權利清理之時機」之規定者，買方得解除本契約。解約時
賣方除應將買方已繳之停車位價款及遲延利息全部返還
買方外，並應同時賠償停車位總價款百分之○○（不得低
於百分之十五）之違約金。但該賠償之金額超過已繳價款
者，則以已繳價款為限。

買方違反有關「付款條件及方式」之規定者，賣方得沒收
依停車位總價款百分之○○（最高不得超過百分之十五）
計算之金額。但該沒收之金額超過已繳價款者，則以已繳
價款為限，買賣雙方並得解除本契約。

買賣雙方當事人除依前二項之請求外，不得另行請求損害
賠償。

貳、不得記載事項

一、不得約定廣告僅供參考。

二、不得使用未經明確定義之「使用面積」、「受益面積」、「銷售面
積」名詞，如有使用「使用面積」、「受益面積」、「銷售面積」
名詞，須以不小於表示面積之字體註明其意義。

三、不得約定繳回預售停車位買賣契約書。

四、不得約定請求超過民法第二百零五條所訂百分之二十年利率之
利息。

五、不得為其他違反強制或禁止規定之約定。

六、不得約定拋棄審閱期間。

肆、成屋買賣契約書範本（90.7.11.公告頒行）

契約審閱權

契約於中華民國○○○○年○○○○月○○○○日

經買方攜回審閱○○○日（契約審閱期間至少五日）

買方簽章：

賣方簽章：

立契約書人 買方○○○ 賣方○○○ 茲為下列成屋買賣事宜，雙方同意簽訂本契約，協議條款如下：

第一條 買賣標的

成屋標示及權利範圍：已登記者應以登記簿登載之面積為準。

土地標示	土地坐落（ 縣 市）				面 積				權利範圍	使用分區種類或編定用地種類	備註
	鄉鎮市區	段	小段	地號	公頃	公畝	平方公尺	平方公寸			

建物標示	建號	建物門牌（ 縣 市）								建物面積（平方公尺）					附屬建物		權利範圍	用途	共同使用部分建號	應有部分面積	有分	備註
		鄉鎮市區	路	街	段	巷	弄	號	樓	層	層	層	層	層	合計	用途	面積（平方公尺）					

本買賣範圍包括共同使用部分之應有部分在內，房屋現況除水電、門窗及固定設備外，買、賣雙方應於建物現況確認書互為確認（附件一），賣方於交屋時應維持原狀點交。

第二條　價款議定

本買賣總價款為新台幣○○○○○○○○○○○元整。土地、建物及車位價款分別如下：

一、土地價款：新台幣○○○○○○○○○○○元整。

二、建物價款：新台幣○○○○○○○○○○○元整。

三、車位價款：土地部分新台幣○○○○○○○○○○元整。

建物部分新台幣○○○○○○○○○○○元整。

第三條　付款約定

買方應支付之各期價款，雙方同意於○○○○○（地址：○○○○○○○○），以 □各該期付款日當天之即期支票 □現金　交付賣方。

付款期別	約定付款金額	應同時履行條件	備註
簽約款	新　臺　幣　　　元	於簽訂本契約同時由買方支付之（本款項包括已收定金_____元）。	
備證款	新　臺　幣　　　元	於_____年_____月_____日，賣方備齊所有權移轉登記應備文件同時，本期價款由買方支付之。	
完稅款	新　臺　幣　　　元	於土地增值稅、契稅稅單核下後，經_____通知日起_____日內，本期價款由買方支付之；同時雙方應依約繳清稅款。	
交屋款	新　臺　幣　　　元	無貸款者，於辦妥所有權移轉登記後，經通知日起____日內，本期價款由買方支付之。同時點交建物。 □有貸款者，依第四條約定。	

賣方收取前項價款時，應開立收據交買方收執。

第四條　貸款處理之一

買方預定貸款新臺幣○○○○○○○○○○○元抵付部分買賣價款，並依下列規定辦理貸款、付款事宜：

一、買方應於交付備證款同時提供辦理貸款必備之文件及指定融資貸款之金融機構；未指定者，得由賣方指定之。

二、貸款金額少於預定貸款金額時，應依下列方式處理：

　　㈠核貸金額不足抵付時，買方應於貸款核撥同時以現金一次補足。

　　㈡因可歸責於買方事由，致貸款無法獲准時，買方應於○○○○○通知日起十日內以現金一次付清或經賣方同意分期給付。

前項貸款因金融政策變更或其他不可歸責買方之事由而無法辦理貸款時，除本契約另有約定外，雙方同意解除契約，賣方應將已收之價款無息退回買方。

賣方因債務關係提供本買賣標的物設定之抵押權，其所擔保之未償債務（金額：新臺幣○○○○○元），依下列約定方式處理：

□賣方應於交付交屋款前清償並塗銷抵押權。

□買方承受者，雙方應以書面（附件二承受原貸款確認書）另為協議並確認承受日期、承受貸款金額並自價款中扣除，承受日前之利息、遲延利息、違約金由賣方負擔，自承受日起之利息由買方負擔。

□（買賣雙方自行約定）○○○○○○○○○○○○○○。

第五條　貸款處理之二

買方應於交付完稅款同時開立與未付價款同額且註明「禁止背書轉讓」之本票（號碼：○○○○○○○）或提供相當之擔保予賣方；買方並應依○○○○○通知之日期親自完成辦理開戶、對保並授權金融機構將核貸金額逕予撥入賣方指定之帳戶或由○○○○○通知雙方會同領款交付，賣方收受該價款時應將本票返還買方或解除擔保。買方未依約交付未付價款，經催告仍拒絕履行者，賣方得行使本票或擔保權利。

第六條　產權移轉

雙方應於備證款付款同時將移轉登記所須檢附之文件書類備齊，並加蓋專用印章交予○○○專責辦理。

本件所有權移轉登記及相關手續，倘須任何一方補繳證件、用印或為其他必要之行為者，應無條件於○○○通知之期日內配合照辦，不得刁難、推諉或藉故要求任何補貼。

買方於簽約時如指定第三人為登記名義人，應於交付必備文件前確認登記名義人，並提出以第三人為登記名義人聲明書

（附件三），該第三人應在該聲明書上簽名。第三人　□同意　□不同意　與本契約買方所未履行之債務負連帶損害責任。

辦理所有權移轉時，除本契約另有約定外，依下列方式辦理：

一、申報移轉課稅現值：

　　□以本契約第二條之土地及建物價款申報。

　　□以○○年度公告土地

二、公定契約書買賣價格：

　　□以本契約第二條之土地及建物價款申報。

　　□以○○年度公告土地

三、賣方若主張按自用住宅用地優惠稅率課徵土地增值稅時，應於契約書內（附件四：按優惠稅率申請核課土地增值稅確認書）另行確認後，據以辦理之。

第七條　稅費負擔

本買賣標的物應繳納之地價稅、房屋稅、水電費、瓦斯費、管理費、公共基金等稅費，在土地、建物點交日前由賣方負責繳納，點交日後由買方繳納；前開稅費以點交日為準，按當年度日數比例負擔之。

辦理產權移轉時、抵押權設定登記應納之印花稅、登記規費、火災保險費、建物契稅等由買方負擔。

土地增值稅由賣方負擔；如有延遲申報而可歸責於買方之事由，其因而增加之土地增值稅部分由買方負擔。

簽約前如有已公告徵收工程受益費應由賣方負責繳納。其有未到期之工程受益費

☐由買方繳納者，買方應出具續繳承諾書。

☐由賣方繳清。

本買賣契約有關之稅費、代辦費，依下列約定辦理：

一、簽約費

　　☐由買賣雙方各負擔新臺幣○○○元，並於簽約時付清。

　　☐○○○○○○○○○○○○○○○○○○○○○○○○。

二、所有權移轉代辦費新臺幣○○○○○○○○○元

　　☐由買方負擔。

　　☐由賣方負擔。

　　☐由雙方當事人平均負擔。

三、如辦理公證者，加收辦理公證之代辦費新台幣○○○○
　　○○○○○元

　　☐由買方負擔。

　　☐由賣方負擔。

　　☐由雙方當事人平均負擔。

四、公證費用

　　☐由買方負擔。

　　☐由賣方負擔。

　　☐由雙方當事人平均負擔。

五、抵押權設定登記或抵押權內容變更登記代辦費新台幣○
　　○○○○○○○○元

　　☐由買方負擔。

　　☐由賣方負擔。

　　☐由雙方當事人平均負擔。

六、塗銷原抵押權之代辦費新台幣○○○○○○○○○○元，
由賣方負擔。

七、如有其他未約定之稅捐、費用應依有關法令或習慣辦理。
前項應由賣方負擔之稅費，買方得予代為繳納並自未付
之價款中憑單抵扣。

第八條　點交

本買賣成屋，應於

□尾款交付日

□貸款撥付日

□○○年○○月○○日

由賣方於現場點交買方或登記名義人，賣方應於約定點交日
前搬遷完畢。點交時，如有未搬離之物件，視同廢棄物處理，
清理費用由賣方負擔。

關於本買賣標的物如有使用執照（或影本）、結構圖及管線配
置圖或使用現況之分管協議、住戶規約、大樓管理辦法、停
車位使用辦法、住戶使用維護手冊等文件，賣方除應於訂約
時將其情形告知買方外，並應於買賣標的物點交時一併交付
予買方或其登記名義人，買方或其登記名義人應繼受其有關
之權利義務。

賣方應於點交前將原設籍於本買賣標的之戶籍、公司登記、
營利事業登記、營業情形等全部遷離。其如未如期遷離致買
方受有損害者，賣方負損害賠償責任。

第九條　擔保責任

賣方擔保本標的物產權清楚，並無一物數賣、被他人占用或
占用他人土地等情事，如有出租、設定他項權利或債務糾紛
等情事，賣方應於完稅款交付日前負責理清，但本契約另有
約定者，從其約定。

有關本標的物之瑕疵擔保責任，悉依民法及其他有關法令規

定辦理。

第十條　違約罰則

賣方違反前條第一項約定，致影響買方權利時，買方得定相當期限催告賣方解決，逾期仍未解決者，買方得解除本契約。解約時賣方除應將買方已付之房地價款並附加法定利息全部退還買方外，並應按房地總價款百分之十五支付違約金。但該賠償之金額超過已付價款者，則以已付價款為限，買方不得另行請求損害賠償。

買方逾期達五日仍未付清期款或已付之票據無法兌現時，買方應按逾期期款部分附加法定利息於補付期款時一併支付賣方，如逾期一個月不付期款或遲延利息，經賣方以存證信函或其他書面催告，經送達逾七日內仍未支付者，賣方得解除契約並沒收已付價款充作違約金，但所該沒收之已付價款以不超過房地總價款百分之十五為限，賣方不得另行請求損害賠償。

除前二項之事由應依本條約定辦理外，因本契約所生其他違約事由，依有關法令規定處理。

第十一條　其他約定

履行本契約之各項通知均應以契約書上記載之地址為準，如有變更未經通知他方或○○○○○，致無法送達時（包括拒收），均以第一次郵遞之日期視為送達。

因本契約發生之爭議，雙方同意

□依仲裁法規定進行仲裁。

□除專屬管轄外，以雙方不動產所在地之法院為第一審管轄法院。

本契約所定之權利義務對雙方之繼受人均有效力。

建物被他人占用之情形：

占用他人土地之情形：

出租或出借情形：

第十二條　契約分存

本契約之附件及廣告為本契約之一部分。

本契約如有未盡事宜，依有關法令、習慣及誠實信用原則公平解決之。

本契約壹式兩份，雙方各執乙份為憑。副本由○○○○○留存。

立契約人

　　　　買方：○○○　　　（簽章）

　　　　國民身分證統一編號：

　　　　地址：

　　　　電話：

　　　　賣方：○○○　　　（簽章）

　　　　國民身分證統一編號：

　　　　地址：

　　　　電話：

見證人

　　　　姓名：○○○　　　（簽章）

　　　　國民身分證統一編號：

　　　　地址：

　　　　電話：

　　　　姓名：○○○　　　（簽章）

　　　　國民身分證統一編號：

　　　　地址：

電話：

中　　華　　民　　國　　○○年　　○○月　　○○日

簽約注意事項

一、買賣意義

　　稱買賣者，謂當事人約定一方移轉財產權於他方，他方支付價金之契約（民法第三四五條）。當事人就標的物及其價金互為同意時，買賣契約即為成立。故買受人為支付價金之人，出賣人為負移轉標的物之人。民間一般契約多以甲方、乙方稱呼之，為使交易當事人直接、清楚理解自己所處之立場與權利義務關係，乃簡稱支付價金之買受人為買方，負移轉標的物之出賣人為賣方。

二、買賣標的

　　㈠土地、建物標示採表格化，以利填寫。建物、基地之權利範圍、面積，常因筆誤肇致與登記簿登載不符，故明示不符時，以登記簿為準，以杜糾紛。

　　㈡由於契約書之應記載事項繁多，為防止填寫筆誤或疏漏，建議將土地使用分區證明書、土地、建物權狀影本（或登記簿謄本）、共同使用部分附表、車位種類、位置、分管協議、住戶規約等重要文件列為本契約之附件，視為契約之一部分。

　　㈢樓頂平台、法定空地、露台等約定專用部分，宜特別註明，如有分管協議或住戶規約者宜列為附件。

　　㈣買賣雙方對於買賣標的物是否包含違章建物、冷氣、傢俱……或其他附屬設備等，時有爭執，本契約範本乃設計「建物現況確認書」，由買賣雙方互為確認，以杜糾紛。

（五）未依法申請增、加建之建物（定著物、工作物）仍得為買賣標的；惟政府編撰之契約書範本不鼓勵違章建築物之買賣，故未於契約本文明示，而移列於「建物現況確認書」。

（六）買賣標的之價值或其通常之效用，有滅失或減少之瑕疵，除當事人有免除擔保責任之特約外，出賣人應負法律上之擔保責任，為釐清瑕疵擔保責任歸屬，關於違章建物、房屋漏水……等瑕疵，由買賣雙方於「建物現況確認書」確認之。

（七）所有權人於公寓大廈有數專有部分者，於部分移轉時（如二戶僅移轉一戶）其基地之應有部分多寡，依內政部八十五年二月五日台（八五）內地字第八五七八三九四號函規定，係由當事人自行約定，惟不得約定為「零」或「全部」。然為防止基地應有部分不足致買方申請貸款被金融機構駁回等情事，買賣雙方於訂約時應查明基地應有部分比例是否合理、相當，以維護買方權益。

（八）由於停車位之登記方式不一，故簽約時應查明停車位之產權登記方式、有無分擔基地持分等事實。

三、價款議定

（一）本契約範本例示土地、房屋分別計價，有益建立土地及房屋各自之交易價格資訊，又分開計，房屋再出售時，本契約書得為財產交易所得之原始取得憑證，倘僅列明買賣總價，依財政部規定，出售時，必須按公告土地現值與房屋評定現值之比例計算房屋交易價格。

（二）車位買賣時，其標的或為所有權或為使用權，或有分配基地應有部分，或無分配基地應有部分，因其態樣繁多，難以列舉，故車位僅以土地、建物分別計價。

（三）賣方為法人時，其建物價金應註明營業稅內含或外加。

（四）如買賣標的包含違章建築，或整幢透天厝之空地、一樓前後院

空地有被占用者，雙方得預為議定其扣減之價額，俾利違章建築物於交屋前被拆除或被占用部分無法於限期交付使用時，買方得自買賣總價額中扣除減損標的物效用之價值。

四、付款約定

㈠明訂給付之內容、期間與對待給付之條件，俾利雙方履行。並依一般交易習慣，買方按簽約、備證、完稅、交屋四期付款；賣方則同時履行其相對義務。

㈡民法第二四九條第一款規定「契約履行時，定金應返還或作為給付之一部」，故明定第一次款包含定金在內，以杜買賣價金是否包括定金之爭議。

㈢關於各項付款之期間或對待給付之相對條件僅為例示性質，當事人得斟酌「同時履行」原則，按實際需要增減之。

五、貸款處理

㈠基於確保交易安全及衡平原則，一般交易習慣，多由買方開立與未付款同額之本票作為擔保；惟行政院公平交易委員會第三二四次委員會議決議，賣方應提供買方合理之選擇餘地，故本契約範本提示買方得開立本票或提供相當之擔保，俟核貸撥付賣方帳戶或雙方「會同」領款時，賣方即應將本票返還買方。設若買方屆時未履行債務，賣方得依票據法或民法規定，聲請法院裁定對買方之財產進行強制執行。

㈡買方應衡量個人債信及先向金融機構洽辦貸款額度。

㈢買賣標的物原已設定抵押權者，此乃權利之負擔，依契約之本旨原係以無負擔之完整所有權為交易標的者，即構成權利瑕疵，依民法第三四九條規定，原則上，賣方應先塗銷原有抵押權；惟實務上，賣方以自行提供之資金清償債務，尚不多見，故買賣雙方宜於附件「買方承受原貸款確認書」簽字確認，以明責任歸屬，並提示買方應為債務人變更等行為，以保障其權

利。

(四)有關賣方所投保之火災保險，賣方如未辦理退保，於房屋所有
　　權移轉於買方時，可由買方繼受取得。

六、產權移轉

(一)課稅標準、買賣價格攸關稅費負擔之多寡，其申報日期、申報
　　價格等允宜於契約書中約定。

(二)自用住宅用地優惠稅率，係以實際使用狀態予以認定，賣方若
　　主張享受優惠稅率，專業代理人應告知賣方有關法令規定並事
　　先查明是否符合面積限制、設籍限制、出租營業限制、一人一
　　生享受一次之限制。倘經稅捐機關否准其申請時，賣方同意按
　　一般稅率繳納土地增值稅與否，均允宜事前約定。

七、稅費負擔

(一)依法令規定及民間慣例確立買賣雙方應負擔之稅費。

(二)土地增值稅係配合本契約範本第七條約定之產權移轉時間計
　　算，如有延遲申報，而可歸責於買方之事由，其因而增加之稅
　　費由買方負擔。

八、房地點交

公寓大廈管理條例第二十四條規定「區分所有權人之繼受人應繼
受原區分所有權人依本條例或規約所定之一切權利義務」。但公
寓大廈管理條例施行前，公寓大廈之分管協議依大法官會議決議
第三四九號解釋，賣方如未向買方明示，且買方亦無可得而知之
情形，買方得不受其拘束，故有關分管協議、住戶公約等宜列入
交待。

九、擔保責任

民法第三四八條至第三六六條明定賣方應於產權移轉登記前排
除任何瑕疵，確保買方完整取得產權及使用權。

十、違約罰則

㈠訂定契約之目的在於求某種契約內容之實現，而違約金者，乃以確保債務之履行為目的。違約金之種類可包括損害賠償預定性違約金與懲罰性違約金兩種。民法第二五○條第二項規定之違約金係以損害賠償額預定性質為原則，本契約範本從之。但當事人仍得依契約自由原則訂定懲罰性違約金。

㈡以往為促使契約內容之實現，其懲罰性之違約金多以已收價款總數或加倍為之，依契約自由原則而論，當事人約定之金額，無論高低，皆有其自由；然我國民法基於保護債務人經濟能力之考量，倘訂約之際債權人要求之違約金過高時，允許法院為酌減（民法第二五二條參照）。又內政部頒行之「預售屋買賣契約書範本」及消基會版範本為保護較無經驗之消費者權益，其違約金屬於損害賠償預定性質，並分別以房地買賣總價百分之二十為上限；惟本契約範本設定之適用對象非企業經營者，適用民法債編之規定，基於衡平原則，違約金未採用酌減規定。若企業經營者採用本契約範本為定型化契約者，適用消費者保護法，基於保護消費者權益之考量，其違約金宜酌予降低。

十一、其他約定

㈠買賣雙方履行契約之各項權利義務皆由專業代理人代為通知雙方，專業代理人多採用非對話之意思表示，其意思表示，以通知到達相對人時，發生效力，惟為慎重起見宜以「存證信函」方式通知，以利到達時間之舉證及避免糾紛。

㈡諸如下列特殊情形者，應依相關法令規定處理：

　1.父母處分其未成年子女之財產。

　2.法人處分財產。

　3.土地法第三十四條之一、第一○四條、第一○七條優先購買權。

㈢上述特殊情形依土地登記規則應由申請人切結負責事項，專

業代理人基於善良管理人之注意及為避免訟端，專業代理人在處理有關案件時，應將各項法律關係詳為告知買賣雙方，並由賣方於辦理移轉登記前依有關程序辦理。

㈣房屋有被他人占用或占用他人土地或出租之情形，買賣雙方協議內容應於第十一條載明。

十二、契約分存

㈠民法第一百四十八條第二項規定「行使權利，履行義務，應依誠實及信用方法」，乃適用於任何權利行使及義務之履行，故如有未盡事宜，悉依誠實信用原則處理。

㈡契約附件種類，諸如：權狀影本、登記簿謄本、規約、車位分管協議書等。企業經營者採用本契約範本時，應向消費者說明附件之內容及效力，經消費者充分瞭解、確認，以杜糾紛。

十三、買賣若透過仲介業務之公司（或商號）辦理者，應由該公司指派經紀人於本契約簽章。（不動產經紀業管理條例第二十二條）

附件一　建物現況確認書

項次	內容	是否	備註說明
1	是否有包括未登記之改建、增建、加建、違建部分： □壹樓○○○○○○○平方公尺 □○○○樓○○○○○平方公尺 □頂樓○○○○○○○平方公尺 □其　他○○○○○平方公尺	□□	若為違建（未依法申請增、加建之建物），賣方應確實加以說明使買方得以充分認知此範圍隨時有被拆除之虞或其他危險。
2	□地上　　　□平面式 車位情況為□地面第○○層□機械式車位編號：○○號 □地下　　　□其他（　　　　　　）		有關車位之使用方式，依本契約第八條第二項規定。 所稱機械式係指有上下

	☐有 ☐無有獨立權狀 是否檢附分管協議及圖說	☐☐	車位，須以機械移動進出者。
3	是否有滲漏水之情形，滲漏水處：＿＿＿＿＿＿＿＿。 若有滲漏水處，買賣雙方同意：☐以現況交屋 ☐賣方修繕後交屋	☐☐	
4	是否曾經做過輻射屋檢測，檢測結果：＿＿＿＿＿＿。 輻射是否異常☐是 ☐否 ☐以現況交屋 ☐賣方修繕後交屋	☐☐	民國七十一年至七十三年領得使用執照之建築物，應特別留意檢測。如欲進行改善，應向行政院原子能委員會洽詢技術協助。
5	是否曾經做過海砂屋檢測（氯離子檢測事項） 檢測結果：＿＿＿＿＿＿＿＿＿＿＿＿。	☐☐	參考值：依 CNS 3090 規定預力混凝土為 0.15 kg／m³，鋼筋混凝土為 0.3 kg／m³。
6	本建物（專有部分）於賣方產權持有期間是否曾發生兇殺或自殺致死之情事	☐☐	
7	是否有消防設施 若有，項目：(1)＿＿＿＿(2)＿＿＿＿(3)＿＿＿＿。	☐☐	
8	自來水及排水系統經雙方當場檢驗是否正常，若不正常， 由☐買方 ☐賣方負責維修	☐☐	
9	現況是否有出租或有被他人占用之情形，若有，則 ☐終止租約 ☐賣方應於交屋前☐拆除 ☐排除 ☐以現況交屋 ☐買賣雙方另有協議＿＿＿＿。	☐☐	
10	現況是否占用他人土地之情形，若有，則 ☐終止租約 ☐賣方應於交屋前☐拆除 ☐排除 ☐以現況交屋 ☐買賣雙方另有協議＿＿＿＿。	☐☐	
11	是否約定專用部分☐有(詳見住戶規約) ☐無	☐☐	

12	是否有住戶規約□有(檢附住戶規約)□無	□□	檢附住戶規約
13	是否有管理委員會統一管理 若有，管理費為□月繳_____元□季繳_____元□年繳_____元□其他_____。	□□	
14	下列附屬設備□計入建物價款中，隨同建物移轉 □不計入建物價款中，由賣方無償贈與買方 □不計入建物價款中，由賣方搬離 □冷氣____台 □沙發____組 □床頭____件 □熱水器____台 □窗簾____組 □燈飾____件 □梳妝台____件 □排油煙機 □流理台 □瓦斯爐□天然瓦斯（買方負擔錶租保證金費用）　□電話：____具（買方負擔過戶費及保證金）□其他_____。		

　　注意：一、買方對本成屋是否為輻射屋或海砂屋（氯離子檢測事項）有疑義時，應於簽定契約後支付第二期款前（或一個月內）自行檢測之；買方（檢測人員）為前項之檢測時，賣方不得拒絕其進入。

　　　　　二、輻射屋檢測，輻射若有異常，應洽請行政院原子能委員會確認是否為輻射屋。海砂屋檢測，海砂屋含氯量，將因採樣點及採樣時間之不同而異，目前海砂屋含氯量尚無國家標準值。

其他重要事項：

1.

2.

3.

　　　　　　　　賣方：○○○　　　　　（簽章）
　　　　　　　　買方：○○○　　　　　（簽章）
　　　　　　　　簽章日期：○○年○○月○○日

附件二　承受原貸款確認書

　　本件買賣原設定之抵押權之債務，承受情形如下：

　　1.收件字號：　　　年　　　月　　　日　　　　地政事務所登字第　　　　　號

　　2.抵押權人＿＿＿＿＿＿＿＿＿＿。

　　3.設定金額：＿＿＿＿＿＿＿＿＿＿＿＿＿＿元整

　　4.約定時買方承受本件抵押權所擔保之未償債務（本金、遲延利息）金額新台幣＿＿＿＿＿＿＿＿＿。

　　5.承受日期＿＿＿年＿＿＿月＿＿＿日。

　　6.債務承受日期前已發生之利息、遲延利息、違約金等概由賣方負擔。

　　7.買受人承受債務後是否享有優惠利率，應以買受人之資格條件為斷。

　　　　　　　　賣方：○○○　　　　（簽章）

　　　　　　　　買方：○○○　　　　（簽章）

　　　　　　　　簽章日期○○年○○月○○日

附件三　以第三人為登記名義人聲明書

　　茲指定＿＿＿＿＿＿＿＿（身分證字號＿＿＿＿＿＿）為登記名義人，登記名義人應與買方負連帶履行本契約之義務。

　　　　　　　　買　　　方：○○○　　　　（簽章）

　　　　　　　　登記名義人：○○○　　　　（簽章）

簽章日期〇〇年〇〇月〇〇日

附件四　按優惠稅率核課土地增值稅確認書

賣方主張按自用住宅用地優惠稅率申請核課土地增值稅。但經稅捐稽徵機關否准其申請者，賣方同意即以一般稅率開單繳納之。以上事項確認無誤。

確認人：〇〇〇　　　　（簽章）

簽章日期〇〇年〇〇月〇〇日

伍、房屋租賃契約書範本（91.1.30.公告頒行）

契約審閱權

本契約於中華民國〇〇年〇〇月〇〇日經承租人攜回審閱（契約審閱期間至少為五日）

出租人簽章：〇〇〇

承租人簽章：〇〇〇

立契約書人 出租人〇〇〇 承租人〇〇〇 茲為房屋租賃事宜，雙方同意本契約條款如下：

第一條　　房屋標示及租賃範圍

房屋標示：

所有權人	縣市	市區鄉鎮	路街	段	巷	弄	號	樓	地下室	建築物完成日期	租賃範圍	面積（平方公尺）	建號	權利範圍	有無設定抵押權、查封登記或其他物權之設定	有無租賃或占用之情形	備註
										民國　年　月　日	主建物						
											附屬建物						
											共用部分						

　　車位：地上（面、下）第〇〇層　□平面式　□機械式

　　　　　□坡道式　□升降式停車位編號第〇〇號車位。

租賃範圍：

房屋□全部　□〇〇樓　□房間〇〇間　□第〇〇室。

車位□全部　□〇〇〇（□日間□夜間）。

其他：〇〇〇〇〇〇〇〇〇〇〇〇〇〇〇〇〇〇〇。

第二條　租賃附屬設備

除另有清單外，租賃之附屬設備有：

□電　視〇〇台　□冰　箱〇〇台　□冷氣〇〇台

□沙　發〇〇組　□床　組〇〇套　□窗簾〇〇組

□燈　飾〇〇件　□梳妝台〇〇件

□電　話〇〇具（號碼：〇〇〇〇〇〇〇〇〇）

□熱水器〇〇台　□排油煙機　　　□流理台

□瓦斯爐　□天然瓦斯／桶裝瓦斯□其他〇〇〇〇〇〇。

第三條　租賃期間

租賃期間自民國○○年○○月○○日起至民國○○年○○月○○日止。

第四條　租金約定及支付

每月應繳月租金新台幣○○○○○○元整，並於每月○○日前支付，承租人不得藉任何理由拖延或拒絕，出租人亦不得任意要求調整租金。

第五條　擔保金（押金）約定及返還

擔保金新台幣○○○○○○元整。承租人應於簽訂本契約之同時給付出租人。

前項擔保金，除有第十六條之情形外，出租人應於租期屆滿，承租人交還房屋時返還之。

第六條　押租金方式給付租金

押租金新台幣○○○○○○元整。承租人應於簽訂本契約之同時給付出租人；押租金給付後，承租人

□應另支付租金□擔保金。

□不另支付租金□擔保金。

前項押租金，出租人應於租期屆滿，承租人依約履行債務並交還房屋時無息返還之。

第七條　租賃期間相關費用之支付

租賃期間，使用房屋所生之相關費用：

一、公共基金：

　　□由承租人負擔

　　□由出租人負擔

　　□○○○○○○

二、管理費

　　□由承租人負擔

　　□由出租人負擔

　　　　　　□○○○○○○

　　　三、租賃契約成立前應繳之相關費用由出租人負擔；租
　　　　　賃契約成立後公共基金由□承租人□出租人負擔。

第八條　稅費負擔

本租賃契約有關稅費、代辦費，依下列約定辦理：

一、房屋稅、地價稅由出租人負擔。

二、承租人營業所須繳納稅捐由承租人自行負擔。

三、銀錢收據之印花稅由出租人負擔。

四、簽約代辦費，新台幣○○○○○○元
　　　□由出租人負擔。
　　　□由承租人負擔。
　　　□由雙方當事人平均負擔。
　　　□○○○○○○○○○。

五、如辦理公證，其代辦費新台幣○○○○○○元。
　　　□由出租人負擔。
　　　□由承租人負擔。
　　　□由雙方當事人平均負擔。
　　　□○○○○○○○○○。

六、公證費，新台幣○○○○○○元
　　　□由出租人負擔。
　　　□由承租人負擔。
　　　□由雙方當事人平均負擔。
　　　□○○○○○○○○○。

七、仲介費，新台幣○○○○○○元
　　　□由出租人負擔。
　　　□由承租人負擔。
　　　□由雙方當事人平均負擔。
　　　□○○○○○○○○○。

八、其他：○○○○○○○○○○○○○○○○○。

第九條　使用房屋之限制

本房屋係供○○○○○○○○○○之使用。

承租人同意遵守住戶規約，不得違法使用，或存放危險物品，影響公共安全。

未經出租人同意，承租人不得將房屋全部或一部分轉租、出借或以其他方式供他人使用，或將租賃權轉讓於他人。

第十條　修繕及改裝

房屋損壞而有修繕之必要時，應由□承租人□出租人負責修繕。

房屋有改裝設施之必要，經出租人同意，承租人得依相關法令自行裝設。

前項情形承租人返還房屋時，□應負責回復原狀　□○○○○○○○。

第十一條　承租人之責任

承租人應以善良管理人之注意保管房屋，如違反此項義務，致房屋毀損或滅失者，應負損害賠償責任。

第十二條　房屋部分滅失

租賃關係存續中，因不可歸責於承租人之事由，致房屋之一部滅失者，承租人得按滅失之部分，請求減少租金。

前項情形減少租金無法議定者，承租人得終止租賃契約。

第十三條　租期屆滿

本契約，□出租人□承租人於期限屆滿前，□不得終止租約□得終止租約。

依前項約定期前終止租約者，應於□二星期前□一個月前□○○○月前通知之。

第十四條　**租賃物之返還**

租賃契約終止時，承租人應即將房屋返還出租人，不應藉詞推諉或主張任何權利。

承租人未即時遷出返還房屋時，出租人每月得向承租人請求按照月租〇〇〇倍支付違約金至遷讓完竣，承租人及保證人不得有異議。

第十五條　**房屋所有權之讓與**

出租人於房屋交付後，承租人占有中，縱將其所有權讓與第三人，其租賃契約對於受讓人仍繼續存在。

前項規定，於未經公證之房屋租賃契約，其期限逾五年或未定期限者，不適用之。

第十六條　**其他約定**

公證書載明金錢債務逕受強制執行時，如有保證人者，其效力亦及於保證人。

承租人如於租賃期滿或租賃契約終止後不交還房屋，或不依約給付租金，或違約時不履行違約金，應逕行受強制執行。

出租人如於租賃期滿或終止時，已收之保證金經扣抵積欠之租金或費用後，未將剩餘部分返還者，應逕受強制執行。

第十七條　**遺留物之處理**

承租人遷出時，如有遺留物品者，任由出租人處理，其處理所需費用，由擔保金先行扣抵，如有不足由承租人補足，承租人不得異議。

租賃期滿或契約終止後，承租人未返還租賃物，如有未搬離之物件，視同廢棄物處理，清理費用由承租人負擔。

第十八條　**送達及不能送達之處置**

出租人與承租人雙方相互間之通知，應以本契約所載
之地址為準，其後如有變更未經書面告知他方，致無
法送達或拒收者，以郵局第一次投遞之日期為合法送
達之日期。

第十九條　出租人終止租約

承租人有下列情形之一者，出租人得終止租約：

一、遲付租金之總額達二個月之租額，並經出租人定
　　相當期間催告，承租人仍不為支付者。

二、違反第九條規定而為使用者。

三、違反第十條第二項規定而為使用者。

四、承租人積欠應分擔或其他應負擔之費用已逾二期
　　或達相當金額，經管理負責人或管理委員會定相
　　當期間催告仍不給付者。

第二十條　承租人終止租約

有下列情形之一者，承租人得終止租約：

一、房屋損害而有修繕之必要時，其應由出租人負
　　責修繕者，經承租人定相當期間催告，仍未修
　　繕完畢。

二、有第十二條第一項情形，減少租金無法議定者，

三、房屋有危及承租人或其同居人之安全或健康之
　　瑕疵時。

第二十一條　疑義處理

本契約各條款如有疑義時，應為有利於承租人之解
釋。

第二十二條　租賃契約之效力

本契約□應辦理公證□不辦理公證。

第二十三條　爭議處理

因本契約發生之爭議，雙方得依下列方式處理：

一、由房屋所在地之不動產糾紛調處委員會調處。

二、由縣市消費爭議調解委員會調解。

三、除專屬管轄外，以房屋所在地之法院為第一審管轄法院。

第二十四條　契約分存

本契約書壹式○○份，由立契約人各執乙份，以昭信守。

第二十五條　未盡事宜

本契約如有未盡事宜，依有關法令、習慣及誠實信用原則公平解決之。

第二十六條　範本之使用

如在契約中表明使用內政部範本，而記載文字與範本不符者，仍以原範本之文字為準。

附件

☐所有權狀影本

☐使用執照影本

☐雙方身分證影本

☐營利登記證影本

☐其他（測量成果圖、室內空間現狀照片）

立契約書人

出租人：○○○　　　（簽章）

國民身分證統一編號：

地址：

電話：

營利事業登記證：（○）字第○○號（公司或商號）

負責人：○○○　　　（簽章）

國民身分證統一編號：

地址：

電話：

承租人：○○○　　　（簽章）

國民身分證統一編號：

地址：

電話：

營利事業登記證：（○）字第○號（公司或商號）

負責人：○○○　　　（簽章）

國民身分證統一編號：

地址：

電話：

保證人：○○○　　　（簽章）

國民身分證統一編號：

地址：

電話：

營利事業登記證：（○）字第○號（公司或商號）

負責人：○○○　　　（簽章）

國民身分證統一編號：

地址：

電話：

不動產經紀人：○○○　　　（簽章）

電話：

地址：

國民身分證統一編號：

經紀人證書字號：

指派簽章之經紀業：○○○　　　（公司或商號）

電話：

地址：

中　華　民　國　〇〇年　〇〇月　〇〇日

簽約注意事項

一、契約審閱權

房屋出租人如為企業經營者與承租人訂立定型化契約前，應有三十日以內之合理期間，供承租人審閱全部條款內容。（消費者保護法施行細則第十一條）

二、稱租賃者，謂當事人約定，一方以物租與他人使用、收益、他方支付租金之契約（民法第四二一條）。當事人就標的物及租金為同意時，租賃契約即為成立。故承租人為支付租金之人，出租人為負交付租賃標的物之人。

三、房屋標示及租賃範圍

出租人應以合於所約定使用、收益之租賃物，交付承租人，並應於租賃關係存續中保持其合於約定使用、收益狀態。（民法第四二三條）

四、租賃附屬設備

租賃標的是否包含其他附屬設備時有爭執，應由雙方互為確認，以杜糾紛。

五、租賃期間

㈠不動產之租賃契約，其期間逾一年者，應以字據訂立之，未以字據訂立者，視為不定期限之租賃。（民法第四二二條）

㈡租賃契約之期限，不得逾二十年，逾二十年者，縮短為二十年。（民法第四四九條第一項）

六、租金約定及支付

（一）承租人應依約定日期，支付租金。無約定者依習慣，無約定亦無習慣者，應於租賃期滿時支付之。如租金分期支付者，於每期屆滿時交付之。（民法第四三九條）

（二）土地法第九十七條第一項之規定，城市地方房屋之租金，以不超過土地及其建築物申報總價額年息百分之十為限。

七、擔保金約定及返還

土地法第九十九條之規定，擔保金以不超過二個月之租金總額為宜，超過部分，承租人得以超過之部分抵付房租。

八、稅費負擔

（一）出租人於租賃物交付後，承租人占有中，縱將其所有權讓與第三人，其租賃契約對於受讓人仍繼續存在。前項規定，於未經公證之不動產租賃契約，其期限逾五年或未定期限者，不適用之。（民法第四二五條）

（二）就租賃物應納之一切稅捐，由出租人負擔。（民法第四百二十七條）

九、使用房屋之限制

（一）住戶規約之內容除公寓大廈管理條例有規定外，尚有住戶共同約定事項。

（二）承租人應依約定方法，為租賃物之使用、收益，無約定方法者，應以依租賃物之性質而定之方法為之。（民法第四三八條第一項）

（三）承租人非經出租人承諾，不得將租賃物轉租於他人。但租賃物為房屋者，除有反對之約定外，承租人得將其一部分，轉租於他人。（民法第四四三條第一項）

十、修繕及改裝

（一）租賃物之修繕，除契約另有訂定或另有習慣外，由出租人負擔。（民法第四二九條第一項）

㈡出租人之修繕義務,在使承租人就租賃物能為約定之使用收益,如承租人就租賃物以外有所增設時,該增設物即不在出租人修繕義務範圍。(六三台上九九)

十一、承租人之責任

㈠承租人應以善良管理人之注意保管租賃物,如違反此項義務,致租賃物毀損滅失者,應負損害賠償責任。(民法第四三二條)

㈡租賃物因承租人之重大過失致失火而毀損滅失者,承租人對於出租人負損害賠償責任。(民法第四三四條)

十二、房屋部分滅失

租賃關係存續中,因不可歸責於承租人之事由,致租賃物之一部滅失者,承租人得按滅失之部分,請求減少租金。前項情形,承租人就其存餘部分不能達租賃之目的者,得終止契約。(民法第四三五條)

十三、租期屆滿

承租人於租賃關係終止後,應返還租賃物。租賃物有生產力者,並應保持其生產狀態,返還出租人。(民法第四五五條)

十四、租賃物之返還

定有期限之租賃契約,如約定當事人之一方於期限屆滿前,得終止租約者,其終止契約應依第四百五十條第三項之規定,先期通知。(民法四五三條)

十五、房屋所有權之讓與

出租人於租賃物交付後,承租人占有中,縱將其所有權讓與第三人,其租賃契約對於受讓人仍繼續存在。前項規定,於未經公證之不動產租賃契約,其期限逾五年或未定期限者,不適用之。(民法第四二五條)

十六、出租人終止租約

㈠租賃物為房屋者，遲付租金之總額達二個月之租額，並經出租人定相當期間催告，承租人仍不為支付者，出租人得終止租約。(民法第四四〇條第二項)

㈡承租未依約定方法使用租賃物，經出租人阻止而仍繼續為之者，出租人得終止契約。(民法第四三八條第二項)

㈢承租人未經出租人承諾將租賃物轉租於他人者，出租人得終止契約。(民法第四四三條第二項)

㈣不定期之房屋租賃，承租人積欠租金除擔保金抵償外達二個月以上時，依土地法第一百條第三款之規定，出租人固得收回房屋。惟該條款所謂因承租人積欠租金之事由收回房屋，應仍依民法第四百四十條第一項規定，對於支付租金遲延之承租人，定相當期限催告其支付，承租人於其期限內不為支付者，始得終止租賃契約。在租賃契約得為終止前，尚難謂出租人有收回房屋請求權存在。(四二台上一一八六)

㈤區分所有權人或住戶積欠應繳納之公共基金或應分擔或其他應負擔之費用已逾二期或達相當金額，經定相當期間催告仍不給付者，管理負責人或管理委員會得訴請法院命其給付應繳之金額及遲延利息。(公寓大廈管理條例第二十一條)

㈥查公寓大廈管理條例第二十一條之規定，區分所有權人或住戶積欠應繳納之公共基金或應分擔或其他應負擔之費用已逾二期或達相當金額，經定相當期間催告仍不給付者，管理負責人或管理委員會得訴請法院命其給付應繳之金額及遲延利息。惟該申請案件法院是否受理或舉證事實法院是否採認，行政機關無從置喙。有關前揭條文所稱「已逾二期」、「達相當金額」及「相當期間催告」等事項，應屬事實舉證，如有爭議，宜請當事人遵循司法途徑為之。(內政部八十六年十一月二十八日台(八六)內營字第八六〇八六四三號函)

十七、疑義處理

　　企業經營者（房屋出租人）與承租人因本契約所發生之消費
　　爭議，依消費者保護法第四十三條及第四十四條規定，承租
　　人得向出租人、消費者保護團體或消費者服務中心申訴；未
　　獲妥適處理時，得向租賃物之直轄市或縣（市）政府消費者
　　保護官申訴；再未獲妥適處理時得向直轄市或縣（市）消費
　　爭議調解委員會申請調解。

十八、租賃契約之效力

　　㈠近年來，國內外交流頻繁，社會結構快速變遷，人際關係日趨
　　　複雜，權益糾紛層出不窮。為確保私權及預防訴訟宜請求公證
　　　人就法律行為或私權事實作成公證書或認證私文書。

　　㈡房屋租賃期限逾五年或未定期限者，租賃契約書未經公證，於
　　　租賃期間房屋所有權讓與第三人，縱然出租人於房屋交付後，
　　　承租人仍占有中，其租賃契約，對於受讓人不存在。（民法第
　　　四百二十五條）

　　㈢為保障私權及預防訴訟，訂立房屋租賃契約時不宜輕率，應由
　　　公證人作成公證書，以杜事後之爭議。

十九、契約分存

　　訂約時務必詳審契約條文，由雙方簽名、蓋章或按手印，並
　　寫明戶籍住址及身分證號碼，以免日後求償無門。

二十、未盡事宜

　　民法第一百四十八條第二項規定「行使權利，履行義務，應
　　依誠實及信用方法」，此乃民法之帝王條款，其適用於任何
　　權利行使及義務之履行，故如有未盡事宜，悉依誠實信用原
　　則處理。

二十一、訂約時應先確定訂約者之身分，如身分證或駕照等身分證明文
　　　　件之提示。未成年人訂定本契約須經法定代理人或監護人之允

許或承認。但已結婚者不在此限。

二十二、出租人是否為屋主或二房東，可要求出租人提示產權證明如所
　　　　有權狀、登記簿謄本或原租賃契約書（應注意其租賃期間有無
　　　　禁止轉租之約定）。

二十三、房屋租賃若透過仲介業務之公司（或商號）辦理者，應由該公
　　　　司（或商號）指派經紀人於本契約簽章。（不動產經紀業管理
　　　　條例第二十二條）

陸、屋委託租賃契約書範本（91.3.13 公告頒行）

契約審閱權

本契約於中華民國○○年○○月○○日經委託人攜回審閱。（契
約審閱期間至少為 3 日）

受託人簽章：○○○　　印

委託人簽章：○○○　　印

　　受託人○○○○○○○○公司（或商號）接受委託人○○○○
○○○○之委託仲介出租下列房屋，經雙方同意訂定本契約條款如
下，以資共同遵守：

第一條　委託租賃之標的及租賃範圍、房屋現況

　　　　一、房屋標示：

所有權人	縣市	市區鄉鎮	路街	段	巷	弄	號	樓	租賃範圍 建築物 完成日期	面積（平方公尺）	建號	權利範圍	有無設定他項權利、權利種類	有無占用之情形	有無租賃或	備註
									民國　年　月　日	主建物						
										附屬建物						
										共用部分						

二、車位：地上（面、下）□坡道式 □平面式　□升降式第○○層 □機械式停

車位第○○層，編號第○○號車位。

三、使用範圍：

㈠房屋□全部□○○樓□房間○○間□第○○○室。

㈡車位□全部□○○○○○（日、夜間）。

㈢其他：○○○○○○○○○○○○○○○○○○○。

四、房屋現況

□房屋所有權人自行使用。

□現為空屋無人使用。

□現有○○○○○承租，租期至○○年○○月○○日屆滿，由委託人負責令其遷離。

□其他○○○○○○○○○○○○○○○○○○○○○○○○○。

第二條　租賃標的附屬設備

租賃之附屬設備有：

□電視○○台　　□冰　箱○○台　　□冷　氣○○台

□中央空調系統　□沙　發○○組　　□床　組○○套

□窗簾○○組　　□燈　飾○○件　　□梳妝台○○件

□電話○○具　　□熱水器○○台　　□排油煙機

□流理台　　　　□瓦斯爐　　　　　□天然瓦斯

□其他○○○○。

第三條　委託期間

委託期間自民國○○年○○月○○日起至○○年○○月

○○日止。

第四條　委託租賃之主要條件

一、租金：

每個月新台幣＿＿＿＿＿＿＿元整，每期收款 □○○○年
□○○個月份

　　　　　　　　　□現金
租金以 □票據○○○○○收取租金。
　　　　　　　　　□○○○○○○○

二、□擔保金新台幣○○○○○○元整。

三、□押租金新台幣○○○○○○元整，□不另收租金。
　　　　　　　　　　　　　　　　　□另　收　租　金。

四、本房屋係出租供○○○○○○之使用。

　　□得轉租。
　　□不得轉租。

五、租賃期間為 □○○○年
　　　　　　　　□○○○月。

六、○○○○○○○○○○○○○○○○○○○○○○。

第五條　服務報酬

受託人於租賃成立時，得向委託人收取服務報酬，其數額為實際成交租金之〇〇個月（最高不得超過中央主管機關之規定）；如以押租金所生利息為租金者，其利率以雙方約定為之，未約定者依法定利率。

前項受託人之服務報酬，委託人於與承租人簽訂租賃契約時，支付服務報酬之百分之〇〇，於交付房屋時支付百分之〇〇。

第六條　委託人之義務

一、簽約代理人代理委託人簽立委託租賃契約書者，應檢附委託人之授權書交付受託人。

二、委託人係將房屋□全部 □一部轉租時，應提示原出租人同意書及原租賃契約書（已載明有轉租約定者為限）。

三、委託人應交付本房屋之權狀影本、使用執照影本、鑰匙、〇〇〇〇〇予受託人，如有住戶規約等，一併提供其影本。

第七條　受託人之義務

一、受託人於簽約前，應據實提供該公司（或商號）近三個月之成交行情，供委託人訂定租金之參考；不得隱匿或為不實說明。

二、受託人受託仲介租賃所做市場調查、廣告企劃、租賃交涉、諮商服務、差旅出勤等活動與支出，除有第十一條之情形外，均由受託人負責及負擔，受託人不得以任何理由請求委託人補貼。

三、受託人仲介過程中與有意承租相對人說明時，應以經委託人簽章之「租賃契約書草約」提供相對人審閱。

四、受託人應隨時依委託人之查詢，向委託人報告仲介活

　　　動及有無要約之情形。

五、受託人於仲介租賃成交時，應協助辦理有關交屋手續。

六、受託人應依委託人之請求，提供相關廣告文案資料予
　　委託人。

七、委託人交付於受託人之各種資料文件，不得移供他用。

第八條　代收租屋定金

委託人 □同　意
　　　　□不同意授權受託人代為收受租屋定金。

受託人經委託人授權代為收受租屋定金，應於收受前項定金
後二十四小時內送達委託人。但如因委託人之事由致無法送
達者，不在此限。

有前項但書情形者，受託人應於二日內寄出書面通知說明收
受定金及無法送達之情形通知委託人。

第九條　沒收定金之處理

承租人支付定金後，如不租，致定金由委託人沒收者，應支
付該沒收定金之百分之〇〇予受託人，以作為該次委託租賃
服務之支出費用，且不得就該次再收取服務報酬。

第十條　租賃契約之簽訂及房屋之交付

受託人依本契約仲介完成時，委託人應與受託人所仲介成交
之承租人簽定「房屋租賃契約書」及辦理相關交屋手續。

第十一條　終止契約時委託人之責任

尚未仲介成交前，因可歸責於委託人之事由而終止時，委
託人應支付受託人必要之仲介租賃服務費用。

前項費用視已進行之委託期間等實際情形，由受託人檢據
向委託人請領之。但最高不得超過第五條原約定服務報酬。

第十二條　視為仲介成立

受託人已提供委託人曾經仲介之客戶名單，而委託人於委

託期間屆滿後二個月內，逕與該名單內之客戶成交者，視為受託人已完成仲介之義務，委託人仍應支付第五條約定之服務報酬，並應全額一次付予受託人。

第十三條 廣告張貼

委託人
□同　意
□不同意受託人於本租賃標的上張貼租賃廣告。

第十四條 通知送達

委託人及受託人雙方所為之徵詢、洽商或通知辦理事項，如以書面通知時，均依本契約所載之通訊地址為準，如任何一方遇有通訊地址變更時，應即以書面通知他方，其因拒收或無法送達而遭退回者，均以郵寄日視為已依本契約受通知。

第十五條 疑義之處理

本契約各條款如有疑義時，應為有利於委託人之解釋。

第十六條 爭議處理

因本契約發生爭議，雙方同意：

□除專屬管轄及小額訴訟外，以租賃標的所在地之地方法院為第一審管轄法院。

□依仲裁法規定進行仲裁。

第十七條 契約分存

本契約壹式貳份，由雙方各執乙份為憑，並自簽約日起生效。

第十八條 未盡事宜之處置

本契約如有未盡事宜，依相關法令、習慣及平等互惠與誠實信用原則公平解決之。

立契約書人

受託人

　　　　姓名：○○○　　（公司或商號）

　　　　電話：

　　　　通訊住址：

　　　　地址：

　　　　營利事業登記證：（　　　）字第　　　　號

　　　　負責人：○○○　　　　（簽章）

　　　　國民身分證統一編號：

　　　　經紀人

　　　　姓名：○○○　　　　（簽章）

　　　　電話：

　　　　通訊住址：

　　　　地址：

　　　　國民身分證統一編號：

　　　　經紀人證書字號：

委託人

　　　　姓名：○○○　　　　（簽章）

　　　　電話：

　　　　通訊住址：

　　　　地址：

　　　　國民身分證統一編號：

中　　華　　民　　國　　○○年　　○○月　　○○日

簽約注意事項

一、適用範圍

　　本契約範本適用於房屋所有權人將其房屋委託不動產仲介公司（或商號）租賃時之參考，本契約之主體應為企業經營者（即仲介公司或商號），由其提供予消費者使用（即委託人）。惟消費者與仲介公司（或商號）參考本範本訂立委託租賃契約時，仍可依民法第一百五十三條規定意旨，就個別情況磋商合意而訂定之。

二、關於仲介業以加盟型態或直營型態經營時，在其廣告、市招及名片上加註經營型態之規定

　　㈠依據行政院公平交易委員會八十四年九月六日第二○四次委員會議決議內容如下：

　　　1.本案情形經八十四年三月二十四日與八十四年七月二十八日兩次邀請業者、專家進行座談溝通，結論為目前仲介業以加盟型態經營而未標示「加盟店」之情形甚為普遍，關於加盟店之仲介公司應於廣告、市招及名片上加註「加盟店」字樣，與會業者皆表示願意配合‧‧。

　　　2.應請房屋仲介業者於本（八十四）年十二月三十一日前在廣告、市招、名片等明顯處加註「加盟店」字樣，以使消費者能清楚分辨提供仲介服務之行為主體，至於標示方式原則上由房屋仲介業者自行斟酌採行。

　　㈡依據不動產經紀業管理條例施行細則第二十二條規定；經紀業係加盟經營者，應於廣告、市招及名片等明顯處，標明加盟店或加盟經營字樣。

三、有關委託租賃契約書之性質

　　目前國內仲介業所使用之委託契約書有兩種，即專任委託租賃契約書及一般委託租賃契約書，如屬專任委託租賃契約書則有「在委託期間內，不得自行出租或另行委託其他第三者從事與

受託人同樣的仲介行為」之規定，反之，則屬一般委託租賃契約書；依本範本第十一條規定，本範本係屬專任委託租賃契約書性質。

四、契約審閱權

企業經營者與出租人訂立定型化契約前，應有三十日以內之合理期間，供出租者審閱全部條款內容。(消費者保護法施行細則第十一條)

五、稱委任者，謂當事人約定，一方委託他方處理事務，他方允為處理之契約。(民法第五二八條)

六、土地法第九十九條之規定，擔保金以不超過二個月之租金總額為宜，超過部分，承租人得以超過之部分抵付房租。

七、有關服務報酬之規定

㈠不動產經紀業管理條例第十九條

經紀業或經紀人員不得收取差價或其他報酬，其經營仲介業務者，並應依實際成交價金或租金依中央主管機關規定之報酬標準計收。

違反前項規定者，其已收取之差價或其他報酬，應於加計利息後加倍返還支付人。

㈡本範本第五條服務報酬額度，應依內政部規定不動產經紀業報酬計收標準計收。其內容如下：

不動產經紀業報酬計收標準規定事宜如下，並自八十九年七月一日實施。(八十九年七月十五日台(八九)中地字第二十九日台(八九)中地字第八九七九〇八七八九七九五一七號函)

1.不動產經紀業或經紀人員經營仲介業務者，其向買賣或租賃之一方或雙方收取報酬之總額合計不得超過該不動產

　　　　實際成交價金百分之六或一個半月之租金。

　　2.前述報酬標準為收費之最高上限，並非主管機關規定之固
　　　定收費比率，經紀業或經紀人員仍應本於自由市場公平競
　　　爭原則個別訂定明確之收費標準，且不得有聯合壟斷、欺
　　　罔或顯失公平之行為。

八、委託人之義務

　　承租人非經出租人承諾，不得將租賃物轉租於他人。但租賃物
　　為房屋者，除有反對之約定外，承租人得將其一部分，轉租於
　　他人。承租人未經出租人承諾將租賃物轉租於他人者，出租人
　　得終止契約。（民法第四四三條）

九、受託人之義務

　　㈠受任人應將委任事務進行之狀況，報告委任人，委任關係終
　　　止時，應明確報告其顛末。（民法第五四〇條）

　　㈡受任人因處理委任事務，所收取之金錢物品應交付於委託
　　　人。（民法第五四一條）

　　㈢以居間為營業者，關於訂約事項及當事人之履行能力或訂立
　　　該約之能力，有調查之義務。（民法第五六七條第二項）

　　㈣租賃契約書草約係指委託人所預擬之草約為要約性質。

　　㈤將要約擴張、限制或為其他變更而承諾者，視為拒絕原要約
　　　而為新要約。（民法第一六〇條第二項）

十、消費爭議之申訴與調解

　　因本契約所發生之消費爭議，依消費者保護法第四十三條及第
　　四十四條規定，委託人得向企業經營者、消費者保護團體或消
　　費者服務中心申訴；未獲妥適處理時，得向房屋所在地之直轄
　　市或縣（市）政府消費者保護官申訴；再未獲妥適處理時，得
　　向直轄市或縣（市）消費爭議調解委員會申請調解。

十一、契約分存

訂約時務必詳審契約條文，由雙方簽名、蓋章或按手印，並寫明戶籍住址及身分證號碼，以杜糾紛。

㈡訂約時應先確定訂約者之身分，身分證或駕照等身分證明文件之提示。

十二、未盡事宜之處理

民法第一百四十八條第二項規定「行使權利，履行義務，應依誠實及信用方法」，此乃民法之帝王條款，其適用於任何權利行使及義務之履行，故如有未盡事宜，悉依誠實信用原則處理。

第三章　各種章程及規約

社團法人中華民國○○○協進會章程

第一章　總　則

第一條　本章程依據內政部所頒布之非常時期人民團體組織法有關法令訂定之。

第二條　本會定名為中華民國○○○協進會。

第三條　本會為配合國策，發展多邊國民外交，爭取國際上有利地位，協助本國業者吸引國外新知識、新技術、及大量資金，促進本國業者之發展為宗旨。

第四條　本會會址設立在中華民國中央政府所在地台北市。

第五條　本會得設立各縣市分支會。

第二章　任　務

第六條　本會之任務列下：

一、關於協助政府對不動產政策之推行事項。

二、關於不動產事業之發展計畫事項。

三、關於協助政府對開發新社區之研究設計事項。

四、關於有關不動產之市場調查統計事項。

五、關於不動產之有關學術性問題研究及出版事項。

六、關於協助政府對不動產法令，稅制研究改善建議事項。

七、關於參加國際組織，爭取國際上有利地位，增進國際友誼，吸引國外新知識、新技術及大量資金等有關發展事項。

第七條　一、個人會員──凡中華民國公民從事不動產有關實務兩年

以上並贊同本會宗旨，由會員（或代表）二人介紹，經
理事會通過得為本會個人會員。

二、團體會員——凡從事不動產相關業務並經正式登記之企
業機構及經主管官署立案之人民團體或學術機構，提出
申請，經理事會通過，得為本會團體會員。團體會員得
派會員代表五人。

三、名譽會員——凡對不動產業務具有研究之專家、學者，
由理事長提名，經理事會通過，得聘請為本會名譽會員。

四、會員退會應以書面申請，經理事會通過後生效。

第八條 一、凡有違反本會會章行為者得由理事會提請會員大會分別
予以警告或除名。

二、會員欠繳會費滿一年者，予以停權。俟其原因消失，得
予復權。

第九條 本會會員應享權利列下：

一、發言權及表決權。

二、選舉權及被選舉權。

三、本會及其所舉辦各種事業之權益。

第十條 本會之會員應有下列之義務：

一、遵守本會會章及決議案。

二、擔任本會之各項職務。

三、繳納會費。

第三章 組 織

第十一條 本會以會員大會為最高權力機關，在會員大會閉幕期間，
由理事會代行其職權。

第十二條 本會設理事二十七人，候補理事九人，監事九人，候補監
事三人，由會員大會選舉之，理事會得互選常務理事九人，
監事會得互選常務監事三人。

第十三條　本會設理事長一人，就常務理事中互選之。

第十四條　本會理監事均為義務職。

第十五條　本會理監事任期均為三年，連選得連任。

第十六條　本會理監事如有下列各款之一者應予解任：

　　　　一、不得已事故經會員大會議決准其辭職者。

　　　　二、曠廢職務經會員大會議決令其退職者。

　　　　三、職務上違反法令或其他重大不正當行為經會員大會議
　　　　　　決令其退職者。

第十七條　本會設秘書長一人秉承理事長處理會務，副秘書長一人、
　　　　　秘書及幹事若干人，協助秘書長辦理會務。

　　　　　前項會務工作人員之聘用及解聘，由理事長提請理事會通
　　　　　過，報請主管官署核備之。

　　　　　凡對不動產業務有研究之專家學者，得由各委員會提名，經
　　　　　理事會通過聘為顧問。人數以九人為限。

第十八條　本會必要得設置各種委員會。

第四章　會　　議

第十九條　本會會員大會每年舉行一次，必要時得經呈准舉行臨時大
　　　　　會。

第二十條　本會理事會、監事會每半年開會一次，常務理事會每兩月
　　　　　開會一次，必要時均得舉行臨時會。

第五章　經　　費

第二十一條　本會經費以下列各款充之：

　　　　一、會費：

　　　　　　㈠入會費──個人會員新台幣五百元，團體會員新台幣一
　　　　　　　千元（入會時繳納）。

　　　　　　㈡常年會費──個人會員每年新台幣肆仟元，團體會員每
　　　　　　　年新台幣貳萬伍仟元（均於年初一次繳納），名譽會員

　　　　　　免收會費。每年七月一日以後入會者常年會費減半收
　　　　　　取。

二、補助費。

三、自由樂捐。

四、基金之孳息。

五、其他收入。

第六章　附　　則

第二十二條　本會各項辦事細則另訂之。

第二十三條　本會章程如有未盡事宜得提會員大會決議修正後呈主
　　　　　　管官署備案。

第二十四條　本會章程經會員大會之通過呈請內政部核准備案後實
　　　　　　施之。

財團法人台北市○○○捐助暨組織章程

第一條　本法人定名為財團法人○○○○

第二條　本法人主事務所設於台北市○○○○

第三條　本法人宗旨……（應視實際狀況具體記載）。

第四條　本法人之財產……（詳列捐助人及捐助財產種類及數額）。

第五條　本法人設董事○人（應為奇數，不得超過三十一人），除第
　　　　一屆董事由○○○選舉產生外，其後各屆則由董事會選舉，
　　　　並由董事互選一人為董事長。

第六條　董事任期○年，連選得連任。

第七條　董事會應在當屆董事任期屆滿兩個月前開會選舉下屆董
　　　　事，經報主管機關許可後向法院申辦變更登記。

第八條　董事會每○個月開常會乙次，必要時得由董事長召開臨時

會，或董事三人以上請求董事長召開之，董事長拒不召開時，報經主管機關許可自行召開之。

第九條　董事會之職權：

一、董事長之選舉及罷免。

二、經費之籌劃、財務之監察。

三、預算及決算之審核。

四、辦理財團法人之設立及變更登記。

五、修訂捐助章程。

六、其他有關重大業務之決議事項。

第十條　董事會議除另有規定外，須有全體董事過半數之出席方得開會，其決議以出席過半數同意行之。

第十一條　為達成本法人宗旨，得接受教徒（會員）或有關單位之捐助。

第十二條　本法人章程修正及財產之處分或變更，須經全體董事三分之二以上之同意，財產變更並須填造詳明之使用計畫報請主管機關核准後，方得為之。

第十三條　本法人會計年度自一月一日起至同年十二月三十一日止，並應於年度開始前三個月，檢具年度預算書及業務計畫書，於年度終結後三個月內，檢具年度決算及業務執行書，報請主管機關核備。

第十四條　本法人永久存立，如因特殊原因解散時，其所有財產不得屬於任何個人或私人企業團體，應依民法第四十四條規定歸屬本法人事務所所在地之地方自治團體。

第十五條　本章程未規定事項，悉依有關法令規定辦理。

第十六條　本章程經報奉主管機關核准並完成法定程序後施行，修改亦同。

【附註】財團法人之捐助章程應記載事項，請依內政業務財團法人監督準則第九條規定辦理。

○○○○有限公司章程

第一條 本公司依照公司法規定組織名為　　　　　　　　有限公司。

第二條 本公司所營事業如下：

第三條 本公司設於　　　　　，於必要時得於　　　　設立分公司。

第四條 本公司公告方法依公司法第二十八條規定辦理。

第五條 本公司資本總額定為新台幣　　　　　元正，全額繳足。

第六條 本公司各股東姓名住所或居所及出資額如下：

　　　姓　　名　　　　　住所或居所　　　　出資額（新台幣元）

第七條 本公司董事非得其他全體股東同意，股東非得其他全體股東過半數同意，不得以其出資之全部或一部轉讓與他人。

第八條 本公司置董事　　　人，經選任　　　　　為董事執行業務對外代表公司。

　　　本公司置董事　　　人，經選任　　　　　為董事並選任　　　　為董事長，董事長對外代表公司。

第九條 本公司設總經理一人、經理若干人，其委任、解任及報酬，依公司法第二十九條規定辦理。

第十條 本公司每屆營業年度終了，董事應依公司法第一百十條規定，造具各項表冊分送各股東請其承認。

第十一條 本公司於彌補虧損完納一切稅捐後，分派盈餘時，應先提出百分之十為法定盈餘公積，百分之　　員工紅利。

第十二條　本公司盈餘及虧損之分派按照各股東出資比例為準。

第十三條　本章程未盡事宜，悉依照公司法及有關法令規定辦理。

第十四條　本章程訂立於民國○○年○○月○○日

有限公司（全體股東簽章如次）

○○○○股份有限公司章程

第一章　總　　則

第一條　本公司依照公司法規定組織之，定名為　　　股份有限公司。

第二條　本公司所營事業如下：

第三條　本公司設總公司於　　　　　　　，必要時經董事會之決議，
　　　　得在國內外設立分公司。

第四條　本公司之公告方法依照公司法第二十八條規定辦理。

第二章　股　　份

第五條　本公司資本總額定為新台幣　　　　　元，分為
　　　　股。每股金額新台幣　　　　元。
　　　　全額發行
　　　　分次發行

第六條　本公司實際發行股份為　　　股，計新台幣　　　元整。

第七條　本公司股票概為記名式，由董事三人以上簽名蓋章，經依法
　　　　簽證後發行之。

第八條　股票之更名過戶，自股東常會開會前一個月內，股東臨時會
　　　　開會前十五日內或公司決定分派股息及紅利或其他利益之

基準日前五日內均停止之。

第三章　股　東　會

第九條　股東會分常會及臨時會二種，常會每年召開一次，於每營業
年度終結後六個月內由董事會依法召集之，臨時會於必要時
依法召集之。

第十條　股東因故不能出席股東會時，得出具公司印發之委託書載明
授權範圍，簽名蓋章委託代理人出席。

第十一條　本公司股東每股有一表決權，但一股東而有已發行股份總
數百分之三以上者，其超過部分以　　折計算。

第十二條　股東會之決議除公司法另有規定外，應有代表已發行股份
總數過半數股東之出席，以出席股東表決權過半數之同意行
之。

第四章　董事及監察人

第十三條　本公司設董事　　人，監察人　　人，任期三年，由股東
會就有行為能力之股東中選任，連選得連任。

第十四條　董事會由董事組織之，由三分之二以上董事之出席及出席
董事過半數之同意互推董事長一人及副董事長一人，常務董
事○○人，並依同一方式，由常務董事互推董事長一人，副
董事長一人，董事長對外代表公司。

第十五條　董事長請假或因故不能行使職權時，其代理依公司法第二
百零八條規定辦理。

第十六條　全體董事及監察人之報酬由股東會議定之，不論營業盈虧
得依同業通常水準支給之。

第五章　經　理　人

第十七條　本公司得設總經理一人，副總經理及經理若干人，其委
任、解任及報酬，依照公司法第二十九條規定辦理。

第六章　會　計

第十八條　本公司應於每營業年度終了，由董事會造具㈠營業報告書㈡資產負債表㈢主要財產之財產目錄㈣損益表㈤股東權益變動表㈥現金流量表㈦盈餘分派或虧損彌補之議案等各項表冊依法提交股東常會，請求承認。

第十九條　本公司股息定為年息壹分，但公司無盈餘時，不得以本作息。

第二十條　本公司年度總決算如有盈餘，應先提繳稅款，彌補已往虧損，次提百分之十為法定盈餘公積，其餘除派付股息外，如尚有盈餘作百分比再分派如下：

㈠股東紅利百分之　　　　。

㈡員工紅利百分之　　　　。

㈢董事監察人酬勞百分之　　　　。

第七章　附　則

第二十一條　本章程未定事項，悉依公司法規定辦理。

第二十二條　本章程訂立於民國〇〇年〇〇月〇〇日。

　　　　　　　　　　　　　　　　　股份有限公司

　　　　　　　　　　　　　　　　（全體發起人蓋章）

台北市（私）立〇〇〇〇短期補習班組織規程

第一條　本班定名為台北市（私）立〇〇〇〇短期補習班（以下簡稱本班）。

第二條　本班以補充國民生活常識，傳授實用技藝或輔導升學為目的。

第三條　本班班址設於台北市。

第四條　本班之設立變動及停辦，均由設立（代表）人報請主管教育行政機關核備。

第五條　本班修業期限定為：

第六條　本班設班主任一人，綜理一切班務。

第七條　本班得設教學、訓導、總務等組，各組置組長一人，組員若干人，分別辦理各組事務。

第八條　本班教師由班主任就合格教師中遴聘，並函報主管教育行政機關核備。

第九條　本班設置下列二種委員會：

　　一、經費稽核委員會：由教職員中公推三至五人組成之，每月開會一次，由委員輪當主席，對於經費收支及置購事項進行查核或審議，並查詢現金出納處理情形。

　　二、就業或升學指導委員會：以班主任、各組組長及有關教職員組織之，並以班主任為主席，每屆結業前一個月內，開會商討結業生就業或升學問題。

第十條　本班設班務會議，以班主任及全體教職員組織之，以班主任為主席，討論全班一切興革事項，每學期開會二次。

第十一條　本班學則另定之。

第十二條　本規程未盡事宜，悉依有關法令規定辦理。

第十三條　本規程報奉台北市政府教育局核准後施行，修改時亦同。

台北市私立○○○○幼稚園董事會組織章程

第一章　總　　則

第一條　本會定名為台北市私立○○○○幼稚園董事會（以下簡稱本會）。

第二條　本會以創辦私立○○○○幼稚園並謀其發展為目的。

第三條　本會會址設於台北市　　路街　　段　　巷　　弄　　號。

第二章　組織與職權

第四條　本會董事名額為　　　人，第一任董事由創辦人聘請相當人士充任之，創辦人為當然董事。

第五條　本會董事至少須有三分之一以上曾研究或從事教育工作或具有辦理相當學校經驗人士充任，現任有關主管教育行政機關人員不得選充。

第六條　本會董事除當然董事外，任期三年連選得連任（董事任期自報經主管教育行政機關核准備案之日起計算）；如在任期中因故出缺時，由董事會補選之，但以補足原任董事之任期為限。

第七條　董事會應在當屆董事任期屆滿二個月前開會選舉下屆董事，並將新董事名冊及其同意書報請台北市政府教育局核備。

第八條　本會置董事長一人，由董事會依法推選，綜理會務，必要時得設幹事一人承辦日常事務。

第九條　本會之職權如下：

一、董事會組織章程之制訂及修訂。

二、董事之選聘及解聘。

三、園長之選聘及解聘。

四、園務發展計畫及報告之審核。

　　　　　五、基金之保管及運用。

　　　　　六、經費之籌措。

　　　　　七、預算決算之審核。

　　　　　八、財務之監督。

第十條　本會應於學年終了後一個月內詳開下列事項連同財產項目，分別報請主管教育行政機關備案。

　　　　　一、園務狀況。

　　　　　二、前年度所辦重要事項。

　　　　　三、前年度收支金額及項目。

第十一條　本會立案後，如董事、會址、資產資金或其他收益等事項有所變更時，應於一個月內報請主管教育行政機關備案。

第三章　會　　議

第十二條　本會董事會議每學期召開二次，分別於學期起訖時舉行，如董事長認為必要時或有三分之一以上董事請求時，得召開臨時會議。

第十三條　本會會議由董事長召集，並為主席，如董事長因故缺席時，由出席董事互推一人為主席。會議所討論事項，如涉及董事或董事長本身利害關係時，該董事或董事長必須迴避，不得參與該案之表決。

第十四條　本會會議應有董事過半數之出席始得開會，經出席董事過半數之同意始得決議，但依私立學校法第二十七條第二項所列重要事項之決議，應有三分之二以上董事之出席，以出席董事三分之二以上之同意行之。

第四章　附　　則

第十五條　本章程未盡事宜悉依有關法令辦理。

第十六條　本章程報請台北市政府教育局核備後施行。

祭祀公業〇〇規約

第一條　本祭祀公業定名為祭祀公業〇〇（以下簡稱本公業）。

第二條　本公業係祭祀先祖〇〇，並於每年春秋祭典按時祭拜（敘明祭拜時日）。

第三條　本公業祭祀地點坐落本市〇〇區〇〇里〇〇鄰〇〇路〇〇號。

第四條　本公業派下員資格如下：

　　㈠本公業派下權以〇〇所傳男性直系血親卑親屬冠〇姓者為限。

　　㈡派下員死亡無男性直系血親卑親屬者，其女性招贅所生男子冠〇姓者，亦具派下權。

　　㈢養子女與婚生子女同。

　　（詳細訂明派下員資格，惟不得違反有關法令或習慣者為限）

第五條　本公業管理人以選任派下員一人擔任（訂明管理人數目），其權限係管理本公業之祭祀及財產事宜，任期〇年，連選得連任。

第六條　本公業管理人之選任應經派下員大會以全體派下員過半數之決議或以簽名方式，得全體派下員三分之二以上之同意為之，解任時亦同。

第七條　本公業財產之處分（包括設定負擔），應依土地法第三十四條之一第五項規定由全體派下員過半數之同意為之。

第八條　本公業解散後，財產依民事習慣按房分配之。

第九條　本公業規約係經全體派下員同意訂定之，修正時亦同。

　　　　　祭祀公業〇〇派下員：〇〇〇　　　㊞

　　　　　　　　　　　　　　　〇〇〇　　　㊞

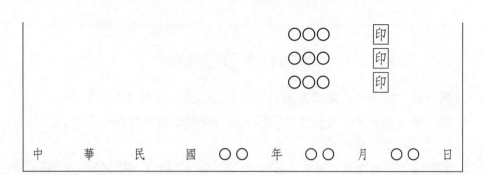

中　華　民　國　〇〇　年　〇〇　月　〇〇　日

第三編　申請書

第一章　基本認識

第一節　申請書用語

一、申請書用語，依公文程式條例第七條規定，應「簡」、「淺」、「明」、「確」，並加具標點符號。

二、依台北市政府研究發展考核委員會編印之「公文製作參考資料」所載，「簡、淺、明、確」之作業要求如次：

㈠正確：文字敘述和重要事項記述，應避免錯誤和遺漏，內容主題應避免偏差、歪曲。切忌主觀、偏見。

㈡清晰：文義清楚、肯定，毫不含糊模稜。

㈢簡明：用語簡練，詞句曉暢，分段確實，主題鮮明。

㈣迅速：自蒐集資料，整理分析，至提出結論，應在一定時間內完成。

㈤整潔：簽稿均應保持整潔，字體力求端正。

㈥一致：機關內部各單位撰擬簽稿，文字用語、結構格式應力求一致，同一案情的處理方法不可前後矛盾。

㈦完整：對於每一案件，應作深入廣泛的研究，從各種角度、立場考慮問題，對相關單位應切取協調聯繫。所提意見或辦法，應力求周詳具體、適切可行，並備齊各種必需的文件，構成完整的幕僚作業，以供上級採擇。

三、另依行政院秘書處印行之「行政機關公文處理手冊」所載，「簡、淺、明、確」之公文用語如次：

㈠「竊」字毫無意義，取消不用。

㈡「奉」、「准」、「據」、「查」等引述語儘量少用。

㈢「呈稱」、「令開」、「內開」、「等情」、「等由」、「等因」等引文起

首及收束語一律取消不用。

㈣「據此」、「准此」、「奉此」、「據呈前情」、「准函前由」、「奉令前因」等承轉語一律取消不用。

㈤「在案」、「在卷」、「各在案」、「各在卷」處理經過語取消不用。

㈥「合行」、「合亟」、「相應」、「理合」等累贅用語均取消不用。

㈦「令仰」、「仰即」改為「希」；「呈請」、「謹請」、「敬請」、「飭」一律改為「請」；「知照」改為「查照」；「遵照」改為「照辦」；「遵照具報」、「遵辦具報」改為「辦理見復」；「鑒核示遵」改為「核示」或「鑒核」；「飭遵」、「飭辦」改為「請轉行照辦」；「轉飭」改為「轉行」或「轉告」；「著即」、「伏乞」、「仰懇」一律取消不用。

㈧「為要」、「為荷」、「為禱」等結尾語一律取消不用。

㈨「姑予照准」、「尚無不合（妥）」、「似」、「似可照辦」、「存備查核」等不肯定的判斷或建議用語一律取消不用。

㈩審核各項規定或答覆請求時，如符合，即用「符合規定」，否則即用「不合規定」或「與規定不符」或「某項不合規定，其餘均合規定」。

(十一)稱謂用語：

1.直接稱謂用語：

⑴機關間：

①有隸屬關係：上級對下級稱「貴」；下級對上級稱「鈞」，書寫時空一格；自稱「本」。

②對無隸屬關係：上級稱「大」；平行稱「貴」；自稱「本」。

③對機關首長：上級對下級稱「貴」，自稱「本」；下級對上級稱「鈞長」，書寫時空一格；自稱「本」。

⑵機關（或首長）對屬員稱「台端」。

⑶機關對人民稱「先生」、「女士」或通稱「君」；對團體稱「貴」；自稱「本」。

2.間接稱謂用語：

⑴對機關、團體稱「全銜」（或「簡銜」），如一再提及，必要時得

稱「該」；對職員稱「職稱」。

⑵對個人一律稱「君」。

第二節　申請書之製作方法

依行政院秘書處印行之「行政機關公文處理手冊」記載，申請書之製作方法，有如下之要領：

一、一般要領

㈠文字敘述應儘量使用明白曉暢、詞意清晰的語體文，以達到公文程式條例第八條所規定「簡、淺、明、確」的要求。

㈡文句應正確使用標點符號（標點符號用法表見附錄）。

㈢文內不可層層套敘來文，只摘述要點。

㈣應絕對避免使用艱深費解、無意義或模稜兩可的詞句。

㈤應採用語氣肯定、用詞堅定、互相尊重的語詞。

㈥函的結構，一律採用「主旨」、「說明」、「辦法」三段式，案情簡單的函，儘量用「主旨」一段完成，能用一段完成的，勿硬性分割為二段、三段；「說明」、「辦法」兩段段名，均可因事、因案加以活用。

二、公文分段要領：

㈠「主旨」：

為全文精要，以說明行文目的與期望，應力求具體扼要。

㈡「說明」：

當案情必須就事實、來源或理由，作較詳細的敘述，無法於「主旨」內容納時，用本段說明。本段段名，因公文內容改用「經過」、「原因」等其他名稱更恰當時，可由各機關自行規定。

㈢「辦法」：

向受文者提出的具體要求無法在「主旨」內簡述時，用本段列舉。

本段段名，可因公文內容改用「建議」、「請求」、「擬辦」等更適當的名稱。

　㈣各段規格：

　　1.每段均標明段名，段名之上不冠數字，段名之下加冒號「：」。

　　2.「主旨」一段不分項，文字緊接段名書寫。

　　3.「說明」、「辦法」如無項次，文字緊接段名書寫；如分項條例，應另行書寫。項目次序如下：

　　　一、二、三、……，㈠㈡㈢……，1.2.3.……，⑴⑵⑶……。

　　4.「說明」、「辦法」分項條列，內容過於繁雜時，應審酌錄為附件。

第三節　標點符號用法表

符號	名　稱	用　　　　　　　　　　法	舉　　　　　　　　　　例
。	句號	用在一個意義完整文句的後面。	公告○○商店負責人張三營業地址變更。
，	逗號	用在文句中要讀斷的地方。	本工程起點為仁愛路，終點為……
、	頓號	用在連用的單字、詞語、短句的中間。	1.建、什、田、旱等地目…… 2.河川地、耕地、特種林地等…… 3.不求報償、沒有保留、不計任何代價……
；	分號	用在下列文句的中間： 一、並列的短句。 二、聯立的復句。	1.知照改為查照；遵辦改為照辦；遵照具報改為辦理見復。 2.出國人員於返國後一個月內撰寫報告，向○○部報備；否則限制申請出國。
：	冒號	用在下列情形的文句後面： 一、下文有列舉的人、事、物時。 二、下文是引語時。 三、標題。 四、稱呼。	1.使用電話範圍如次：⑴…… 　⑵…… 2.接行政院函： 3.主旨： 4.○○部長：

符號	名稱	用　　　　　　法	舉　　　　　　例
？	問號	用在發問或懷疑文句的後面。	1.本要點何時開始正式實施為宜？ 2.此項計畫的可行性如何？
！	感歎號	用在表示感歎、命令、請求、勸勉等文句的後面。	1.……又怎能達成這一為民造福的要求！ 2.希照辦！ 3.請鑒核！ 4.來努力創造我們共同的事業、共同的榮譽！
「」 『』	引號	用在下列文句的後面，（先用單引，後用雙引）： 一、引用他人的詞句。 二、特別著重的詞句。	1.總統說：「天下只有能負責的人，才能有擔當。」 2.所謂「效率觀念」已經為我們所接納。
—	破折號	表示下文語意有轉折或下文對上文的註釋。	1.各級人員一律停止休假——即使已奉准有案的，也一律撤銷。 2.政府就好比是一部機器——一部為民服務的機器。
……	刪節號	用在文句有省略或表示文意未完的地方。	憲法第五十八條規定，應將提出立法院的法律案、預算案……提出於行政院會議。
（　）	夾註號	在文句內要補充意思或註釋時用的。	1.公文結構，採用「主旨」「說明」「辦法」（簽呈為「擬辦」）三段式。 2.台灣光復節（十月二十五日）應舉行慶祝儀式。

第四節　法律統一用字表

用字舉例	統一用字	曾見用字	說明
公布、分布、頒布	布	佈	
徵兵、徵稅、稽徵	徵	征	

用字舉例	統一用字	曾見用字	說明
部分，身分。	分	份	
帳、帳目、帳戶。	帳	賬	
韭菜。	韭	韮	
礦、礦物、礦藏。	礦	鑛	
釐訂、釐定。	釐	厘	
使館、領館、圖書館。	館	舘	
穀、穀物。	穀	谷	
行蹤、失蹤。	蹤	踪	
妨礙、障礙、阻礙。	礙	碍	
膡餘。	膡	剩	
占、占有、獨占	占	佔	
牴觸。	牴	抵	
雇員、雇主、雇工。	雇	僱	名詞用「雇」
僱、僱用、聘僱。	僱	雇	動詞用「僱」
贓物。	贓	臟	
黏貼。	黏	粘	
計畫。	畫	劃	名詞用「畫」
策劃、規劃、擘劃。	劃	畫	動詞用「劃」
蒐集。	蒐	搜	
菸葉、菸酒。	菸	煙	
儘先、儘量。	儘	盡	
麻類、亞麻。	麻	蔴	
電表、水表。	表	錶	
擦刮。	刮	括	
拆除。	拆	撤	
磷、硫化磷。	磷	燐	
貫徹。	徹	澈	
澈底。	澈	徹	
祇。	祇	只	副詞
並。	並	并	連接詞
聲請。	聲	申	對法院用「聲請」
申請。	申	聲	對行政機關用「申請」

用字舉例	統一用字	曾見用字	說明
關於、對於。	於	于	
給與。	與	予	給與實物。
給予、授予。	予	與	給予名位、榮譽等抽象事物。
紀錄。	紀	記	名詞用「紀錄」。
記錄。	記	紀	動詞用「記錄」。
事蹟、史蹟、遺蹟。	蹟	跡	
蹤跡。	跡	蹟	
糧食。	糧	粮	

第五節　法律統一用語表

統　　一　　用　　語	說　　　　　　　　　　　　明
「設」機關	如：「教育部組織法」第五條：「教育部設文化局……」
「置」人員	如：「司法院組織法」第九條：「司法院置秘書長一人。特任。……」
「第九十八條」	不寫為：「第九八條」。
「第一百條」	不寫為：「第一〇〇條」。
「第一百十八條」	不寫為：「第一百『一』十八條」。
「自公布日施行」	不寫為：「自公『佈』『之』日施行」。
「處」五年以下有期徒刑	自由刑之處分，用「處」，不用「科」。
「科」五千元以下罰金	罰金用「科」不用「處」，且不寫為：「科五千元以下『之』罰金」。
「處」五千元以下罰鍰	罰鍰用「處」不用「科」，且不寫為：「處五千元以下『之』罰鍰」。
準用「第〇條」之規定	法律條文中，引用本法其他條文時，不寫「『本法』第〇條」，而逕書「第〇條」。又如：「違反第二十條規定者，科五千元以下罰金」。
「第二項」之未遂犯罰之。	法律條文中，引用本條其他各項規定時，不寫「『本條』第〇項」，而逕書「第〇項」。如刑法第三十七條第四項「依第一項宣告褫奪公權者，自裁判確定時發生效力。」

統　一　用　語	說　　　　　　　　　　明
「制定」與「訂定」	法律之創制，用「制定」；行政命令之製作，用「訂定」。
「製定」、「製作」	書、表、證照、冊、據等，公文書之製成用「製定」或「製作」，即用「製」不用「制」。
「一、二、三、四、五、六、七、八、九、十、百、千」	法律條文中之序數不用大寫，即不寫為：「壹、貳、參、肆、伍、陸、柒、捌、玖、拾、佰、仟」。
「零、萬」	法律條文中之數字「零、萬」不寫為：「〇、万」。

第六節　立法慣用語詞及標點符號

一、語詞：

(一)條文中如僅有一連接詞時，須用「及」字；如有二個連接詞時，則上用「與」字，下用「及」字；不用「暨」字作為連接詞。

(二)條文中之「縣市政府」改為「縣（市）政府」；將「鄉、鎮公所」改為「鄉（鎮）公所」；將「鄉、鎮（縣轄市）公所」改為「鄉（鎮、市）公所」；將「鄉、鎮（市）、區公所」改為「鄉（鎮、市、區）公所」。

(三)引用他處條文，其條次係連續者，則用「至」字代替中間條次，例如「第三條、第四條、第五條」，改為「第三條至第五條」。項、款、目之引用準此。

(四)條文中「第〇條之規定」字樣，刪除「之」字，改為「第〇條規定」，項、款、目準此。

二、標點符號：

(一)標題不使用標點符號。

(二)有「但書」之條文，「但」字上之標點使用句號「。」。

(三)「及」字為連接詞，「及」字上標點刪除。

(四)「其」字為代名詞，其上用分號「；」。如「其組織以法律定之」，「其」字上須用分號「；」。

第二章　各種申請書

第一節　地政相關申請書

壹、退還登記測量規費申請書

　　一、土地登記規則第五十一條規定：已繳之登記費及權利書狀費，因登記申請撤回、登記依法駁回或其他依法令應予退還者，得由申請人於五年內請求退還之。

　　二、地籍測量實施規則規定：

　　㈠已繳複丈費，有下列情形之一者，申請人得於五年內請求退還之（§214）：

　　1.申請人在原定複丈日期一日前撤回申請者。

　　2.申請再鑑界，經查明第一次複丈確有錯誤者。

　　3.經通知補正逾期未補正而駁回者。

　　4.其他依法令應予退還者。

　　㈡已繳建物測量費，有下列情形之一者，申請人得於五年內請求退還之（§266）：

　　1.申請人在原定測量日期一日前撤回其申請者。

　　2.經通知補正逾期未補正而駁回者。

　　3.其他依法令應予退還者。

　　三、依前開規定，請求退還登記或測量規費，應填寫本例之申請書：

申請書

受文者：台北市松山地政事務所

主　旨：為台北市松山區敦化段三小段四一地號土地買賣移轉登記
費，請惠准予退還。

說　明：

一、本案前述土地買賣移轉登記，於民國〇〇年〇月〇日提
向　貴所申請收件並繳納登記規費在案。該申請案業經
貴所駁回，無法辦理登記。

二、茲檢附駁回理由書及登記規費繳納收據各乙份，請惠准
予退費。

申請人：張三　　　印

住址：〇〇〇〇

出生年月日：〇〇〇〇

身分證統一編號：〇〇〇〇

中　　華　　民　　國　〇〇　年　〇〇　月　〇〇　日

貳、登記損害賠償請求書

一、土地法相關規定：

㈠第六十八條：

因登記錯誤遺漏或虛偽致受損害者，由該地政機關負損害賠償責
任。但該地政機關證明其原因應歸責於受害人時，不在此限。

前項損害賠償，不得超過受損害時之價值。

(二)第六十九條：

登記人員或利害關係人，於登記完畢後，發見登記錯誤或遺漏時，非以書面聲請該管上級機關查明核准後，不得更正。但登記錯誤或遺漏，純屬登記人員記載時之疏忽，並有原始登記原因證明文件可稽者，由登記機關逕行更正之。

(三)第七十條：

地政機關所收登記費，應提存百分之十作為登記儲金，專備第六十八條所定賠償之用。

地政機關所負之損害賠償，如因登記人員之重大過失所致者，由該人員償還，撥歸登記儲金。

二、依前開規定，請求損害賠償應提出請求書略例如後：

請求書（申請書）

受文者：○○縣○○地政事務所

主　旨：為○○縣○○鄉○○段○○小段○○地號土地，被不法之徒偽造權狀辦妥抵押權登記，請求損害賠償。

說　明：

　　一、本案前開土地係張○○所有，為不法之徒偽造權狀、印鑑證明、身分證明及印章，會同請求人向　貴所○○年○月○日收件第○○號辦妥抵押權設定登記在案，並據以向請求人借取新台幣伍佰萬元正。嗣後始知係不法之徒所為，而該抵押權旋即被所有權人張○○訴請法院判決塗銷，致使請求人血本無歸，損失不貲。

　　二、經查權狀為　貴所所設計印製，於登記實質審查制度

下，對於權狀真偽， 貴所應易於辨識，且應予辨識，
詎料 貴所竟未予辨識致辦妥抵押權登記，使請求人信
以為真，據以給付借款，如今該抵押權被判決塗銷，而
不法之徒又逍遙法外，致請求人之損害無從求償。因該
登記之錯誤係歸於 貴所疏忽所致，致請求人受有損
害，特依法請求賠償。

三、茲檢附抵押權設定契約書、土地登記簿謄本及借據、他
項權利證明書各一份，敬請查核惠予賠償。

　　　　請求人：張三　　　印
　　　　住址：○○○○
　　　　出生年月日：○○○○
　　　　身分證統一編號：○○○○
　　　　電話：○○○○

中　　華　　民　　國　○○　年　○○　月　○○　日

參、地籍圖重測公告確定登記前更正申請書

一、內政部訂頒「土地法第四十六條之一至第四十六條之三執行要
點」規定：重測結果公告期滿無異議者，即屬確定。土地所有權人或關
係人不得以任何理由申請複丈更正。但土地標示變更登記辦竣前，雙方
當事人以指界錯誤書面申請更正，並檢附不影響雙方當事人以外之第三
人權益之切結書時，得予受理。其已辦竣土地標示變更登記者，應不准
許。

二、依前開規定，更正申請書及切結書略例如後：

申請書

受文者：桃園縣政府

主　旨：為桃園縣○○鄉○○段○小段○○地號與○○地號等兩筆土地，於地籍圖重測時指界錯誤，請惠予更正。

說　明：一、本案前開兩筆土地，分別為申請人等二人所有，業經地籍圖重測公告期滿，本無任何異議，如今即將辦理土地標示變更登記，始發現地籍圖重測時指界錯誤，為此，特依「土地法第四十六條之一至第四十六條之三執行要點」規定，申請更正。

　　　　二、茲檢附切結書一份，請惠准予重新指界測量並更正。

　　　　　　　　申請人：○○○

　　　　　　　　○○地號所有權人：張○○　　　印

　　　　　　　　住址：○○○○

　　　　　　　　○○地號所有權人：林○○　　　印

　　　　　　　　住址：○○○○

中　　華　　民　　國　　○○　年　　○○　月　　○○　日

切結書

　立切結書人張○○與林○○，分別為桃園縣○○鄉○○段○小段

○○地號與○○地號與○○地號等兩筆土地之所有權人，該兩筆土地地籍圖重測公告期滿，本無異議，惟於登記完畢前始發現當初重測指界錯誤，應予重新指界測量，特依「土地法第四十六條之一至第四十六條之三執行要點」規定，立本切結書切結不影響任何第三人之權益，原則由立切結書人負一切完全責任，絕無異議。

立切結書人：

○○地號所有權人：張○○　　　　印

住址：○○○○

出生年月日：○○○○

身分證統一編號：○○○○

○○地號所有權人：林○○　　　　印

住址：○○○○

出生年月日：○○○○

身分證統一編號：○○○○

中　華　民　國　○○　年　○○　月　○○　日

肆、土地重劃承租人向出租人求償爭議協調申請書

一、平均地權條例第六十三條第一項規定：出租之公、私有耕地因實施市地重劃致不能達到原租賃之目的者，由直轄市或縣（市）政府逕為註銷其租約並通知當事人。

二、平均地權條例施行細則第九十條規定：依本條例第六十三條第一項註銷耕地租約者，如承租人依同條第二項第一款規定向出租人請求補償發生爭議時，得申請直轄市或縣（市）主管機關協調，協調不成，由承租人向法院訴請出租人給付。

三、依前開規定，爭議協調申請書略例如後：

申請書

受文者：台北市政府

副本收受者：出租人林〇〇（住：〇〇〇〇）

主　旨：為台北市〇〇區〇〇段〇〇小段〇〇地號土地重劃註銷租
約，有關補償發生爭議，請惠予協調。

說　明：

　　一、本案前開土地，係申請人向土地所有權人林〇〇先生承
租，並訂有三七五租約在案。該土地因重劃致不能達到
原租賃目的，租約業經　貴府逕為註銷，申請人乃依法
向出租人請求補償，並按重劃前面積及重劃公告時之公
告現值三分之一計算補償費新台幣壹佰貳拾萬元正，惟
出租人按重劃後面積計算補償費新台幣捌拾肆萬元，由
於差距頗大，致生爭議。

　　二、為此，特依平均地權條例施行細則第九十條規定，申請
惠予協調。

　　　　　申請人：張三　　　印

　　　　　住址：〇〇〇〇

　　　　　身分證統一編號：〇〇〇〇

　　　　　電話：〇〇〇〇

中　華　民　國　〇〇　年　〇〇　月　〇〇　日

註：本例係承租人向出租人求償爭議，申請協調

伍、徵收公告之異議申請書

一、土地徵收條例第十八條規定：

直轄市或縣（市）主管機關於接到中央主管機關通知核准徵收案時，應即公告，並以書面通知土地或土地改良物所有權人及他項權利人。

前項公告之期間為三十日。

二、土地徵收條例第二十二條第一項前段規定：土地權利關係人對於第十八條第一項之公告有異議者，應於公告期間內向該管直轄市或縣（市）主管機關以書面提出。

三、依前開規定表示異議時，則提出異議之申請書略列如後：

申請書

受文者：台北市政府

主　旨：為台北市大安區○○段○○二小段○○地號土地徵收，其補償地價未依法計發，特表示異議。

說　明：

一、本案前開土地係異議人所有，於民國○○年○○月○○日公告徵收，其地價依公告現值計發，顯然偏低，為此表示異議。

二、經查本案土地係都市計畫公園預定地，長久以來保留徵收，致歷年公告現值偏低，依平均地權條例第十條、土地徵收條例第三十條規定，應按毗鄰非公共設施保留地之平均公告土地現值，補償其地價。都市計畫法第四十九條亦相同規定，而且必要時得加成補償之。是以本案土地徵收，按被徵收土地之公告現值補償，顯不合法，敬請重新計發補償地價。

```
          申請人：○○○        印
          住　　址：○○○○
          身分證統一編號：○○○○
          電　　話：○○○○

中　華　民　國　○○　年　○○　月　○○　日
```

陸、殘餘土地請求一併徵收申請書

　　一、土地徵收條例第八條規定：徵收土地之殘餘部分面積過小或形勢不整，致不能為相當之使用者，或徵收建築改良物之殘餘部分不能為相當之使用者，所有權人得於徵收公告之日起一年內，向該管直轄市或縣（市）主管機關申請一併徵收，逾期不予受理。

　　二、依前開規定，請求一併徵收之申請書略例如後：

申請書

受文者：台北市政府

主　旨：為台北市○○區○○段○小段○○地號土地被徵收，其殘餘部分請惠予一併徵收。

說　明：

　　　　一、本案前開土地係都市計畫道路預定地，於民國○○年○○月○○日公告徵收在案。該土地因係按道路範圍徵收，致留有殘餘部分，不僅面積過小，只剩二○平方公尺，而且形勢不整，已不能為相當之使用，為此，特依土地徵收條例第八條規定，請求一併徵收。

　　　　二、茲檢附地籍圖謄本、土地登記簿謄本各一份，敬請惠予

核准一併徵收。

申請人：張三　　印
住　　址：○○○○

中　華　民　國　○○　年　○○　月　○○　日

柒、土地公告徵收權利備案申請書

一、土地徵收條例第二十四條規定：

被徵收土地或建築改良物之所有權或他項權利，以公告之日土地登記簿或建築改良物登記簿記載者為準。但於公告前因繼承、強制執行、法院之判決或其他依法律規定取得土地或建築改良物之所有權或他項權利而未經登記完畢者，其權利人應於徵收公告期間內，向該管直轄市或縣（市）主管機關申請將其權利備案。

被徵收土地因前條第二項規定辦理登記，其權利以登記後土地登記簿記載者為準。

二、依前開規定，申請權利備案，則提出申請書略例如後：

申請書

受文者：高雄縣政府

主　旨：為高雄縣鳳山市○○段○○小段○○地號土地公告徵收，申請權利備案，請惠予核辦。

說　明：

一、本案前開土地為學校預定地，於民國○○年○○月○

○日公告徵收，申請人於民國○○年○○月○○日與原
土地所有權人張○○成立買賣契約，由於買賣發生紛爭
致訴訟多年，如今業經法院判決確定移轉，惟適逢公告
徵收，除依土地徵收條例第二十三條規定申請登記外，
並依土地徵收條例第二十四條規定申請備案。

二、茲檢附法院判決確定移轉文件、土地登記簿謄本各一
　　份，敬請惠予備案。

　　　　　　申請人：○○○　　　　印
　　　　　　住　　址：○○○○

中　　華　　民　　國　○○　年　○○　月　○○　日

捌、請求收回被徵收土地申請書

一、土地徵收條例第九條規定：

被徵收之土地，除區段徵收及本條例或其他法律另有規定外，有下
列情形之一者，原土地所有權人得於徵收公告之日起二十年內，向該管
直轄市或縣（市）主管機關申請照原徵收補償價額收回其土地，不適用
土地法第二百十九條規定：

㈠徵收補償費發給完竣屆滿三年，未依徵收計畫開始使用者。

㈡未依核准徵收原定興辦事業使用者。

㈢依原徵收計畫開始使用後未滿五年，不繼續依原徵收計畫使用者。

該管直轄市或縣（市）主管機關收受申請後，經查明合於前項規定
時，應報原核准徵收機關核准後，通知原土地所有權人於六個月內繳還
原受領之補償地價及地價加成補償，逾期視為放棄收回權。

第一項第一款之情形，係因不可歸責於需用土地人之事由者，不得申請收回土地。

第一項第一款所稱開始使用，指興辦事業之主體工程動工。但依其事業性質無需興建工程者，不在此限。

二、依前開規定，請求收回被徵收土地申請書略例如後：

申請書

受文者：台北縣政府

主　旨：為台北縣新店市○○段○○小段○○地號土地被徵收，依法請求收回，敬請惠予核辦。

說　明：

一、本案前開土地原係申請人所有，於民國○○年○○月○○日公告徵收作為市場用地，於民國○○年○○月○○日徵收補償發給完竣，徵收公告亦記明於民國○○年○○月○○日開始動工，如今徵收補償發給完竣已屆滿三年，迄未見依徵收計畫開始使用，為此，特依土地徵收條例第九條規定，申請照徵收價額收回該土地。

二、茲檢附土地登記簿謄本一份，敬請惠予核辦。

申請人：○○○　　　　　㊞

住　址：○○○○

中　華　民　國　○○　年　○○　月　○○　日

玖、承買「照價收買後出售」之土地延期建築申請書

一、平均地權條例第七十三條規定：

依第二十六條、第七十二條、第七十六條照價收買後再出售之土地及依第五十五條之二第一項第五款出售之土地，其承購人應自承購之日起一年內興工建築；逾期不建築，亦未報准延期建築者，直轄市或縣（市）政府得照原價收回。

前項延期建築之期限，不得逾六個月。

二、平均地權條例第二十六條規定：

直轄市或縣（市）政府對於私有空地，得視建設發展情形，分別劃定區域，限期建築、增建、改建或重建；逾期未建築、增建、改建或重建者，按該宗土地應納地價稅基本稅額加徵二倍至五倍之空地稅或照價收買。

經依前項規定限期建築、增建、改建或重建之土地，其新建之改良物價值不及所占基地申報地價百分之五十者，直轄市或縣（市）政府不予核發建築執照。

三、平均地權條例第七十二條規定：

前條超額土地，直轄市或縣（市）政府應通知土地所有權人於二年內出售或建築使用；逾期未出售或未建築使用者，得予照價收買，整理後出售與需用土地人建築使用。但在建設發展較緩之地段，不在此限。

四、平均地權條例第七十六條規定：

出租耕地經依法編為建築用地者，出租人為收回自行建築或出售作為建築使用時，得終止租約。

依前項規定終止租約，實際收回耕地屆滿一年後，不依照使用計畫建築使用者，直轄市或縣（市）政府得照價收買之。

五、平均地權條例第五十五條之二第一項第五款規定：

區段徵收範圍內之土地，經規劃整理後可供建築土地，得予標售、

標租或設定地上權。

六、依前開規定報准延期建築之申請書略例如後：

申請書

受文者：台北市政府

主　旨：為台北市○○區○○段○○小段○○地號土地，請惠准予延
　　　　期建築六個月。

說　明：

　　　　一、本案前開土地，係平均地權條例第二十六條所定照價收
　　　　　　買後再出售之土地，由申請人於民國○○年○○月○○
　　　　　　日所承購。該土地依平均地權條例第七十三條規定，應
　　　　　　自承購之日起一年內興工建築，如今已將屆滿一年，因
　　　　　　為求地盡其利，並期建築壯觀，正與鄰地協議合併建
　　　　　　築，可望於近期內達成協議。

　　　　二、若達成協議，將重新委請建築師建築設計，為此特申請
　　　　　　惠予核准延期建築六個月。

　　　　　　　　申請人：○○建設股份有限公司　　　㊞

　　　　　　　　法定代理人：○○○　　　㊞

　　　　　　　　地　　址：○○○○

　　　　　　　　電　　話：○○○○

中　華　民　國　○○　年　○○　月　○○　日

第二節　稅捐相關申請書

壹、地價稅

一、土地所有權人申請由占有人代繳地價稅：

㈠地價稅之納稅義務人為土地所有權人，其設定有典權者，為典權人（土地稅法§3）。

㈡若土地被他人占有使用，而土地所有權人申請由占有人代繳者，則由土地使用人負責代繳其使用部分之地價稅（土地稅法§4）。

二、申請分單納稅：

㈠土地稅法第十五條規定：

地價稅按每一土地所有權人在每一直轄市或縣（市）轄區內之地價總額計徵之。

前項所稱地價總額，指每一土地所有權人依法定程序辦理規定地價或重新規定地價，經核列歸戶冊之地價總額。

㈡依前開規定，同一人同一縣市內有兩筆以上之土地，係歸戶於同一地價稅單內。

㈢土地稅法施行細則第十九條規定：

欠繳地價稅之土地於移轉時，得由移轉土地之義務人或權利人申請分單繳納，分單繳納稅額之計算公式如附件三。

前項欠繳地價稅稅單，已合法送達者，其分單繳納稅款之限繳日期，以原核定限繳日期為準；未合法送達者，其分單繳納稅款及其餘應納稅款應另訂繳納期間，並予送達。如欠繳地價稅案件已移送法院執行，稽徵機關於分單稅款繳清時，應即向法院更正欠稅金額。

【附件三】分單繳納地價稅額之計算公式（土地稅法施行細則第十九條附件）

核准分單繳納當年（期）稅額＝

$$\frac{分單土地之當（期）課稅地價}{當年（期）課稅地價總額} \times 當年（期）應繳地價稅稅額$$

三、工業、礦業、寺廟、教堂、加油站、停車場等用地優惠稅率地價稅：

㈠土地稅法第十八條規定：

供下列事業直接使用之土地，按千分之十計徵地價稅。但未按目的事業主管機關核定規劃使用者，不適用之：

1.工業用地、礦業用地。

2.私立公園、動物園、體育場所用地。

3.寺廟、教堂用地、政府指定之名勝古蹟用地。

4.經主管機關核准設置之加油站及依都市計畫法規定設置之供公眾使用之停車場用地。

5.其他經行政院核定之土地。

在依法劃定之工業區或工業用地公告前，已在非工業區或工業用地設立之工廠，經政府核准有案者，其直接供工廠使用之土地，準用前項規定。

第一項各款土地之地價稅，符合第六條減免規定者，依該條減免之。

㈡土地稅法施行細則第十三條規定：

依本法第十八條第一項特別稅率計徵地價稅之土地，指下列各款土地經按目的事業主管機關核定規劃使用者。

1.工業用地：為依區域計畫法或都市計畫法劃定之工業區或依其他法律規定之工業用地，及工業主管機關核准工業或工廠使用範圍內之土地。

2.礦業用地：為經目的事業主管機關核准開採礦業實際使用地面之土地。

3.私立公園、動物園、體育場所用地：為經目的事業主管機關核准

設立之私立公園、動物園及體育場所使用範圍內之土地。

4.寺廟、教堂用地、政府指定之名勝古蹟用地：為已辦妥財團法人或寺廟登記之寺廟、專供公開傳教佈道之教堂及政府指定之名勝古蹟使用之土地。

5.經主管機關核准設置之加油站及依都市計畫法規定設置之供公眾使用之停車場用地：為經目的事業主管機關核准設立之加油站用地，及依都市計畫法劃設並經目的事業主管機關核准供公眾停車使用之停車場用地。

6.其他經行政院核定之土地：為經專案報行政院核准之土地。

㈢土地稅法施行細則第十四條第一項規定：

土地所有權人，申請適用本法第十八條特別稅率計徵地價稅者，應填具申請書，並依下列規定，向主管稽徵機關申請核定之。

1.工業用地：應檢附工業主管機關核准之使用計畫書圖或工廠設立許可證及建造執照等文件。其已開工生產者，應檢附工廠登記證。

2.其他按特別稅率計徵地價稅之土地：應檢附目的事業主管機關核准或行政院專案核准之有關文件及使用計畫書圖或組織設立章程或建築改良物證明文件。

㈣土地稅法第四十一條規定：

土地所有權人應於每年（期）地價稅開徵四十日前提出申請（九月二十一日前）；逾期申請者，自申請之次年期開始適用。前已核定而用途未變更者，以後免再申請。

四、公共設施保留地課徵地價稅：

㈠都市計畫法第四十二條規定：

都市計畫地區範圍內，應視實際情況，分別設置下列公共設施用地：

1.道路、公園、綠地、廣場、兒童遊樂場、民用航空站、停車場所、河道及港埠用地。

2.學校、社教機關、體育場所、市場、醫療衛生機構及機關用地。

3.上下水道、郵政、電信、變電所及其他公用事業用地。

4.本章規定之其他公共設施用地。

前項各款公共設施用地應儘先利用適當之公有土地。

㈡土地稅法第十九條規定：

都市計畫公共設施保留地，在保留期間仍為建築使用者，除自用住宅用地依第十七條之規定外，統按千分之六計徵地價稅；其未作任何使用並與使用中之土地隔離者，免徵地價稅。

㈢土地稅法施行細則第十六條規定：

都市計畫公共設施保留地釘樁測量分割前，仍照原有稅額開單課徵，其溢徵之稅額，於測量分割後准予抵沖應納稅額或退還。

五、適用特別稅率之原因、事實消滅時之申報：

㈠土地稅法第四十一條第二項規定：

適用特別稅率之原因、事實消滅時，應即向主管稽徵機關申報。

㈡土地稅法第五十四條第一項第一款規定：

納稅義務人，於減免地價稅之事實消滅時，未向主管稽徵機關申請，藉以減輕稅賦者，除追補應納部分外，處短匿稅額三倍之罰鍰。

㈢土地稅法施行細則第十四條第二項規定：

核定按本法第十八條特別稅率計徵地價稅之土地，有下列情形之一者，應由土地所有權人申報改按一般用地稅率計徵地價稅。

1.逾目的事業主管機關核定之期限尚未按核准計畫完成使用者。

2.停工或停止使用逾一年者。

㈣土地稅法施行細則第十五條規定：

適用特別稅率之原因、事實消滅時，土地所有權人應於三十日內向主管稽徵機關申報，未於限期內申報者，依本法第五十四條第一項第一款之規定辦理。

六、依前開各有關規定之申請書略例如後：

申請書

受文者：台北市稅捐稽徵處○○分處

主　旨：為台北市○○區○○段○○小段○○地號土地之地價稅，請惠准由占有人代繳。

說　明：

　　一、申請人所有前開土地，自民國○○年○○月○○日起，即由張○○（住：○○○○）全部占有使用，至今迄未返還，將來何時返還尚未可知，爰依土地稅法第四條規定，申請由占有人代繳該筆土地之全部地價稅。

　　二、茲檢附該筆土地之地價稅繳納收據影本，敬請惠予核准由占有人代繳。

　　　　　　　　申請人：林○○　　　　印

　　　　　　　　住　　址：○○○○

　　　　　　　　出生年月日：○○○○

　　　　　　　　身分證統一編號：○○○○

　　　　　　　　電　　話：○○○○

中　華　民　國　　○○　年　　○○　月　　○○　日

註：本例係所有權人申請由占有人代繳地價稅

申請書

受文者：台北市稅捐稽徵處○○分處

主　旨：為台北市○○區○○段○小段○○地號土地之地價稅，請惠
　　　　准予分單納稅。

說　明：

　　一、申請人係本案前開土地之承買人，前開土地業已申報土
　　　　地增值稅，並已繳納在案，由於出賣人另有多筆土地與
　　　　前開土地合併同一地價稅單課稅，而出賣人過去多期未
　　　　繳納而欠稅，如今該筆土地出賣與申請人，為辦理土地
　　　　移轉登記，爰依土地稅法施行細則第十九條規定，申請
　　　　分單繳納。

　　二、茲檢附原有地價稅單乙份，土地增值稅單影本乙份，敬
　　　　請惠予核辦。

　　　　　　申請人：○○○　　　　印

　　　　　　地　址：○○○○

中　華　民　國　○○　年　○○　月　○○　日

註：本例係申請分單納稅

申請書

受文者：桃園縣稅捐稽徵處○○分處

主　旨：為桃園縣○○鄉○○段○小段○○地號土地等十筆，請惠予核定按千分之十課徵地價稅。

說　明：

一、本公司所有桃園縣○○鄉○○段○○小段○○地號等十筆土地，均屬土地稅法施行細則第十三條規定之工業用地，依土地稅法第十八條規定，得按千分之十計徵地價稅。

二、茲檢附工廠設立許可證及建造執照等文件，暨地價稅單影本，依土地稅法施行細則第十四條規定申請核定。

申請人：○○工業股份有限公司　　　㊞

法定代理人：○○○　　　㊞

地　　址：○○○○

中　華　民　國　○○　年　○○　月　○○　日

註：本例係工業用地按特別稅率課稅之申請

申請書

受文者：台北市稅捐稽徵處○○分處

主　旨：為台北市○○區○○段○小段○○地號土地係寺廟用地，請惠予核定按千分之十課徵地價稅。

說　明：

　　一、本案前開土地，面積○○○○○公頃全部，原係按一般
　　　　稅率累進計課地價稅，該土地上建築寺廟，並已辦妥寺
　　　　廟登記，爰依土地稅法第十八條及其施行細則第十三
　　　　條、第十四條規定，申請按千分之十計徵地價稅。

　　二、茲檢附寺廟登記證影本及地價稅單影本各一份，敬請核
　　　　辦。

　　　　　　　申請人：○○○寺　　　印
　　　　　　　住　持：○○○　　　印

中　華　民　國　○○　年　○○　月　○○　日

註：本例係寺廟用地按特別稅率課稅之申請

申請書

受文者：台北市稅捐稽徵處○○分處

主　旨：為台北市○○區○○段○小段○○地號土地係加油站用地，請
　　　　惠予核准按千分之十計課地價稅。

說　明：

　　一、本案前開土地，面積○○○○公頃全部，原係按一般稅
　　　　率累進計課地價稅，該土地業經主管機關核准設置加油
　　　　站，並已興建加油站完成，爰依土地稅法第十八條及其
　　　　施行細則第十三條、第十四條規定，申請改按千分之十
　　　　計課地價稅。

　　二、茲檢附地價稅單影本及主管機關核准設置文件影本各

一份，敬請惠予核辦。

申請人：○○○○加油站　　　印

負責人：○○○　　印

中　　華　　民　　國　○○　年　○○　月　○○　日

註：本例係加油站按特別稅率課稅之申請

申請書

受文者：台北市稅捐稽徵處○○分處

主　旨：為台北市○○區○○段○小段○○地號土地係都市計畫公共設施保留地，請惠准予免徵地價稅。

說　明：

一、申請人係前開土地所有權人，前開土地於民國○○年○○月○○日經都市計畫劃為公園預定地，由於該土地未作任何使用，並與使用中之土地隔離，爰依土地稅法第十九條規定，申請免徵地價稅。

二、茲檢附公共設施保留地證明書、地價稅單影本各一份，敬請惠予核准免徵地價稅。

申請人：張○○　　　印

住　址：○○○○

電　話：○○○○

中　華　民　國　○○　年　○○　月　○○　日

註：本例係公設保留地免稅之申請

申請書

受文者：台北市稅捐稽徵處○○分處

主　旨：為台北市○○區○○段○小段○○地號土地，申報變更為非
自用住宅用地。

說　明：

一、申請人所有前開土地，原係以自用住宅用地課徵地價
稅，申請人於民國○○年○○月○○日業已遷居他處，
該地不再是自用住宅用地，爰依土地稅法第四十一條第
二項及其施行細則第十五條規定予以申報。

二、茲檢附地價稅單影本一份，請惠予備查。

申請人：林○○　　　㊞

地　址：○○○○

中　華　民　國　○○　年　○○　月　○○　日

註：本例係自用住宅用地變更為非自用住宅用地之申請

<h1 style="text-align:center">申請書</h1>

受文者：台北縣稅捐稽徵處○○分處

主　旨：為台北縣○○市○○段○小段○○地號工業用地，申報變更
　　　　　為一般用地。

說　明：

　　　　一、申請人所有前開土地，原係以工業用地課徵地價稅，因
　　　　　　經濟不景氣，工廠業已停工（或停止使用逾一年，或逾
　　　　　　核定期限尚未按核准計畫完成使用），爰依土地稅法施
　　　　　　行細則第十四條及第十五條規定，依法申報。

　　　　二、茲檢附地價稅單影本一份，請惠予備查。

　　　　　　　　申請人：○○○○○○公司　　　印

　　　　　　　　法定代理人：張○○　　印

　　　　　　　　地　址：○○○○

中　華　民　國　○○　年　○○　月　○○　日

註：本例係工業用地變更為一般用地之申請

貳、土地增值稅

一、現值申報

㈠徵收時機（土地稅法§28，29）：

　　已規定地價之土地，於土地所有權移轉時，應按其土地漲價總數額
徵收土地增值稅；設定典權時應預繳土地增值稅。

(二)申報現值（土地稅法§49）：

土地所有權移轉或設定典權時，權利人及義務人應於訂定契約之日起三十日內，檢附契約影本及有關文件，共同向主管稽徵機關申報其土地移轉現值。但依規定得由權利人單獨申請登記者，權利人得單獨申報其移轉現值。

主管稽徵機關應於申報土地移轉現值收件之日起七日內，核定應納土地增值稅額，並填發稅單，送達納稅義務人。但申請按自用住宅用地稅率課徵土地增值稅之案件，其期間得延長為二十日。

權利人及義務人應於繳納土地增值稅後，共同向主管地政機關申請土地所有權移轉或設定典權登記。主管地政機關於登記時，發現該土地公告現值、原規定地價或前次移轉現值有錯誤者，立即移送主管稽徵機關更正重核土地增值稅。

二、土地改良費、土地重劃費及工程受益費之減除：

(一)減除費用（土地稅法§31I②）：

經核定之申報移轉現值中，得減除土地所有權人為改良土地已支付之全部費用，包括已繳納之工程受益費、土地重劃費用。

(二)申請減除（土地稅法施行細則§51）：

依本法第三十一條第一項第二款規定應自申報移轉現值中減除之費用，包括改良土地費用、已繳納之工程受益費及土地重劃負擔總費用。但照價收買之土地，已由政府依平均地權條例第三十二條規定補償之改良土地費用及工程受益費不包括在內。

依前項規定減除之費用，應由土地所有權人於土地增值稅繳納期限屆滿前檢附工程受益費繳納收據、工務（建設）機關發給之改良土地費用證明書或地政機關發給之土地重劃負擔總費用證明書，向主管稽徵機關提出申請。

㈢改良土地：

1.改良土地之定義（平均地權條例施行細則§11）：

本條例所稱改良土地，指下列各款而言：

⑴建築基地改良：包括整平或填挖基地、水土保持、埋設管道、修築駁崁、開挖水溝、鋪築道路等。

⑵農地改良：包括耕地整理、水土保持、土壤改良及修築農路、灌溉、排水、防風、防砂、堤防等設施。

⑶其他用地開發所為之土地改良。

2.改良程序（平均地權條例施行細則§12）：

土地所有權人為本條例所定改良須申請核發土地改良費用證明者，應於改良前先依下列程序申請驗證；於驗證核准前已改良之部分，不予核發土地改良費用證明：

⑴於開始興工改良之前，填具申請書，向直轄市或縣（市）主管機關申請驗證，並於工程完竣翌日起十日內申請複勘。

⑵直轄市或縣（市）主管機關於接到申請書後派員實地勘查工程開始或完竣情形。

⑶改良土地費用核定後，直轄市或縣（市）主管機關應按宗發給證明，並通知地政機關及稅捐稽徵機關。

前項改良土地費用評估基準，由直轄市或縣（市）主管機關定之。

在實施建築管理之地區，建築基地改良得併用雜項執照申請驗證，並按宗發給證明。

三、增繳地價稅抵繳土地增值稅不符之申請更正：

㈠抵繳（土地稅法§31III）：

土地所有權人辦理土地移轉繳納土地增值稅時，在其持有土地期間內，因重新規定地價增繳之地價稅，就其移轉土地部分，准予抵繳其應納之土地增值稅。但准予抵繳之總額，以不超過土地移轉時應繳增值稅總額百分之五為限。

前項增繳之地價稅抵繳辦法，由行政院定之。

(二)不符更正之申請（土地稅法施行細則§52）：

土地所有權人收到土地增值稅繳納通知書後，發現主管稽徵機關未依本法第三十一條第三項計算增繳地價稅或所計算增繳地價稅金額不符時，得敘明理由，於土地增值稅繳納期限屆滿前向主管稽徵機關申請更正。

四、自用住宅用地優惠稅率之申請：

(一)適用要件（土地稅法§34）：

土地所有權人出售其自用住宅用地者，都市土地面積未超過三公畝部分或非都市土地面積未超過七公畝部分，其土地增值稅統就該部分之土地漲價總數額按百分之十徵收之；超過三公畝或七公畝者，其超過部分之土地漲價總數額，依前條規定之稅率徵收之。

前項土地於出售前一年內，曾供營業使用或出租者，不適用前項規定。

第一項規定於自用住宅之評定現值不及所占基地公告土地現值百分之十者，不適用之。但自用住宅建築工程完成滿一年以上者不在此限。

土地所有權人，依第一項規定稅率繳納土地增值稅者，以一次為限。

(二)申請與補行申請（土地稅法§34-1）：

土地所有權人申請按自用住宅用地稅率課徵土地增值稅，應於土地現值申報書註明自用住宅字樣，並檢附戶口名簿影本及建築改良物證明文件；其未註明者，得於繳納期間屆滿前，向當地稽徵機關補行申請，逾期不得申請依自用住宅用地稅率課徵土地增值稅。

土地所有權移轉，依規定由權利人單獨申報土地移轉現值或無須申報土地移轉現值之案件，稽徵機關應主動通知土地所有權人，其合於自用住宅用地要件者，應於收到通知之次日起三十日內提出申請，逾期申請者，不得適用自用住宅用地稅率課徵土地增值稅。

五、買進賣出土地增值稅退還之申請：

㈠退稅要件（土地稅法§35）：

土地所有權人於出售土地或土地被徵收後，自完成移轉登記或領取補償地價之日起，二年內重購土地合於下列規定之一，其新購土地地價超過原出售土地地價或補償地價，扣除繳納土地增值稅後之餘額者，得向主管稽徵機關申請就其已納土地增值稅額內，退還其不足支付新購土地地價之數額：

1.自用住宅用地出售或被徵收後，另行購買未超過三公畝之都市土地或未超過七公畝之非都市土地仍作自用住宅用地者。

2.自營工廠用地出售或被徵收後，另於其他都市計畫工業區或政府編定之工業用地內購地設廠者。

3.自耕之農業用地出售或被徵收後另行購買仍供自耕之農業用地者。

前項規定土地所有權人於先購買土地後，自完成移轉登記之日起二年內，始行出售土地或土地始被徵收者，準用之。

第一項第一款及第二項規定，於土地出售前一年內，曾供營業使用或出租者，不適用之。

㈡賣少買多之計價標準（土地稅法§36）：

前條第一項所稱原出售土地地價，以該次移轉計徵土地增值稅之地價為準。所稱新購土地地價，以該次移轉計徵土地增值稅之地價為準；該次移轉課徵契稅之土地，以該次移轉計徵契稅之地價為準。

㈢申請退稅手續（土地稅法施行細則§55）：

土地所有權人因重購土地，申請依本法第三十五條規定退還已納土地增值稅者，應由土地所有權人檢同原出售及重購土地向地政機關辦理登記時之契約文件影本，或原被徵收土地徵收日期之證明文件及重購土地向地政機關辦理登記時之契約文件影本，提出於原出售或被徵收土地所在地稽徵機關辦理。

重購土地與出售土地不在同一縣市者，依前項規定受理申請退稅之稽徵機關，應函請重購土地所在地稽徵機關查明有關資料後再憑辦理；其經核准退稅後，應即將有關資料通報重購土地所在地稽徵機關。

重購土地所在地稽徵機關對已核准退稅之案件及前項受通報之資料，應列冊（或建卡）保管，在其重購土地之有關稅冊註明：「重購之土地在五年內移轉或改作其他用途應追繳原退之土地增值稅」等字樣。

前項稽徵機關對於核准退稅案件，每年應定期清查，如發現重購土地五年內改作其他用途或再行移轉者，依本法第三十七條規定辦理。

(四)列管五年（土地稅法§37）：

土地所有權人因重購土地退還土地增值稅者，其重購之土地，自完成移轉登記之日起，五年內再行移轉時，除就該次移轉之漲價總數額課徵土地增值稅外，並應追繳原退還稅款；重購之土地，改作其他用途者亦同。

六、典權回贖土地增值稅退還之申請：

(一)無息退稅（土地稅法§29）：

已規定地價之土地，設定典權時，出典人應依法預繳土地增值稅，出典人回贖時，原繳之土地增值稅，應無息退還。

(二)申請退稅應備文件（土地稅法施行細則§45）：

土地出典人依本法第二十九條但書規定，於土地回贖申請無息退還其已繳納土地增值稅時，應檢同有關土地回贖已塗銷典權登記之土地登記簿謄本及原納稅證明文件向主管稽徵機關申請之。

七、欠稅代繳之申請（土地稅法§51）：

欠繳土地稅之土地，在欠稅未繳清前，不得辦理移轉登記或設定典權。

經法院拍賣之土地，依第三十條第一項第五款但書規定審定之移轉現值核定其土地增值稅者，如拍定價額不足扣繳土地增值稅時，拍賣法

院應俟拍定人代為繳清差額後，再行發給權利移轉證書。

　　第一項所欠稅款，土地承受人得申請代繳或在買價、典價內照數扣留完納；其屬代繳者，得向納稅義務人求償。

八、撤銷原申報案：

㈠逾期納稅之撤銷（土地稅法施行細則§60）：

　　土地增值稅於繳納期限屆滿逾三十日仍未繳清之滯欠案件，主管稽徵機關應通知當事人限期繳清或撤回原申報案，逾期仍未繳清稅款或撤回原申報案者，主管稽徵機關應逕行註銷申報案及其查定稅額。

㈡移轉不成立之撤回：

　　1.土地移轉應報繳土地增值稅，惟於申報後，或因某種原因解約而不予移轉，是以已申報之移轉增值稅案應予申請撤回。

　　2.申請撤回之期限為申報後，登記完畢前，若已經移轉登記完畢，則不得撤回。申請撤銷時，若土地增值稅單已開出而尚未繳納，得填寫申請書並檢附該稅單及有關文件提出申請。若增值稅已經繳納，其收據不附於本申請書。

九、撤回後退稅之申請：

　　土地移轉應報繳土地增值稅，若繳納土地增值稅後，於登記完畢前撤回移轉申報案件獲核准，得填寫申請書申請退還已繳納之土地增值稅。

申請書

受文者：台北市政府工務局

主　旨：為擬於台北市○○區○○段○小段○○地號土地改良，請惠予查驗。

說　明：

　　一、申請人所有前開土地，係屬都市計畫住宅區之建築用地，

惟需進行建築基地改良，始可建築，為此，依法申請查
驗，擬予動工整平並鋪築道路。

二、茲檢附地籍圖謄本及土地改良計畫圖說各乙份，敬請惠
予查驗。

　　　　　　　　申請人：○○○　　　　印

　　　　　　　　住　址：○○○○

　　　　　　　　身分證統一編號：○○○○

　　　　　　　　電　話：○○○

中　華　民　國　○○　年　○○　月　○○　日

註：本例係土地改良申請查驗

申請書

受文者：台北市政府工務局

主　旨：為台北市○○區○○段○小段○○地號土地改良工程完竣，
請惠予複勘核定改良土地費用並核發證明書。

說　明：

一、申請人所有前開土地，於民國○○年○○月○○日申請
貴局查驗核准建築基地改良在案。該改良工程業於民國
○○年○○月○○日完工，為此特申請惠予複勘。

二、敬請惠予複勘核定改良土地費用，並核發證明書。

　　　　　　　申請人：○○○　　　印
　　　　　　　住　址：○○○○
　　　　　　　身分證統一編號：○○○○
　　　　　　　電　話：○○○

中　華　民　國　○○　年　○○　月　○○　日

註：本例係土地改良完竣申請複勘

申請書

受文者：台北市稅捐稽徵處○○分處

主　旨：為台北市○○區○○段○小段○○地號土地增繳地價稅抵繳土地增值稅，請惠予更正。

說　明：

一、申請人所有前開土地，於民國○○年○○月○○日取得，至今十餘年，歷經多次重新規定地價增繳地價稅在案。

二、前開土地於民國○○年○○月○○日訂約出賣與林○○，依法申報現值，經　貴處核發土地增值稅單，惟查該土地增值稅單所核計之土地增值稅額，並未將增繳之地價稅予以抵繳，爰依土地稅法施行細則第五十二條規定，申請更正。

三、茲檢附土地增值稅單乙份，敬請惠予核辦。

　　　　　　　申請人：張○○　　　印

住　　址：○○○○

電　　話：○○○

中　　華　　民　　國　○○　年　○○　月　○○　日

註：本例係增繳地價稅未抵繳土地增值稅申請更正

申請書

受文者：台北市松山稅捐分處

主　旨：為台北市松山區延吉街三小段二四地號土地乙筆，持分五分
之一，請惠准予改按自用住宅優惠稅率計徵土地增值稅。

說　明：

一、本案前述土地之地上房屋，即坐落台北市延吉街二○○
巷二十三號四樓，於民國○○年○○月○○日立約出售
與李四，並於民國○○年○○月○○日向　貴處申報現
值收件第二○一八號在案。

二、本案確係自用住宅用地，茲檢附建築改良物所有權狀影
本及全戶戶口名簿影本各乙份，請改按自用住宅稅率計
徵土地增值稅。

申請人：張○○　　　㊞

身分證統一編號：○○○○

住　　址：台北市延吉街二○○巷二十三號四樓

代理人：陳○○　　　㊞

身分證統一編號：○○○○

住　　址：台北市○○○路三段一九九號六樓

| 中 | 華 | 民 | 國 | ○○ | 年 | ○○ | 月 | ○○ | 日 |

註：本例係補行申請自用住宅用地增值稅

申請書

受文者：台北市稅捐稽徵處松山分處

主　旨：為依土地稅法第三十五條規定，請求退還已繳納之土地增值稅，敬請惠予核准。

說　明：

一、申請人於民國○○年○○月○○日出售自用住宅用地坐落台北市松山區延吉街二小段二地號土地乙筆，持分四分之一，售價為新台幣八十五萬三千元正，繳納土地增值稅新台幣二十五萬三千元正，餘額為新台幣六十萬元正。另購置坐落台北市松山區敦化段一小段二○地號土地乙筆，持分四分之一，買價為新台幣一百二十萬元正，已辦妥自用住宅用地地價稅有關手續並獲核准在案。

二、本案已符土地稅法第三十五條規定之退稅要件，謹檢附買與賣之房地登記簿謄本、契約書影本、土地增值稅繳納收據及自用住宅用地地價稅核准文件各一份，敬請惠予核准退稅。

　　　　　　申請人：○○○　　㊞
　　　　　　住　址：○○○○
　　　　　　性　別：男

年　齡：民國○○年○○月○○日生

電　話：○○○○

中　華　民　國　○○　年　○○　月　○○　日

註：本例係買進賣出之申請退稅

申請書

受文者：台北市稅捐稽徵處大安分處

主　旨：為設定典權回贖台北市大安區懷生段二小段二○地號土地，敬請惠予核准退還原預繳之土地增值稅。

說　明：

一、前開土地於民國○○年○○月○○日設定典權與張三，並預繳土地增值稅新台幣二十五萬五千元正，如今已回贖該土地並辦妥典權塗銷登記在案，為此特依法請求退還已繳納之土地增值稅。

二、茲檢附土地登記簿謄本及土地增值稅繳納收據各乙份，請惠予核准退稅。

申請人：○○○　　　印

住　址：○○○○

性　別：男

年　齡：○○

電　話：○○○○

中　華　民　國　○○　年　○○　月　○○　日

註：本例係典權回贖之申請退稅

申請書

受文者：台北市稅捐稽徵處○○分處

主　旨：為台北市○○區○○段○小段○○地號土地移轉，請惠准予代繳欠繳之地價稅。

說　明：

　　一、本案前開土地原係張○○所有，於民國○○年○○月○○日出賣與申請人，惟張○○所有該土地有應繳而未繳之地價稅，爰依土地稅法第五十一條第三項規定，申請代繳。

　　二、敬請惠予發單繳納。

　　　　　　　　申請人：林○○　　印

　　　　　　　　住　址：○○○○

中　華　民　國　○○　年　○○　月　○○　日

註：本例係欠稅土地移轉承受人申請代繳

申請書

受文者：台北市稅捐稽徵處松山分處

主　旨：為台北市松山區延吉街一小段四五地號土地乙筆，持分五分之一，請惠准予撤回移轉現值申報案。

說　明：

一、本案前述土地於民國〇〇年〇〇月〇〇日立約出賣與王五，於民國〇〇年〇〇月〇〇日向　貴處提出現值申報，經　貴處開出土地增值稅繳納通知單，並經申請人依法繳納在案。因本案買賣雙方無法達成協議，買賣不成立，雙方同意申請撤回原申報案件。

二、茲檢附契約書二份，請准予撤銷。

申請人：買方：王〇　　　印　A100432201

住址：台北市延吉街二一號

賣方：李〇　　　印　A102334202

住址：台北市延吉街六八號

代理人：陳〇〇　　印　A101133421

住　址：台北市忠孝東路三段一九九號

中　華　民　國　〇〇　年　〇〇　月　〇〇　日

註：本例係申報現值後申請撤回

申請書

受文者：台北市稅捐稽徵處松山分處

主　旨：為台北市松山區延吉街一小段四五地號土地乙筆，持分五分
之一，請惠准予退還已繳納之土地增值稅。

說　明：

一、本案土地移轉申報現值案，業經　貴處民國〇〇年〇〇
月〇〇日北市稽松二字第二四〇一號函核准撤回。

二、茲檢附本案土地已繳納之增值稅收據乙份，請惠予辦理
退稅。

申請人：賣方：李〇　　　[印] A10213321

住址：〇〇〇〇

出生年月日：民國〇〇年〇〇月〇〇日

中　　華　　民　　國　〇〇　年　〇〇　月　〇〇　日

註：本例係申請撤回後已繳納土地增值稅之申請退稅

參、房屋稅

一、房屋稅之課徵，係以「房屋稅條例」為依據，茲依該條例之規
定，列述相關規定如次：

㈠申報現值（§7）：

納稅義務人應於房屋建造完成之日起三十日內檢附有關文件，向當
地主管稽徵機關申報房屋稅籍有關事項及使用情形；其有增建、改建、
變更使用或移轉、承典時，亦同。

㈡核定與異議（§10）：

主管稽徵機關應依據不動產評價委員會評定之標準，核計房屋現值。

依前項規定核計之房屋現值，主管稽徵機關應通知納稅義務人。納稅義務人如有異議，得於接到通知書之日起三十日內，檢附證件，申請重行核計。

㈢重大災害減免之申請（§15III）：

受重大災害，毀損面積占整棟面積五成以上，必須修復始能使用之房屋，免徵房屋稅；若受重大災害，毀損面積占整棟面積三成以上不及五成之房屋，其房屋稅減半徵收；應由納稅義務人於事實發生之日起三十日內申報當地主管稽徵機關調查核定之；逾期申報者，自申報日當月份起減免。

㈣停止課稅（§8）：

房屋遇有焚燬、坍塌、拆除至不堪居住程度者，應由納稅義務人申報當地主管稽徵機關查實後，在未重建完成期內，停止課稅。

㈤欠稅之限制（§22）：

欠繳房屋稅之房屋，在欠稅未繳清前，不得辦理移轉登記或設定典權登記。

前項所欠稅款，房屋承受人得申請代繳，其代繳稅額得向納稅義務人求償，或在買價、典價內照數扣除。

二、依前開規定，有關申請書略例如後：

申請書

受文者：台北市稅捐稽徵處○○分處

主　旨：為台北市○○路○○號房屋評定現值表示異議，請惠予重行核計。

說　明：

　　一、申請人所有前開房屋興建完成，依法申報房屋現值，經
　　　　於民國〇〇年〇〇月〇〇日接獲通知評定現值為新台
　　　　幣〇〇〇〇元正，由於前開房屋之毗鄰房屋亦於近期完
　　　　工，亦經評定現值在案，惟同地段同建材同屋齡，卻有
　　　　不同之評定現值，本案房屋之評定現值偏高，似有不
　　　　妥，爰依房屋稅條例第十條規定表示異議。

　　二、茲檢附鄰屋之評定現值表供作參考，請惠予重行核計，
　　　　至感德便。

　　　　　　　申請人：張〇〇　　　　印
　　　　　　　住　　址：〇〇〇〇

中　華　民　國　〇〇　年　〇〇　月　〇〇　日

註：本例係對房屋評定現值之異議

申請書

受文者：台北市稅捐稽徵處〇〇分處

主　旨：為台北市〇〇路〇〇號房屋因發生火災，請惠准予修護前免
　　　　徵房屋稅。

說　明：

　　一、申請人所有前開房屋，於民國〇〇年〇〇月〇〇日發
　　　　生火災，毀損面積占整棟面積五成以上，必須修護始
　　　　能使用，爰依房屋稅條例第十五條規定，申請免徵房
　　　　屋稅。

二、茲檢附照片三張，請惠予調查核定免稅。

　　　　　申請人：張○○　　　　印

　　　　　住　址：○○○○

中　華　民　國　○○　年　○○　月　○○　日

註：本例係重大災害申請房屋稅停止課稅

申請書

受文者：台北市稅捐稽徵處○○分處

主　旨：為台北市○○路○○號房屋坍塌不堪居住，請惠准予停課房屋稅。

說　明：

一、申請人所有前開房屋，因年久失修，於日前之地震坍塌，已不堪居住使用，爰依房屋稅條例第八條規定，申請停課房屋稅。

二、茲檢附照片一張，請惠予查實後准予停課房屋稅。

　　　　　申請人：張○○　　　　印

　　　　　住　址：○○○○

中　華　民　國　○○　年　○○　月　○○　日

註：本例係房屋坍塌不堪居住申請停止課稅

肆、契　稅

一、免繳怠報金與滯納金（契稅條例§30）：在規定申報繳納契稅期間，因不可抗力致不能如期申報或繳納者，應於不可抗力之原因消滅後十日內，聲明事由，經查明屬實，免予加徵怠報金或滯納金。

二、依前開規定，有關申請書略例如後：

申請書

受文者：台北市稅捐稽徵處○○分處

主　旨：為台北市○○路○○號五樓房屋買賣，不能如期繳納契稅，請惠准予延期繳納並免加徵滯納金。

說　明：

一、申請人於民國○○年○○月○○日向出賣人林○○承買前開房屋，依法應於民國○○年○○月○○日以前繳納契稅，惟因準備繳納時，不幸發生車禍，住院醫療近二個月，致無法如期納稅，此有住院證明可證，為此，爰依契稅條例第三十條規定，聲明事由，請免予加徵滯納金。

二、茲檢附住院證明及契稅單各一份，請惠准予延期繳納並免加徵滯納金。

　　　　　　　　申請人：張○○　　　印

　　　　　　　　住　址：○○○○

　　　　　　　　電　話：○○○

中　華　民　國　○○　年　○○　月　○○　日

註：本例係契稅不可抗力致不能如期納稅

申請書

　　聲明人張○○於民國○○年○○月○○日向出賣人林○○承買台北市○○路○○號三樓房屋一戶，依法應於三十日內申報契稅，惟因準備有關文件時，不幸發生車禍，住院醫療一個多月之時間，致無法如期申報，此有檢附之住院證明可證，爰依契稅條例第三十條規定，聲明此不可抗力之事由，敬請惠予查明並准予免加徵怠報金。

　　此致
台北市稅捐稽徵處○○分處

申明人：張○○　　印
住　址：○○○○

中　華　民　國　○○　年　○○　月　○○　日

註：本例係契稅不可抗力致不能如期申報

申請書

受文者：台北市稅捐稽徵處○○分處

主　旨：為台北市○○路○○號三樓房屋買賣不成，擬撤回契稅申報，請惠予核准。

說　明：

　　　　一、本案前開房屋於民國○○年○○月○○日訂約買賣，並於民國○○年○○月○○日依法申報契稅，　貴處尚未開發稅單，由於買賣雙方對於買賣條件無法達成協議，

乃申請撤回契稅申報。

二、茲檢附契約書二份，敬請惠准予撤回契稅申報。

　　　　　　　申請人：○○○　　印
　　　　　　　出賣人：張○○　　印
　　　　　　　住　址：○○○○
　　　　　　　承買人：林○○　　印
　　　　　　　住　址：○○○○
　　　　　　　代理人：陳○○　　印
　　　　　　　住　址：○○○○

中　華　民　國　○○　年　○○　月　○○　日

註：本例係契稅申報後申請撤回

申請書

受文者：台北市稅捐稽徵處○○分處

主　旨：為台北市○○路○○號三樓房屋買賣不成，業已申請獲准撤回，請惠予核准退還已繳納之契稅。

說　明：

一、本案前開房屋買賣不成，有關契稅申報，業經　貴處民國○○年○○月○○日○○字第○○○號核准撤回契稅申報在案。該契稅稅額新台幣○○○○元正，申請人業於民國○○年○○月○○日向○○銀行○○分行繳納，此有繳納收據可證。

二、茲檢附契稅繳納收據乙紙，敬請惠予核准退稅。

```
        申請人：張○○        印

        住　址：○○○○



中　華　民　國　○○　年　○○　月　○○　日
```

註：本例係撤回後申請退還契稅

伍、遺產稅與贈與稅之延期或分期納稅

一、申請延期申報（遺產及贈與稅法§26）：

遺產稅或贈與稅納稅義務人具有正當理由不能如期申報者，應於前三條規定限期屆滿前，以書面申請延長之。

前項申請延長期限以三個月為限。但因不可抗力或其他有特殊之事由者，得由稽徵機關視實際情形核定之。

二、申請延期與分期納稅（遺產及贈與稅法§30）：

遺產稅及贈與稅納稅義務人，應於稽徵機關送達核定納稅通知書之日起二個月內，繳清應納稅款；必要時，得於限期內申請稽徵機關核准延期二個月。

遺產稅或贈與稅應納稅額在三十萬元以上，納稅義務人確有困難，不能一次繳納現金時，得於前項規定納稅期限內，向該管稽徵機關申請，分十二期以內繳納；每期間隔以不超過二個月為限，並准以課徵標的物或其他易於變價或保管之實物一次抵繳。

經核准分期繳納者，應自繳納期限屆滿之次日起，至納稅義務人繳納之日止，依郵政儲金匯業局一年期定期存款利率，分別加計利息；利率有變動時，依變動後利率計算。

三、依前開規定，有關申請延期及申請書略例如後：

申請書

受文者：財政部台北市國稅局

主　旨：為被繼承人張○○遺產稅事件，請惠准予延期申報。

說　明：

　　一、緣被繼承人張○○於民國○○年○○月○○日亡故，申
　　　　請人為其合法繼承人，依法應於繼承開始時起六個月內
　　　　即民國○○年○○月○○日以前申報遺產稅，惟因遺產
　　　　頗多，恐無法短期內清理完畢如期申報，為免漏報或短
　　　　報，實俟清理完畢始提出申報為宜。

　　二、敬請惠予依遺產及贈與稅法第二十六條規定，核准延期
　　　　三個月申報，至感德便。

　　　　　　申請人：張○○　　　印

　　　　　　住　址：○○○○

中　　華　　民　　國　　○○　　年　　○○　　月　　○○　　日

註：本例係申請遺產稅延期申報遺產稅

申請書

受文者：財政部台北市國稅局

主　旨：為被繼承人張○○遺產稅繳納事件，請惠准予延期繳納。

說　明：

　　一、緣被繼承人張○○遺產稅，業經依法申報，　貴局並依

法開單通知繳納，由於稅額高達新台幣○○○○元，申請人實無能為力於限繳期限屆滿前籌款繳納。

二、茲檢附遺產稅單一份，敬請惠准依遺產及贈與稅法第三十條第一項規定核准延期二個月繳納。

　　　　　　申請人：張○○　　　㊞

　　　　　　住　　址：○○○○

中　　華　　民　　國　　○○　年　　○○　月　　○○　日

註：本例係申請遺產稅延期納稅

申請書

受文者：財政部台北市國稅局

主　旨：為被繼承人張○○遺產稅繳納事，請惠准予分期繳納。

說　明：

一、緣被繼承人張○○遺產稅案件，經　貴局依法核計開單繳納，由於稅額高達新台幣三百萬元正，申請人一次繳納確有困難，爰依遺產及贈與稅法第三十條第二項規定，申請分期繳納。

二、茲檢附遺產稅單一份，請惠准予分六期繳納。

　　　　　　申請人：張○○　　　㊞

　　　　　　住　　址：○○○○

| 中 | 華 | 民 | 國 | ○○ | 年 | ○○ | 月 | ○○ | 日 |

註：本例係申請遺產稅分期納稅

申請書

受文者：財政部台北市國稅局

主　旨：為被繼承人張○○遺產稅繳納事，請惠准予實物抵繳。

說　明：

一、緣被繼承人張○○遺產稅案件，經　貴局依法核計開單
　　繳納，由於稅額高達新台幣一百二十萬元正，申請人一
　　次現金繳納確有困難，為此，爰依遺產及贈與稅法有關
　　規定，申請實物抵繳。

二、茲檢附遺產稅單一份，抵繳之財產清單一份，敬請惠予
　　核准以各該實物抵繳遺產稅。

　　　　　　　申請人：張○○　　　　印

　　　　　　　住址：○○○○

| 中 | 華 | 民 | 國 | ○○ | 年 | ○○ | 月 | ○○ | 日 |

註：本例係申請遺產稅實物抵繳

第三節　集會遊行相關申請書

壹、集會遊行法

　　為保障人民集會、遊行之自由，維持社會秩序，政府制定有「集會遊行法」。

貳、集會遊行法規定：

一、室外集會、遊行之申請許可（§8）：

室外集會、遊行，應向主管機關申請許可。但下列各款情形不在此限：

1.依法令規定舉行者。

2.學術、藝文、旅遊、體育競賽或其他性質相類之活動。

3.宗教、民俗、婚、喪、喜、慶活動。

室內集會無須申請許可。但使用擴音器或其他視聽器材足以形成室外集會者，以室外集會論。

二、主管機關（§3）：

本法所稱主管機關，係指集會、遊行所在地之警察分局。

集會、遊行所在地跨越二個以上警察分局之轄區者，其主管機關為直轄市、縣（市）警察局。

三、申請手續（§9）：

室外集會、遊行，應由負責人填具申請書，載明下列事項，於六日前向主管機關申請許可。但因不可預見之重大緊急事故，且非即刻舉行，無法達到目的者，不受六日前申請之限制：

1.負責人或其代理人、糾察員姓名、性別、職業、出生年月日、國民身分證統一編號、住居所及電話號碼。

2.集會、遊行之目的、方式及起訖時間。

3.集會處所或遊行之路線及集合、解散地點。

4.預定參加人數。

5.車輛、物品之名稱、數量。

前項第一款代理人，應檢具代理同意書；第三款集會處所，應檢具該處所之所有人或管理人之同意文件；遊行，應檢具詳細路線圖。

四、不准許之不服申復（§16）：

室外集會、遊行之負責人，於收受主管機關不予許可、許可限制事項、撤銷、廢止許可、變更許可事項之通知書後，其有不服者，應於收受通知書之日起二日內以書面附具理由提出於原主管機關向其上級警察機關申復。但第十二條第二項情形，應於收受通知書之時起二十四小時內提出。

原主管機關認為申復有理由者，應即撤銷或變更原通知；認為無理由者，應於收受申復書之日起二日內連同卷證檢送其上級警察機關。但第十二條第二項情形，應於收受申復書之時起十二小時內檢送。

上級警察機關應於收受卷證之日起二日內決定，並以書面通知負責人。但第十二條第二項情形，應於收受卷證時起十二小時內決定並通知負責人。

參、依前開規定，有關申請書及申復書略例如後：

申請書

受文者：台北市政府警察局○○分局

主　旨：為申請集會遊行事，請惠予許可。

說　明：

　　　　一、台北市○○○○職業工會擬集會遊行：

　　　　　　㈠時間：民國○○年○○月○○日下午二時至五時。

　　　　　　㈡集會地點：台北市○○路○○公園。

(三)遊行路線：台北市○○路→○○街→○○路。

(四)解散地點：台北市○○路○○地方。

(五)預定參加人數：本會會員五○○人。

(六)車輛三十部，旗幟二百支，擴音設備十組。

(七)負責人：陳○○

　性　別：○

　職　業：○○

　出生年月日：○○○○○○

　身分證統一編號：○○○○○○

　電　話：○○○○○○

(八)糾察員：共計二十名（資料詳附件）

(九)遊行目的：為○○○○政策不合理而集會遊行。

(十)集會遊行方式：演講及沿街宣傳。

二、茲附上糾察員名冊、集會處所權利人同意書及詳細遊行
　　路線圖各乙份，敬請惠予許可並加派員警協助維持交通
　　秩序，至為銘感。

　　　　申請人：○○○○○○職業工會　　　　印

　　　　理事長：○○○　　　　印

　　　　住　　址：○○○○

　　　　電　　話：○○○○

中　華　民　國　○○　年　○○　月　○○　日

申復書

受文者：台北市政府警察局

主　旨：為台北市政府警察局○○分局不許可集會遊行，提出申復，
　　　　請惠予許可之決定。

說　明：

一、本會擬於民國○○年○○月○○日舉行集會遊行，經向
　　貴局○○分局提出申請許可，詎料該分局竟不予許可，
　　為此提出申復。

二、本會之集會遊行，其目的在喚起社會大眾對本行業之重
　　視，並針對台北市政府○○決策之不合理，提出訴求，
　　純為溫和、理性之集會遊行，且集會遊行之時間、地點
　　與路線，均非交通堵塞之時段與路段，遊行人員均為本
　　會之會員，奉公守法，絕無非理性之暴力行為表現。

三、基上理由，特提出申復，請惠予許可之決定。

申復人：○○○○○○職業工會　　㊞

理事長：○○○　　　㊞

地　址：○○○○

電　話：○○○○

中　　華　　民　　國　　○○　　年　　○○　　月　　○○　　日

第四編　行政救濟文書

第一章　基本認識

第一節　概說

所謂「行政救濟」，係指行政機關若有不法或不當行政處分，致損及人民權益時予以補救之方法。

對於不法或不當之行政處分，一般之補救方法有「行政監督」及「行政救濟」兩種。

所謂「行政監督」，係指行政機關內部之主管人員、權責單位或行政機關以外之其他具有權力之機關，對該行政處分發揮監督作用是也。所謂「監督」，其方式頗多，對於不法或不當之行政處分，其方式或為指示、或為糾正、或為變更、或為廢止。所謂行政機關以外之其他具有權力之機關，如行政處分機關之上級機關或立法部門（即各級民意機關）或監察機關。準此，對於不法或不當之行政處分，若循「行政監督」程序予以補救，常見者請願、陳情或請示、申訴等等，除請願以「請願書」為名外，其餘均得以申請書為名。惟為強調案情之特性，有以「陳情書」、「申訴書」為名者，實務上均無不可。

循行政監督程序予以補救，有謂為廣義之行政救濟。惟一般概念之「行政救濟」，泛指狹義之行政救濟，即依訴願法規定所為之訴願、再訴願及依行政訴訟法規定所為之行政訴訟。

我國憲法第二十四條規定：凡公務員違法侵害人民之自由或權利者，除依法律受懲戒外，應負民事及刑事責任。被害人民就其所受損害，並得依法律向國家請求賠償。「國家賠償法」為此類請求賠償之依據法律。

此外，為求行政處分之合法適當，諸多法律規定有「公告」與「異議」之制度，使行政處分在過程中，將瑕疵或遺憾能降低至最低程度，

是以將「公告」與「異議」視為行政救濟之一種，應無不可，並可謂為最廣義之行政救濟。

第二節　異議

所謂「異議」，係指對於行政處分表示不同之意見者也。

行政處分，因發生法律上確定之效果，為使該行政處分更趨於適當，使權利義務更趨於均衡，是以涉及到人民之權利義務者，其相關法律乃有異議制度之設計。

茲將「異議」，略為析述如次：

一、與公告並行：

法律設計之異議制度，通常均與公告制度並行，因經由公告通知，使權利之利害關係人為維護其權益而提出異議，是以異議可謂是一種權利。

二、應於公告期限內提出：

異議為利害關係人之權利，行使異議之權利，若無期限之限制，將使行政處分無法確定，非法治行政之常態，是以異議之期限，通常均規定應於公告期限內提出。若未於公告期限內提出，將確定行政處分，嗣後再有異議者，只有循行政救濟程序或司法救濟程序予以救濟。

三、由權利關係人提出：

提出異議之人，須為與該行政處分有權利義務之利害關係人，否則任何人均可提出異議，將徒增行政處分之困擾。

四、異議書之程式：

法律並未明定異議書之程式，一般均比照公文程式為之；至於其名稱，以「異議書」為名，或以「申請書」為名，均無不可。惟為強調案情，以「異議書」為名者居多。

第三節　請願

人民請願，應依「請願法」規定辦理（請願法§1）。

茲依請願法規定，略述如次：

一、**請願事項**：

㈠請願事項範圍（§2）：

人民對國家政策、公共利害或其權益之維護，得向職權所屬之民意機關或主管行政機關請願。

㈡請願事項之限制（§3）：

人民請願事項，不得牴觸憲法或干預審判。

㈢不得請願事項（§4）：

人民對於依法應提起訴訟或訴願之事項不得請願。

二、**受理機關**（§2）：

請願事項職權所屬之民意機關或主管行政機關。

三、**請願書之程式**（§5）：

人民請願應備具請願書，載明下列事項，由請願人或請願團體及其負責人簽章：

㈠請願之人姓名、性別、年齡、籍貫、職業、住址；請願人為團體時，其團體之名稱、地址及其負責人。

㈡請願所基之事實、理由及其願望。

㈢受理請願之機關。

㈣中華民國年、月、日。

四、**請願人之表現**：

㈠集體請願之代表陳述（§6）：

人民集體向各機關請願，面遞請願書，有所陳述時，應推代表為之；

其代表人數，不得逾十人。

㈡不得有暴行行為（§11）：

人民請願時，不得有聚眾脅迫、妨害秩序、妨害公務或其他不法情事；違者，除依法制止或處罰外，受理請願機關得不受理其請願。

五、受理機關之表現：

㈠得通知請願人前來答詢（§7）：

各機關處理請願案件時，得通知請願人或請願人所推代表前來，以備答詢；其代表人數，不得逾十人。

㈡結束應通知請願人（§8）：

各機關處理請願案件，應將其結果通知請願人；如請願事項非其職掌，應將所當投遞之機關通知請願人。

㈢對請願人不得脅迫歧視（§9）：

受理請願機關或請願人所屬機關之首長，對於請願人不得有脅迫行為或因其請願而有所歧視。

六、地方民意機關請願之準用（§10）：

地方民意機關代表人民向有關民意機關請願時，準用本法之規定。

第四節　訴願

一、訴願：

訴願，應依訴願法之規定，該法於八十九年六月十四日修正公布，茲略述訴願法相關規定如次：

㈠訴願事件：

1.訴願要件：

⑴訴願法第一條規定：

人民對於中央或地方機關之行政處分，認為違法或不當，致損害其

權利或利益者，得依本法提起訴願。但法律另有規定者，從其規定。

各級地方自治團體或其他公法人對上級監督機關之行政處分，認為違法或不當，致損害其權利或利益者，亦同。

(2)訴願法第二條規定：

人民因中央或地方機關對其依法申請之案件，於法定期間內應作為而不作為，認為損害其權利或利益者，亦得提起訴願。

前項期間，法令未規定者，自機關受理申請之日起為二個月。

2.行政處分之定義（§3）：

本法所稱行政處分，係指中央或地方機關就公法上具體事件所為之決定或其他公權力措施而對外直接發生法律效果之單方行政行為。

前項決定或措施之相對人雖非特定，而依一般性特徵可得確定其範圍者，亦為行政處分。有關公物之設定、變更、廢止或一般使用者，亦同。

(二)訴願管轄（§4）：

訴願之管轄如下：

1.不服鄉（鎮、市）公所之行政處分者，向縣（市）政府提起訴願。

2.不服縣（市）政府所屬各級機關之行政處分者，向縣（市）政府提起訴願。

3.不服縣（市）政府之行政處分者，向中央主管部、會、行、處、局、署提起訴願。

4.不服直轄市政府所屬各級機關之行政處分者，向直轄市政府提起訴願。

5.不服直轄市政府之行政處分者，向中央主管各部、會、行、處、局、署提起訴願。

6.不服中央各部、會、行、處、局、署所屬機關之行政處分者，向各部、會、行、處、局、署提起訴願。

7.不服中央各部、會、行、處、局、署之行政處分者，向主管院提起訴願。

8.不服中央各院之行政處分者，向原院提起訴願。

㈢訴願提起之期限：

1.應於三十日內提起（§14）：

訴願之提起，應自行政處分達到或公告期滿之次日起三十日內為之。

利害關係人提起訴願者，前項期間自知悉時起算。但自行政處分達到或公告期滿後，已逾三年者，不得提起。

訴願之提起，以原行政處分機關或受理訴願機關收受訴願書之日期為準。

訴願人誤向原行政處分機關或受理訴願機關以外之機關提起訴願者，以該機關收受之日，視為提起訴願之日。

2.不可抗力之遲誤（§15）：

訴願人因天災或其他不應歸責於己之事由，至遲誤前條之訴願期間者，於其原因消滅後十日內，得以書面敘明理由向受理訴願機關申請回復原狀。但遲誤訴願期間已逾一年者，不得為之。

申請回復原狀，應同時補行期間內應為之訴願行為。

3.扣除在途期間（§16）：

訴願人不在受理訴願機關所在地住居者，計算法定期間，應扣除其在途期間。但有訴願代理人住居受理訴願機關所在地，得為期間內應為之訴願行為者，不在此限。

前項扣除在途期間辦法，由行政院定之。

㈣訴願書程式（§56）：

訴願應具訴願書，載明下列事項，由訴願人或代理人簽名或蓋章：

1.訴願人之姓名、出生年月日、住、居所、身分證明文件字號。如係法人或其他設有管理人或代表人之團體，其名稱、事務所或營業所及管理人或代表人之姓名、出生年月日、住、居所。

2.有訴願代理人者，其姓名、出生年月日、住、居所、身分證明文件字號。

3.原行政處分機關。

4.訴願請求事項。

5.訴願之事實及理由。

6.收受或知悉行政處分之年、月、日。

7.受理訴願之機關。

8.證據。其為文書者，應添具繕本或影本。

9.年、月、日。

訴願應附原行政處分書影本。

依第二條第一項規定提起訴願者，第一項第三款、第六款所列事項，載明應為行政處分之機關、提出申請之年、月、日，並附原申請書之影本及受理申請機關收受證明。

㈤訴願之提起：

1.經由原行政處分機關提起（§58）：

訴願人應繕具訴願書經由原行政處分機關向訴願管轄機關提起訴願。

原行政處分機關對於前項訴願應先行重新審查原處分是否合法妥當，其認訴願為有理由者，得自行撤銷或變更原行政處分，並陳報訴願管轄機關。

原行政處分機關不依訴願人之請求撤銷或變更原行政處分者，應儘速附具答辯書，並將必要之關係文件，送於訴願管轄機關。

原行政處分機關檢卷答辯時，應將前項答辯書抄送訴願人。

2.向受理訴願機關提起（§59）：

訴願人向受理訴願機關提起訴願者，受理訴願機關應將訴願書影本或副本送交原行政處分機關依前條第二項至第四項規定辦理。

㈥書面審查決定（§63）：

訴願就書面審查決定之。

受理訴願機關必要時得通知訴願人、參加人或利害關係人到達指定

處所陳述意見。

訴願人或參加人請求陳述意見而有正當理由者，應予到達指定處所陳述意見之機會。

(七)決定期限（§85）：

訴願之決定，自收受訴願書之次日起，應於三個月內為之；必要時，得予延長，並通知訴願人及參加人。延長以一次為限，最長不得逾二個月。

前項期間，於依第五十七條但書規定補送訴願書者，自補送之次日起算，未為補送者，自補送期間屆滿之次日起算；其依第六十二條規定通知補正者，自補正之次日起算；未為補正者，自補正期間屆滿之次日起算。

第五節　行政訴訟

行政訴訟，應依行政訴訟法之規定，該法於八十七年十月二十八日修正公布，茲略述行政訴訟法相關規定如次：

一、行政訴訟事件：

(一)得提起行政訴訟（§2）：

公法上之爭議，除法律別有規定外，得依本法提起行政訴訟。

(二)行政訴訟之種類（§3）：

前條所稱之行政訴訟，指撤銷訴訟、確認訴訟及給付訴訟。

(三)撤銷訴訟（§4）：

人民因中央或地方機關之違法行政處分，認為損害其權利或法律上之利益，經依訴願法提起訴願而不服其決定，或提起訴願逾三個月不為決定，或延長訴願決定期間逾二個月不為決定者，得向高等行政法院提起撤銷訴訟。

逾越權限或濫用權力之行政處分，以違法論。

訴願人以外之利害關係人，認為第一項訴願決定，損害其權利或法律上之利益者，得向高等行政法院提起撤銷訴訟。

㈣應為行政處分之訴訟（§5）：

人民因中央或地方機關對其依法申請之案件，於法令所定期間內應作為而不作為，認為其權利或法律上利益受損害者，經依訴願程序後，得向高等行政法院提起請求該機關應為行政處分或應為特定內容之行政處分之訴訟。

人民因中央或地方機關對其依法申請之案件，予以駁回，認為其權利或法律上利益受違法損害者，經依訴願程序後，得向高等行政法院提起請求該機關應為行政處分或應為特定內容之行政處分之訴訟。

㈤確認訴訟（§6）：

確認行政處分無效及確認公法上法律關係成立或不成立之訴訟，非原告有即受確認判決之法律上利益者，不得提起之。其確認已執行完畢或因其他事由而消滅之行政處分為違法之訴訟，亦同。

確認行政處分無效之訴訟，須已向原處分機關請求確認其無效未被允許，或經請求後於三十日內不為確答者，始得提起之。

確認公法上法律關係成立或不成立之訴訟，於原告得提起撤銷訴訟者，不得提起之。

確認訴訟以高等行政法院為第一審管轄法院。

應提起撤銷訴訟，誤為提起確認行政處分無效之訴訟，其未經訴願程序者，高等行政法院應以裁定將該事件移送於訴願管轄機關，並以行政法院收受訴狀之時，視為提起訴願。

㈥合併請求損害賠償或其他財產上給付（§7）：

提起行政訴訟，得於同一程序中，合併請求損害賠償或其他財產上給付。

㈦給付訴訟（§8）：

人民與中央或地方機關間，因公法上原因發生財產上之給付或請求作成行政處分以外之其他非財產上之給付，得提起給付訴訟。因公法上契約發生之給付，亦同。

前項給付訴訟之裁判，以行政處分應否撤銷為據者，應於依第四條第一項或第三項提起撤銷訴訟時，併為請求。原告未為請求者，審判長應告以得為請求。

除別有規定外，給付訴訟以高等行政法院為第一審管轄法院。

㈧維護公益及選舉罷免事件爭議之訴訟：

1.維護公益之訴訟（§9）：

人民為維護公益，就無關自己權利及法律上利益之事項，對於行政機關之違法行為，得提起行政訴訟。但以法律有特別規定者為限。

2.選舉罷免事件之訴訟（§10）：

選舉罷免事件之爭議，除法律別有規定外，得依本法提起行政訴訟。

3.準用規定（§11）：

前二條訴訟依其性質，準用撤銷、確認或給付訴訟有關之規定。

二、管轄之法院：

㈠對法人訴訟之管轄（§13）：

對於公法人之訴訟，由其公務所所在地之行政法院管轄。其以公法人之機關為被告時，由該機關所在地之行政法院管轄。

對於私法人或其他得為訴訟當事人之團體之訴訟，由其主事務所或主營業所所在地之行政法院管轄。

對於外國法人或其他得為訴訟當事人之團體之訴訟，由其在中華民國之主事務所或主營業所所在地之行政法院管轄。

㈡前條以外之訴訟管轄（§14）：

前條以外之訴訟，由被告住所地之行政法院管轄，其住所地之行政

法院不能行使職權者，由其居所地之行政法院管轄。

被告在中華民國現無住所或住所不明者，以其在中華民國之居所，視為其住所；無居所或居所不明者，以其在中華民國最後之住所，視為其住所；無最後住所者，以中央政府所在地，視為其最後住所地。

訴訟事實發生於被告居所地者，得由其居所地之行政法院管轄。

(三)不動產之訴訟管轄（§15）：

因不動產之公法上權利或法律關係涉訟者，專屬不動產所在地之行政法院管轄。

(四)指定管轄（§16）：

有下列各款情形之一者，最高行政法院應依當事人之聲請或受訴行政法院之請求，指定管轄：

1.有管轄權之行政法院因法律或事實不能行審判權者。

2.因管轄區域境界不明，致不能辨別有管轄權之行政法院者。

3.因特別情形由有管轄權之行政法院審判，恐影響公安或難期公平者。

前項聲請得向受訴行政法院或最高行政法院為之。

(五)定管轄之時機（§17）：

定行政法院之管轄以起訴時為準。

三、當事人能力及訴訟能力：

(一)當事人能力（§22）：

自然人、法人、中央及地方機關、非法人之團體，有當事人能力。

(二)當事人（§23）：

訴訟當事人謂原告、被告及依第四十一條與第四十二條參加訴訟之人。

(三)被告機關（§24）：

經訴願程序之行政訴訟，其被告為下列機關：

1.駁回訴願時之原處分機關。

2.撤銷或變更原處分或決定時，為最後撤銷或變更之機關。

㈣受託之團體或個人為被告（§25）：

人民與受委託行使公權力之團體或個人，因受託事件涉訟者，以受託之團體或個人為被告。

㈤以承受業務之機關或其直接上級機關為被告（§26）：

被告機關經裁撤或改組者，以承受其業務之機關為被告機關；無承受其業務之機關者，以其直接上級機關為被告機關。

㈥訴訟能力（§27）：

能獨立以法律行為負義務者，有訴訟能力。

法人、中央及地方機關、非法人之團體，應由其代表人或管理人為訴訟行為。

前項規定於依法令得為訴訟上行為之代理人準用之。

四、當事人書狀：

㈠書狀內容（§57）：

當事人書狀，除別有規定外，應記載下列各款事項：

1.當事人姓名、性別、年齡、身分證明文件字號、職業及住所或居所；當事人為法人、機關或其他團體者，其名稱及所在地、事務所或營業所。

2.有法定代理人、代表人或管理人者，其姓名、性別、年齡、身分證明文件字號、職業、住所或居所，及其與法人、機關或團體之關係。

3.有訴訟代理人者，其姓名、性別、年齡、身分證明文件字號、職業、住所或居所。

4.應為之聲明。

5.事實上及法律上之陳述。

6.供證明或釋明用之證據。

7.附屬文件及其件數。

8.行政法院。

9.年、月、日。

㈡當事人簽名或蓋章（§58）：

當事人、法定代理人、代表人、管理人或訴訟代理人應於書狀內簽名或蓋章；其以指印代簽名者，應由他人代書姓名，記明其事由並簽名。

五、訴訟費用（§98）：

行政訴訟不徵收裁判費。

裁判費以外其他進行訴訟之必要費用，其徵收辦法由司法院定之。

前項費用由敗訴之當事人負擔。但為第一百九十八條之判決時，由被告負擔。

六、撤銷訴訟之提起期間（§106）：

撤銷訴訟之提起，應於訴願決定書送達後二個月之不變期間內為之。但訴願人以外之利害關係人知悉在後者，自知悉時起算。

撤銷訴訟，自訴願決定書送達後，已逾三年者，不得提起。

七、和解：

㈠試行和解（§219）：

當事人就訴訟標的具有處分權並不違反公益者，行政法院不問訴訟程度如何，得隨時試行和解。受命法官或受託法官，亦同。

第三人經行政法院之許可，得參加和解。行政法院認為必要時，得通知第三人參加。

㈡到場（§220）：

因試行和解，得命當事人、法定代理人、代表人或管理人本人到場。

八、簡易訴訟程序（§229）：

下列各款行政訴訟事件，適用本章所定之簡易程序：

1.關於稅捐課徵事件涉訟，所核課之稅額在新台幣三萬元以下者。

2.因不服行政機關所為新台幣三萬元以下罰鍰處分而涉訟者。

3.其他關於公法上財產關係之訴訟，其標的之金額或價額在新台幣三萬元以下者。

4.因不服行政機關所為告誡、警告、記點、記次或其他相類之輕微處分而涉訟者。

5.依法律之規定應適用簡易訴訟程序者。

前項所定數額，司法院得因情勢需要，以命令減為新台幣二萬元或增至新台幣二十萬元。

九、上訴：

㈠上訴最高行政法院（§238）：

對於高等行政法院之終局判決，除法律別有規定外，得上訴於最高行政法院。

於上訴審程序，不得為訴之變更、追加或提起反訴。

㈡捨棄上訴（§240）：

當事人於高等行政法院判決宣示、公告或送達後，得捨棄上訴權。

當事人於宣示判決時，以言詞捨棄上訴權者，應記載於言詞辯論筆錄；如他造不在場，應將筆錄送達。

㈢上訴期限（§241）：

提起上訴，應於高等行政法院判決送達後二十日之不變期間內為之。但宣示或公告後送達前之上訴，亦有效力。

㈣上訴的限制（§242）：

對於高等行政法院判決之上訴，非以其違背法令為理由，不得為之。

㈤違背法令判決之情形（§243）：

判決不適用法規或適用不當者，為違背法令。

有下列各款情形之一者，其判決當然違背法令：

1.判決法院之組織不合法者。

2.依法律或裁判應迴避之法官參與裁判者。

3.行政法院於權限之有無辨別不當或違背專屬管轄之規定者。

4.當事人於訴訟未經合法代理或代表者。

5.違背言詞辯論公開之規定者。

6.判決不備理由或理由矛盾者。

第六節　國家賠償

請求國家賠償，應依「國家賠償法」及其「施行細則」規定，茲略述相關書類規定如次：

一、國家賠償責任：

㈠公務員（§2）：

本法所稱公務員者，謂依法令從事於公務之人員。

公務員於執行職務行使公權力時，因故意或過失不法侵害人民自由或權利者，國家應負損害賠償責任。公務員怠於執行職務，致人民自由或權利遭受損害者亦同。

前項情形，公務員有故意或重大過失時，賠償義務機關對之有求償權。

㈡受託團體（§4）：

受委託行使公權力之團體，其執行職務之人於行使公權力時，視同委託機關之公務員。受委託行使公權力之個人，於執行職務行使公權力時亦同。

前項執行職務之人有故意或重大過失時，賠償義務機關對受委託之團體或個人有求償權。

㈢公有公共設施（§3）：

公有公共設施因設置或管理有欠缺，致人民生命、身體或財產受損

害者，國家應負損害賠償責任。

前項情形，就損害原因有應負責任之人時，賠償義務機關對之有求償權。

二、賠償方法（§7）：

國家負損害賠償責任者，應以金錢為之。但以回復原狀為適當者，得依請求，回復損害發生前原狀。

前項賠償所需經費，應由各級政府編列預算支應之。

三、請求權時效（§8）：

賠償請求權，自請求權人知有損害時起，因二年間不行使而消滅；自損害發生時起，逾五年者亦同。

第二條第三項、第三條第二項及第四條第二項之求償權，自支付賠償金或回復原狀之日起，因二年間不行使而消滅。

四、賠償義務機關（§9）：

依第二條第二項請求損害賠償者，以該公務員所屬機關為賠償義務機關。

依第三條第一項請求損害賠償者，以該公共設施之設置或管理機關為賠償義務機關。

前二項賠償義務機關經裁撤或改組者，以承受其業務之機關為賠償義務機關。無承受其業務之機關者，以其上級機關為賠償義務機關。

不能依前三項確定賠償義務機關，或於賠償義務機關有爭議時，得請求其上級機關確定之。其上級機關自被請求之日起逾二十日不為確定者，得逕以該上級機關為賠償義務機關。

五、求償程序：

㈠提出請求（§10）：

依本法請求損害賠償時，應先以書面向賠償義務機關請求之。

賠償義務機關對於前項請求，應即與請求權人協議。協議成立時，

應作成協議書，該項協議書得為執行名義。

(二)請求書程式（施行細則§17I）：

損害賠償之請求，應以書面載明下列各款事項，由請求權人或代理人簽名或蓋章，提出於賠償義務機關。

1.請求權人之姓名、性別、出生年月日、出生地、身分證統一編號、職業、住所或居所。請求權人為法人或其他團體者，其名稱、主事務所或主營業所及代表人之姓名、性別、住所或居所。

2.有代理人者，其姓名、性別、出生年月日、出生地、身分證統一編號、職業、住所或居所。

3.請求賠償之事實、理由及證據。

4.請求損害賠償之金額或回復原狀之內容。

5.賠償義務機關。

6.年、月、日。

(三)委任協議：

1.代理人之委任（施行細則§7）：

請求權人得委任他人為代理人，與賠償義務機關進行協議。

同一損害賠償事件有多數請求權人者，得委任其中一人或數人為代理人，與賠償義務機關進行協議。

前二項代理人應於最初為協議行為時，提出委任書。

2.代理權（施行細則§8）：

委任代理人就其受委任之事件，有為一切協議行為之權，但拋棄損害賠償請求權、撤回損害賠償之請求、領取損害賠償金、受領原狀之回復或選任代理人，非受特別委任，不得為之。

對於前項之代理權加以限制者，應於前條之委任書內記明。

3.解除委任代理（施行細則§12）：

委任代理之解除，非以書面通知賠償義務機關不生效力。

㈣申請發給協議不成證明書（施行細則§26）：

自開始協議之日起逾六十日協議不成立者，賠償義務機關應依請求權人之申請，發給協議不成立證明書。

請求權人未依前項規定申請發給協議不成立證明書者，得請求賠償義務機關繼續協議，但以一次為限。

第二章　各類文書

第一節　異議書

壹、建物所有權第一次登記公告之異議

　　一、土地法規定：市縣地政機關接受申請或囑託登記之案件，經審查證明無誤，應即公告之（§55），其公告不得少於十五日（§58）。逾期無人聲請登記之土地或經聲請而逾期未補繳證明文件者，視為無主土地，應公告之（§57）。其公告不得少於三十日（§58）。土地權利關係人，於公告期間內，如有異議，得向該管市縣地政機關以書面提出，並應附具證明文件（§59）。

　　二、土地登記規則第八十四條規定：建物所有權第一次登記，準用土地總登記程序。亦即建物所有權第一次登記時應予公告，對於該登記之建物所有權有爭議者，得提出異議。

　　三、依前開規定，其異議書略例如後：

異議書

受文者：台北市○○地政事務所

主　旨：為台北市忠孝東路三段○○號建物所有權第一次登記，依法
　　　　提出異議。

說　明：

　　　　一、前開建物於民國○○年○○月○○日收件申請所有權
　　　　　　第一次登記，並於民國○○年○○月○○日起公告十五
　　　　　　日，該建物因越界建築占用異議人所有與相鄰之土地，

即台北市大安區○○段○小段○○地號土地，有關占用土地事宜，該建物第一次登記申請人始終不與異議人協議處理，顯然有損異議人之權益，為此特依法提出異議。

二、茲檢附鑑界之土地複丈結果通知書一份，就該建物所有權第一次登記案件表示異議，敬請依法核辦。

異議人：○○○　　　印

住　　址：○○○○

性　　別：○

年　　齡：

身分證統一編號：○○○○

電　　話：○○○○

中　華　民　國　○○　年　○○　月　○○　日

貳、權利書狀補發公告之異議

一、土地法第七十九條規定：土地所有權狀及土地他項權利證明書，因滅失請求補給者，應敘明滅失原因，檢附有關證明文件，經地政機關公告三十日，公告期滿無人就該滅失事實提出異議後補給之。

二、土地登記規則第一百五十五條第一項規定：申請土地所有權狀或他項權利證明書補給時，應由登記名義人敘明其滅失之原因，檢附切結書或其他有關證明文件，經登記機關公告三十日，並通知登記名義人，公告期滿無人就該滅失事實提出異議後，登記補給之。

三、依前開規定，提出之異議書略例如後：

異議書

受文者：台北市○○地政事務所

主　旨：為張○○就台北市中山區○○段○小段○○地號土地申請補發土地所有權狀，提出異議，敬請惠予核辦。

說　明：

一、前開土地之所有權狀，前經土地所有權人張○○提向本人押借新台幣一百萬元正，此有借據乙紙為憑，借據並載明不辦理抵押權設定登記，惟權狀由本人存執，俟請償借款時再行返還。

二、詎料土地所有權人張○○於借款未清償之際，竟擅自以滅失為理由，申請　貴所補發，經　貴所收件○○年○○月○○日第○○號公告在案，為此，特依法提出異議。

三、茲檢附土地所有權狀、借據各乙份，敬請駁回該土地所有權狀補發申請案。

異議人：○○○　　　㊞

住　址：○○○○

年　齡：

身分證統一編號：○○○○

中　華　民　國　○○　年　○○　月　○○　日

參、時效占有取得地上權登記公告之異議

一、土地登記規則第一百十八條第三項規定：時效占有取得地上權登記應予公告，公告期間為三十日，並同時通知土地所有權人。

二、內政部訂頒「時效取得地上權登記審查要點」規定：

㈠土地所有權人或管理者在公告期間內有異議，應附具文件向該管縣市登記機關以書面提出。

㈡因異議而生土地權利爭執時，依土地法第五十九條第二項處理。

三、依前開規定，提出之異議書略例如後：

異議書

受文者：台北市○○地政事務所

主　旨：為台北市○○區○○段○小段○○地號土地時效取得地上權登記，依法提出異議。

說　明：

一、本案前開土地為異議人所有，長久以來由林○○無權占有蓋有違章建築至今雖已逾二十年，惟其占有期間，占有人曾經他遷，此有戶籍資料可證，而他遷期間係出租予他人居住使用，顯然時效中斷，且占有人亦曾給付異議人占有期間損害賠償金，此有雙方訂立之損害賠償協議書可證，亦屬時效中斷。

二、占有人林○○，如今以時效取得為由，申請地上權登記，於民國○○年○○月○○日　貴所收件字第○○號公告中，因占有之時效中斷頗為明確，特依法提起異議。

異議人：張○○　　㊞

住　址：○○○○

中　華　民　國　○○　年　○○　月　○○　日

肆、地籍圖重測公告之異議

一、土地法第四十六條之三規定：

重新實施地籍圖測量之結果，應予公告，其期間為三十日。

土地所有權人認為前項測量結果有錯誤，除未依前條之規定設立界標或到場指界者外，得於公告期間內，向該管地政機關繳納複丈費，聲請複丈。經複丈者，不得再聲請複丈。

逾公告期間未經聲請複丈，或複丈結果無誤或經更正者，地政機關應即據以辦理土地標示變更登記。

二、依內政部訂頒「土地法第四十六條之一至第四十六條之三執行要點」規定：重測公告期間，土地所有權人因面積增減提出異議時，應依土地法第四十六條之三第二項、第三項辦理。

三、依前開規定，提出之異議書略例如後：

異議書

受文者：台灣省政府地政處測量總隊

主　旨：為○○縣○○鄉（鎮）○○段○小段○○地號土地之地籍圖重測面積增減過鉅，提出異議。

說　明：

一、異議人為本案前開土地所有權人，該土地重新實施地籍測量，其結果目前正在公告中，該地與鄰地之界址均埋設明確之界標，重測時亦均到場指界，界址並無重大變動，惟重測前之面積為○‧三二四五公頃，重測後之面積為○‧三一五○公頃，減少了將近一○○平方公尺，而鄰地○○地號，竟增加了八○平方公尺，面積增減過鉅，頗生疑義。

二、為此，特依土地法第四十六條之三及有關法令（土地法

第四十六條之一至第四十六條之三執行要點）規定，表示異議，並願繳納複丈費，另行填寫「地籍圖重測異議複丈申請書」，申請複丈。

異議人：林○○　　　印

住　　址：○○○○

出生年月日：○○○○

身分證統一編號：○○○○

電　　話：○○○○

中　華　民　國　○○　年　○○　月　○○　日

伍、土地重劃前公告之異議

一、平均地權條例第五十六條規定：

各級主管機關得就下列地區，報經上級主管機關核准後，辦理市地重劃：

㈠新設都市地區之全部或一部，實施開發建設者。

㈡舊都市地區為公共安全、公共衛生、公共交通或促進土地合理使用之需要者。

㈢都市土地開發新社區者。

㈣經中央主管機關指定限期辦理者。

依前項規定辦理市地重劃時，主管機關應擬具市地重劃計畫書，送經上級主管機關核定公告滿三十日後實施之。

在前項公告期間內，重劃地區私有土地所有權人半數以上，而其所有土地面積超過重劃地區土地總面積半數者，表示反對時，主管機關應予調處，並參酌反對理由，修訂市地重劃計畫書，重行報請核定，並依

其核定結果公告實施，土地所有權人不得再提異議。

市地重劃地區之選定、公告禁止事項、計畫之擬訂、核定、公告通知、測量、調查、地價查估、計算負擔、分配設計、拆遷補償、工程施工、地籍整理、交接清償及財務結算等事項之實施辦法，由中央主管機關定之。

二、依前開規定，提出反對之異議書略例如後：

異議書

受文者：台北市土地重劃大隊

主　旨：為台北市〇〇區〇〇重劃區之土地重劃計畫，表示異議。

說　明：

一、本件土地重劃計畫書目前正在公告中，預定公告滿三十日後實施，惟查該土地重劃計畫書有如下之缺失：

(一)重劃後之道路太寬：本重劃區係住宅區，非屬商業區，亦非交通要衝，道路太寬，占用土地太多，重劃後可分取之土地就少，影響地主權益頗鉅。

(二)學校用地太少：本區為住宅區，將來就學之子女人數勢必很多，似應從長計議，增多學校用地。

二、基上理由，異議人等所有土地面積超過重劃地區土地總面積半數以上，人數亦超過重劃地區私有土地所有權人半數以上，特表示反對，請惠予調處，並斟酌修訂重劃計畫書。

異議人：林〇〇　　　㊞

住　址：〇〇〇〇

出生年月日：

身分證統一編號：〇〇〇〇

```
                電  話：○○○○

  中   華   民   國  ○○  年  ○○  月  ○○  日
```

陸、土地重劃後分配結果之公告異議

一、市地重劃實施辦法第三十五條規定：

主管機關於辦理重劃分配完畢後，應檢附下列圖冊，將分配結果公告於重劃土地所在地鄉（鎮、市、區）公所三十日，以供閱覽。

㈠計算負擔總計表。

㈡重劃前後土地分配清冊。

㈢重劃後土地分配圖。

㈣重劃前地籍圖。

㈤重劃前後地號圖。

主管機關應將前項公告及重劃前後土地分配清冊檢送土地所有權人。

土地所有權人對於第一項分配結果有異議時，得於公告期間內向主管機關以書面提出異議。未提出異議或逾期提出者，其分配結果於公告期滿時確定。

主管機關對於土地所有權人提出之異議案件，得先予查處。其經查處結果如仍有異議者或未經查處之異議案件，應予以調處；調處不成者，由主管機關擬具處理意見，連同調處紀錄函報上級主管機關裁決之。但分別共有之土地依第三十一條第一項第四款規定調整分配為單獨所有者，共有人如提出異議，主管機關得不予調處，仍分配為共有。

二、農地重劃條例規定：

(一)分配結果公告（§25）：

直轄市或縣（市）主管機關於辦理土地分配完畢後，應即將分配結果，於重劃區所在地鄉（鎮、市、區）公所或重劃區之適當處所公告之，並以書面分別通知土地所有權人、承租人、承墾人與他項權利人。

前項公告期間為三十日。

(二)異議與調處（§26）：

土地所有權人對於重劃區土地之分配如有異議，應於公告期間向該管直轄市或縣（市）主管機關以書面提出，該管直轄市或縣（市）主管機關應予查處。其涉及他人權利者，並應通知其權利關係人予以調處。土地所有權人對主管機關之調處如有不服，應當場表示異議。經表示異議之調處案件，主管機關應於五日內報請上級機關裁決之。

在縣設有農地重劃委員會或農地重劃協進會者，前項調處案件，應先發交農地重劃委員會或農地重劃協進會予以調解。

三、依前開規定，提出之異議書略例如後：

異議書

受文者：台北市土地重劃大隊

主　旨：為台北市○○區○○段○小段○○地號土地重劃分配結果，表示異議。

說　明：

　　一、本件土地重劃分配結果，目前正在公告中，依重劃後土地分配圖顯示，異議人分配之土地位次，與異議人重劃前所有之土地位置相距太遠，不僅街廓有異，地價亦太懸殊。

二、為此，特依法提出異議，敬請惠予依法合理處理。

異議人：林○○　　　　　印

住　址：○○○○

出生年月日：

身分證統一編號：○○○○

中　　華　　民　　國　　○○　　年　　○○　　月　　○○　　日

柒、畸零地合併調處不成徵收後出售公告之異議

一、建築法第四十五條規定：

前條基地所有權人與鄰接土地所有權人於不能達成協議時，得申請調處，直轄市、縣（市）（局）政府應於收到申請之日起一個月內予以調處；調處不成時，基地所有權人或鄰接土地所有權人得就規定最小面積之寬度及深度範圍內之土地按徵收補償金額預繳承買價款申請該管地方政府徵收後辦理出售。徵收之補償，土地以市價為準，建築物以重建價格為準，所有權人如有爭議，由標準地價評議委員會評定之。

徵收土地之出售，不受土地法第二十五條程序限制。辦理出售時應予公告三十日，並通知申請人，經公告期滿無其他利害關係人聲明異議者，即出售予申請人，發給權利移轉證明書；如有異議，公開標售之。但原申請人有優先承購權。標售所得超過徵收補償者，其超過部分發給被徵收之原土地所有權人。

第一項範圍內之土地，屬於公有者，准照該宗土地或相鄰土地當期土地公告現值讓售鄰接土地所有權人。

二、依前開規定，提出之異議書略例如後：

異議書

受文者：〇〇縣（市）政府

主　旨：為〇〇鄉（鎮、市、區）〇〇段〇小段〇〇地號與〇〇地號土地公告出售，依法表示異議，請惠予公開標售。

說　明：

一、本案前開土地，原係分別為異議人及林〇〇所有，經依建築法第四十五條規定，歷經協議與調處不成，由　貴府徵收並依法公告出售。

二、爰因當時林〇〇申請調處時，林〇〇就其土地所估之價格故意予以偏高，就異議人之土地所估之價格故意予以偏低，於　貴府調處不成之徵收時本擬表示異議，惟鑑於建築法第四十五條第二項後段規定，標售所得超過徵收補償者，其超過部分發給被徵收之原土地所有權人，似此，異議人認不影響權益，是以徵收時對於補償價格無所爭議。

三、如今　貴所辦理公告出售，其出售價格即為原徵收補償之價格，且係林〇〇預繳價款請求徵收，若無異議，即出售予林〇〇，似此，勢將影響異議人權益至鉅，為此特表示異議，請惠予依法公開標售，以維權益。

　　　　　異議人：張〇〇　　[印]住　址：〇〇〇〇

　　　　　出生年月日：

　　　　　身分證統一編號：〇〇〇〇

中　華　民　國　○○　年　○○　月　○○　日

第二節　請願書

壹、對國家政策之請願

請願書

請願受理機關：立法院

　　　　　　　行政院

　　　　　　　交通部

請願人：中華民國交通安全協會

　　　地址：○○○○

　　　代表人：理事長○○○

請願之願望：為十字路口應廣設綠燈之「秒數顯示錶」，以利行人及行車之安全。

事實及理由：

一、台灣人口與車輛越來越多，車禍發生頻率也越來越高，尤其十字路口為甚。根據統計每年因車禍死亡之人數，均節節上升，而車禍死亡人數，於十字路口之車禍而死亡者占百分之七十（註：編者假設），顯然十字路口猶如虎口。

二、十字路口雖有紅綠燈及行人斑馬線，但因無綠燈之「秒數顯示錶」，致行人及行車難以精確掌握紅燈及綠燈之變換時間，因此車禍頻頻。鑑於部分十字路口已裝設該「秒數顯示錶」，其功效頗佳，對於行人及行車之安全，頗有助益。爰追求交通安全，為本會之宗旨，考諸國外成例及順應國內民情

，特提出請願有如請願之願望，以維交通安全。

請願人：中華民國交通安全協會　　印

代表人：理事長○○○　　印

中　華　民　國　○○　年　○○　月　○○　日

貳、對地方建設之請願

請願書

請願受理機關：台北市議會

請願人：台北市○○區○○地區居民代表人

張○○：性別○　年齡○　籍貫○　業○　住○○○○

林○○：性別○　年齡○　籍貫○　業○　住○○○○

請願之願望：為台北市○○區○○地區瓦斯槽應速予遷移，以維居住安全。

事實及理由：

一、請願人等係居住於台北市○○區○○地區之民眾，緣因該地區有○○公司設置之瓦斯槽，數十年來雖未發生事變，但若不幸發生意外，對於附近地區日益密集居住之市民之生命、身體及財產，實將造成嚴重損害。尤其最近中國石油公司在其鄰旁設置加油站，將使不幸事件發生時，更具破壞性。如

此環境，使請願人終日生活於恐懼中，甚至夜夜失眠、神經衰弱、火氣衝天、家庭失和等連鎖效應均一一出現。

二、考世界先進國家之瓦斯槽均設置於人煙較為稀少地區，或有設置於人口密集地區，其定期安全措施之檢查，均相當嚴謹，本地區瓦斯槽所屬之公司實難相提並論，是以應予移置於郊區為宜。

三、為使本地區之居民，免於恐懼中生活，爰依請願法規定，謹向 貴會請願，正視本地區之公共利害關係，儘速實現如請願之願望，以維權益。

　　　　　　請願人：台北市〇〇區〇〇地區代表人
　　　　　　　　　張〇〇　　　印
　　　　　　　　　林〇〇　　　印

中　華　民　國　〇〇　年　〇〇　月　〇〇　日

第三節　訴願書

壹、登記案件駁回之救濟

一、土地登記規則第五十七條規定：

登記案件審查結果，有下列各款情形之一者，登記機關應以書面敘明理由及法令依據，駁回登記之申請：

㈠不屬受理登記機關管轄者。

㈡依法不應登記者。

　　㈢登記之權利人、義務人或其與申請登記之法律關係有關之權利關係人間有爭執者。

　　㈣逾期未補正或未照補正事項完全補正者。

　　申請人不服前項之駁回者，得依訴願法規定提起訴願。

　　依第一項第三款駁回者，申請人並得訴請司法機關裁判。

　　二、依前開規定，不服駁回者，得請求行政救濟──即訴願→行政訴訟。有關訴願書略例如後：

訴願書

訴願人：姓名○○○

　　　　年齡：○○

　　　　性別：○

　　　　職業：○○

　　　　住所或居所：○○○○

　　　　電話：○○○○

原處分機關：台北市○○地政事務所

處分書發文日期及文號：○○年○○月○○日　○○字第○○號駁回書

訴願請求：為不服○○地政事務所民國○○年○○月○○日就台北市○○區○○段○小段○○地號土地繼承登記案之駁回，依法提起訴願，請撤銷原處分，並另為適法之處分。

事實及理由：

　　一、緣台北市○○區○○段○○小段○○地號土地，原係張○所有，張○於民國○○年○○月○○日死亡，訴願人為其獨生子，係唯一合法繼承人，乃依法申報遺產稅後，提向原處分機關申請繼承登記，原處分機關審查認為訴願人曾經被他人收養，於張○死亡時，是否終止收養關係，通知訴願人補正有關戶籍資料，訴願人無法補正，原處分機關乃駁回該繼

承登記案件。

二、訴願人於日據時期出生後不久,即被他人收養,有戶籍謄本可證,光復之初,終止收養關係,回復本姓。由於光復之初,百廢待興,戶籍之登錄與轉錄,或有漏失不全之處,致無法申請到終止收養關係記載之戶籍謄本,此有戶政事務所函可證。經查收養應從養父母姓,若終止收養則回復本姓,此為日據時代之法令規定與慣例,現行我民法亦如是規定,是以訴願人戶籍資料係從生父姓,並不從養父姓,可推知應已終止收養關係至為顯然,於戶政機關無法出具證明之情形下,訴願人又已出具切結書,切結確已終止收養關係,若有不實,致他人受有損害,願負一切法律責任。如是原處分機關應可信其真正而核准登記,惟竟強人所難,硬是要訴願人補正,逾期未補正竟予駁回,其不合法處分甚顯,為此依法提起訴願,敬請

　　鑑核賜如訴願請求之決定,以維權益,至感德便。

　　此致

台北市政府

　　　　　　　訴願人:張○○　　　　印

中　華　民　國　○○　年　○○　月　○○　日

附件:一、駁回理由書影本一份。二、土地登記案全卷影本一份。

副本已於○○年○○月○○日抄送原處分機關

貳、稅捐救濟

一、查對更正（稅捐稽徵法§17）：

納稅義務人如發現繳納通知文書有記載、計算錯誤或重複時，於規定繳納期間內，得要求稅捐稽徵機關，查對更正。

二、行政救濟：

依稅捐稽徵法規定，稅捐行政救濟程序為申請復查→訴願→行政訴訟。

（一）申請復查（稅捐稽徵法§35）：

納稅義務人對於核定稅捐之處分如有不服，應依規定格式，敘明理由，連同證明文件，依下列規定，申請復查：

1.依核定稅額通知書所載有應納稅額或應補稅額者，應於繳款書送達後，於繳納期間屆滿翌日起算三十日內，申請復查。

2.依核定稅額通知書所載無應納稅額或應補稅額者，應於核定稅額通知書送達後三十日內，申請復查。

納稅義務人或其代理人，因天災事變或其他不可抗力之事由，遲誤申請復查期間者，於其原因消滅後一個月內，得提出具體證明，申請回復原狀。但遲誤申請復查期間已逾一年者，不得申請。

前項回復原狀之申請，應同時補行申請復查期間內應為之行為。

稅捐稽徵機關對有關復查之申請，應於接到申請書後二個月內復查決定，並作成決定書，通知納稅義務人。

前項期間屆滿後，稅捐稽徵機關仍未作成決定者，納稅義務人得逕行提起訴願。

（二）訴願及行政訴訟（稅捐稽徵法§38I）：

納稅義務人對稅捐稽徵機關之復查決定如有不服，得依法提起訴願及行政訴訟。

三、依前開規定，其以書面請求查對更正者及復查申請書、訴願書、行政訴訟起訴狀略例如後：

申請書

受文者：財政部台北市國稅局

主　旨：為被繼承人張三遺產稅單之稅額計算疑義，請惠予查對更正。

說　明：

一、緣被繼承人張三於民國〇〇年〇〇月〇〇日亡故，申請人係其法定繼承人，於民國〇〇年〇〇月〇〇日依法申報遺產稅，經　貴局核稅開單在案。

二、本案經查　貴局所列遺產中之台北市〇〇區〇〇段〇小段〇〇地號土地，業於張三亡故前被徵收，其徵收補償地價，亦由張三生前自行領取，已非屬遺產，惟　貴局仍將之列為遺產，核計遺產，似有不妥。

三、茲檢附該筆土地登記簿謄本一份，遺產稅單一份，敬請惠予查對更正。

申請人：張〇〇　　印
　　　　張〇〇　　印
　　　　張〇〇　　印
右同住：〇〇〇〇

中　華　民　國　〇〇　年　〇〇　月　〇〇　日

復查申請書

受理機關：財政部台北市國稅局

復查申請人：張○○　住：○○○○

　　　　　　　張○○　住：○○○○

　　　　　　　張○○　住：○○○○

復查聲明：為不服財政部台北市國稅局就被繼承人張三遺產稅○○年○○月○○日字第○○號之核定處分，依法提起復查申請，請惠予撤銷原處分，並另為適法處分。

事實及理由：

一、本案被繼承人張三於民國○○年○○月○○日亡故，復查申請人係其法定繼承人，於民國○○年○○月○○日依法申報遺產稅，經　貴局於民國○○年○○月○○日○○字第○○號開發稅單在案。

二、本案被繼承人張三生前有未清償之債務新台幣○○萬元正，雖未抵押權設定登記，但有債權人○○所持之借據及其報繳利息所得稅之資料可證，惟於核計遺產稅時，該借據未被採認，該債務未被扣除，曾申請查對更正，亦未獲認同，為此特檢附借據乙紙及債權人李四報繳利息所得稅資料乙份，申請復查，敬請撤銷原處分，另為適法處分。

　　　　　申請人：張○○　　［印］

　　　　　　　　　張○○　　［印］

　　　　　　　　　張○○　　［印］

　　　　　右同住：○○○○○○

中　華　民　國　〇〇　年　〇〇　月　〇〇　日

註：本例得使用稅捐機關印製之申請書

訴願書

訴願人：張〇〇

　　　　　年齡：〇〇

　　　　　性別：〇

　　　　　職業：〇〇

　　　　　住所或居所：〇〇〇〇

　　　　　電話：〇〇〇〇

　　　　　張〇〇

　　　　　年齡：〇〇

　　　　　性別：〇

　　　　　職業：〇〇

　　　　　住所或居所：〇〇〇〇

　　　　　電話：〇〇〇〇

　　　　　張〇〇

　　　　　年齡：〇〇

　　　　　性別：〇

　　　　　職業：〇〇

　　　　　住所或居所：〇〇〇〇

　　　　　電話：〇〇〇〇

原處分機關：財政部台北市國稅局

處分書發文日期及文號：〇〇年〇〇月〇〇日〇〇字第〇〇號

訴願請求：為不服財政部台北市國稅局民國〇〇年〇〇月〇〇日所核

定之遺產稅及○○年○○月○○日○○字第○○號復查
決定，依法提起訴願，請撤銷原處分及復查決定，並另為
適法之處分。

事實及理由：

一、緣被繼承人張三於民國○○年○○月○○日亡故，訴願人係
其法定繼承人，經依法申報遺產稅後，由原處分機關核定稅
額並開單通知繳納，訴願人不服，經依法申請復查，復查決
定維持原處分，乃依法提起訴願。

二、本案被繼承人張三生前有未清償之債務新台幣○○萬元正，
此有債權人李四所持之借據及其申報利息所得稅之資料可
證，該債務須由訴願人繼承後清償，是以得依遺產及贈與稅
法第十七條規定，自遺產總額中扣除，惟於核計遺產稅時，
該借據未被採認。

三、茲檢附該借據乙紙，債權人李四申報利息所得稅資料乙份，
依法提起訴願，敬請鈞部鑑核賜如訴願請求，以維權益。

　　此致

財政部

　　　　　　　　　　訴願人：張○○　　　印

　　　　　　　　　　　　　　張○○　　　印

　　　　　　　　　　　　　　張○○　　　印

中　　華　　民　　國　　○○　年　○○　月　○○　日

附件：借據及利息所得稅申報資料各一份，復查決定書影本一份。

副本已於○○年○○月○○日抄送原處分機關

第四節　行政訴訟書狀

壹、遺產稅案件行政訴訟起訴狀

行政訴訟起訴狀

原　　告：張〇〇

　　　　　性別：〇

　　　　　出生年月日：〇

　　　　　職業：〇〇

　　　　　住所或居所：〇〇〇〇電話：〇〇〇〇

　　　　　張〇〇

　　　　　性別：〇

　　　　　出生年月日：〇

　　　　　職業：〇〇

　　　　　住所或居所：〇〇〇〇

　　　　　電話：〇〇〇

　　　　　張〇〇

　　　　　性別：〇

　　　　　出生年月日：〇

　　　　　職業：〇〇

　　　　　住所或居所：〇〇〇〇

　　　　　電話：〇〇〇〇

被告機關：財政部台北市國稅局

　　　　　代表人：〇〇〇

　　　　　地　址：〇〇〇

　　　為被繼承人張三遺產稅事件，不服財政部中華民國〇〇年〇

　　○月○○日○○字第○○號訴願決定，依法提起行政訴訟事：

訴之聲明： 訴願決定、復查決定及原處分均撤銷。

事實及理由：

　　一、緣被繼承人張三於民國○○年○○月○○日亡故，原告係其
　　　　合法繼承人，經依法申報遺產稅後，由被告機關核定稅額並
　　　　開單通知繳納，原告不服，經申請復查、訴願，惟均遭決定
　　　　駁回。

　　二、本案系爭之焦點為被繼承人張三生前向李四借款新台幣○○
　　　　元正，尚未清償，此有債權人李四所持之借據及其申報利息
　　　　所得稅之資料可證，該債務應由原告繼承清償，依遺產及贈
　　　　與稅法第十七條規定，應自遺產總額中扣除，惟被告機關謂
　　　　無抵押權設定，不具公信力，不予採認，但債權人李四已因
　　　　該債權申報利息所得稅，應已具公信力，為此

　　狀請

　　鈞院鑑核，判決如訴之聲明，以維權益

　　謹狀

高等行政法院　公鑑

證物名稱及件數：

　　一、原處分書、復查決定書、訴願決定書各一份。

　　二、借據及利息所得稅申報資料各一份。

　　　　　　　　具狀人：張○○　　　㊞
　　　　　　　　　　　　張○○　　　㊞
　　　　　　　　　　　　張○○　　　㊞
　　　　　　　撰狀人：○○○　　　㊞

中 華 民 國 ○○ 年 ○○ 月 ○○ 日

貳、土地繼承登記案件行政訴訟起訴狀

行政訴訟起訴狀

原　　告：張○○

　　　　　性別：○

　　　　　出生年月日：○

　　　　　職業：○○

　　　　　住所或居所：○○○○

　　　　　電話：○○○○

被告機關：台北市○○地政事務所

　　　　　代表人：○○○

　　　　　地址：○○○○

　　　　為土地繼承登記事件，不服內政部○○年○○月○○日訴字第○○號訴願決定，依法提起行政訴訟：

訴之聲明：訴願決定及原處分均撤銷。

事實：緣原告係被繼承人張○之唯一合法繼承人，就其遺產坐落台北市○○區○○段○○小段○○地號土地申辦繼承登記，經被告機關以原告曾經被收養應檢附終止收養關係之戶籍謄本，原告無法檢附補正，乃駁回該繼承登記之申請，原告不服，提起訴願，仍遭駁回。為此，依法提起行政訴訟。

理由：按被收養應從養父母姓，終止收養，應回復本姓，此為日據時代之法令及我現行民法第一千零七十八條及第一千零八十三

條所規定，原告固然曾經被收養，並從養父姓，此有戶籍謄本可證。惟目前回復本姓，何時終止收養關係，戶政機關無案可查，有戶政機關函可證，並非原告不補正，而是無法補正，惟原告立下切結書切結終止收養關係屬實，再輔以戶籍謄本記載原告從生父姓，應可信終止收養關係之真正，被告竟置之不理，遽為駁回之處分，訴願未予糾正，均予駁回之決定，顯然於法不合，為此，狀請鈞院賜如訴之聲明判決，以維權益。

　謹狀

高等行政法院　公鑑

證物名稱及件數：

　一、訴願決定書影本各一份

　二、戶政事務所函影本一份

　三、登記案件全卷影本一份

　　　　　　具狀人：張〇〇　　　㊞

中　華　民　國　〇〇　年　〇〇　月　〇〇　日

第五節　國家賠償請求書

國家賠償請求書

請求權人：林〇〇　性別〇　〇〇歲　〇〇省　業〇　住〇〇〇〇

代理人：王〇〇　性別〇　〇〇歲　〇〇省　業〇　住〇〇〇〇

賠償義務機關：台北市政府工務局

請求事項：請求賠償請求權人新台幣○○萬元正。

事實及理由：

一、緣賠償義務機關於台北市○○路三段道路施工，於路面挖
洞，卻未設置警示標誌及圍障，致請求權人於民國○○年○
○月○○日騎機車經過該處掉入坑洞，車毀人傷，此有派出
所報案筆錄及現場照片為證。

二、請求權人車毀人傷，經住院醫療月餘始出院，至今仍無法行
走，特委任代理人依國家賠償法第三條規定，請求賠償下列
損害共計新台幣○○萬元正：

㈠醫療費新台幣○○元（附醫院收據）。

㈡機車新台幣○○元。

㈢無法工作損失新台幣○○元。

　　謹呈

台北市政府工務局

　　　　　　　請求權人：林○○　　　　印

　　　　　　　代 理 人：王○○　　　　印

中　　華　　民　　國　　○○　年　　○○　月　　○○　日

委任書

　　立委任書人林○○，就民國○○年○○月○○日於台北市○○路
三段因道路施工之坑洞發生車毀人傷請求台北市政府工務局國家賠
償事件，特委任受任人王○○代理本人就該賠償事件之協議，有為一

切協議行為之權。

　　　　　　委任人：林○○　　　　印

　　　　　　住址：○○○○

　　　　　　身分證統一編號：○○○○

　　　　　　出生年月日：

　　　　　　性別：○

　　　　　　職業：○○

　　　　　　受任人：林○○　　　　印

　　　　　　住址：○○○○

　　　　　　身分證統一編號：○○○○

　　　　　　出生年月日：

　　　　　　性別：○

　　　　　　職業：○○

中　華　民　國　○○　年　○○　月　○○　日

註：本例係一般委任協議

委任書

　　立委任書人林○○，就○○年度○○字第○○號國家賠償事件，將委任受任人王○○代理本人就該事件有為一切協議行為之權，並有拋棄損害賠償請求權、撤回損害賠償請求權、領取損害賠償金、受領原狀之回復或選任代理人之特別代理權。

　　　　　　委任人：林○○　　　　印

住址：○○○○

身分證統一編號：○○○○

出生年月日：

性別：○

職業：○○

受任人：林○○ ［印］

住址：○○○○

身分證統一編號：○○○○

出生年月日：

性別：○

職業：○○

中　華　民　國　○○　年　○○　月　○○　日

註：本例係特別委任

申請書

受文者：台北市政府

主　旨：為○○年度○○字第○○號國家賠償事件，請惠予發給協議不成立證明書。

說　明：本件於民國○○年○○月○○日協議不成立，請惠予發給協議不成立證明書。

申請人：○○○ ［印］

住址：○○○○

身分證統一編號：○○○○

　　　　　　出生年月日：

　　　　　　性別：○

　　　　　　職業：○○

中　　華　　民　　國　○○　年　○○　月　○○　日

註：本例係請求發給協議不成立證明書

國家圖書館出版品預行編目資料

常用文書製作範例／陳銘福編著.
—四版.—臺北市：五南，2007.10
面；　公分
ISBN 978-957-11-4992-9（精裝）
1.漢語　2.應用文
802.79　　　　　　　　96019935

1V43
常用文書製作範例

總 策 劃 － 陳銘福

發 行 人 － 楊榮川

總 編 輯 － 王翠華

主　　編 － 劉靜芬

責任編輯 － 吳肇恩　張若婕

封面設計 － 斐類設計工作室

出 版 者 － 五南圖書出版股份有限公司

地　　址：106台北市大安區和平東路二段339號4樓

電　　話：(02)2705-5066　傳　真：(02)2706-6100

網　　址：http://www.wunan.com.tw

電子郵件：wunan@wunan.com.tw

劃撥帳號：01068953

戶　　名：五南圖書出版股份有限公司

法律顧問　林勝安律師事務所　林勝安律師

出版日期　2005年 4 月三版一刷
　　　　　2007年10月四版一刷
　　　　　2016年 6 月四版三刷

定　　價　新臺幣600元